우리, 사랑일까?

우리, 사랑일까?

초판 1쇄 찍은 날 ∣ 2012년 10월 12일
초판 2쇄 펴낸 날 ∣ 2012년 11월 02일

지은이 ∣ 이지은
펴낸이 ∣ 서경석

편집장 ∣ 권태완
편집 ∣ 장미연

펴낸곳 ∣ 도서출판 청어람
등록번호 ∣ 제1081-1-89호
등록일자 ∣ 1999. 5. 31
어람번호 ∣ 제5-0318호

주소 ∣ 경기도 부천시 원미구 심곡2동 163-2 서경B/D 3F (우) 420-822
전화 ∣ 032-656-4452 팩스 ∣ 032-656-4453
http://www.chungeoram.com
E-mail ∣ chungeoram@chungeoram.com

ⓒ 이지은, 2012

ISBN 978-89-251-3028-6 03810

우리, 사랑일까?

이지은 장편 소설

Chungeoram romance novel

도서출판
청어람

Contents

Prologue. My Friend's Wedding Day

    고급 주택가로 들어선 정원이 자동차의 속도를 줄이고 주차할 곳을 찾아 고개를 두리번거린 지도 한참이었다. 차창 밖으로 보이는 바깥세상은 땅거미가 져 붉은 노을과 연한 보랏빛에 가까운 푸름의 경계가 절묘하게 어우러져 아름다웠지만, 그녀의 미간엔 주름이 하나 더 잡힐 뿐이었다. 덕분에 선이 고운 순한 얼굴에 고집이 묻어났지만, 외려 심통 난 소녀처럼 보이게 해 스물아홉이란 나이를 무색하게 했다.

    "그냥 확 돌아가?"

    날이 날인지라 주택가를 빙 둘러 늘어선 차량들만 보일 뿐 빈 자리는 눈을 씻고 찾으려야 찾을 수가 없었다. 할 수 없이 다시 코너를 도는데, 휴대폰 벨소리 중 가장 차분하고 단순한 멜로디의 울림이 이어졌다. 누군지 뻔했다.

"정말 무섭다, 최민영. 간다, 가."

때마침 빈자리가 눈에 들어왔다. 웬 횡재인가 싶어 정원은 얼른 핸들을 돌렸다. 두 자동차 사이에 공간이 빡빡하긴 했지만 서너 번의 시도로 완벽하게 주차시킨 정원은 또다시 울리기 시작한 휴대폰을 집어 들었다.

"다 왔거든?"

〈벌써?〉

옆 좌석에 던져 놓았던 기다란 클러치백을 들고 차에서 내린 정원은 몸이 기우뚱하자 아래를 내려다봤다. 한쪽 발엔 하이힐, 다른 한쪽엔 운전 시마다 애용하는 슬리퍼가 신겨져 있었다.

"왜 이래? 늦는다고 구시렁거릴 때는 언제고?"

차 안으로 허리를 굽히고 조수석 바닥에 아무렇게나 던져져 있던 신발을 들어 올리느라 정원은 분주했다. 때문에 초조함 섞인 친구의 말투가 이상하다 싶었지만 크게 신경을 두지는 않았다.

〈그래서 어딘데?〉

"다행히 근처에 자리가 있어서……."

검정색 칵테일 드레스 차림의 정원은 클러치백은 겨드랑이 사이에 끼워 넣은 채 한 손엔 휴대폰, 다른 한 손은 하이힐 끈을 고정시키며 대답했다. 자동차 입구에 올려놓은 매끈한 오른쪽 다리가 드레스 자락 아래로 각이 져 드러났다.

"바로 주차…… 와우."

숙이고 있던 허리를 펴니 주차시킬 땐 보지 못했던 잘빠진 스포츠카 한 대가 두 눈을 번뜩이게 만들었다.

〈왜?〉

"우리나라에 한 대 들어왔다는 그 차, 여기 있는데?"

반짝반짝 빛나고 있는 스포츠카의 잘빠진 라인을 감상하던 정원은 그만하면 됐다 싶어 발길을 옮겼지만, 머리로는 스포츠카의 가격을 주식으로 환산하고 있었다.

〈그 차 주인, 아마도 여기 있는 것 같다. 암튼 이왕 늦은 거, 늦—게 와라.〉

"뭐야. 나 늦었다고 삐친 거야? 그러게 왜 결혼식을 평일에 하냔 말이지."

그저 민영이 늦은 자신을 탓하는 줄 안 정원은 괜히 한소리 해본다.

〈보통은 금요일 저녁부터 주말이라고 생각하거든?〉

"그렇긴 한데, 나한테 해당 사항 없어진 지 옛날이잖아."

정원이 쿡, 웃음을 터뜨리며 말했지만 친구의 사정을 잘 알고 있는 민영은 작게 한숨을 내쉴 뿐이었다.

〈끊어, 이따 봐.〉

"어, 거의 다 왔어."

통화를 끝낸 정원은 클러치백에 휴대폰을 집어넣었다. 선선한 초여름의 저녁 바람이 그녀의 굵게 웨이브 진 머리카락을 흐트러뜨리고 지나갔다.

그렇게 친하지도 않은 친구의 결혼식. 뭐든 남보다 튀어야 하는 서연은 한국에서는 다소 생소한 하우스웨딩을 준비했고, 이익을 위해 그들 무리와 어울려야 하는 정원은 탐탁지 않은 마음을 숨기며 느긋하게 친구의 집으로 걸어갔다.

검정색 슈트를 입고 있는 두 명의 건장한 남자에게 초대장을 내보인 정원은 잘 가꾸어진 돌담길을 따라 안으로 들어섰다. 차분하게 연주되고 있는 현악기 소리가 점점 가까워짐에 따라 눈에 들어오기 시작한 파란 잔디 위로, 사람들의 수 또한 많아지고 있었다. 샴페인이나 와인 잔을 들고 이야기를 나누는 무리 사이사이로 몇 쌍의 커플들은 한없이 정중하고 행복한 표정으로 서로를 바라보고 있었다. 모두들 그 분위기를 십분 즐기고 있는 듯 보였지만 정원의 얼굴엔 참 따분한 결혼식이구나 하는 표정이 역력했다. 물론 여기서 이러고 있는 자신도 그 따분한 인간 중 한 명이긴 했지만.

"아, 왔는가?"

아, 아는 얼굴이다. 웃어야 했다.

"잘 지내셨어요?"

심드렁하던 정원의 얼굴이 환해졌다.

"한 회장님은 잘 계시고?"

"예, 그럼요."

정원이 내민 손을 맞잡으며 예의 바르게 대답했지만 늙은 남자는 손을 풀어줄 생각이 없어 보였다.

"언제 식사나 한번 같이하자 전해주게."

"네, 그렇게 할게요. 참 막내아드님 귀국하셨다면서요?"

억지웃음을 지은 정원은 짐짓 호기심을 드러내는 척 물었다. 장성한 아들을 대화 위로 올리기. 그녀가 자주 쓰는 방법이었다.

"흐음……. 그래, 그럼 즐거운 시간 보내다 가게."

예상대로 맞잡혀 있던 손이 풀렸다.

'가만. 저 집 막내아들 한 달 전 이혼했잖아.'

"뭐야, 나 이제 이혼남한테도 밀리는 거야?"

작게 터져 나오는 웃음을 참으며 걸어가자니, 몇 차례나 더 안면이 있는 사람들에게 잡혀 악수를 하고 웃고 떠들어야 했다. 예상대로 신부의 친구이기보단 한신그룹의 일원으로 이 자리에 참석한 것이 되어버렸다.

"어? 왔네?"

민영과 신부를 찾으러 별채로 향하던 정원의 걸음이 한 여자에 의해 가로막혔다. 전 약혼자가 꽤 오랫동안 만났던 여자였다. 물론 6년이나 지난 일이었지만.

근데 왜 얘는 아직도 나한테 이런 앙금을 품고 있을까? 지치지도 않나?

이런저런 모임에서 여자들—특히나 전 약혼자의 여자친구—이 비웃음 가득한 얼굴로 아는 척을 할 때마다 정원은 신물이 났다. 마치 너랑 나랑 다를 게 뭐냐는 여자의 눈빛이 오늘은 자신을 깔아뭉갤 것처럼 건방졌다.

"오늘은 누구 따라왔어? 아무래도 혼자서 이런 데 오긴 힘들지 않나?"

정원은 생긋 미소를 지으며 말했다. 여자는 제법 이름이 알려진 셀러브리티였지만, 극도로 제한받는 이런 자리까지 참석할 정도의 위치는 아니었다. 물론, 그런 점을 이용한다는 것이 썩 내키진 않았지만, 일단 눈앞의 여자를 얼른 다른 곳으로 보내 버리고 싶었다.

"나한테 그런 말 할 처지는 아닌 것 같은데?"

언제나처럼 발끈할 거라 생각했던 예상을 뒤엎고, 여자가 여유만만한 표정으로 턱을 치켜들었다. 극도의 스트레스가 밀려오는 듯했다. 다시는 여자와 마주치지 않았으면 좋겠다는 생각이 또 한 번 강하게 드는 순간이었다.

"부탁인데, 나한테 아는 척 말아줄래? 우리 그렇게 친하지도 않잖아. 응?"

샐긋 웃어 보이며 말을 마친 정원은 여자가 뭐라 대꾸하기 전에 얼른 그녀를 비켜 걸어갔다. 하지만 마지막까지 꺼드럭거리며 웃던 여자의 모습과 오늘따라 끈질기게 이어지는 주변 사람들의 흥미로운 시선이 신경을 갉아 먹는다. 뭔가 이상했다. 빨리 민영을 만나고 싶었다.

별채로 들어서자 마당에서 흘러나오던 클래식과는 전혀 다른 클럽 음악이 귓가를 때렸다. 와인과 샴페인 같은 도수 낮은 술

들을 비웃기라도 하듯 양주병들이 여기저기 뒹굴고 있었다. 다만 비슷한 것이 있다면 널찍한 테이블과 의자를 감싼 새하얀 천, 여기저기 달려 있는 하늘색과 핑크빛 리본, 그리고 먹음직스러운 음식이 차려져 있다는 것 정도였다. 회사에서 옷만 갈아입고 바로 이곳으로 바쁘게 움직였던 탓에 정원은 민영을 찾겠다는 의지를 잊고 김빠진 샴페인을 한 모금 마시며 눈에 익은 사람들에게 다가갔다. 더러는 같은 학교 출신도 있었지만, 그다지 친분이 두텁지 않은 사람들이 대부분이었다.

"저기……."

아는 얼굴이 보이기에 주저 없이 먼저 아는 척을 했다, 민영이 보이지 않았으니까.

"아…… 왔어?"

돌아보는 얼굴이 떨떠름해 보였지만 신경 쓰지 않았다. 이쪽도 원하는 정보만 얻으면 그만이니까.

"민영이랑 서연이는?"

신부에게 축하 인사는 해야 했기에, 정원은 민영을 먼저 만나고 싶으면서도 서연의 이름을 갖다 붙였다.

"민영이 너 찾으러 나갔는데. 못 만났어?"

"응. 엇갈렸나 보네."

정원은 대수롭지 않게 대답했다. 그리곤 주변 사람들이 서로 묘한 눈길을 주고받는 것을 보곤 미간을 찌푸릴 때, 서연의 목소리가 들려왔다.

"한정원!"

"늦어서 미안. 축하해."

"고마워."

역시 신부라 그런지 눈에 확 띄는 서연을 안으며 정원이 웃었다.

"놀라지 마."

서연이 작게 속삭인다.

"뒤에 김휘……."

"오랜만이다?"

서연의 말을 끊고 등 뒤로 들려오는 중저음의 목소리와 시니컬한 말투. 갑자기 심장이 미친 듯이 뛰기 시작했다. 그리고 생각지도 못한 그 두근거림에 정원은 꽤나 당황스러웠다. 정원은 서연과 포옹을 풀고 천천히 뒤를 돌아봤다. 예상했던 대로 휘소가 서 있었다. 애써 웃어보지만 얼굴 근육까지 긴장됐는지 양뺨이 당겨왔다.

"……언제 왔어?"

"어제."

휘소가 가까운 의자에 앉으며 무심히 대답했다. ……6년 만이었다.

풀어버린 스트라이프 넥타이가 재킷 주머니에서 삐죽 튀어나와 있었고, 기르지 않던 수염이 멋스럽게 손질되어 짧게 자른 머리와 함께 거친 남성미를 풍기고 있었다. 게다가 그려놓은 듯한 높은 콧대와 각진 턱선이 날카로움을 더해 이십대 초반의 청년을 완벽한 남자로 변화시켜 놨다. 그때나 지금이나 확실히 사람을 끌어당기는 마력이 있었다.

"예뻐졌다?"

피식 웃으며 말하는 그 모습을 보며 정원은 씁쓸함과 설렘을 동시에 느꼈다. 6년 전에도 기대한 적 없었고 바란 적 없었는데, 왜 이제 와 그와의 사이에 아무것도 없는 것이 허전하고 아릿한지 이해가 가질 않았다.

"너도."

불편하고 긴장된 마음을 숨긴 정원은 휘소의 맞은편에 앉아 웃어 보이며 대답했다.

"뭐? 예쁘다고?"

"멋있어졌다고."

휘소가 한쪽 눈썹을 끌어올리는 걸 보며, 정원은 웃음을 머금고 대답했다. 그제야 휘소의 양쪽 눈썹이 평행을 이룬다.

"어디, 고쳤어?"

괜히 주변에 있던 몇몇이 움찔하는 것이 보이자, 정원은 쿡 웃음을 터뜨리며 묻는다.

"너는?"

"내가 왜?"

확실히 잘난 외모이긴 했지만 자신감에 차 덤덤하게 대답하는 모습을 보니 한숨 섞인 웃음이 새어 나온다. 그래도 '내가 왜?' 하고 묻는 말투도 참으로 오랜만이라 반가운 것 같기도 하다.

"뭐 먹을 거 없나?"

휘소가 쓱 주위를 둘러보며 말했다. 누군가가 휘소를 위해 음식이 담긴 접시를 가져올 것이 분명하다. 재력과 권력이 군림하는 이 세계에서 어딜 가나 최고 권력자는 제일그룹의 후계자였으니까.

"암튼 귀찮은 건 죽어도 싫지. 자."

흐트러진 머리를 임시방편으로 매만진 티가 나는 파란 드레스 차림의 라희가 휘소 앞에 접시를 내려놓았다. 저절로 휘소의 재킷 주머니 속에서 삐죽 튀어나와 있는 넥타이로 가는 눈길을 정원은 애써 외면했다.

"많이 배고팠어?"

의자 팔걸이에 걸터앉은 라희가 휘소의 어깨에 손을 올리며 물었다.

"조금."

인상을 구기며 '비켜, 불편해' 할 줄 알았는데 휘소의 입에선 덤덤한 대답이 흘러나왔다. 정원은 얼른 손에 들고 있던 샴페인을 한 모금 마셨다.

"잘 지냈어?"

괜히 어색해져 어디다 눈을 둬야 할지 몰라 시선을 돌리려 할 때, 눈이 마주친 라희가 웃으며 물었다.

"어. 넌 몇 년 더 있을 거라 들었는데 아주 귀국한 거야?"

"응. 그렇게 됐어."

이목구비가 시원시원한 미인형의 라희가 휘소를 한번 쳐다보더니 입꼬리를 보기 좋게 올리며 웃는다. 속 보이는 짓에 피식, 웃어보지만 입안에 감도는 씁쓸함 때문에 오래가진 못했다.

"참, 한신백화점에 있다가 호텔로 옮겼다며? 너 능력 있다고 소문이 자자하더라."

"헛소문이지만 기분은 좋네."

희미하게 웃어 보인 정원은 샴페인 잔을 부러 느릿하게 입으로 가져갔다. 스스로 여유를 되찾기 위해 노력하는 중이었다.

"나도 이번에 들어오면서 곧 오픈할 호텔 맡게 됐어. 아무래도 부딪치겠지?"

뭐?

목에 걸린 샴페인을 겨우 넘긴 정원이 얼른 표정을 정리했다.

"그래? 경쟁자로서 잘됐다는 말은 차마 못하겠지만…… 그래도 축하해."

휘소와 파혼 후, 내리막길을 걷기 시작한 백화점 사업을 다시 원점으로 돌려놓은 데 일조를 한 정원은 경쟁자가 누가 되었든 국내 최고 수준으로 사업을 끌어올릴 자신이 있었다.

"고마워."

라희가 만면에 미소를 띠기에 같이 웃어 보이는 순간, 정원은 재밌어하는 표정이 역력한 휘소와 눈이 마주쳤다. 이라희쯤이야 하고 우습게 여긴 자신의 마음이 다 읽히고 있는 것 같아 창

피하고 불쾌했다.

"결혼은 안 해?"

휘소가 냅킨으로 입가를 닦으며 성의 없이 묻자 정원의 표정이 잠깐 얼어붙었다. 주위에서도 숨을 죽이며 안쓰러운 표정으로, 또는 고소한 표정으로 바라보는 것이 느껴졌지만 그 아래 흥미로움이 기본적으로 깔려 있다는 것을 모르진 않았다.

제일그룹 후계자 김휘소에게 파혼당한 여자. 게다가 그 이유가 다른 남자 때문이라는 사실. 이젠 정원의 집안보다 한참이나 떨어지는 쪽에서도 그녀를 거부한다는 사실은 뭇 남자들에게는 동정을, 휘소의 옆자리를 탐내는 여자들에게는 아직도 재밌는 가십거리였다.

"이봐요, 전 약혼자 씨. 나 아직 서른도 안 됐거든요?"

정원은 농담조로 말했다. 다 알고 있으면서 모르는 척 묻는 휘소가 괘씸하기도 했고, 사람들이 원하는 반응을 보이지 않을 작정이었다. 그러나 지금 휘소와 만나고 있는—아직 확실하진 않지만—라희 앞에서 전 약혼자니 뭐니 이야기를 꺼낸 것은, 뒤늦게나마 마음을 불편하게 만들었다.

"아, 내가 실수한 건가?"

정원은 라희와 휘소를 번갈아 쳐다보며 물었다.

"괜찮아. 다 옛날 일인데, 뭐."

라희를 따라 정원도 미소를 짓긴 했지만 '넌 이제 휘소랑은 상관없는데, 뭐' 하는 그녀의 깊은 말뜻 정도는 알아들을 수 있었다.

그래, 다 옛날 일이지.

정원은 동조하면서도 그 옛날로 돌아가고 싶은 갈증을 느꼈다. 물론 휘소와 다시 어찌해 보고 싶다는 생각이 있는 것이 아니라 그때의 그 어리석었던 선택을 하지 말았어야 했다는 후회 때문이었다.

"이 바닥에서 여자 나이 서른 줄이면 초혼이 아니라 재혼 생각할 나이 아냐? 설마, 여기 사람들 아직도 너한테 그 같잖은 주홍글씨 낙인찍어 놓은 채야?"

휘소가 비릿하게 웃더니 주위를 둘러보며 말했다. 제 딴에는 옛정을 생각해 압력을 넣고 있는 것이었는지는 몰라도, 다이렉트로 그런 소리를 듣고 있는 정원은 되려 휘소에게 그만하라 소리치고 싶었다.

"한정원!"

아, 깜짝이야.

민영이 입구에서 허겁지겁 모습을 드러냈지만 이미 휘소와 마주 보고 앉아 있는 정원을 발견하고는 행동이 좀 얌전해졌다.

"······시끄러. 암튼."

민영을 보는 휘소의 시선이 곱지 않은 걸 보면, '여자는 언제나 여자다워야 한다'는 구시대적인 이성관은 여전한가 보다. 침대 위에서는 전혀 반대되는 타입의 여잘 좋아할 거면서.

"같이 뭣 좀 먹자."

괜히 기분이 나빠진 정원은 휘소를 한번 흘겨보고는 민영을 데리고 멀찍이 떨어진 곳으로 걸어갔다.

"뭐야, 김휘소?"

"왜, 또."

설핏 웃으며 묻는 라희의 물음에 휘소는 건조하게 되물으면서도 정원의 뒷모습에 시선을 고정시킨 채였다.

"예전이면 몰라도, 그런 눈빛을 받고도 너그러이 넘어가 주고…… 아직 옛정이 남아 있는 건가?"

휘소가 피식, 웃음을 터뜨렸다.

"하도 오랜만이라서, 저런 눈빛 받아본 지."

"……그리웠다는 말로 들리네?"

웃음기 밴 목소리였지만 서운함이 감춰져 있었다.

"질투해? 지금이라도 가서 혼내줘? 나한테 그런 눈빛 하지 말라고?"

"됐어. 나 그렇게 촌스러운 여자 아니다?"

짐짓 도도한 척 흘려보내는 라희의 말소리를 들으며 휘소가 희미하게 웃었다.

야외 테이블에 먼저 도달한 민영이 접시를 내려놓았다.

"고마워. 덕분에 먹고 싶은 거 다 담았다."

뒤따라 도착한 정원도 두 개의 접시를 내려놓더니 수북이 담긴 음식들을 바라보며 히죽 웃는다.

"넌 지금 이게 먹고 싶니?"

"응."

민영의 핀잔에 아랑곳없이 정원이 이것저것 맛보기 시작했다.

"일은 힘들지 않아?"

통통했던 얼굴이 완벽한 브이 라인으로, 55사이즈가 44사이즈의 몸매로 변한 정원을 바라보며 민영이 안쓰러움을 감춘 채 물었다.

"어, 괜찮아. 그리고 나 지금 그런 거 따질 때 아니잖아. 집에서 안 내쳐진 게 어디냐."

걱정하는 민영의 마음을 모르지 않는 정원이 음식물을 씹으며 익살스런 표정을 지어 보인다.

"안 내쳐지긴! 너 그때 나가 있었잖아!"

민영은 그때만 생각하면 화가 치미는 모양이었다.

"뭐 그거야…… 에이. 어쨌든. 1년 있다 다시 불러줬잖아."

포크를 내려놓은 정원이 물을 한 모금 들이켰다. 그 모습을 보며, 민영은 '너희 집, 충분히 너 커버해 줄 수 있었어!' 하고 소리치고 싶었지만 그 말이 오히려 정원에게 독이 될 것을 아는지라 입을 떼지는 않았다.

"정원아……."

한참을 말없이 정원을 바라보고 있던 민영이 애교스럽게 정원을 불렀다.

"무섭게 또 왜 이래?"

정원이 민영으로부터 흠칫, 몸을 뒤로 뺀다.

"너…… 은현이 어떻게 생각해?"

"어, 너랑 잘 어울려."

다시 뭘 하나 입에 넣고 오물오물하면서 정원이 대수롭지 않게 대답했다.

"아, 진짜…… 나 말고, 너!"

처음부터 민영이 한 질문의 의도를 알고 있던 터라, 정원은 여유롭게 음식을 삼키곤 피식 웃는다.

"은현이가 미쳤냐?"

"왜, 너 요즘 잘나가잖아. 그리고 너희 둘 사이도 그만하면 좋고."

"그거야 은현이가 나 불쌍하다고 놀아주는 거고."

"……."

"얘가 정말 왜 이러실까? 좋은 말로 할 때 불어라?"

한순간에 민영의 얼굴에 먹구름이 끼자 입가에 희미한 미소를 걸고 있던 정원이 짐짓 단호한 어조로 말했다.

"다 먹었냐?"

"아니."

"네 배는 아닌 것 같은데?"

"편하게 앉아 있어서 그런 거야."

정원이 배에 한번 힘을 주어 집어넣었지만, 민영은 제법 비어 있는 접시를 확인하곤 조심스럽게 입을 열었다.

"아까 봤지? 휘소…… 라희 고년이랑 약혼할 거란 얘기가 있어."

"……젠장."

법조계 집안 여식인 것이 무색할 정도로 민영은 원래 자기가 싫어하는 사람은 남녀 가릴 것 없이 이년, 저년 했지만 욕 없이 악의적인 말들을 쏟아낼 수 있는 것이 진짜 교양이다라고 생각하는 정원이, 나직이 욕설을 내뱉고 허탈한 웃음을 터뜨릴 정도로 그녀는 지금 꽤나 골치가 아팠다.

"그래서 은현이 얘기 한 거구나?"

여전히 어두운 표정의 민영이 고개를 끄덕였다.

"GK가 제일과 손을 잡는다……. 그럼 은현이도 안 되지."

서인그룹의 차남 주은현. 아무리 한신그룹보다 잘나간다고 하나 세계적인 그룹인 제일의 영향력을 따라잡을 수는 없었다.

"은현이 얘기한 거, 꼭 사업 때문만은 아냐."

"그럼 더더욱 안 되지! 내가 아직 이 수준인 한 민폐도 그런 민폐가 없을 거다. 겨우 자리 하나 꿰차고 있다지만 한신그룹, 내 배다른 동생한테 넘어간다는 게 기정사실화된 마당에……. 게다가 스캔들까지 있잖아, 나. 아하! 이참에 한국의 패리스 힐튼이나 돼볼까? 재밌겠는데?"

"그래, 차라리 그래서 김휘소 다시 꼬시는 거야! 그럼 너, 최소한 지금처럼 사람들한테 씹히고 무시당하진 않을 거 아냐. 그래도 옛날엔 네 면전에서는 안 그랬는데……."

민영이 정원을 불쌍한 눈빛으로 쳐다봤다.

"지나간 얘긴 해서 뭐 해……. 아, 얼마 만에 누려보는 여유로움이냐, 이게……."

다소 불편한 드레스 차림에도 개의치 않은 정원은 나른한 표정으로 기지개를 켜며 말했다.

"또 둘이 노냐?"

"주은현! 이 기특한 짜식! 잘 왔다, 잘 왔어."

"왔어?"

은현의 등장에 정원의 짝으로 아직 미련을 못 버린 민영이 환호했고, 정원은 민영이 했던 얘기가 걸려 대충 아는 척을 하고 말았다.

"또 한 번에 세 접시나 해치우고 계셨군."

정원의 앞에 나란히 놓인 접시들을 바라보곤 은현이 쿡쿡거리며 웃었다.

"접시가 작아서 얼마 안 담겼어. 누가 들으면 엄청 먹어대는 줄 알겠다."

"아니야? 저번에도 앉은자리에서 파스타 두 접시 뚝딱 해치웠잖아, 너."

정원과 민영 사이에 자리를 잡으며 은현이 말했다.

"저번? 저번, 언제? 난 기억 안 나는데?"

"은현이 출장 가기 전에 우연히 만나게 돼서 밥 먹었지, 뭐."

보름 전쯤 '우연히'가 아니라 은현이 먼저 연락한 거였지만,

지금 상황에선 긁어 부스럼만 만들지 싶어 정원이 둘러댔다. 그러나 의중을 알 리 없는 은현은 왜 그러냐는 듯 어깨를 으쓱해 보였고, 정원은 고개를 살짝 흔들며 신호를 보냈다.

"출장은 어땠어?"

민영이 낌새를 챘는지 눈초리를 빛내자 정원이 얼른 그녀의 신경을 딴 데로 돌리기 위해 물었다.

"잘됐는데, 공항에서 바로 오니까 좀 피곤하다. 들어가자, 한잔하게."

은현이 고갯짓으로 별채를 가리켰다.

"휘소 왔잖아."

은현도 이미 알고 있겠지만, 민영이 껄끄러울 정원을 생각해 들어가고 싶지 않은 이유를 밝혔다. 그러나 '왔어?' 하고 눈까지 크게 뜨며 되묻는 은현을 보자 민영도 정원도 아리송한 표정이다.

"몰랐어?"

"온다는 건 알았는데, 이렇게 빠를 줄은 몰랐지."

민영의 물음에 은현이 정원의 눈치를 살피며 대답했다.

"나 괜찮거든요? 오히려 내 눈치 보는 게 더 짱나거든요?"

정원이 뾰로통한 척하면서도 실실 웃었다.

"역시…… 멋있어."

은현이 정원의 어깨에 팔을 두르곤 팡팡 두드렸다. 그리고 그 후로도 꽤 오랫동안 셋은 안으로 들어갈 생각을 않고 시시한 농담을 주고받으며 웃고 떠들었다. 간만에 유쾌한 시간이라 누군가의 등장으로 인해 웃음이 뚝 끊겨 버리자 서운하기까지 했다.

"저기……."

누군가의 인기척에 셋의 시선이 방해꾼이 되어버린 한 남자에게 쏠렸다.

"휘소가 왔음 들어오라는데?"

"어, 알았어."

은현은 떨떠름한 표정이었지만 유하게 대답했고, 말을 전한 남자는 뒤돌아 가버렸다.

"알지? 나 코드 블랙(병원 내 폭발물이 있을 때를 가리킴)인거. 먼저 간다."

정원이 자리에서 일어서며 납작한 클러치백을 집어 들었다. 그렇지 않아도 바빴는데 라희가 경쟁 사업에 뛰어들 거란 소식을 접하고 나니, 할 일이 기하급수적으로 늘어난 느낌이라 마음이 급했다. 게다가 라희와 휘소의 약혼이 성사되면 한신그룹이 입을 타격이 만만치 않을 것이다.

"운전 조심하고. 조만간 보자."

은현과 민영은 정원에게 불편한 자리가 될 것임을 알기에 말리지 않았다.

"전화할 테니 받기라도 해."

워낙 회사 일 때문에 바쁘기도 했지만, 전화와 친하지 않은 정원의 성격을 알고 있는 민영이 잊지 않고 일러둔다.

"어, 간다."

몇 발자국 뗀 정원이 돌아보며 손을 흔들었다.

"정원아! 잠깐!"

은현의 외침에 정원이 몸을 돌리려다 말고 멈춰 섰다.

"좀 쌀쌀하다. 차 밖에 세웠을 거 아냐. 입고 가."

은현이 검정색 재킷을 벗어 훤히 드러난 어깨를 덮어주었다. 큰 키는 아니었지만 다리가 긴 정원이 걸치니 검정 드레스와 어울려 그렇게 엉성해 보이진 않았다.

"시간 날 때 돌려준다? 아님 그냥 가고."

드라이해서 은현을 찾아갈 생각을 하니 귀찮지 싶다.

"그냥 가져라, 가져."

정원이 옷을 다시 벗어주려는 모션을 취하자 은현은 그러지 못하게 정원의 어깨를 감싸 쥐며 말했다.

"히히. 갈게."

정원이 배시시 웃으며 다시 발걸음을 재촉했다.

운전석에 올라탄 정원은 시트를 살짝 젖히고 깊숙이 등을 묻었다. 휘소를 대면했을 때의 여유로웠던 모습은 온데간데없었다. 미세하게 떨리는 입술 사이로 깊은 한숨이 새어 나왔다.

1. 그, 지영우

　무던히도 더웠던 여름을 보내고 가을을 맞은 9월의 캠퍼스는 상쾌하고 청량했다. 여기저기서 들려오는 높낮이 다른 웃음소리와 재잘거림, 농구공 튀기는 소리와 환호성은 어지간히도 소란스러웠지만, 설핏 미소가 번질 정도로 정다웠다. 정원은 푸른 하늘에서 밀려나 금방이라도 내려앉을 것 같은 하얀 뭉게구름을 바라보며 농구 코트와 가깝지도, 그렇다고 멀지도 않은 벤치에 누워 있었다.

　"패스!"

　대여섯의 남자들 목소리 중에서 유독 귓가를 자극하는 목소리가 또다시 들려오자 정원의 입매가 히죽 말려 올라갔다.

　"야! 한정원!"

평화로움을 순식간에 깨뜨리는 하이 톤의 목소리에 정원의 미간에 주름이 잡혔다.

"빨랑 안 일어나?"

찰싹 하는 소리와 함께 허벅지에 통증이 느껴지자 정원이 벌떡 일어나 소리를 지른다.

"아, 왜!"

"아, 왜에? 전화기 왜 또 꺼놨어?"

"잠시 꺼두셔도 좋습니다. 몰라?"

"그게 잠시냐? 어? 하루 온종일이지?"

"배터리가 나간 거야."

다소 누그러진 목소리로 정원이 대답했다. 사실, 핸드폰이 방전된 건 엊저녁부터 알고 있던 사실이었지만 일부러 충전해 놓지 않았다는 것이 살짝 찔렸다.

"그렇다 치고, 수업 끝났으면 빨리 가서 치장이나 할 것이지, 뭐 해, 여기서? 김휘소한테 안 갈 거야?"

의상디자인을 전공하고 있는 학생답게 오늘도 멋지게 차려입은 민영은 정원의 차림새를 훑어 내리며 한심하다는 투로 말했다.

"어. 나 약속 있어."

그러거나 말거나 청바지에 트위드 재킷, 그리고 플렛슈즈까지 쭉 훑어 내린 정원은 '편하기만 하구만 뭐 어때서'라는 표정이었다.

"하여간 저 무대뽀. 다른 사람도 아닌 지 약혼자 생일인데도 참 대단해. 무슨 약속인데?"

"우리 과 개강 파티."

정원이 눈을 반짝 빛내며 말했다.

"헐."

대단하고 중요한 약속일 거라 생각했던 민영은 정원의 대답에 입이 쩍 벌어졌다.

"참 중요한 약속이십니다. 천하의 김휘소가 이렇게 불쌍하게 느껴질 때가 다 있다니."

"불쌍하긴. 나 안 가도 콧방귀도 안 뀔걸?"

책상다리를 하고 앉은 정원은 기지개를 쭉 폈다.

"걔 내 앞에서도 다른 여자들이랑 잘 놀잖아. 어디 좋은 데 가겠지."

그에 맞춰 말투까지 쭉 늘어졌다.

"야, 이왕 약혼한 거 둘이 잘 지내보지, 너넨 왜 그렇게 데면데면하냐? 어차피 결혼도 할 거."

"뭐…… 나야 건방지고 시니컬한 그 성격이 싫었고, 걘 나같이 드센 여자 싫어하잖아."

"모르겠다. 알아서 하고. 난 휘소 생일 파티 갈라 했는데, 같이 가지? 개강 파티가 뭐 재밌냐? 소주 마시고 다음날 머리나 아프지. 너, 경영학과에 친한 애들도 없잖아?"

"특별히 친한 친구는 없어도 두루두루 잘 어울리고 있단다."

정원이 민영의 어깨에 팔을 두르며 대답했다.

"정원아."

어? 최민영이 이렇게 부드러운 목소리로 부를 리는 없었다. 커피 광고에나 어울릴 것 같은 목소리…… 그다!

민영을 향해 틀어져 있던 정원의 고개가 다시 앞으로 향하며 키가 큰 남자를 두 눈에 가득 담았다. 땀에 젖었지만 부드러워 보이는 머리카락이 바람에 살랑살랑 나부끼고 있었다. 그리고 저 부드러운 미소라니……. 노란 나비가 살랑거리며 가슴속에 내려앉는 것 같았다.

"영우 선배."

약간 얼이 빠진 듯한 말투였지만, 반가움이 그대로 묻어났다.

"농구 이겼어요?"

"아니. 졌어."

영우가 머리를 긁적이며 머쓱하게 웃자 정원의 얼굴에도 슬며시 미소가 번졌다.

"누구?"

날 선 민영의 목소리에 영우가 입고 있던 빛바랜 청바지와 목이 늘어난 티셔츠가 눈에 들어와 박혔다.

"아…… 우리 과 선배."

그저 반갑기만 했던 영우의 존재가 금세 민영을 의식하게 만들었고, 그런 옷을 입고 있는 영우가 창피하기도 하면서 한편으론 속상했다. 나도 어쩔 수 없는 속물이구나 하는 마음에 자조적인 웃음이 스쳤다 사라졌다.

"이따 올 거지? 난 게임도 지고……. 가서 술이나 퍼야겠다."

"네. 이따 봐요, 선배."

"어."

자신의 차림새를 훑어보곤 떨떠름한 표정을 짓고 있는 민영과 처음과 달리 그늘진 정원의 얼굴을 보며 영우는 애써 웃으면서 자리를 피했다.

"민영아……."

영우가 시야에서 사라지자 정원이 민영의 이름을 힘없이 불렀다.

"왜에?"

푸른 하늘을 올려다보고 있던 민영이 성의 없이 대답했다.

"나 정말 나쁜 년인가 봐……. 그리고 너도."

정원이 무슨 이야길 하려는 건지 대충 감이 온 민영은 듣는 둥 마는 둥이다.

"영우 선배 좋은 사람이거든. 다정다감하고…… 친절하고…… 밝고…… 싹싹하고…… 착하고……."

"옷은 더럽게 못 입더라."

왠지 안돼 보였던 영우의 뒷모습을 생각하며 자괴감에 빠져 있던 정원은 풋, 웃음이 났다. 하지만 살짝 일그러진 표정은 그대로였다.

"그래도 멋있어. 그 송아지처럼 긴 속눈썹 봤어?"

"어. 근데 그 옷은 정말이지…… like shit이더라."

"그 정도였나? 그렇게 입고 다니는 사람들 많잖아."

"그렇겐 입고 다녀도 그렇게 낡은 건 집에서 걸레로도 안 쓸 거다."

"네가 너무 예민해서 그런 거 아닐까? 넌 전공도 의상디자인 이고……. 돈 없는 남자는 용서해도 옷 못 입는 남자는 용서 못 한다며?"

"……좋아하냐?"

하늘을 보고 있던 민영이 고개를 핵 돌려 정원을 바라봤고, 정원은 그 한마디에 숨을 멈췄다.

"아까…… 나 어땠는지 봤잖아."

조금 전의 기억을 되새긴 정원은 씁쓸하게 웃었다. 영우에게 마음이 있다고 생각했는데 꼭 그런 것도 아닌 것 같았다. 그러나 추궁하는 듯한 민영의 눈빛이 계속되자 자신감 없는 목소리로 다시 우물거린다.

"아마 아닐…… 걸?"

"큰일 났구먼."

"아니라니까."

"아니긴. 너 개강 파티 그 선배 때문에 가는 거지?"

"뭐, 꼭 그렇다기보다는…… 어."

손가락을 꼼지락거리던 정원이 고개를 끄덕였다.

"내 마음은 네 사랑 응원해 주고 싶다만, 적당히 해."

장난기는 사라지고 진지함만 남은 민영의 얼굴을 보고 있자니 아닌 것도 알았다고 말해야 할 판이었다.

"왜 진도는 니가 빼고 난리야? 뭘 적당히 해? 나 영우 선배랑 아무것도 안 할 거거든?"

"그럼 너…… 휘소랑 처음 하겠다?"

"야!"

"흐흐. 먼저 간다. 배터리 꼭 충전시켜, 이따 전화할 거니까."

민영이 뒷걸음질하며 '빠이빠이' 손을 흔든다.

✳

다들 클럽이라고 부르지만 밥도 먹을 수 있고, 커피도 마실 수 있고, 라이브 연주를 들으며 술도 마실 수 있는 청담동에 위치한 지상 5층짜리의 건물 홀리데이. 회원제로 운영되는 프라이빗한 공간인 5층을 제외하면 일반인들의 출입을 통제하진 않았다. 하지만 그곳에 드나들고 있는 사람들이 어떤 사람들인지에 대한 입소문과 유명 연예인이라 하더라도 호기심에 한 번쯤 발길을 들여놓다 그 분위기에 주눅이 들어 자발적으로 이용을 포기하게 되는 그런 곳에서, 휘소가 스물두 번째 생일을 맞고 있었다.

"정원인 늦는대?"

몇 번의 동작으로 당구 큐대로 맞출 흰색 공과 보라색 솔리드 공의 위치와 거리를 가늠해 보고 있는 휘소를 바라보며 은현이 물었다.

"몰라."

휘소의 대답과 동시에 흰색 공이 보라색 솔리드 공과 부딪치며 경쾌한 소리를 냈고, 보라색 공이 쿠션에 부딪혀 튕겨 나가고, 다시 부딪혀 튕겨 나간 뒤 어느 한 모서리의 구멍 속으로 쏙 빨려 들어갔다.

"전화 한번 해보지?"

"내가 왜?"

은현의 말에 다음 플레이의 동선을 확인하며 오로지 당구대 위로 시선을 고정시킨 휘소가 건조하게 말했다.

"요즘, 정원이가 얼굴 잘 안 내밀잖아."

이번엔 초록색 공이 구멍 속으로 사라졌다.

"한정원 보고 싶냐? 왜 그렇게 관심이 많아?"

휘소가 피식, 웃으며 몇 발자국 자리를 옮긴다.

"그게 아니라, 모임에 제법 잘 나오더니 본 지가 영 오래돼서. 무슨 일 있는 건가 싶기도 하고."

"너, 왜 그러냐? 농담한 건데?"

큐대를 대충 세워놓은 휘소가 당황한 기색이 역력한 은현의 어깨를 툭 치며 말했다.

"아니…… 네가 오해하는 것 같으니까……."

"한잔하자."

어색하게 웃고 있는 은현에게 휘소가 고갯짓으로 테이블을 가리키곤 걸어갔다.

"어? 최민영 왔네?"

은현이 막 테이블로 다가서고 있는 민영을 발견하고 말했지만, 관심을 두지 않은 휘소는 술잔을 들어 올리곤 소파 등받이에 편안히 몸을 기댔다.

"생일 축하."

민영이 휘소의 맞은편에 앉으며 작은 선물 상자를 휙 던졌고, 한 손으로 그걸 받아낸 휘소는 구석진 곳으로 툭 밀어놓았다. 이미 수북이 쌓여 있던 상자 중 몇 개가 주위로 흘러내렸다.

"나 배고파. 먹을 거부터 줘."

은현이 슥 메뉴판을 밀어줬고, 때마침 지나가던 웨이터가 주문을 받아갔다.

"왜 혼자야? 정원인?"

"말도 마. 과제 때문에 정신없어. 머리는 산발을 해가지고 꾀죄죄한 모습에…… 토할까 봐 도망 왔다."

민영이 과일을 하나 입에 넣으며 설레발을 쳤다.

"역시, 우리 도도한 공주님. 김휘소 물 먹일 줄도 알고."

"걔 공주 아냐. 왈가닥이지."

은현이 휘소를 자극하려는 듯 스멀스멀 웃으며 말했지만 휘소도 그저 비뚜름하게 웃으며 한마디 할 뿐이다.

"왈가닥일지는 몰라도 천하의 김휘소가 약혼녀한테 잡혀 산다는 건 맞는 것 같은데?"

또각또각 하이힐 소리를 내며 라희가 모습을 드러냈다.

"왔어? 오랜만이다?"

"응."

은현의 인사에 입고 있는 레몬색 드레스만큼이나 상큼한 미소를 지으며 라희가 빈자리를 찾아 앉는다.

"선물 안 사왔어, 내 것도 저렇게 될 게 뻔해서."

라희의 말에 민영의 시선이, 대충 쌓아 올려져 여기저기 흩어져 있는 상자 꾸러미들로 향했다.

"상관없어. 헛소리 지껄이지만 마."

좀 전 라희의 언사가 불쾌한지 휘소가 말을 툭 내뱉었다. 물론 민영도 심기가 불편한 표정이었지만 그 원인은 휘소와는 달랐다.

'선물 안 사왔어. 내 것도 저렇게 될 게 뻔해서. 캬, 대사 한번 죽인다. 완전 쿨해 보이잖아, 저년?'

선물 사오지 말고 내가 저렇게 말할걸 하는 후회가 급속도로 밀려들었다. 늘 그렇듯 라희에 대한 적대심이 마구 샘솟았다.

"무슨 헛소리? 맞잖아. 너 정원이가 하자는 대로 다 한다며?"

휘소가 라희와 가깝게 지내긴 했지만 사람 많은 곳에서, 그것도 까칠한 김휘소를 상대로 할 말 다 하는 모습을 본 친구 녀석들은 분위기 깨질까 긴장을 타는 놈들이 대부분이었다. 하지만 그 속에서도 은현은 빙그레 웃고 있었고, 민영은 호기심과 시기심이 섞인 시선으로 휘소와 라희를 쳐다보고 있었다.

"사람 많은 곳 싫어하는 네가 한정원이랑 영화관에 있는 걸

봤다는 사람도 있고, 느끼해서 중국요리 싫어한다더니 개랑 요리 거하게 시켜놓고 고량주도 마셨다며?"

휘익.

태양이 휘파람을 불어댔고,

"어? 정원이 탕수육 디게 좋아하는데."

민영이 눈치 없이 한마디 하자 휘소의 날카로운 눈빛이 날아들었다.

"내가 내 약혼녀랑 뭘 하든 관심 끄지?"

"에이, 삐쳤어? 소심한 에이형도 아니면서 오늘 왜 이렇게 예민해?"

"가라, 너."

"미안. 잘난 내 친구가 약혼녀한테 무시당하는 것 같아 기분이 좀 안 좋네."

라희가 빙긋 웃으며 말했지만 그녀를 보는 휘소의 표정엔 짜증이 지워지지 않았다. 그리고 그 점이 또 라희의 자존심을 건드렸다.

"정원이 지금 한국대 근처에서 술 마시고 있대."

라희의 말에 무리들의 시선이 민영에게 쏠렸다.

"아, 과제 끝내고 한잔 푸나 보지. 너넨 머리 쓰면 술 안 땡기냐?"

민영이 짐짓 태연스레 말했지만 이미 싸해진 분위기는 어쩔 수 없었다.

"상관없어. 오라고 연락한 것도 아니고."

휘소가 고요한 적막감을 깨뜨리며 말했다. 실은 어젯밤 전화를 걸었고 전화기가 꺼져 있어 통화를 하지 못한 것이지만, 그 사실까지 말할 필요는 없었다.

"그래, 늦게라도 올 수 있는 거고……."

"잘됐다. 간만에 쌔끈한 언니야들 좀 보러 가자."

"지금 자리 옮길까?"

정작 휘소는 아무렇지 않아 보였지만 몇몇이 휘소의 눈치를 보며 분위기를 띄웠다.

"아…… 가, 가, 가."

태양이 주저주저 하는 녀석들을 먼저 일으켜 보내고 휘소에게 시선을 보내자 남은 술을 한입에 털어 넣은 휘소가 별말 없이 일어섰다. 훤칠한 키에 탄탄하고 균형 잡힌 몸매가 얼핏 배어 나오는 옷맵시에 마침 그쪽으로 고개를 돌린 여자들에게서 무언의 감탄사가 터져 나왔다.

✻

학교 앞 호프집에서 시작한 개강 파티는 두어 시간 남짓 지나자 분위기가 무르익어 갔지만, 정원은 마신 술의 양에 비해 취기가 오르지 않았다. 그리고 그 이유가 멀찍이 떨어져 앉은 영우 때문이라는 것도 알았다. 낮에 만난 영우를 대할 때의 미안함과 죄책감 때문인지, 정원의 시선이 자주 영우에게 머물다 비켜가고 있었다.

"근데 한정원. 너희 집 꽤 잘살지?"

"아아니!"

제법 가깝게 지내던 동기생의 질문에 놀란 정원이 반사적으로 손바닥까지 내저어 보이곤 설레발을 쳤다. 한신그룹 이야기라도 나올까 조마조마했다.

"진짜? 난 네가 비싼 옷만 입고 다니기에 그런 줄 알았는데."

"이거 명품 아닌데?"

일부러 백화점 명품관이 아닌 숙녀복 매장에서 산 옷만 골라 입고 다닌 정원은 지레 겁을 먹고 해명을 하다, 어리석은 대답에 속으로 아차 싶어 주위의 눈치를 살폈다.

'어?'

그러다 영우가 쿡 웃음을 터뜨리는 것을 목격하곤 불안한 눈빛으로 쳐다보고 있으려니, 눈이 마주친 그가 왜 그러냐는 듯한 눈빛을 보내온다.

"명품은 아니더라도 꽤 비싼 브랜드만 입잖아."

다시 들려오는 친구의 말에 정원은 영우에게서 눈길을 떼고 다시 친구에게 집중했다.

"아냐. 이거, 동대문에서 산 거야. 요즘은 다 카피 떠서 나오잖아."

'지지배. 공부는 안 하고 옷만 사 입고 다녔나? 그렇게 공부

를 해보지? 과 탑도 하겠다.'

속마음과 달리 정원이 싱긋 웃으며 언젠가 민영이로부터 들은 말을 써먹었다. 정확하게는 명품을 카피 뜬다는 말이었지만 다행히 친구는 고개를 살짝 끄덕였다.

'오늘은 하루 종일 어딜 가나 옷이 말썽이구나.'

소주를 입에 털어 넣는 순간, 영우가 밖으로 나가는 것이 눈에 들어왔다. 그 바람에 티셔츠만 갈아입었을 뿐 낮과 별로 달라진 것이 없는 그의 차림새가 마음을 쿡쿡 찔러댔다.

"나, 잠깐……."

정원은 슬그머니 일어나 영우를 따라나섰다.

"걱정하지 말라니까. 내가 알아서 해."

영우의 모습은 반쯤 기둥에 가려진 채였지만, 그림자를 통해 통화 중이라는 것을 알 수 있었다. 한 발자국 더 다가서려던 정원은 진지한 영우의 목소리에 차마 방해할 용기가 없었다. 그래서 다시 돌아서려던 순간, 정원의 눈이 휘둥그레 커졌다. 영우가 잡아챈 정원의 손목을 힘주어 끌어당겼다.

"아니, 아직은 준비가 안 됐어……."

여전히 자신의 손목을 붙잡고 통화를 하고 있는 영우는 살짝 고개를 숙인 채였다. 음영이 드리워진 그의 옆모습이 묘한 분위기를 풍겼다.

"그만 끊자. 내가 다시 전화할게."

전화를 끊으며 영우는 예의 그 부드러운 미소로 정원을 바라봤다.

"미안. 놀랐지?"

"아뇨. 근데 무슨 일 있어요?"

"아니, 없는데?"

영우가 씩 웃으며 장난스럽게 대답했지만 정원은 여전히 신경이 쓰였다.

"왜 네가 울 것 같은 표정이야? 여기 좀 앉을래?"

영우가 분위기를 바꾸기 위해 밝은 목소리로 말했다. 정원은 고개를 끄덕이곤 영우와 같이 난간에 걸터앉았다.

"술 많이 마셨어?"

"오늘은 술이 좀 받나 봐요. 꽤 마신 것 같은데 안 취하는 거 있죠?"

"주당."

"그런가?"

영우가 웃자 정원도 피식, 웃으며 대꾸했다.

"소주 좋아해?"

"네?"

단순히 소주를 좋아하느냐는 질문이 아니라는 느낌이었다. 정원은 영우가 한 질문의 의도를 파악하느라 살짝 당황스러웠다. 아까도 그랬고, 영우가 뭔가 꼭 알고 있는 것 같아 불안했다.

"여자들은 칵테일 소주, 이런 거 좋아하잖아."

"아아, 네. 저 소주, 맥주 할 것 없이 다 좋아해요."

마음이 놓인 정원이 꽤 씩씩하게 대답했다.

"그럼, 다음엔 가볍게 맥주나 한잔할까?"

"소원이에요?"

정원이 표정을 싹 바꾸며 진지하게 물었다. 물론 장난이었다.

"어. 소원."

그에 못지않게 진지한 얼굴을 한 영우 때문에 정원이 킥, 웃음을 터뜨리자 영우도 큭큭, 웃는다.

"저기…… 선배, 아까 낮엔 미안했어요."

정원이 머쓱해하며 말을 꺼냈다.

"아…… 그거? 괜찮아. 신경 쓰지 마."

'뭐가 미안해?' 하고 물으면 뭐라고 대답을 해야 하나 걱정하던 정원은 다 안다는 듯 살짝 미소를 지으며 대답하는 영우가 고마웠다.

"솔직히 과외 뛰면서 꽤 많이 벌거든? 근데 어머니 병원비로 들어가고 나면 이렇게 학교 다니는 것도 빠듯해. 밑에 동생들도 있고. 그래서 어쩌다 보니 입고 다니는 건 형편없지 뭐. 근데 이상하게도 그걸 하나도 창피하게 생각해 본 적은 없었는데, 네 앞에서는 부끄럽고 내 자신이 초라해 보이는 거야. 아, 너 미안하게 하려고 한 말은 아니고, 뭐냐면…… 음…… 네 앞에서는 좋은 모습만 보이고 싶고, 꼭 성공해야겠구나 하는 다짐이 더 커졌달까?"

"선배……."

"내 말 무슨 말인지 알겠어?"

정원은 자신이 부끄러웠다. 그리고 영우에겐 뭐라 말할 수 없이 미안했다. 눈물이 그렁그렁해진 정원이 고개를 끄덕였다.

"너, 우는 거야?"

"아뇨."

영우가 걱정스런 눈빛으로 바라보자, 정원은 민망함에 싱긋 웃으며 고개를 도리도리 흔들었다.

"내 눈이 원래 좀 촉촉해요."

무거워지는 분위기가 싫어 그냥 웃어넘기려 했는데, 서로 시선이 마주한 순간 웃음이 사그라졌다.

영우의 입술이 정원의 입술 위로 살포시 내려앉았다.

2. 김휘소와 한정원의 거리

다음날, 토요일 늦은 아침.

정원은 침대에서 뒹굴거리며 민영의 전화를 받고 있었다.

〈내가 너 과제 있다고 그랬거든? 근데 컨셉이 레몬이었는지, 아님 레몬이 되고 싶었는지, 레몬색 드레스를 입고 나타난 라희 고년이 글쎄, 너 학교 근처에서 술 마시고 있다고 고자질하는 거 있지!〉

"상관없어. 어차피 그 소문 무서웠음 휘소 생일 가고도 남았지."

〈그래도 신경 좀 쓰지? 뭐, 김휘소 그 자식이야 아무렇지 않아 보이긴 했지만.〉

"그렇지 않아도 오늘 만나려고 했어."

〈아아, 그러기로 약속했었냐?〉

"아니, 전화해 봐야지. 어제 엄청 마시고 호텔에 있을 게 뻔해. 오후나 돼야 정신 차리겠지."

〈와우, 브라보. 어떻게 남들은 다 어려워하는 김휘소를 네 스케줄에 맞추냐, 넌? 존경스럽다, 진짜.〉

"비꼬는 거지?"

〈아닌데? 참! 건 그렇고, 넌 어제 그 옷 못 입는 남자랑 뭐 없었냐?〉

"그게, 어제 있지……."

정원은 어제 있었던 일을 민영에게 전했다.

〈야, 한정원. 마음 주지 마, 너. 아니다. 아예 만나질 말아라.〉

"왜? 휘소도 여자 만나는 거 너도 알잖아."

〈알지, 너네 약혼하기 전에 그 말도 안 되는 계약선지 뭔지 둘이 작성한 거. 나랑 우현이랑 증인 세워놨는데 모를 수가 있겠냐 그럼? 근.데. 결혼하기 전에 깨끗이 정리한다. 내가 봤을 때 휘소는 가능해. 넌 가능해?〉

"어."

〈퍽이나.〉

"이씨, 끊어. 나 나갈 준비해야 돼."

정원은 종료버튼을 터치한 후 침대 위에 아무렇게나 휴대폰을 던져 버렸지만 곧 들려오는 문자 알림 소리에 손을 더듬어 다시 휴대폰을 찾아 들었다.

〈내 말 허투루 듣지 마. 지금은 네 맘, 네 맘대로 할 수 있을 것 같지? 근데 마음대로 할 수 없는 게 딱 하나가 있는데 뭔지 알아?
바로 사람 마음이야.〉

"사랑도 안 해본 애가 어쩜 그렇게 잘 아실까?"

피식, 웃어넘긴 정원은 널찍한 침대 위에서 몸을 뒹굴뒹굴 한
다. 그러다 갑자기 움직임을 멈추곤 '해본 거 아냐?' 중얼거리
더니 스스로 생각해도 어이가 없는지 킥킥 웃는다.

샤워를 하고 나와 간단한 메이크업을 한 정원이 옷장 앞에 서
서 이것저것 몸에 대본다. 학교 갈 때만 입던 옷들과는 완전히
떨어져 있는 옷장 앞이었다.

길지 않는 고민을 하다, 명품 브랜드의 원피스와 트렌치코트
를 골라 침대 위에 내려놓았다. 그러나 원피스로 갈아입으려는
찰나, 허름한 옷차림의 영우가 떠올랐다. 정원은 골랐던 원피스
를 도로 걸어놓고는 제일 저렴하게 구입한 기억이 있는 원피스
를 꺼내 들었다.

결국, 잔플라워 패턴의 원피스를 입고 그 위에 트렌치코트 대
신 얇은 카디건을 걸친 정원은 액세서리도 시계와 작은 귀고리
로 최소화하고 옷과 어울리든 말든 어제 멨던 가방을 그대로 들
고 1층으로 내려갔다.

"외출해?"

거실 소파에 앉아 보고 있던 패션잡지와는 어울리지 않는 우

아하고 고상한 차림새를 한 정원의 계모 홍연희가 단아하게 웃어 보이며 물었다.

"네. 아버진요?"

"어. 골프. 네 동생은 친구 만나러 일찍 나갔고. 지지배가 대학 가더니 밖으로만 돌아 큰일이야."

예의상 아버지의 안부를 물었을 뿐인데, 부러 '네 동생'이라 강조하며 배다른 여동생인 정윤의 이야기까지 하는 계모의 속이 뻔히 보였지만 정원은 내색하지 않았다.

"그 나이 때는 다 그래요."

정원이 대충 웃으며 대꾸했다.

"넌 안 그랬잖아. 언니로서 정윤이 좀 혼내고 그래. 막내라서 오냐오냐 키웠더니 너무 철이 없어."

인자한 미소를 내보인 연희가 정원을 배웅하기 위해 따라나서며 말했다. 남들이 본다면 행복한 가족의 모습일 것이다. 그러나 정원과 연희 모두, 서로에게 보이고 있는 그 친절이 허울 뿐임을 잘 알고 있었다.

"참, 어제 정훈이랑 통화했는데 누나 보고 싶다고 하더라. 시간 나면 전화 한번 해줘."

"네. 다녀올게요."

영국에서 유학 중인 배다른 동생 정훈과는 나이 차가 한 살밖에 나지 않았다. 아버지와 계모가 어떤 사이였는지를 잊으려야 잊게 할 수 없는 부분이었다.

"조심해서 갔다 와. 너무 늦게 들어오지 말고."

"네."

정원은 연희와 마주 보며 싱긋 웃었지만 뒤돌아서기가 무섭게 그 미소는 자취를 감추었다. 그리고 그건 계모인 연희 역시 마찬가지였다. 하지만 주차장으로 향하던 정원은 그 순간이 지나자 마음이 무거워졌다. 마음을 다 내주지 않는 자신을 곧잘 따르는 정훈과 연희의 말대로 철이 없긴 하지만 '언니, 언니' 하며 제법 애교를 떠는 정윤을 보면, 계모에게 적대적인 감정을 이어온 자신이 잘못하고 있는 건 아닌가 하는 생각이 들었다.

소형 박스카에 오른 정원은 오른쪽의 힐을 벗고 좌석 밑에 있던 슬리퍼를 찾아 신으며 휘소에게 전화를 걸었다.

am 11:00.

자동차 대시보드를 통해 시간을 확인했다. 그렇게 이른 시간이 아닌데도 연결음만 들려오고 있었다.

〈짜증 나게…….〉

전화를 끊으려는 찰나, 허스키하다 못해 거칠고 갈라진 음성이 들려왔다. 지금 어떤 상태인지 다 알고 있으면서 전화를 했다는 것에 대한 일침인 것이다.

"미안. 호텔로 가면 되지?"

하나도 미안하지 않은 어투였다.

〈그걸 왜 나한테 물어?〉

처음보다는 정신을 차린 듯했지만 목소리는 여전히 허스키했고 짜증스러웠다.

"한 시간이면 충분하지?"

〈……너 자는 사람 깨워서 뭐 하냐, 지금?〉

여느 때 같았으면 '마음대로 해' 하고 끊었을 텐데, 대단히 신경질적인 목소리가 들려오자 정원은 잠깐 움츠러들었다.

"시간 더 필요해? 30분? 그럼 라운지에서 기다……."

통화종료를 알리는 짧은 효과음이 들렸다. 그래도 '끊어' 하는 말은 하고 전화를 끊었었는데, 어제 안 갔다고 삐치기라도 했나 하는 말도 안 되는 생각이 든다. 휴대폰을 옆 좌석에 툭 던져 놓는 정원에게서 설핏 웃음이 새어 나왔다.

어차피 호텔로 바로 가도 휘소를 기다릴 것은 불 보듯 뻔하다. 정원은 동대문으로 차를 몰았다. 어제 옷 때문에 진땀을 뺐으니 학교에 입고 다닐 옷이나 잔뜩 살 생각이었다. 그런데 정작 남자 옷에 왜 그렇게 눈이 팔리는지. 결국 남성복 매장을 그냥 지나치지 못한 정원은 잔체크 무늬의 남방을 하나 고르고, 돌아서려던 찰나에 데님 남방을 하나 더 고르고 나서야 여성복 매장으로 향할 수 있었다.

평소 휘소가 입고 다니던 것들이 생각나 휘소의 옷은 어째 영우의 것을 고를 때보다 시간이 배로 걸렸다. 탐탁지 않은 마음에 입술을 삐쭉이던 정원은 영우의 옷이 든 가방을 내려다보곤 또 히죽 웃었다. 양손에 여러 개의 종이가방을 들고 끙끙거리며 주차장으로 내려간 정원은 그녀의 옷이 든 가방들은 트렁크에 쑤셔 넣듯 넣어두고는 두 개의 종이가방은 조수석에 잘 내려놓았다. 발품을 좀 팔았더니 배에서 꼬르륵 꼬르륵, 밥 달라 아우성이다.

'점심 뭐 먹지? 스파게티 먹을까?'

다시 슬리퍼로 갈아 신고, 차를 몰면서 점심메뉴를 머릿속에 그렸다. 물론 지금껏 그래 왔던 것처럼 해장이 필요할 휘소의 상태 따위야 고려 대상이 아니었다.

제일그룹의 한 계열사가 맡고 있는 호텔로 들어선 정원은 1층 커피숍의 적당히 구석진 곳에 자리를 잡았다.

"자몽주스 주세요."

주문을 하고 손목시계를 확인하니 휘소가 모습을 드러낼 예상 시간까지 남은 시간은 30여 분 남짓. 가방에서 못다 읽은 소설책을 꺼내 들었다.

등받이에 편하게 몸을 기대고 얼마간 책에 집중을 하고 있으려니 쉼 없이 이어지는 분주한 대화 소리가 흐름을 깨뜨렸다. 얼굴을 가리고 있던 책을 살짝 내려, 정원이 옆의 테이블로 시선을 옮겼다. 꽤나 공들여 치장한 듯한 여자들 셋이 목소리를 죽여 이야기를 나누고 있었으나 휘소의 이름이 나오기만 하면 자동으로 목소리가 커지고 있었다.

"……어제, 클럽에서 진짜 장난 아니었대."

"진짜? 어떻게?"

"왜……. 친구들은 좀 난잡하게 놀아도 김휘소는 분위기 깨지 않을 정도로만 적당히 맞춰주곤 했었잖아. 근데 어제는……."

"아. 빨리, 빨리."

"큭. 알았어. 어제는 여자랑 딱 달라붙어 춤도 추고, 침대로만 안 갔을 뿐이지 진짜 야하게……. 그리고 룸에 부킹 온 애들이 달라붙으면 다 받아주고……."

'어제 제대로 놀았군.'

정원은 더 이상 읽히지 않는 책을 덮고 가슴 앞으로 팔짱을 꼈다.

"진짜? 어제 나도 갈걸……. 그 탄탄해 보이는 가슴에 한번 안겨보면 소원이 없겠다."

"이건, 김휘소 만났던 애한테 들은 건데……. 진짜 잘한대."

"어머, 어머!"

"뭘?"

그 말을 경청하고 있던 한 명이 눈을 동그랗게 뜨며 묻자, 나머지 두 여자는 어이를 상실한 표정이다. 여자의 어리버리함에 정원도 실소가 터졌다. 아무튼, 그렇게 루머인지 사실인지 알 수도 없는 이야기들은, 정원이 가방을 챙겨 자리에서 일어설 때까지도 계속되고 있었다.

계산을 하고 커피숍을 나오며 정원은 휘소에게 전화를 걸었다.

"나 호텔 도착했는데, 정 나오기 힘들면 그냥 갈게."

〈기다려.〉

그 말을 끝으로 뚝 끊긴 휴대폰을 바라보는 정원의 입술이 마구 삐쭉거렸다. 온다니까 짜증이더니 또 가려니까 내려온다는 것이 못된 청개구리 심보랑 똑같다. 한숨과 함께 고개를 절레절레 내저으며 정원은 실내 분수가 마련된 빈 의자로 걸어가 앉았다. 그리고 의자 바로 옆 협탁 위에 놓인 신문을 들고 얼마쯤 보고 있으려니 시원한 샤워코오롱 향기 속에 희미한 술 냄새를 풍기며 누군가 옆자리에 털썩 앉았다.

"어제 술을 통째로 들이부우셨군요, 전하?"

"술 얘기 하지 마. 쏠리니까."

'전하'라 부를 때마다 눈썹을 구기며 불쾌감을 드러내던 김휘소였는데, 정말 숙취 때문에 힘든 모양이었다. 눈을 감은 채 뒤로 젖힌 고개를 의자 등받이에 받치곤 한마디를 내뱉는 것이 고작이었다.

"나 배고파. 스파게티 먹자."

"죽을래?"

휘소가 눈을 뜨더니 정원을 노려본다.

"왜에? 넌 토마토소스로 먹으면 되잖아."

"진짜, 한 대 팰 수도 없고."

휘소가 벌떡 일어나 입구 쪽으로 성큼성큼 걸어간다.

"야! 어디 가!"

가방과 종이가방을 황급히 챙겨 든 정원이 휘소를 쫄래쫄래

따라나섰다.

"그럼 짬뽕 먹으러 갈래?"

정원이 반색하며 말했지만, 때마침 휘소의 차가 나왔고, 도어 맨에게 팁을 건네는 휘소는 그녀를 거들떠보지도 않았다.

"잠깐! 나, 차 가져왔는데?"

"그럼, 네 차 타고 오던지."

운전석으로 걸어가며 말하는 휘소를 노려보던 정원은 망설임 끝에 조수석에 올라탔다.

"힘들면 내가 운전할까?"

가방을 뒷좌석에 두며 정원이 묻자, 휘소가 얼마 가지 않아 적당한 곳에 차를 세웠다.

"내려."

"예, 전하."

휘소가 안전벨트를 풀며 정원을 찌릿 쳐다봤다.

"한다고, 운전."

정원이 씩 웃으며 유하게 대답하곤 차에서 내렸다. 술이 덜 깨서 그런지, 오늘 김휘소는 굉장히 신경질적이었다.

"뭐 해? 안 타?"

휘소를 쳐다보곤 있었지만 이미 조수석에 오른 것을 인지하지 못하고 있던 정원이 얼른 운전석으로 올랐다.

"너, 뭐야?"

오른쪽 힐을 벗어 드러난 맨발과 그녀의 얼굴을 번갈아가며 쳐다보던 휘소의 미간이 확 좁혀졌다.

"이거 신고 어떻게 운전을 해? 너 죽고 싶어?"

피식, 웃으며 대수롭지 않게 말한 정원이 차를 출발시켰다.

"하, 가지가지 한다, 정말."

시선을 앞으로 돌린 휘소가 재킷 주머니에서 담배와 라이터를 꺼내 한 개비 입에 물자 정원이 얼마쯤 창을 내렸다. 그리고 한 십여 분 후.

"이제 좀, 그만 보지?"

정면을 응시한 채 정원이 말했다.

"싫은데?"

휘소가 피식 웃는다.

"이거 네 다리 아니거든? 내 다리거든?"

"그러니까. 미쳤다고 내가 내 다리 쳐다보고 앉아 있겠냐?"

허벅지 중간쯤 밀려 올라간 얇은 원피스 자락이 바람에 살짝살짝 나부끼고 있었고, 그 아래로 드러난 하얀 허벅지와 가느다란 종아리, 그리고 앙증맞은 발. 어울리지 않게 커다란 차를 몰고 있는 정원의 모습은 야릇하게 섹시하고 예뻤다. 그래서 휘소는 아까부터 대놓고 정원의 다리를 감상하고 있던 참이었다.

"너 지금 성희롱 중이야."

"신고하던가, 그럼."

"이 씨."

"그러게 누가 맨발로 운전하래? 옆에 남자 태우고 살 드러내면 이렇게 되는 거야."

휘소의 억지주장에 대꾸할 필요를 못 느낀 정원은 그저 빨리 도착해야겠다는 생각으로 액셀러레이터를 꾹 밟았다. 휘소의 시선에 갈비뼈 근처가 간질간질한 것도 같은 것이 여간 불편한 게 아니었다. 그러나 곧바로 '속도 안 줄여?' 하는 까칠한 음성이 날아들자, 자신의 마음도 모르고 참견하는 휘소가 짜증스럽기까지 했다.

"아, 왜! 지는 나보다 더하면서? 너 불법레이싱한 거 내가 모를 줄 알아? 뉴스에서 언급한 재벌 3세, 너지?"

"내가 하면 너도 해?"

평소 정원이 겁 없이 운전한다는 걸 알고 있는 휘소는 이번엔 주의를 좀 줄 생각이었다. 큰 사고는 아니었지만 벌써 몇 차례 작은 충돌사고를 낸 이력이 있는지라 은근히 걱정이었다.

"누가 그렇데? 속도 얼마 내지도 않았구만……."

"쫑알대지 말고 집중해. 저기서 우회전."

입을 씰룩이던 정원은 휘소를 노려보다가 엉큼하게 웃으며 핸들을 확 꺾었다.

"야!"

머리를 창에 받힌 휘소가 버럭 소리를 질러보지만 정원은 그저 히죽히죽 웃었다.

"너, 그거 알지? 내 말 한마디면 너희 부모님 네 차 없앨 거라는 거."

"너 진짜 치사하다?"

당근 알고말고. 물론 김휘소가 가진 배경 때문이겠지만 부모님은 전적으로 저 자식 말을 신뢰하고 있었다. 비죽거리며 말하는 모양새가 가히 얄밉다.

"이게 고맙단 말은 못할망정. 그 사고 뒤처리 다 누가 해줬더라?"

"뭐, 뭐! 보험회사가 했잖아!"

"시끄러. 한 번만 더 소리 지르기만 해. 머리 울려 죽겠으니까."

운전 중이라 맘껏 째려보지도 못하고. 정원은 끙 소리를 내며 유리창을 뚫어버릴 듯 응시했다.

외관과 실내 인테리어가 깔끔하긴 하지만 주로 휘소가 이용하는 레스토랑…… 은 아니었다. 어쩌면 레스토랑과 비교한다는 것 자체가 웃겨 보이는 그런 곳이었다. 그저 학교 앞에 가끔 가던 백반집보다 조금 더 깨끗한 '○○○황태해장국' 간판을 달고 있는 식당을 정원은 두리번거렸다.

"네가 이런 데도 알아?"

"라희랑 한 두어 번 왔나?"

정원에겐 물어보지도 않고 황태해장국 두 그릇을 주문한 휘소가 심드렁하게 말했고, 휘소와는 달리 라희와 그다지 친하지 않은 정원은 대충 고개를 끄덕거렸다.

"어제 라희도 왔었어?"

"어."

"어제 못 가서 미안. 화, 안 났지?"

혹시나 하고 물었는데, 속 좁은 사람 취급당한 것 같아 기분이 나빴던지 휘소의 한쪽 눈썹이 잔뜩 휘어졌다.

"늦었지만 생일 축하해. 선물."

정원이 붉은 리본이 달려 있는 널찍한 직사각형의 상자를 꺼내 식탁 위에 올려놓았다. 아직 포장도 뜯기지 않은 채 방 어딘가에 놓여 있을 어제 받은 선물들과는 다르게, 휘소가 상자를 끌어다 뚜껑을 열었다.

"너 그거 처음 입어볼걸? 그거, 요즘 젊은 애들 사이에선 디게 유명한 브랜드야. 디디엠(DDM:동대문)."

"디디엠?"

데님 남방에 달린 하얀 플라스틱 단추 사이로 잘 매듭짓지 않아 늘어진 실밥을 발견한 휘소가 눈살을 살짝 찌푸렸다. 처음 들어보는 브랜드에, 실밥 보이는 단추. 게다가 엉성한 바느질. 순간, 휘소는 '이걸 입고 다녀야 하나, 말아야 하나' 하는 갈등에 휩싸였다.

"맘에 안 들어? 바꿔다 줄까?"

정원이 터지려는 웃음을 애써 참으며 물었다. 5만 원도 안 되는 남방을 놓고 속옷도 5만 원짜리는 안 입을 김휘소가 고민이라니. 재밌었다.

"됐어."

곧 주문한 음식이 나왔고, 휘소는 음식물이 튀지 않도록 상자의 뚜껑을 덮어 한쪽으로 쭉 밀어놓았다.

"어제 재밌었다며? 춤도 추고……. 야하게."

국물을 한 숟가락 뜬 정원이 휘소를 놀릴 생각으로 싱글거리며 물었다.

"그래서. 부러워? 말만 해. 같이 춰줄게. 더 야하게."

"됐거든? 너 좋아하는 여자들이랑 많이 춰."

아주 조금이라도 난처해한다던가, 민망해하는 모습을 기대했는데 무덤덤한 말투에 비죽 웃는 걸 보니, 역시 김휘소한텐 그런 모습을 바란다는 것 자체가 억지였다.

"우리 계약 기억하지? 나중에 후회하지 말고 놀 수 있을 때 실컷 놀아. 결혼하면 어림도 없으니까."

"어. 안 그래도 그러려고."

식사가 꽤나 맛있는지 밥그릇에 고개를 파묻은 채 정원이 대답했다.

실컷 놀아봐서 그런가? 이젠 노는 것이 꽤나 지루해진 휘소였지만, 그렇지 못한 정원이 얌전히 있다 온전히 자신에게 와주는 것은 바라지도, 기대하지도 않았다. 하지만 기다렸다는 듯 냉큼 대답하는 정원을 쳐다보는 휘소의 눈길은 뭔가 탐탁지 않음이 섞여 있었다.

3. 선전포고

　어김없이 찾아온 중간고사 기간. 빽빽이 들어찬 도서관 열람실에서 꽤 오랫동안 집중하고 있던 정원이 뻣뻣한 목을 한 손으로 감싸며 들어 올렸다. 그리곤 방긋. 바로 눈앞에 들어오는 잘생긴 영우의 모습에 정원의 입꼬리가 흐뭇하게 휘어졌다. 한쪽 팔을 괴고 한참을 쳐다보고 있으려니 자신이 사준 잔체크 무늬 남방을 입고 집중하고 있는 모습이 과히 멋졌다. 무의식적으로 펜을 돌리고 있는 손가락은 또 어찌나 길고 고운지. 정원은 자신의 손을 들여다보며 영우의 손과 비교해 봤다. 그러다 영우가 고개를 들어 올리자 눈이 마주쳤고, 정원은 웃음이 번지는 영우를 따라 히죽 웃었다.

　'커피?'

영우가 소리를 죽인 채 묻자 입에 대지도 않던 자판기 커피에 맛을 들인 정원이 고개를 끄덕였다.

"오늘은 별다방 커피 마시자."

밖으로 나온 영우가 교내에 있는 커피전문점 쪽으로 걸어가며 말했다.

"싫은데? 나 지금 단거 땡겨."

"시럽 듬뿍 넣어줄게."

영우의 처지를 생각한 정원이 자판기가 있는 쪽으로 팔을 잡아끌어 보지만 영우는 소탈하게 웃으며 꿈쩍도 하지 않았다.

"시럽 별로 좋지도 않은 거 뭐 하러 비싼 돈 주고 마셔."

"나, 과외비 받았어. 가자."

영우가 정원의 손을 꽉 잡아끌며 발걸음을 옮긴다.

✱

호텔 피트니스 클럽.

가벼운 운동복 차림의 휘소가 러닝머신 위를 가볍게 달리고 있었다.

"너, 정원이 언제 만나고 안 만났냐?"

옆에서 빠르게 걷는 수준에 머물러 있던 태양이 힐끗 휘소의 눈치를 살피며 물었다.

"그건 왜?"

휘소가 한 뼘 정도 작은 태양을 슬쩍 내려다봤다. 녀석의 뉘앙스를 보건대 그냥 넘어갈 일이 아닌 듯했다.

"남자 만나는 것 같던데. 알고 있냐?"

"홋. 그거였어?"

웃음을 흘린 휘소는 다시 뛰는 데 집중했다.

"그치? 알고 있었지? 근데 그렇게 내버려 둘 거야?"

"그럼. 가서 뜯어말려?"

휘소가 다시 비죽 웃는다.

"나 같으면 그러고도 남았지. 어디서 그런……."

습관대로 저속한 말이 튀어나오려던 태양이 눈치껏 말을 끊은 순간, 휘소가 속도를 줄이며 러닝머신 위에서 내려갔다.

"계속해 봐."

"어."

태양이 휘소에 이어 바닥으로 내려섰다.

"아, 약혼은 했지만 너네 관계 다 아니까……. 나도 너처럼 가볍게 넘길라 했지. 근데 얘기 들어보니까 그럴 정도가 아닌 것 같더라고. 지영우라고, 정원이 과 선배라더라. 복학해서 지금은 3학년? 근데 집안이 영……. 가볍게 만나는 거 같지도 않고 매일 붙어 다닌다던데? 도도한 한정원이 푹 빠져 있다고 소문 돌아, 지금. 다 쉬쉬해서 그렇지, 걔가 그동안 너한테 어떻게 했냐? 그래도 네가 다 받아주고 그러니까 기고만장해 가지고, 그게. 네 체면이 있지. 만나도 어디서 그런 허접쓰레기 같은 새끼를……."

"확실해?"

"어?"

"그 소문. 확실한 거냐고."

"어. 경혁이 한국대 다니잖아. 그 자식도 둘이 같이 있는 거 여러 번 봤다더라."

휘소의 무감정한 말투와 눈빛에 오히려 위압감을 느낀 태양이 주춤했지만, 곧 진지한 어투로 대답했다.

"알았으니까, 애들한테 전해. 이 이상 함부로 입 열고 다니면 각오하라고."

건조하게 말을 내뱉은 휘소가 태양을 스쳐 지나갔다.

샤워를 끝내고 개인로커 문을 연 휘소는 한순간 움직임을 멈추더니 곧 허탈한 웃음을 뱉어냈다. 데님 남방. 천진난만한 표정으로 말한 '디디엠'이 동대문 옷이라는 걸 알았을 때, 정원의 엉뚱함이 귀여워 한참 동안 웃음을 터뜨린 자신이 눈앞에 생생했다. 욕지기가 치밀었다. 어금니를 앙다물며 휘소가 옷걸이에 걸린 남방을 거칠게 빼냈다. 크게 흔들리던 옷걸이가 바닥에 나뒹굴었다. 덕분에 꽤나 불쾌한 소음이 일었지만 거울에 비친 모습을 응시하던 휘소의 시선엔 흔들림이 없었다.

가까운 백화점에 들러 몸에 피트되는 검정 폴로셔츠를 사서 갈아 입은 휘소는 그와 똑같은 색상의 스포츠카를 끌고 한국대로 들어섰다. 목적은 정원을 만나기 위해서였지만 어쩌면 태양이 전한 그 소문의 진위 여부를 확인할 수 있을 거란 심리도 작용했다. 이미 민영에게서 정원이 학교 도서관에 있다는 정보를 입수한 휘소는 도서관으로 향하기 직전, 정원에게 전화를 걸었다.

〈왜?〉

한참 만에야 전화를 받은 정원의 성의 없는 목소리에 휘소의 미간이 험하게 좁혀졌다.

"도서관으로 가고 있어. 짐 챙겨서 나와."

〈나 도서관 아냐! 그냥 학교 앞에서 기다려.〉

도서관에 있는 건 어찌 알았냐 물어올 줄 알았는데 급하긴 급했나 보다. 다급함이 묻어나는 정원의 말소리에 휘소는 헛웃음이 터져 나왔다. 한신그룹이란 배경을 숨기며 학교를 다니고 있는 이유도 있겠지만 그보단 태양이 말한 그 남자와 함께 있다는 걸 휘소는 직감적으로 알았다.

"먹히지도 않는 말 지껄이지 말고 바로 나와, 들어가기 전에."

〈야! 김휘…….〉

용건을 말했으니 더 듣고 있을 필요 없었다. 일방적으로 전화를 끊은 휘소는 도서관 앞에 차를 세웠다. 끼이익 하는 마찰음이 사람들의 시선을 잡아끌었지만 상관없었다. 저 멀리서 씩씩대며 걸어오고 있는 정원이 보였다.

"타."

차에 탈 의지가 없는 정원이 조수석이 아닌 운전석으로 다가오자, 휘소가 창문을 찍 내리곤 말했다. 시선은 정원이 아닌 정면을 응시한 채였다.

"너, 뭐야? 연락도 없이 이러는 게 어딨어? 학교 오지 말랬잖아! 알려지는 거 싫다고."

확실히 포르쉐는 주변 사람들의 눈길을 잡아끌었다. 때문에 정원은 최대한 몸을 낮춰 이를 앙다물고 말했다.

"그렇게 겁나면 빨리 타지? 아님 내려서 문이라도 열어줘?"

조급하게 구는 자신을 비웃듯 비아냥거리는 휘소의 말투에 정원은 열이 뻗쳐 올랐지만, 그의 말을 따르는 게 이로울 거라는 걸 알았다.

"기다려. 가방 갖고 나오게."

최대한 빨리 이곳을 벗어나야겠단 생각에 휙 몸을 돌렸지만 정원은 한 발자국도 움직일 수가 없었다. 걱정과 궁금함이 담긴 눈빛으로 자신과 휘소를 쳐다보고 있는 영우가 몇 걸음 떨어진 곳에 있었다.

"무슨 일 있어?"

"선배……."

영우를 불러놓고도 선뜻 뭐라 말을 뱉어내지 못하고 있었다. 하물며 '탁' 하고 차 문이 닫히는 소리가 들리자 정원은 눈을 질끈 감아버렸다.

"김휘솝니다, 정원이랑 약혼한."

"아, 네…… 지영우라고 합니다. 정원이…… 과 선배예요."

영우가 휘소가 내민 손을 맞잡는 것을 본 정원은 휘소를 노려보기 시작했다.

"가방 가져올 생각 없으면 빨리 타."

영우와 인사를 나눈 것으로 기본적으로 지킬 것은 지켰다고 생각했는지 휘소가 영우는 싹 무시하며 정원에게 말했다.

"아…… 전 먼저 가보겠습니다."

영우의 인사에 별다른 말 없이 고개를 까딱해 보인 휘소의 눈빛이 한순간 차갑게 얼어붙었다. 하지만 멍한 표정의 영우는 정원을 그냥 지나쳐 멀어져 갔고, 그런 영우를 아련하게 쳐다보느라 정원도 눈치채지 못하고 있었다. 그렇게 작아지는 영우를 쳐다보고 있던 정원이 원망스런 눈빛으로 휘소를 획 돌아봤다.

"가방 안 가지고 올 거야?"

여유롭게 정원의 눈빛을 받아내며 휘소가 말했다.

"내가 왜! 내가 왜 네 말에 따라야 하는데?"

정원이 빽 소리를 지르자 그녀의 팔목을 잡아채 가까이 끌어당긴 휘소가 위협적으로 정원을 내려다봤다.

"이거 놔."

정원이 팔을 빼내기 위해 힘을 써보지만 휘소는 더 큰 힘으로 정원을 옭아맸다.

"곧 알게 해줄 테니까, 그만 떠들고 가서 가방이나 가져와."

낮게 읊조린 휘소가 정원의 팔을 풀어주며 도서관이 있는 쪽으로 휙 돌려세웠고, 그런 휘소를 한번 노려본 정원이 신경질적으로 돌아서서 도서관으로 향했다.

정원이 도서관 안으로 모습을 감출 때쯤, 휘소가 성큼성큼 뒷좌석으로 걸어가 지금 입고 있는 셔츠의 브랜드가 인쇄된 종이 가방을 끄집어냈다. 그리곤 휴지통 앞으로 걸어가 쑤셔 박을 것처럼 집어 처넣었다.

지영우가 입고 있던 셔츠에 달린 단추는 분명, 지금 휴지통에 처박혀 있는 데님 남방의 것과 똑같았다.

열람실로 들어와 책상 위에 펼쳐진 노트와 책을 정리하던 정원은 영우가 앉았던 앞자리를 가만히 바라보았다. 깔끔한 필체로 꼼꼼하게 정리된 노트 모서리에 그녀와 영우가 남긴 낙서가 정원의 눈길을 잡아끌었다.

—선배, 배 안 고파?
—나 갈까?

그다음은 열렬히 고개를 끄덕였던 기억이 났다.

특별할 것도 없는 말들이었지만 설핏 웃음이 난 정원은 볼펜을 집어 들고 과감히 노트 한가운데 뭐라 적기 시작했다.

―밤에 전화할게. 꼭 받아줘요. 내가 다 설명할게. 미안해…….

마지막으로 한 번 더 글에 시선을 두었던 정원이 가방과 책을 챙겨 열람실을 빠져나갔다.

도서관 밖으로 나오니 휘소는 차에 기대 담배를 피우고 있었다. 여자들뿐만 아니라 남자들까지도 힐끗힐끗 그를 쳐다보느라 바빴다. 어딜 가나 잘난 외모와 풍겨 나오는 분위기로 사람들을 압도하고 눈길을 잡아끌었지만 정원은 휘소에게 시선을 두지 않고 조수석으로 가 몸을 실었다. 그리고 얼마쯤 앞만 보고 앉아 있으려니 희미한 담배 연기와 함께 휘소가 운전석으로 올라탔다.

"배고파?"

담배로 얼추 감정을 다스린 휘소가 안전벨트를 매며 제법 차분해진 어투로 물었다.

"아니."

"그럼, 술이나 한잔해."

퉁명스런 정원의 대답에 휘소가 덤덤하게 말하며 고급회원제 클럽을 찾았다.

"뭐야?"

차에서 내린 휘소가 허리로 손을 가져가자 정원이 생선마냥 파드닥거렸다.

"나도 너랑 이럴 기분 아니거든. 너 위해서 이러는 거니까 오늘은 내가 하는 대로 가만있어. 들어가면 다 얘기해 줄 테니까."

마치 정원의 귓가에 사랑의 밀어라도 속삭이는 것처럼 행동한 휘소가 그곳을 드나들던 사람들의 시선이 흘낏 모아지는 것을 한 번 둘러보곤 걸음을 옮겼다.

"별거 없음, 죽을 줄 알아."

정원이 까칠하게 대꾸했지만 그래도 바짝 긴장한 몸에서 힘이 빠지는 것이 휘소에게 전해졌다.

"구석진 자리로 가."

바 안으로 들어선 휘소가 사람들의 눈에 잘 띄는 곳으로 걸어가자 정원이 볼멘소리로 말했다.

"왜? 나랑 뭐 하고 싶어?"

"저질."

휘소가 이죽거리자 정원이 톡 쏘아보며 냉큼 자리에 앉았다.

"넌 저쪽에 앉아."

평소와 다르게 옆자리에 바투 붙어 앉는 휘소를 보며 미간을 좁힌 정원이 반대편 자리를 가리켰다.

"나 때문에 가슴이 뛴다거나 긴장되는 게 아니라면 이제 그만 좀 하지? 지겨워질라 그러니까."

휘소가 양팔을 소파 등받이에 걸치며 등을 깊숙이 묻었다. 그 때문에 소파 끝으로 바짝 쫓긴 정원은 위압감을 느끼면서도 어깨와 가슴을 쭉 펴고 앉았다.

"이제 말하지? 뭔데 이렇게 오바야?"

휘소의 체온이 팔뚝이며 옆구리며 허벅지에까지 느껴질 때마다 긴장이 됐고, 자존심 때문에 아무렇지 않은 척하고 있자니 가시방석에 앉은 것마냥 불편한 정원은 빨리 용건을 듣고 이 자리를 벗어나고 싶었다.

"술부터 좀 시키고. 뭐가 그렇게 급해? 설마…… 너 나 때문에 떨려, 지금?"

휘소가 웨이터를 손짓해 부르며 비죽 웃는다. 왠지 속마음을 들킨 것 같아 도리어 발끈해 한마디 쏘아붙이려던 정원은 웨이터가 빠른 속도로 가까워지자 입을 다물어야 했다.

"주문 도와드릴까요?"

"뭐? 칵테일 마실래?"

휘소가 정원의 심통 난 얼굴을 바라보며 물었다.

"소주 있어요?"

정원이 단호한 표정으로 묻자 휘소가 못 말린다는 듯 픽 웃었다.

"아…… 죄송합니다. 저희가 소주 취급은 안 해서요."

웨이터가 멋쩍게 웃으며 대답했다.

"알아요. 그럼……."

괜히 엉뚱한 사람에게 투정 부린 것 같아 미안한 정원이 싱긋 웃으며 메뉴판을 뒤적거리는 사이,

"좀 사다 줄래요? 한 병만. 나머진 갖고."

휘소가 지갑에서 수표 한 장을 꺼내 웨이터에게 내밀며 말했다. 부탁을 가장한 명령조였다.

"그럴 필요 없어. 다른 거 마심 돼."

곤란한 표정의 웨이터가 눈에 들어오자 정원이 얼른 나섰다.

"아니요. 사다 드리겠습니다."

액수가 큰 팁보다도 휘소의 얼굴을 알아본 매니저의 눈짓에 웨이터가 수표를 받아 들었고, 고개를 숙여 보이곤 자리를 떠났다.

"너, 진상 손님인 거 알아? 쪽팔려서 어디 술 마시겠냐?"

말투는 삐딱했지만 그래도 휘소의 배려에 정원은 기분이 좀 풀렸다.

"그 말 좀. 쪽팔려가 뭐냐? 쪽팔려가."

"뭐, 요즘 애들이 보편적으로 쓰는 말이거든. 하긴, 너처럼 좋은 말만 듣고, 좋은 것만 보며 큰 애가 뭘 알겠니."

우연찮게 '쪽팔려' 란 말을 뱉어내고 진짜 쪽팔려 얼굴이 빨개졌을 때, 크게 웃음을 터뜨리던 영우의 모습이 오버랩 됐다.

"한정원, 내가 너 자라온 환경 가지고 뭐라고 한 적 있어? 취향에 맞는 술 고르듯 선택할 수 없는 문제 가지고 비아냥거리지 말자."

휘소가 탐탁지 않은 눈으로 정원을 쳐다보며 단호히 말했다.

'……미안.'

그 말이 목구멍까지 차올랐지만 입 밖으로 꺼내지지는 않았다. 한순간에 기업 오너 자리에 오른 아버지 덕분에 알지 못하는 세상에 끌려왔듯이, 휘소 또한 자신이 선택한 삶 속으로 들어온 것은 아니라는 것. 흐릿하기만 했던 명제를 더욱 명확하게 머릿속에 새겨 넣기는 했는데, 얜 왜 이렇게 나를 민망하게 만들어? 하는 원망도 동시에 들었다. 그냥 좀 부드럽고 편하게 넘어가 주면 안 되나? 하는……. 가끔씩 이렇게 바른말로 사람 기를 죽일 때마다 너무 싫고 불편했다. 영우처럼 편안하게, 따뜻하게, 은연중에 깨우치게 하는 그런 게 더 좋았다.

"얼마나 됐어?"

미안하다는 말은 기대도 안한 터라, 휘소는 그저 무미건조하게 정원의 잔에 반쯤 소주를 따르며 물었다.

"영우 선배?"

휘소가 대답 대신 고개를 끄덕였다.

"알기야 오래전에 알았고, 만난 건 두 달 안 돼."

"그럼 뭐 만날 만큼 만났네."

"그건 네 기준이고."

옅게 웃으며 휘소가 술을 한 모금 마셨다.

"그만 정리해."

부드러운 말투완 상반되는 말의 내용에 정원의 이마가 구겨졌다.

"웬 참견? 우리 계약서에 그런 조항은 없었는데?"

"소문 안 좋게 돌기 시작했어. 조금만 더 끌었단 걷잡을 수 없이 커질 거고."

휘소가 술잔을 돌리며 말했다. 얼음과 잔이 부딪치며 챙챙 소리가 났다.

"너도 여자 만나잖아. 왜 넌 되고 난 안 되는데?"

"말했잖아, 안 좋은 얘기 돈다고. 그러게 이런 이야기 듣기 싫었음 좀 잘 만나던가."

친구 놈들 주변에 여자가 많아서 그렇지, 실은 만나던 여자와 끝을 낸 지는 좀 되었다. 물론 정원에게 굳이 할 필요 없는 말이었다. 노는 게 질려 '이제 좀 제대로 살아볼래' 하고 말한다고, 정원이 '그렇구나' 하고 믿어주기엔 너무 놀았다는 것을 스스로도 잘 알고 있었고, 또 은근히 그 믿음을 종용하고 있는 꼴처럼 보일까, 꺼려지기도 했다.

"좀 잘 어떻게? 아, 너처럼 호텔에서 몰래?"

"호텔을 가든 안 가든 그건 네 문제야. 근데 사람을 좀 봐가면서 만나."

"영우 선배가 어때서? 여러 여자 바꿔가면서 만나는 너희보단 나아."

"이 바닥을 그렇게 몰라? 남자란 이유로 다 넘어갈 일들이 여자한텐 어림도 없다는 거. 게다가 넌, 별 볼일 없는 남자한테 빠졌다고 수군거린다고. 그게 뭘 뜻하는지 몰라?"

왜 모르겠는가. 제일그룹 후계자의 약혼녀에게 남자가 있다는 얘기는 한신그룹에 먹칠을 하게 될지도 몰랐고, 지금도 호시

탐탐 휘소의 옆자리를 노리는 여우들에게는 좋은 먹잇감이 될 터였다.

"지금이야 우리들 선에서 나도는 수준이지만, 꼬장꼬장한 꼰대들 귀에 들어가는 거 시간문제야. 그리고 그땐 나도 너 커버 못해."

"아아, 그래서 오늘 그렇게 다정한 척한 거야? 무진장 고맙네요, 전하."

정원이 소주를 입에 털어 넣고는 쓰게 웃었다. 휘소의 눈빛이야 날카로워졌지만, 정원은 그가 자신의 화를 조금 더 받아줄 것이라는 것을 은연중 알고 있었다.

"근데…… 이왕 커버해 줄 생각이라면 계속해 주는 건 어때?"

정원이 고개를 돌려 휘소의 눈을 똑바로 응시했다.

"내가 왜?"

펄쩍 뛸지도 모른다 생각했는데 의외로 휘소가 옅게 웃으며 나직이 묻자 정원은 기대감이 생겼다. 그러나 그건 어디까지나 어두운 조명 탓에 싸늘하게 변한 휘소의 눈빛을 보지 못했기 때문에 가능한 일이었다.

"그럼 오늘은 왜 도와준 건데? 우리 지금까지 그렇게 잘 지낸 건 아니지만, 그래도 친구로서 미운 정 정도는 들었기 때문에 그런 거 아냐?"

정원을 무성의하게 바라보고 있던 휘소가 비릿하게 웃었다.

"뭔가 착각한 것 같은데…… 내가 오늘 보인 행동은 널 위해서가 아냐. 그 자식하고 너 때문에 이 약혼 깨지는 거? 나 상관없어. 근데, 이리저리 불려 다니고 또 너랑 비슷한 조건의 여자들 들이밀면 난 만나야 되거든. 나 그거 귀찮고 싫다."

"알았어. 근데 너도 나 도울 마음 없는 거면, 나도 네 입장 생각해 주지 않아도 되는 거지? 깨자, 우리. 이 약혼. 나, 너랑 끝내고 영우 선배 당당히 만날래."

오늘 이렇게까지 나서준 것을 보면, 어쩌면 휘소와 꽤 괜찮은 관계를 유지할 수도 있을 거라 정원은 생각했다. 오만하고 건방진, 철없고 이기적인 인간이라 여기고 있는 가운데 문득문득 배려해 주고 있다는 것을 느낄 때도 있었으니까. 하지만 그 기대가 어리석은 욕심이었다는 것을 채 하루도 못 가 깨닫게 되자 마음에 큰 구멍이 생긴 것처럼 허전했고 또 화가 났다.

"원한다면. 그런데 말했듯이 난 다른 약혼자 구하기까지 짜증나고 귀찮을 테고, 그 조항에 관해선 계약서에도 명시되어 있는 거 알지? 쌍방합의가 아닌, 일방적으로 약혼을 깨뜨리거나 파혼을 원한다면 그 상대가 요구하는 조건은 무엇이든지 적극 수용한다."

느긋하게 웃고 있는 휘소와 달리, 정원의 얼굴은 잔뜩 굳어져 갔다. 계약서를 작성할 때가 생각났다. 그 조항을 읽으며 어차피 그럴 사람은 내가 아니라 김휘소라 생각했고, 대수롭지 않게 다음 조항을 읽어 내려갔던 기억이. 하지만 파혼 얘길 꺼내자마자 없던 걸로 하자곤 도저히 못하겠다.

"……알고 있어. 생각해 보고 전화해."

정원은 축 처진 채로 가방을 챙겨 들며 일어섰다.

"아, 그리고. 분명히 해두자. 우리 약혼 깨지는 거, 분명 너 때문인 거야. 알아둬."

정원을 삐뚜름하게 올려다보며 휘소가 말했다.

"걱정 마."

씩 웃어 보이며 바를 나섰지만, 정원의 얼굴은 짙게 먹구름 낀 하늘마냥 잔뜩 찌푸려져 있었다.

택시에서 내린 정원은 높은 담장과 꽉 닫힌 철문을 보니 속이 답답했다. 휘소에게 배짱 있게 한 말이 있으니 오늘이라도 아버지인 한태호 회장에게 파혼 이야길 꺼내야 했지만 엄두가 나질 않는다. 느릿느릿 대문 앞으로 걸어간 정원이 억지로 손을 들어 올려 벨을 눌렀다. 곧 철컥 하며 문이 열렸지만 정원은 심호흡을 몇 번 하고 나서야 안으로 들어설 수 있었다.

"정원이 왔니?"

"네. 다녀왔습니다."

거실로 들어서니 한태호 회장은 소파 가장자리에 앉아 신문을 보고 있었고, 계모 홍연희는 옆에서 과일을 깎고 있었다.

"저녁은?"

"먹었어요."

신문에 눈을 고정시키고 앉아 한마디 말도 없는 친아비보다 계모인 연희가 정원을 더 반가이 맞아주는 분위기였다. 물론 의도된 연출임을 정원도, 연희도 모르지 않았다.

"와서 과일 좀 먹어."

"네."

그냥 인사만 하고 올라가고 싶었지만 정원은 할 이야기가 있는지라 조용히 소파로 가 앉았다.

"정윤이는요?"

"아…… 오는 길이래."

꺼내야 하는 이야기가 워낙 폭탄이라 정원은 오랜만에 동생을 챙기는 착한 언니의 모습을 의도하며 말했다. 그러나 한 회장의 눈치를 보며 억지로 웃는 연희나, 미간에 주름을 잔뜩 만든 한 회장을 보니 정원은 자신의 머리를 쥐어박고 싶었다.

"동생 좀 잘 챙겨라. 언니가 되어서는……. 당신도 딸 단속 좀 잘하고."

"네. 정원이가 언제 한번 앉혀놓고 얘기 좀 해봐. 내 말은 안 들어도 네 말은 잘 듣잖아."

"네."

한 회장 들으라고 한껏 치켜세우는 연희의 멘트에 정원은 모래알을 씹은 듯 입안이 껄끄러웠다.

"휘소랑은 잘 지내고 있는 게냐?"

"네? 네……."

갑작스럽게 휘소의 안부를 묻는 한 회장 때문에 목구멍까지 치고 올라오는 '파혼하기로 했어요' 란 말이 쑥 들어가고 엉뚱한 대답이 흘러나왔다.

"왜 대답이 시원치 않아? 성질 세우지 말고 나긋나긋하게 굴어. 아쉬운 사람이 우물을 판다지 않느냐."

반박은 하지 않았지만 정원의 미간이 대뜸 일그러졌다.

"그래. 언제 한번 휘소 데리고 와. 맛있는 저녁 해줄게."

연희의 말에 고개를 끄덕거리는 한 회장을 본 정원은 힘없이 자리에서 일어섰다.

"그만 올라가 볼게요. 좀 피곤해서요."

힘없이 계단을 올라 문을 닫고 방으로 들어선 정원은 등을 문에 붙인 채 움직일 생각도 못했다.

"나…… 어떡해?"

4. 나름, 아픈 이별

소형 외제차가 한 대 있긴 했지만 학교엔 절대 그 차를 몰고 가지 않는 정원은 지하철역에서 내려 학교 교문으로 막 들어서고 있었다. 그리고 그것은 평소와 다를 것 하나 없는 강의실로 향하기 위한 일련의 과정이었다. 하지만 지나가던 사람들의 힐끗거림과 수군거림에 정원은 그 원인이 지난주 학교에 등장한 휘소 때문임을 알게 되었고, 자신의 학교생활이 이제부턴 평탄하지만은 않을 것이라는 것을 짐작할 수 있었다.

혼자 듣는 두 시간짜리 교양수업을 마친 정원은 영우와 만나기로 한 학교 앞 카페로 향했다.

언제나 먼저 와 자신을 기다리고 있던 영우의 모습이 보이지 않자 정원은 구석진 자리로 가 자리를 잡았고, 초조한 마음으로 카페 문이 열릴 때마다 몇 번씩 입구를 힐끔거리고 나서야 쓸쓸하게 웃는 영우의 모습을 눈에 담을 수가 있었다.

"미안. 내가 좀 늦었지?"

매일 듣던 부드러운 어투. 불안정하게 쿵쾅거리던 정원의 심박수가 제자리를 찾아가기 시작했다.

"나도 지금 막 왔어요. 그리고 어젠…… 전화한다고 했는데 못해서 미안. 많이 기다렸어요?"

"아니, 별로……. 신경 쓰지 마."

영우가 웃으며 말했고, 정원도 따라 웃었지만 처음 맞이하는 서먹함을 달랠 수는 없었다.

"벌써 학교에 소문 다 돈 것 같고 선배도 나에 대해 다 들었죠? 미리 말 못해서 정말 미안해요. 근데 어제 다 정리했어. 약혼 깨자고 말했고, 휘소…… 걔도 흔쾌히 그러자고 했어."

영우를 바라보는 정원의 눈빛에 애절함이 가득 담겨 있었다.

"왜 그랬어. 다시 만나서 잘 얘기해 봐. 그리고 우린, 다시 선후배 사이로 돌아가자."

"……선배!"

"내가 주제넘었어. 네가 한신그룹 딸이 아닌 그냥 평범한 집안의 딸이었어도 그러면 안 되는 거였는데……."

"그런 말이 어딨어!"

"……아빠는 매일 술만 드시다 내가 중학교 3학년 때 돌아가셨고 작은 식당 운영……. 아니다. 운영이라고 할 것까지도 못

되는 그런 허름한 곳에서 밥장사 하시던 우리 엄마는 지금 병원에 계셔. 그리고 내 밑으로 동생이 셋이야. 앞으로 내가 걔들 대학까지 보내고 책임져야 해. 학교는 다시 휴학해야 될지도 모르고. 이런 내가 너 같은 앨 만난다는 것 자체가 말이 안 되는 일이고, 또 나한텐 사치야."

"내가 도울게. 나도 오빠처럼 과외도 하고 오빠랑 교대로 어머니 간호도 하고. 응? 그럼 되잖아?"

"내가 싫어, 정원아. 널 계속 만난다면 분명 난 죄책감 느낄 테고, 그런 마음까지 갖고 사는 거 힘들 거야. 나…… 몸은 힘들어도, 마음은 편하고 싶다."

"……."

"그동안 너 만나면서 행복했어. 고마워. 그리고…… 정말 미안하다."

말을 쏟아낸 영우가 냉정하게 자리에서 일어섰다. 정원은 간절한 눈으로 영우를 올려다보지만, 그가 카페 밖으로 사라질 때까지도 애타는 마음과 달리 가지 말란 말 한마디 내뱉지 못했다. 그게 영우를 위한 일이라는 걸 알았고, 남들에겐 부러움의 대명사인 재벌가의 딸이란 타이틀을 가진 자신은 영우에게 방해물일 뿐이었다. 자신의 잘못도 아닌, 원한 적도 없던 그 타이틀이 영우와 헤어지는 이유의 전부가 되어버렸다. 복받치는 서러움에 정원의 눈에서 뜨거운 눈물이 계속 흘러내렸다.

퉁퉁 부은 눈을 하고 집으로 들어가기도 뭣하고 어디 마땅히 갈 데는 없자 정원은 민영의 개인 작업실로 향했다. 졸업 작품 전시회 때문에 바쁜지 들어서니 재봉틀 소리가 한창이었다.

"바빠?"

엄청 집중을 했는지 민영은 사람이 들어서는 것도 모르고 있었다.

"왔냐? 기둘려. 이것만 박고."

민영은 뒤도 안 돌아보며 말했고, 정원은 작업대에서 멀리 떨어져 있는 소파로 가 가방을 툭 던져 놓고는 벌렁 누워버렸다. 잠시 후, 드르륵 하는 재봉틀 소리가 끊어지고 슬리퍼 끄는 소리가 가까워졌다.

"자?"

"아니."

이마에 올려놓은 한쪽 팔을 도로 내리며 정원이 대답했다.

"으메. 너 왜 개구리눈을 하고 다니냐?"

민영이 어깨를 흠칫 떨더니 묻는다.

"민영아…… 나 슬퍼."

"말 안 해도 알겠다. 마실 거 뭐 줘?"

"맥주."

"무슨 일이냐?"

민영이 미니 냉장고에서 맥주 두 캔을 꺼내 하나를 정원에게 툭 던지며 물었다. 걱정되는 마음과 달리 대수롭지 않은 말투였다.

맥주캔이 탁탁 따지는 소리가 연이어 들렸다.

맥주를 시원하게 들이켠 정원이 천천히 휘소에게 약혼을 깨자고 말한 일부터 좀 전에 영우를 만난 일까지 쭉 보고를 시작했다.

"그럼 아직 부모님한테 얘기 안 한 거지?"

"못한 거지. 근데…… 오늘 해야지."

한숨을 내쉰 정원이 맥주를 다시 한 모금 들이켰다.

"미쳤어? 왜 해? 하지 마."

민영이 단호하게 말했다.

"됐어. 어차피 김휘소도 부모님께 말했을 테…… 했을지도 모르고. 약혼 깨자고 그렇게 당당하게 말했는데 영우 선배랑 헤어지니까 모른 척 가만있는 건 진짜 아니지 않냐?"

정원의 동그스름하니 예쁜 이마가 찡그려졌다.

"김휘소 분명 말 안 했어. 귀찮은 거 딱 싫어하는 성격이라 네가 분란 만들기 전이라면 몰라도 먼저 입 열진 않았을걸?"

"그래도 싫어."

"으그, 으그. 암튼 속은 물러터진 미련 곰탱이 같으니라고. 야! 네가 너희 아버지께 '제일그룹 김휘소한테 약혼 깨자고 말했습니다' 하면, 한 성격 하시는 한태호 회장님께서 '그래, 잘했다' 하실 것 같냐? 분명 네 앞으로 갈 주식이며 유산이며 다 네 배다른 동생들한테 갈 거 뻔하고, 회사도 정훈이한테 다 넘어갈 텐데? 넌 배도 안 아프니? 친동생도 아니고."

"돌아가신 엄마 생각하면 그렇긴 한데, 정훈이가 뭔 죄가 있냐? 난 상관없어. 회사야 능력 있는 자식이 물려받음 되는 거고."

"아오…… 저 답답이. 암튼 절대 말하지 마. 자존심 때문에 깡통 차기 싫으면! 그리고 이 여자야, 제발 야망 좀 가져라. 응?"

"아, 진짜! 건방진 김휘소 앞으로 안 볼 것도 아니고. 분명 두고두고 나 놀릴 게 뻔한데 내가 어떻게 가만있냐고."

정원이 다 마신 맥주캔을 일그러뜨렸다.

"그냥 가만있으래도. 참! 김휘소가 요구할 위자료 차원의 그 무엇! 너 겁 안 나?"

정원의 눈에 두려움과 당황스러움이 확연히 서린다.

"쯔쯔쯧. 이거 마시고 가서 잠이나 푹 자라."

민영이 맥주를 더 꺼내 들더니 정원 앞에 잔뜩 놔준다.

✳

며칠 후, 삼청동의 한 레스토랑.

자리에 앉기도 전에 민영이 고깝지 않은 눈으로 정원을 쳐다본다.

"너 몰골이 그게 뭐냐?"

"왜, 예뻐?"

"하이고. 퍽이나. 남자한테 차인 티를 그렇게 내고 싶냐?"

"나 첫사랑이었잖아. 이 정도 시련의 상처는 당연한 거 아냐?"

민영이 장난스레 말하는 정원을 뚫어져라 쳐다보더니 고개를 갸웃거린다.

"말하는 거 보면 또 괜찮은 것도 같고."

"안 괜찮아. 학교에서 영우 선배 마주칠 때마다 아무렇지 않은 척 웃어넘기는 선배 보면 화나고, 혼자 있을 땐 영우 선배 생각밖에 안 나. 아무것도 하기 싫은 거 있지?"

정원이 시무룩해져 얘기하자 민영이 혀를 끌끌 찬다.

"그러게. 혼자 그렇게 궁상떨지 말고 애들도 좀 만나고 하자니까. 어제 모임엔 왜 또 안 왔어? 전화론 온다고 하더니."

"휘소……. 만날 생각하니까 차마 못 가겠더라. 쪽팔려서."

"가니까 애들도 모르는 눈치고 이제까지 아무 말 안 들리는 거 보면, 김휘소 입 꼭 다물고 있는 것 같더라."

"그래?"

정원의 눈이 살짝 커졌다.

"응. 그래서 말인데 다음주 태국이나 갔다 오자."

"갑자기 태국은 왜?"

"이제 졸업하면 서로 바빠져서 시간 없다고 애들이 중간고사도 끝났으니 잠깐 갔다 오자고 하더라."

"너 갔다 와."

"안 가게?"

웨이터가 주고 간 메뉴판을 훑던 민영이 고개를 번쩍 들며 물었다.

"응."

"언제까지 휘소 피할 건데? 정작 김휘소는 신경도 안 쓰고 있는 것 같더만. 김칫국 마시냐?"

"아냐, 그런 거. 귀찮아서 그래."

정원이 풀 죽어 대답했고, 그때 민영이 외쳤다.

"어! 김휘소다!"

"뭐?"

정원이 들고 있던 메뉴판으로 얼른 얼굴을 가린다.

"이래도?"

"야!"

민영이 음흉하게 웃자 정원이 꽥 소리를 질렀다.

"뭐 먹을래?"

흐흐 웃는 민영의 웃음에 정원이 어이없어 웃음을 터뜨리며 메뉴를 골랐고, 이런저런 얘기를 주고받으며 주문한 음식을 기다리고 있었다.

"어라? 진짜 김휘소네?"

"재밌냐?"

"진짠데……."

"먹어."

때마침 나온 샐러드를 가리키며 정원이 말했다. 닥치고 먹기나 하란 소리다. 그러나 등 뒤에서 들려오는 '한정원, 연애는 잘 돼가?' 하는 이죽거림에 정원은 입으로 가져가던 포크를 딱 멈쳤다.

"합석하자. 오랜만에 약혼자, 아니지. 엑스(ex) 약혼자 얼굴이나 보게. 얼굴 자세히 보려면 아무래도 옆보단 앞이 좋겠지?"

휘소가 능글능글 웃으며 민영의 옆에 앉았다.

"일행 없어?"

"은현이."

민영의 물음에 다리를 꼬고 의자에 편히 기대앉으며 휘소가 시니컬하게 대답했다.

"근데 왜 안 보여? 같이 안 왔어?"

"오는 길. 너 얼굴이 그게 뭐야? 남친이 데리고 다니면서 밥도 안 먹이냐?"

계속된 민영의 물음에 단답형으로 대답한 휘소가 바로 정원의 얼굴을 뚫어져라 바라보며 물었다.

"아니. 둘이 같이 있는 게 너무 좋아서 여기저기 돌아다녀서 그래."

비죽거리는 휘소가 재수 없어 정원이 시침을 뚝 뗀다.

"아아, 그러셔? 그럼 태국 갈 때 같이 와. 비용은 내가 대줄 테니까."

"너 잘하는 말로, 네가 왜? 그리고 됐거든? 둘이 있는 시간도 모자란데."

"한정원, 스탑. 너 헤어진 거 내가 어제 말했어. 하, 하, 하……."

휘소에게 두었던 시선을 민영에게 옮긴 정원이 옴팡지게도 쏘아본다. 어쩐지 말하는 내내 김휘소 저 시키가 느물거리게 웃더라 싶었다.

"은현이 왔다."

민영의 말에 고개를 돌아보니 은현이 손을 들어 보이며 성큼성큼 다가왔다.

"한정원, 어젠 왜 안 왔어?"

은현이 정원의 머리를 흐트러뜨리곤 옆자리에 앉았다. 순간 휘소의 짙은 눈썹이 미세하게 꿈틀거렸지만 눈치챈 사람은 아무도 없었다.

"너도 갔었어? 그럼 갈걸 그랬네? 난 너 안 가는 줄 알았지."

사람 기분 좋게 하는 말솜씨에 은현이 싱긋 웃는다.

"배고파. 빨리 메뉴나 골라."

"하, 자식. 어젠 기분 좀 좋은 것 같더니 역시 하루를 못 가네. 스테이크 먹지 뭐."

은현이 음식을 서빙하던 웨이트리스에게 주문을 했고, 웨이트리스가 상냥한 미소를 지어 보이며 자리를 떠나자 휘소를 은근한 시선으로 쳐다보며 입을 연다.

"예쁘네? 네 스타일이지?"

"뭐, 괜찮네."

피식, 웃는 휘소와 은현을 바라보던 정원은 조금 전의 웨이트리스를 떠올렸다. 그녀가 생각하기에도 웃는 모습이 꽤 예쁘고 단정했던 것 같았다.

"정원이 닮았던데?"

민영의 갑작스런 발언에 휘소와 은현의 시선이 동시에 정원에게 쏠렸고, 정원은 얼굴이 발그레해졌다. 그리고 그런 자신이 당황스러운지 얼른 물을 한 모금 마신다.

"그러고 보니, 꽤 닮았네?"

"어쨌든, 나 예쁘다는 거지? 고마워."

얼굴을 샅샅이 뜯어보며 말하는 은현을 마주한 정원이 민망함을 덜고자 되레 뻔뻔한 표정을 지어 보였다.

"야, 김휘소. 난 네가 왜 정원이랑 약혼하라는 말에 군소리 없이 오케이 하나 했더니, 역시 이유가 있었어. 맞지?"

"그럼. 예쁘지도 않았음 내가 왜? 성격이 저 모양인데?"

휘소가 정원을 무심한 눈길로 쓱 쳐다보며 말했다.

"뭐? 그래도 너보단 내가 낫거든?"

"저 봐. 너, 우아하게 말할 줄 모르지?"

"너, 밥 다른 테이블 가서 먹어."

휘소가 실실 웃으며 약을 올리자 정원이 싸늘하게 말했다.

"유치하긴. 먹어."

휘소가 접시를 눈짓하며 말했다. 제법 괜찮다고 생각했던 음식 맛이 싹 사라졌다. 그러나 잘게 썬 스테이크 조각을 김휘소라 생각하며 제법 야무지게 씹어댔고, 그런 정원을 한번 쳐다본 휘소는 다시 픽 웃었다.

"김휘소, 넌 유학 안 가? 난 너 군대 갔다 와서 바로 갈 줄 알았는데.”

“가야지, 내년 초에.”

민영의 물음에 대답하는 휘소의 말투는 유학이 짧은 여행쯤 되는 것처럼 싱거워 보였다. 게다가, ‘준비해.’ 가려면 보스톤으로 갈 거야. 한국에 남아 있겠다면 몰라도 너 혼자 다른 곳으로 간다는 건 안 될 것 같고’ 하는 휘소의 말도 졸업 후 향후 진로에 대해 신중하게 고민해 왔던 정원을 비웃는 것처럼 너무나 가벼웠다. 기껏해야 유학을 갈 건지 말 건지 폭 좁은 선택권을 툭 던지듯 내놓으면서 말이다. 물론 집안을 쑥대밭으로 만들고 역적으로 내몰릴 수도 있는 파혼까지 생각하고 있던 상황에선 휘소의 그 제안이 약혼을 이어가겠단 결정이기에 다행스럽기도 했지만 전체적으로 기분은 아주 별로였다.

“너 지금 심통 난 아이한테 사탕 물려?”

영우 때문에 정원이 힘들어하는 걸 안 민영은 정원이 휘소와 유학이라도 떠나면 어떨까 해서 꺼낸 말이었지만, 어두워진 정원의 얼굴을 보니 괜한 일을 했다 싶었다. 그리고 아니나 다를까, 정원이 휘소를 쳐다보는 눈빛에 불길이 치솟자 눈알을 굴리며 먹는 일에 집중하기 시작했다.

“뭐가 문젠데?”

휘소의 한쪽 눈썹이 쓱, 치켜 올라갔다.

“뭐가 문제냐고? 나 영국으로 유학 가. 너도 유학이란 걸 가고 싶으면 따라나서든지 아님 여기에 짱 박혀 있어. 참, 제삼국은 절대 안 되는 거 알지? 내가 너한테 이렇게 말하면 넌 기분 좋아? 아니, 좋은 건 바라지도 않아. 기분 괜찮아?"

"답안, 일. 싫어. 난 유학 안 갈래. 물론 정 기분이 나빴다면 '닥쳐. 너나 가'라고 말했을 수도 있겠지. 답안, 이. 좋아. 같이 가. 물론 여기엔 동의하는 뜻이 담긴 것이므로 기분이 나쁠 리는 없겠고. 답안, 삼. 보스턴 말고 다른 데로 가면 안 될까? 혹은 보스턴 완전 구려. 레알 좋은 다른 어디는 안 될까? 그리고 이것도 아니라면. 난 영국으로 가고 싶은데, 부모님 설득해 보자. 혹은, 됐고. 난 영국으로 갈 거니까 꼰대들 설득해. 이 중 하나를 골라 대답하면 그만이겠지, 나라면. 기분 나쁠 것도 없고 안 괜찮을 것도 없이."

휘소가 이번처럼 말이 길어진 걸 처음 보는 민영과 은현의 입이 쩍 벌어졌고, 그 둘을 캐치한 정원은 굳어져 가던 표정을 한순간에 싹 지우곤 한마디 했다.

"수다쟁이."

"뭐…… 뭐?"

생전 처음 들어보는 그 단어에 휘소는 꽤나 당황스러웠다.

"네가 계집애, 계집애 하던 그 말 많은 계집애 같다고, 지금 너."

"하, 관두자. 유학 가지 마."

휘소가 팔짱을 끼며 거들먹거린다. 마치 모든 선택권은 자신에게 있다는 듯한 자신만만한 태도였고, 정원은 그런 휘소가 가증스러웠다.

"흥. 쫌생이."

정원이 콧방귀를 뀌며 말했다.

"이젠 네가 가겠다고 해도 내가 안 돼."

"……마지막…… 거."

더 가면 죽도 밥도 안 되겠다 싶은 정원이 자존심은 좀 상했지만 꼬리를 내렸다. 아비인 한태호 회장은 휘소의 말 한마디에 선뜻 알았다고 할 것이라는 걸 알고 있었다.

"훗. 감사할 줄 모르는 사람에겐 좋은 것 아무리 많이 줘봤자 좋은 소리 못 들어. 같이 갈지 말지, 그것만 정해."

휘소가 삐뚜름하게 웃으며 말했고, 정원이 세모눈을 하고 그런 휘소를 쏘아봤다. 그리고 그런 둘을 지켜보고 있던 민영과 은현은 서로 마주 보며 뜻 모를 미소를 주고받았다. 언제나 누구에게나 시니컬함을 미덕으로 여겨오던 휘소는 유독 정원 앞에선 수다스럽고 장난기 넘치는 모습을 많이 보여주고 있었고, 언제나 누구에게나 유머러스함과 친절함을 미덕으로 여겨오던 정원은 유독 휘소 앞에선 새끼고양이처럼 앙칼지면서도 어리광 피우는 모습을 많이 보여주고 있다는 걸, 정작 본인들은 모르는 모양이었다.

5. 푸켓에서 생긴 일 ㅣ

압구정의 한 백화점.

갑자기 집으로 들이닥쳐 멋대로 여행용 가방을 챙기던 민영을 보는 시선과 마찬가지로, 형형색색의 수영복을 들고 의견을 구하고 있는 민영을 보는 시선 역시 아무런 감흥이 없는 정원이었다.

"야! 너, 진짜 계속 그러고 있을래? 그럼 네 것까지 내가 다 고른다?"

"어. 어차피 난 안 갈 거니까. 정윤이나 주지, 뭐."

"두고 봐. 넌 내일 이 시간 푸켓에 있을 것이다."

믿는 구석이라도 있는지 민영이 사악하게 웃었지만, 그러거나 말거나.

"다 골랐지?"

민영이 두 개의 수영복을 카운터 위에 올려놓자 처음으로 반가운 기색을 하며 정원이 물었다.

"미안하지만 아직 멀었거든?"

자신의 마음을 다 알고 있는 민영이 부러 느긋하게 여분의 수영복을 살피자 정원이 푹 한숨을 내쉬었다. 그래도 이것저것 들여다보고 살피는 민영의 손길과 눈길은 느긋하기만 했다.

"참. 너 살 빠졌지?"

"……?"

수영복을 고르다 말고 민영이 저벅저벅 다가서자 영문을 알리 없는 정원이 그 모습을 멀뚱히 쳐다본다.

"어디 보자……."

"야!"

민영이 말끝을 흐리며 두 손으로 정원의 가슴을 덥석 잡자, 놀란 정원이 민영의 손을 황급히 쳐냈다.

"오호. 너 그 빵빵한 가슴은 그대로다? 언니, 이거 C컵으로!"

'지 가슴도 아니면서.'

점원을 향해 당당하게 외치는 민영을 바라보는 정원의 시선이 곱지 않다.

수영복 외에도 몇 가지 비치용품을 구입하고 나서야 정원은 백화점을 빠져나올 수 있었다. 하지만 간단히 요기를 하고는 또다시 헤어숍으로 끌려가야 했다.

"시련의 아픔은 원래 헤어스타일의 변화로 잊는 거란다."

정원의 옆자리에 나란히 앉은 민영이 스타일북을 건네며 말했다.

"그러게……. 왠지 단발로 자르고 싶네?"

헤어숍을 들어설 때까지만 해도 귀찮음만 잔뜩이었는데 역시 여자라서 그런가? 거울 앞에 앉고 보니 어깨를 훌쩍 넘긴 생머리가 지겨워 보였다.

"학교에 벌써 소문 쫙 퍼졌다며? 광고하고 다닐 일 있냐? 나 지영우한테 차여서 괜찮지 못해요. 짧게 자르고 싶으면 웨이브 넣던가."

과장되게 울먹이며 말하던 민영을 찌릿 째려보고 있던 정원은 거울 속으로 담당 디자이너의 모습이 보이자 표정을 바로 했다.

"음, 정원 씨 얼굴 갸름하니까 그것도 잘 어울릴 거야."

자신의 머리를 만지며 시선으로 동의를 구하는 여자에게 정원은 고개를 끄덕였다.

잠시 뒤, 머리를 커트한 정원은 민영과 함께 머리에 둥근 천을 뒤집어쓰고 있었다.

"너 전화 오는데?"

민영의 말에 정원이 탁자 위에서 부르르 떨고 있는 휴대폰을 들어 올렸다.

「김휘소」

"왜?"

〈이게 번번이……. 계속 그렇게 전화 받을래?〉

조금 퉁명스레 받자 역시 그냥 넘어갈 리 없다. 속으론 '지는 어떻고' 하는 생각이 들었지만, 휘소의 날 선 목소리에 쫀 정원이 조금은 수그러진 목소리로 말한다.

"새삼스레 뭘 그런 거 가지고……. 무슨 일인데?"

〈시끄럽다. 어디야?〉

"민영이랑 머리하러 왔어."

〈청담?〉

"어."

〈알았어. 끊어.〉

"뭐야? 왜 전화한 거야?"

끊긴 휴대폰을 내려다보며 정원이 구시렁거렸다.

"휘소?"

"어."

"오려나?"

"설마."

민영의 말에 정원이 픽 웃는다. 그러나 약 이십 분 뒤.

"뭐야? 왜 왔어?"

훤칠한 외모로 사람들의 이목을 잡아끌며 휘소가 다가오자 정원이 휘둥그레진 눈을 하고 물었다.

"왜 왔겠냐? 머리하러 왔지."

"많이 자라지도 않았는데…… 자르게?"

"어. 최민영은?"

민영이 앉았던 자리에 휘소가 털썩 앉았다.

"샴푸하러. 근데 너 여기 다녔어?"

"아니."

"근데 왜?"

"뭘 왜야? 여기저기 다니면 안 되냐?"

휘소가 거울 앞으로 슥 몸을 숙이더니 머리카락을 이리저리 넘겨보며 말한다.

"왜 성질이야? 궁금해서 물어본 건데."

"어쭈. 나한테 궁금한 것도 다 있어, 네가?"

휘소가 거울을 통해 정원을 쳐다본다. 앵돌아 말하는 정원이 귀여워 씩 웃음이 난다.

"어? 정원 씨, 누구?"

그때 정원의 모발 상태를 체크하러 온 담당 디자이너가 휘소를 보더니 눈빛을 빛내며 물었다.

"친구요. 커트하러 왔대요."

"친구는 무슨. 약혼했어요, 얘랑."

한쪽 눈썹을 들어 올리며 말하는 모습이 사뭇 장난스러웠지만 눈빛은 진지했다.

"어머, 제일그룹……. 아, 반가워요. 커트하러 왔다고요? 저기, 잠깐만요. 커트 제일 잘하는 쌤 불러 드릴게요. 아!"

허둥대는 기색이 역력하던 담당 디자이너가 급히 걸어가다 몸을 되돌려 묻는다.

"뭐 마실 것 드릴까요?"

"됐습니다."

"아, 네. 그럼 잠시만 기다려 주세요."

여자가 씩 웃더니 다시금 바삐 걸어간다.

"계속 이용한 나보다 어째 처음 온 너한테 더 극진하다?"

여자가 사라진 곳을 한번 쳐다본 정원이 피식 웃으며 말했고, 휘소는 그저 어깨를 으쓱해 보인다.

정원이 머리를 말리고 입고 있던 가운을 벗었을 때에는 휘소의 스타일링도 끝나 있었다. 짧게 자른 옆머리에 비해 길다 싶은 앞머리가 헝클어진 듯 자연스럽게 매만져져 있었는데, 날렵하고 각진 턱선을 가진 휘소와 잘 어울렸다.

"뭘 봐? 그렇게 멋있어?"

"흥."

거울 속에서 눈이 마주친 휘소가 찡긋 윙크했고, 정원은 고개를 획 돌려 버렸다.

"뽀글이."

정원의 둥글게 말린 머릿결을 손가락으로 만지작거리며 휘소가 중얼거렸다.

"하지 마."

필요 이상으로 친근하게 느껴지는 휘소의 행동이 당황스러워, 정원은 귓가에서 움직이고 있는 휘소의 손으로부터 머리를 떨어뜨렸다.

"가자."

픽 웃어넘긴 휘소가 앞장서서 걸어갔다. 카운터에는 먼저 나
온 민영이 가방을 찾고 있었다.

"오, 김휘소. 더 섹시해졌네?"

"알았다. 내가 계산한다."

"그런 뜻 아니었지만 사양 안 하지, 난."

민영이 씩 웃었고, 정원은 옆에서 받아 든 가방을 열고 지갑
을 꺼냈다.

"됐어."

휘소가 카드를 점원에게 건네며 말했다. 정원은 자기가 계산
하겠다 말하고 싶었지만, 그랬다가는 자격지심에 찬 찌질이가
될 것 같은 분위기였다. 하지만 당연하다는 듯 계산을 하고 있는
휘소를 멀뚱하니 보고 있자니, 뭔가 좀 껄끄러웠다. 휘소와 친밀
한 연인 사이라도 되는 것처럼 느껴지게 만든달까.

결국 정원이 손에 쥐고 있는 지갑을 바라보며 우물쭈물하고
있자, 옆에서 보고 있던 민영이 지갑을 빼앗아 정원의 가방에
대신 넣어버린다.

"차는?"

주차장으로 발길을 옮기며 앞서 걷던 휘소가 여전히 시선을
앞으로 한 채 물었다.

"내 차로 왔지. 내가 태국 안 간다는 이 지지배 집까지 가서 짐 다 싸주고 끌고 나온 거 아니냐."

"왜 안 가?"

민영의 말을 듣고 있던 휘소가 걸음을 멈추고 돌아서서, 마저 걸어온 정원을 힐끗 내려다본다.

"그냥······. 귀찮아."

"왜, 숨도 쉬지 말지?"

"죽으란 소리냐?"

"발끈하기는."

정원의 이마를 손가락으로 튕긴 휘소가 그대로 지나쳐 조수석의 문을 열었다.

"타."

"한정원, 내일 봐."

민영이 당연하게 자신을 쓱 지나치며 말하자 정원은 기가 막혔다.

"야, 나 김휘소랑 가겠다고 한 적 없거든? 왜 너네 맘대로야? 내 의사는?"

"시끄러. 타, 빨리. 가라."

"어! 내일 정원이 꼭 데려와."

마지막까지 멋대로인 둘을 번갈아 쳐다보던 정원은, 그냥 어이없다는 표정을 한번 짓고는 휘소의 차에 올랐다. 민영의 차는 벌써 저만치 앞서 가고 있었다.

집 앞에 차를 세운 휘소는 바로 갈 생각이 없는지 안전벨트를 풀었다. 손잡이로 손을 가져가려던 정원은 움직임을 멈추고 그를 돌아봤다.

"뭐, 할 말 있어?"

"학교에서 마주치는 건 어쩔 수 없지만 지영우랑 따로 연락은 안 하지?"

"어."

정원의 미간이 살짝 좁아졌다.

"한 번은 그냥 넘어가지만, 다시 지영우 만나면 네가 울고불고 매달려도 내가 끝낼 거야. 너한테 좋은 감정 있어도 다 덮어 줄 만큼은 아니니까. 그리고 이젠 너한테만 신경 쓸 테니까 알아둬."

어쩌니 저쩌니 해도 결혼은 한정원이랑 할 거라 굳게 믿고 있던 휘소에게, 이번 정원의 파혼선언은 충격이긴 했다. 그래서일까, 굳이 할 필요 없다 생각했던 말을 쏟아낸 휘소가 뒤늦게 괜히 했나? 후회하고 있을 때였다.

"……너, 나 좋아해?"

정원이 퍼뜩 놀라 휘둥그레진 눈을 하며 물었다.

"훗. 야, 야. 친구로서."

휘소가 정원의 이마를 손가락으로 딱 튕긴다. 벌써 두 번째다.

"아! 아퍼!"

"들어가. 내일 7시 5분 전에 트렁크 문 앞에 내다 놓고 서 있어."

"나 안 간다니까!"

정원이 버럭 소리를 지른다. 신경 쓰겠단 그 말이 그렇게 사람 간 떨리게 하는 말일 줄은 몰랐다. 의도치 않게 목소리가 자꾸 커진다.

"그럼 지금 같이 들어가. 너희 아버……."

"알았어! 간다, 가."

정원이 얼른 차에서 내렸고 피식, 웃던 휘소는 정원이 대문 안으로 들어가는 걸 확인하고 차를 출발시켰다.

다음날.

민영의 소란스런 전화를 받고 침대에서 일어나니 am 6:30. 아침에 잠에서 의식이 돌아올 때마다 허전한 가슴을 먼저 만나야 했던 정원은 그래도 오늘 아침은 민영이 정신을 쏙 빼놓는 바람에 눈 뜨는 것을 꺼려할 새도 없었다.

30분 안에 모든 준비를 마쳐야 했지만 밍기적 이불을 걷고 나온 정원이 욕실로 들어갔다. 어제 머리를 하길 잘했다는 생각이 든다. 그 핑계로 머리는 안 감아도 되니까 시간 절약, 물 절약. 일석이조다.

양치와 세수만 간단히 한 정원은 스킨과 로션, 선크림까지만 바르고 옷장에서 커다란 가방을 꺼내 필요해 보이는 화장품들을 툭툭 집어넣었다. 그리고 다시 옷장 앞으로 가 레깅스를 입고, 엉덩이를 덮는 회색 면 소재의 반팔 원피스를 꺼내 입었다. 선글라스를 하나 꺼내 들고 스카프를 목에 걸며 방 안을 살펴보다 MP3와 기내에서 읽을 책 한 권을 챙기고 나니 벌써 7시다. 가벼운 재킷을 팔에 걸친 정원이 백을 어깨에 메고 캐리어를 끌며 방을 나섰다.

밖으로 나오니 아침 공기가 제법 싸늘했다. 정원은 팔에 걸고 있던 재킷을 얼른 걸쳐 입었다. 그리곤 세워놓은 캐리어 위에 살짝 걸터앉아 주위를 두리번거리고 있으려니, 휘소의 것으로 보이는 흰색 SUV가 유려하게 다가와 멈춰 섰다.

"말 잘 듣네?"

운전석에서 내린 휘소가 웃으며 말했다. 청바지와 티셔츠 위에 겹쳐 입은 후드집업에 딸린 모자를 뒤집어쓰고 있을 뿐인데, 그 평범한 차림새가 정원의 눈엔 꽤나 멋스러워 보였다. 동시에 낡고 색 바랜 티셔츠에 청바지. 늘 한결같은 차림의 영우가 그런 휘소와 겹쳐 보이자 정원은 순간적으로 가슴이 뭉클해지는 것을 느꼈다.

"뭐 해? 비켜."

아는 척도 않고 멍하니 앉아 있는 정원이 못마땅한 휘소가 그녀의 팔을 휙 잡아당겨 일으켜 세우곤 캐리어를 끌어다 트렁크에 싣는다.

"말 잘 듣는다 했더니 정신이 나간 거였어?"

아직도 그 자리에 그대로 서 있는 정원을 보며 한마디 한 휘소가 정원의 손목을 움켜쥐고 조수석으로 이끌었다.

"……미안한데, 나 안 갈래."

정원은 조수석 문을 열고 타기를 기다리는 휘소를 올려다보며 말했다. 무표정한 얼굴을 마주하니 푹 가라앉은 마음이 더욱 무거워져 발끝까지 떨어졌다.

"왜?"

"……."

낮엔 없는 시간 쪼개며 공부하고 몇 개씩 되는 과외를 뛰다 밤엔 병원에서 밤을 새우는 영우를 생각하자, 한가로이 해외여행이나 해야겠단 마음이 싹 달아나 버렸다고 말할 수는 없었다. 그러기엔 또 휘소의 저 무표정한 얼굴이 신경 쓰였다.

"타, 빨리."

정원을 차 안으로 밀어 넣다시피 한 휘소는 얼른 운전석에 올라 빠른 속도로 공항으로 향했다. 멍해 있는 애가 정신을 또 바짝 차려 다시 안 가겠다고 펄펄 날뛰기 전에 비행기에 태워 버릴 작전이었다.

인천국제공항.

민영에게 다가가니 좋아라 하며 한참 들떠 있을 줄 알았던 그녀가 입이 댓 발 나와 있다.

"왜 그래?"

"안 온다더니 왔어, 저년."

민영이 턱짓으로 무리에 섞여 멀찍이 떨어져 있는 라희를 가리켰다.

"픕. 약점 잡힌 거라도 있어? 왜 그렇게 싫어해?"

"애가 허술한 게 개미똥만큼도 없잖냐. 말도 디게 잘한다, 쟤? 완전 쿨한 척."

"아하. 그거였어?"

정원이 웃음을 드러내며 라희에게서 민영으로 시선을 돌렸다.

"그거라니? 뭐어?"

"니가 정한 네 매력. 쿨한 여자. 근데 라희 옆에 있음 밀리는 것 같지?"

"밀리냐?"

빙글빙글 웃고 있는 정원에 비해 민영의 표정은 한없이 진지하다.

"어."

정원이 웃음을 딱 멈추고 대답하자 민영의 콧구멍이 벌렁거렸다.

"두고 봐."

"야, 그런 거에 연연해하는 그 자체가 벌써 쿨하지 못한 거거든. 근데 이라희, 진짜 예쁘긴 하다."

민영의 어깨에 턱하니 손을 올린 정원이 몸매며 얼굴이며 서구적인 라희를 부러운 눈길로 바라보며 말했고, 옆에서 고개를 끄덕인 민영도 라희에게 시선을 고정시킨 상태였다.

"어? 저년 저거 지금 우리한테 오는 거냐?"

"뭐냐. 꼭 연예인 쳐다보다 들킨 기분이다, 어째?"

입에 미소를 걸며 다가오고 있는 라희와 눈이 마주친 민영과 정원이 스리슬쩍 다른 곳으로 시선을 돌린다.

"오랜만. 정원이 머리했네? 잘 어울린다."

"하하…… 잘 지냈어?"

모델과 같은 시원한 걸음걸이로 금세 거리를 좁혀온 라희가 싱긋 웃자 아직 쪽팔림이 가시지 않은 정원이 어색하게 웃어 보이며 인사했고 민영은,

"눈이 삐었니? 나 한 건 안 보여?"

하며 까칠함을 드러냈다. 그러나 라희는,

"어머, 미안. 옷이 너무 과하니까 머리스타일은 눈에 잘 안 들어온다."

라고 하더니 눈 하나 깜짝하지 않음으로써, 미안함은커녕 디자이너 지망생인 민영의 기를 팍 죽인다.

"뭐? 네가 빠션을 알아?"

민영이 발끈해서 눈을 치켜떴다. 키 차이가 좀 나다 보니 모양새가 많이 빠졌지만 흥분한 민영의 눈엔 그게 보일 리 없다.

"아하하. 라희야, 우린 면세에서 뭐 살 게 있어서 먼저 들어간다."

정원이 민영의 팔을 잡아끌며 라희로부터 떼어놓았다. 확실히 특이한 차림의 민영이 눈에 띄긴 했지만 슬쩍 뒤를 돌아보니

여유롭게 웃고 있는 라희가 정원도 얄밉긴 하다.

"생각하니 열받네? 최민영, 미안. 내가 이라희한테 네 복수 꼭 한다."

"그러든지. 근데 아까 네가 나 안 말려줬음 어쩔 뻔했냐? 솔직히 라희 고년 말발 이기긴 어렵지."

대수롭지 않게 말하는 민영을 보자 바짝 치켜뜬 정원의 두 눈꺼풀이 스르르 반쯤 감겨들었다.

"으하하하. 야! 너 그 표정 뭐냐? 만화에 나오는 비중 없고 못생긴 캐릭터 같아."

민영이 손가락질을 하며 배를 움켜잡고 웃자, 정원은 민영의 손을 휙 내치고는 성큼성큼 걸어가 버렸다.

✳

태국 푸켓 ○○○ 리조트.

체크인을 하고 온 태양이 카드키를 건네고 있었다.

"경혁이 너넨 풀빌라로 가라. 괜히 다른 사람 밤낮으로 잠 못 자게 하지 말고."

"이 짜식이……. 눈치 하난 빨라서 좋다니까."

태양의 목에 팔을 두르며 장난을 치는 경혁과 달리 그의 여자 친구는 얼굴이 발그레해졌다. 그리고 그 모습을 보고 있던 정원은 옆에서 비죽 웃고 있는 휘소를 쳐다보며 고개를 절레절레 저었다.

'하여간 남자들이란……'

"……네 거."

휘소가 무심히 카드키를 받아 들었다.

"야, 나는."

정원이 모두들 하나씩 들고 있는 카드키를 쭉 둘러보곤 태양에게 물었다. 태양이 휘소에게 카드키를 나눠주며 '너네 거'라고 한 소리를 얼핏 들은 것도 같았지만, 그때까지도 그럴 리 없다 생각하고 있던 정원이었다.

"휘소 줬잖아."

"야! 나 여기 신혼여행 온 거 아니거든?"

버럭 소리를 지른 정원이 씩씩댔다. 정태양, 이 자식. 일부러 그런 게 분명하다.

"오버하지 마. 나 싫다는 여자 억지로 안는 취미 없어."

태평스런 휘소를 쳐다보며 정원은 콧방귀를 꼈다.

"참 당연한 소리를 참 자랑스럽게 한다? 싫다는 여자 억지로 안으면 범죄거든?"

"아, 맘대로 해, 그럼. 밖에서 자든지 말든지. 먼저 간다."

"씻고 내려와!"

저만치 걸어가는 휘소의 등 뒤에 대고 태양이 외쳤다.

"너넨 오자마자 싸우냐?"

"이게 뭐 싸운 거냐? 그리고 너 때문이잖아. 민영아, 가자."

정원이 태양을 찌릿 째려보고는 민영의 팔을 끌고 무작정 걸어간다.

"야, 야. 그러지 말고 휘소랑 같이 쓰지? 또 알아? 뜨뜻미지근하던 너희 사이가 급 타오를지. 그럼 자연적으로 그 지영우는 잊……."

영우의 이야기에 정원의 표정이 단번에 어두워지자 민영이 자신의 머리를 쥐어박는다.

침대는 하나였지만 퀸 사이즈라 민영과 둘이 쓰기엔 좁지 않았다. 게다가 해변이 한눈에 내려다보이는 널찍한 실내와 샤워부스가 따로 설치되어 있는 욕실은, 뭐 하러 휘소와 방을 같이 쓰지 않겠다고 난리를 부렸나 싶을 정도로 둘이 함께 생활하기에 전혀 지장이 없어 보였다. 물론 민영이 외간 남자를 끌어들이지 않는다면 말이다.

"너, 밤에 남자 데려올 거야?"

내부를 둘러보고 있던 정원이 어딘가에 있을 민영게게 큰 소리로 물었다.

"글쎄? 발견한다면야 내가 그쪽으로 갈 수도 있고, 이리 올 수도 있고. 네가 알아서 피해주리라 믿는다."

민영의 목소리를 좇아 걸음은 옮기니 옷장 앞에 앉아 있던 민영이 짐을 풀며 히히히 웃고 있다.

"생각만 해도 좋단다."

정원도 중얼거리며 웃는다.

"짜잔! 너, 그때 백화점에서 수영복 자세히 안 봤지? 이거 네 거. 죽이지?"

민영이 양쪽 옆구리에 큰 구멍이 두 개나 뚫려 있는 검정색 원피스 수영복을 들어 보였다.

"두 개 샀다며? 다른 거 또 있지?"

"왜? 이거 맘에 안 들어? 입으면 완전 섹시할 텐데."

"네가 그걸 나한테 입히려고 도대체 어떤 수영복을 덤으로 샀나 궁금해서 그런다."

"하하. 귀신."

민영이 꺄르르 웃으며 빨간색 비키니 수영복을 하얀 침대 위에 펼쳐 놓는다.

"수영복을 샀어야지. 속옷을 사 와서 수영복이라 그럼 어떡하니?"

"입으면 괜찮아."

"퍽도 그렇겠다. 수영하다 끈 풀리면?"

끈으로 매듭을 짓게끔 되어 있는 수영복을 한숨 섞인 표정으로 쳐다본 정원이 문틀에 기대 팔짱을 꼈다. 힘이 빠진다.

"그럼 수영장의 있는 남자들은 다 네 거야."

민영이 찡긋 윙크를 한다.

"네 거 봐봐."

"야. 내 건 너한테 작지. 그리고 거기서 거기일 텐데?"

민영이 수영복을 꺼내 척 하니 침대 위에 올렸다. 민영의 말대로 더 심하면 심했지 맘 푹 놓고 수영할 디자인은 아닌 것 같았다.

"아주 작정을 하고 왔구나, 네가."

민영의 의도대로 검정색 수영복이 있어 다행이란 생각까지 들었다.

민영이 짐 정리를 끝내자 정원도 곧 짐 정리를 시작했다. 그리고 샤워로 살짝 밀려드는 피로감을 몰아냈을 땐, 다들 모여 있다는 전활 받고 민영과 레스토랑으로 내려갔다. 식사를 하기엔 무척이나 웅성웅성 북적한 분위기였다.

"여기 왜 이래?"

"저기. 연예인 잔뜩 몰려왔댄다."

정원과 민영이 힐끔, 은현이 눈짓으로 가리킨 곳을 돌아다봤다. 잘 차려입은 십여 명 정도의 잘나가는 아이돌 가수를 포함한 인기 연예인들이 소란스럽게 식사를 하고 있었고, 그로 인해 주변 사람들 또한 덩달아 신이 나 있었다.

"호텔에 물어보니 촬영 왔대. 커플 맺어주는 프로그램. 유치하게 아직도 그런 거 하나?"

"그럼, 이제 좀 그만 힐끔거리죠, 오빠?"

경혁이 한소리 하자 옆에서 조용히 식사하던 그의 여자친구가 뾰로통하게 말한다.

"으흠, 내가 언제?"

"여자 연예인들한테 눈을 못 떼고 있으면서."

경혁의 그녀가 새치름하게 말하곤 샐러드를 입에 넣는다.

"넌 여자친구 앞에서까지 그러냐. 저번에 클럽에서 봤……."

"야! 하하하, 난 그때 없었지."

태양의 말을 자른 경혁이 여자친구의 눈치를 보지만 벌써 삐친 모양이었다.

"근데 휘소는?"

"아직."

"야, 한정원. 네 약혼자 좀 잘 챙기지?"

포크로 음식물을 찍고 있던 정원은 태양의 빈정거림에 고개를 들었다.

"저기 오네."

때마침 레스토랑 안으로 들어서는 라희와 휘소를 발견한 정원이 포크로 가리키며 말했다.

"이 기지배는 뭘 믿고 그리 콧대가 세? 휘소 눈독 들이는 여자 한둘 아니거든? 저 봐라, 잘나간다는 여자 연예인들 휘소 쳐다보고 침 질질 흘리는 거. 다른 기집애한테 뺏겨서 땅 치고 후회하기 전에 좀 잘해라."

태양의 말대로 여자 연예인들이 휘소를 쳐다보며 침을 질질 흘리는지 눈물을 흘리는지 뒤돌아 앉아 있어 알 수는 없었지만, 다분히 시비조인 말투에 열불이 난다는 건 확실히 알 수 있었다.

"훗. 네 말대로 나, 김휘소 약혼녀야. 네 약혼녀 아니고. 어따대고 이 기집애래? 그리고 다른 여자한테 뺏겨서 땅을 치며 후회를 하든, 땅에서 방방 뛰며 좋아하든 내 사정이야. 왜 이래라 저래라야? 너 나랑 친해? 나 너랑 안 친해."

마지막엔 정원이 잔뜩 비아냥거리며 말하자 열이 바짝 오른 태양이 어쩔 줄 몰라 한다.

"누가 너랑 친하고 싶대? 나 지금 휘소 친구로서 얘기하고 있는 거야. 그럼 아무리 엿 같더라도 듣는 척이라도 하는 게 예의 아냐? 그리고 내가 틀린 말 했냐? 너 그렇게 휘소랑 약혼한 거 싫은 티 팍팍 낼 거면 그 약혼 깨!"

"정태양, 그만해."

은현이 점잖게 타일러 보지만 태양은 삐딱하게 한번 웃고는 다시 입을 연다.

"왜? 그건 또 싫어? 휘소 빽 믿고 사람들이 너한테 고분고분 하니까 신나 죽겠는데, 못할 거 생각하니 솔직히 휘소 놓기 싫지? 어디 그뿐이겠어? 너희 아버지 성격이야 여기 있는 사람들 다 아는 거고, 약혼 깨겠다고 말 꺼낼 자신도 없잖아, 너."

"야! 너 말이 심하다?"

정원이 나서기도 전에 민영이 버럭 한다.

"뭐야?"

어느새 다가온 휘소가 자리를 잡으며 태양과 무표정의 정원 까지 휘둘러보며 물었다.

"너한테 좀 잘하랬더니 저렇게 발끈이다."

픽 웃으며 말하는 태양을 본 정원은 고개를 돌리며 한숨을 내쉬었다. 원한 적 없던 휘소와의 약혼이 아버지인 한태호 회장의 압력에 의해 이루어졌어도 휘소의 덕을 보고 있다는 태양의 말이 틀린 것은 아니니 가만있었지만, 저렇게 한순간에 성격 이상한 사람으로 만드는 것을 보니 기가 막힐 따름이었다.

"너 정원이한테 계집애라고 했어, 안 했어? 그리고 인격 모독했잖아!"

민영이 태양에게 삿대질을 했다.

"정태양, 아직도 여자들한테 이 기지배, 저 기지배 하고 다녀? 뜻은 좋았지만 정원이한테 심하긴 했네, 그럼. 아무리 좋은 소리도 잘해야 맛이지. 사과해."

"흠! ……뭐, 계집애라고 한 건 미안하게 됐다."

이라희랑 정태양 지금 뭐지? 나 가지고 놀아? 사과 흉내만 겨우 내고 있는 사과를 받은 정원의 굳어진 얼굴은 풀어질 줄 몰랐다. 라희의 말 한마디에 쪼르륵 사과를 하는 태양도 짜증 났지만 사과를 해라, 마라 명령하고 끼어드는 라희도 주제넘어 보였다.

"이라희, 뜻은 좋았다니. 무슨 뜻이야? 저 자식이 뭐라고 했는지 듣지도 못했으면서 어떻게 그렇게 확신하듯 말해?"

"뭐? 저 자식? 야, 봤지? 봤지? 쟤 지금 나한테 저 자식이라고 한 거! 아오!"

태양이 다시 난리를 떨었고, 대수롭지 않게 식사를 시작하려던 휘소의 눈빛이 자신에게 쏠리자, 정원은 웃음기 밴 라희의 눈빛보다 그만하라는 뜻을 담은 그 눈빛에 더 마음이 상했다.

"솔직히 나, 아무래도 너보단 휘소랑 정이 깊지. 그리고 휘소는 내가 제일 좋아하는 친구고. 근데 네가 휘소 대하는 거 보면 나도 기분 별로일 때 있거든. 너 저번 휘소 생일 때 안 온 것도 그렇고……. 정태양도 그런 기분으로 너한테 말한 거라 생각해."

민영도 태양이 말할 땐 버럭버럭 흥분하더니 크게 내색은 않고 있었지만 라희의 말엔 별 반감이 없는 모양이었다. 정원은 그럴 수 있다고 생각하면서도 내심 서운한 마음이 드는 자신을 다독이며 천천히 입을 열었다.

"물론 그럴 수 있지. 친하고 또 좋아하는 친구라니까. 근데 나한테는 아닐 수 있는 거잖아. 그럼 나한테 이래라저래라 간섭하는 건 좀 아니지 않나?"

순간 분위기는 더 싸하게 가라앉았고, 그렇게 만든 원인은 모두 자신한테 있다는 듯한 눈빛을 받고 있자니 더 이상 그 자리에 있고 싶지 않았다.

"분위기 망쳐서 미안해. 편하게 먹어. 방해꾼은 이만 사라져 줄 테니까."

정원은 무릎 위에 펼쳐 놓았던 냅킨을 식탁 위로 올려놓고 자리에서 일어섰다.

"앉아."

"싫어."

서늘한 눈빛의 휘소를 곧게 응시하며 정원이 대꾸했다.

"여기 너만 있어?"

"……피곤해서 그래. 올라가서 좀 쉴게."

'그럼 그 자리에 도로 앉아서 사람들 비위라도 맞추라는 거야? 분명 다시 앉아 있어도 아무 말 없이 시간만 보낼 것이 뻔한데.'

휘소가 크게 잘못한 사람한테 말하듯 하니 더욱 반발심이 생긴 정원은 뒤도 안 돌아보고 나갔고, 그녀가 떠나고 난 테이블엔 적막감이 감돌았다. 모두가 보는 앞에서 정원에게 무시를 당한 거나 마찬가지였으니 휘소가 난처해하지는 않을까 서로 눈치를 살피고 있었지만, 정작 당사자인 휘소는 무덤덤해 보였다.

"따라가 봐."

"어? 아……."

넋 놓고 있던 민영은 휘소가 고갯짓해 가리킨 것이 정원임을 알자 얼른 자리를 벗어났다.

"김휘소, 나 너랑 친하게 지내기 싫어졌어."

라희가 샐쭉하니 말했다. 어디서나 왕처럼 군림하고 또 그런 대접을 받아왔던 휘소였고, 그런 그와 가까운 친구 사이라는 사실은 그 어떤 스펙보다 라희의 어깨를 우쭐하게 만드는 요소였다. 그런데 오늘 정원에겐 한없이 너그러운 휘소의 모습을 보자 실망스럽기도 했고, 또 그간의 정을 생각하면 김휘소는 한정원에게 한 것처럼 나에게도 너그러워야 한다는 욕심도 생겨 버렸다. 그래서 그 사실을 확인해 볼까 하는 마음에 그런 발언을 한 것이다. 하지만 '강요한 적 없어' 하는 휘소의 대답에―딱 김휘소다운 말이긴 했지만― 라희는 꽤 큰 섭섭함을 맛봐야 했다.

"저것 봐, 암튼 한정원한테만 약하다니까. 그러니까 내가 다 자존심이 상하지."

기분은 좋지 않지만 괜찮은 척, 라희가 웃으며 말했다.

"뭘 약해? 너희야말로 유치하게 좀 굴지 마."

"야, 언제 유치하게 굴었다고 그래? 우린 너 생각해서……."

"웃기고 있네. 내 핑계대지 마. 제일그룹 후계자 김휘소가 약혼녀 하나 어쩌지 못해 쩔쩔매더라. 그런 소문난 내 옆에 있기 뭐 팔리다는 거잖아?"

태양의 말을 자른 휘소가 피식거리며 의자 뒤로 몸을 젖힌다.

"아니, 그게……."

"맞아. 그거야."

"에잇, 진짜!"

이번엔 라희에게 말이 막힌 태양이 인상을 팍 쓰자, 그 모습을 본 은현이 피식, 웃으며 말한다.

"그만해라. 너네 지금 생떼 쓰는 애들 같거든?"

"뭐!"

"흥."

은현의 말에 태양은 흥분했고 라희는 새침하게 고개를 휙 돌려 버린다.

"그러게 말이다. 그렇게 분하면 내 약혼자 하던가."

휘소도 비죽 웃으며 태양과 라희의 약을 올린다.

"에이, 진짜!"

"정태양, 정원이한테 제대로 사과해. 미래의 제일그룹 안주인이야, 걔."

마지막까지 태양을 놀리며 휘소가 자리를 떴고, 은현이 그런 휘소의 뒤를 바짝 뒤따르며 묻는다.

"멋있다, 너?"

"뭐가?"

"나라의 대통령도 만든다고 하는 제일그룹의 안주인 소릴 꺼낸 의도가 뭘까?"

"없어, 그런 거."

아무렇지 않게 거짓말을 하는 휘소를 보고도 은현은 빙긋 웃을 뿐이었다. 그러나 은현은 휘소의 속뜻을 모르지 않았다. 대기업 진입을 노리고 있을 뿐 대기업 반열엔 들어서지 못한 한신가家의 딸 한정원. 그들이 어울리는 무리들에게는 다소 우스운 존재였다. 하지만 제일그룹 김휘소의 약혼녀가 된 이유만으로도 한정원을 대놓고 무시할 순 없으니 면전에선 어떨지 몰라도 그 뒤에선 뒷말과 무시가 난무했고 또 그걸 모르지 않는 휘소는 정원에게 관대함을 보이고 있는 것이다.

"비행기 타서 그런가. 찌뿌둥한데 수영이나 할래?"

은현이 이리저리 몸을 펴며 묻자, 그렇지 않아도 수영 생각이 간절했던 휘소가 고개를 끄덕였다.

백사장 끝자락에 위치한 호텔은 경사가 완만한 산속에 최대한 자연경관을 훼손하지 않고 지어진 터라 몇십 층씩 되는 거대한 호텔과는 달랐다. 2, 3층 높이의 주택들이 옹기종기 모여 있어 하나의 아름다운 부락을 이루고 있는 모습이라고 할까. 그중 백사장과 가장 가까운 곳에 만들어진 야외 풀장은 야자수와 분위기 있는 레스토랑으로 둘러싸여 있었고, 바다 쪽으로 난 풀장의 경계면으론 풀장의 물이 계속 떨어지고 있어 바다와 풀장이 쭉 이어져 있다는 착각을 불러일으켰다. 동시에 푸른 바다와 조화를 이룬 하얀 백사장의 풍경과 석양을 한눈에 볼 수 있는 곳이었다. 그리고 태양이 한창인 오후 시간. 야외 풀장엔 꽤 많은 사람들이 여유롭게 태닝을 하거나 물살을 가르고 있었다.

바에서 나온 빨강 비키니 수영복 차림의 정원이 인파 속에서 파란 눈의 외국인 남자와 벌써 가깝게 마주 앉아 속닥이는 민영을 발견하자 피식, 웃어 보이고는 다른 쪽에 있는 선베드를 향해 걸어갔다. 조금 전까지만 해도 그저 서로 눈길을 주고받는 것 같더니만 어느새 저렇게 붙어 있었다. 결국 민영의 몫까지 준비해 양손에 들고 있던 음료를 선베드 옆 받침대에 올려놓은 정원은 베드에 편안히 다리를 뻗고 앉아 가방에서 선크림을 꺼내 들었다. 그리곤 챙이 넓은 모자를 푹 눌러쓰고는 팔부터 선크림을 펴 바르기 시작했다. 그러다 다시 눈에 들어온 자신의 차림새를 보고는 어이없는 듯한 웃음과 함께 고개를 절레절레 젓는다. 분명 맨살을 내놓은 면적이 적은 건 검정색 원피스 수영복이었건만 막상 입으니 치골과 가슴을 아찔하게 드러낸 모습이 어찌나 야하던지. 지금 입고 있는 것으로 갈아입고 나서는 만족스럽기까지 했다.

훗. 입술을 비집고 웃음이 새어 나왔다. 보수적인 아버지를 그렇게 흉봤는데 그 피를 고스란히 물려받아서 그런지 자신도 그다지 다를 게 없다는 생각이 들었다. 그때 정원의 하얀 피부 위로 검은 그림자가 드리워졌다.

"바보냐? 왜 혼자 실실 쪼개?"

정원이 웃음이 채 가시지 않은 얼굴 그대로 위를 올려다보니 눈부신 태양을 등에 지고 선, 탄탄한 상체를 드러낸 휘소가 눈에 들어온다. 그러나 다행인지 불행인지 짙은 선글라스에 가려진 휘소의 눈이 굴곡진 정원의 몸을 훑어 내리고 있다는 건 알아채지 못했다.

"왜 왔어?"

반대쪽 팔에 다시 선크림을 바르기 시작한 정원의 말투가 짐짓 퉁명스럽다. 아까 레스토랑에서의 휘소에 대한 기억이 다시 떠오른 탓이었다.

"바보 맞네. 풀장에 왜 왔겠냐?"

옆에 바짝 붙여 놓여 있는 선베드에 편하게 기대앉으며 말하는 동시에 휘소의 눈은 다시 옆에서 자외선 차단제를 바르고 있는 정원에게로 향한다.

"여자 꾀러."

샐쭉 대답하면서도 옆에 있는 휘소가 신경 쓰인 정원은 가슴 윗부분과 배와 옆구리에 선크림을 바르려다가 포기하고 말았다. 왠지 휘소가 보는 앞에서 가슴 근처를 어루만지는 것이 민망했다. 대신 자신의 대답에 풋, 하는 휘소의 웃음소리를 들으며 정원은 다리에 자외선 차단제를 바르기 시작했다. 그러나 숙여진 상체는 가슴골을 더욱 깊이 만들어냈고, 반쯤 구부러진 잘 빠진 다리 라인은 옆에 있던 휘소의 위치에서 보기엔 더욱 아찔함을 선사하고 있었다.

"꽤 야하다, 너?"

정원이 가져다 놓은 음료수를 한 모금 삼키며 휘소가 말하자 얼굴이 확 붉어진 정원은 다리를 어루만지던 손길을 멈췄다.

'그렇게 야한가? 생각보단 괜찮았는데……'

"뭐가 야해? 저 여자들에 비하면 난 꼬마가 귀엽게 비키니 입고 있는 거구만."

정원이 엉덩이를 반쯤 드러내 놓고 태닝을 하고 있는 여자나 젖가슴을 반쯤 내놓고도 아무렇지 않게 물장난을 치고 있는 여자들을 쭉 둘러보며 말했다. 그러나 들려온 휘소의 대답이 정원을 폭발하게 만든다.

"말도 안 돼. 어떤 꼬마가 그렇게 가슴이 커?"

"야! 이…… 변태!"

순식간에 휘소에게 달려든 정원이 주먹을 뻗는다. 진짜 저 주둥아리를 한 대 쳐야지만 속이 시원할 것 같았다. 하지만 하하 웃으며 여유롭게 그 주먹을 막아낸 휘소가 다른 한 손으론 정원의 허리를 감싸 끌어당기며 그녀의 공격을 완벽하게 차단했다. 그리곤 정원의 귓가에 나직이 속삭인다.

"우리 지금…… 꽤 자극적인 거 알아?"

순간 씩씩거리고 있던 정원이 시선을 아래로 내렸고, 그제야 자신의 왼쪽 손이 빨래판 같은 복근을 지나 탄탄하게 자리 잡은 휘소의 오른쪽 가슴을 정확히 짚고 있는 것을 알아차렸다. 휘소에게 달려들 때 몸의 균형을 맞추기 위해 본능적으로 한 행동이었지만, 정원에겐 그 자세가 경악 그 자체였다. 그러나 더 심각한 것은 미간을 잔뜩 좁히고 시선을 아래로 내렸을 때였다. 휘소의 다리 사이를 짚고 있는 자신의 무릎을 발견하곤 휘둥그레 떠진 눈을 들어 올렸을 때 휘소가 그의 시선 아래 놓인 자신의 가슴을 노골적으로 바라보고 있다는 걸 알았다. 선글라스를 끼고 있긴 했지만 분명하게 느낄 수 있었다. 휘파람까지 휙 불며 한쪽 입꼬리가 길게 늘어지는 모습을 보니 오장육부가 다 뒤틀리는 것 같았다.

"놔."

"왜?"

"왜긴, 무슨 왜야? 이거 못 놔?"

"어."

붙잡혀 있던 손목을 빼내려 하자 휘소가 빙긋 웃으며 대답했다. 한쪽 손목은 잡혀 있고, 허리는 휘소가 끌어당기고 있는 상황에서 그의 가슴을 짚고 있던 손을 빼려니 상체가 휘소의 몸 위로 기우뚱하는 바람에 이도 저도 못하고 있는 자신의 처지가 정원은 무척이나 짜증이 났다. 그때였다.

"너네……."

은현의 목소리가 들린다 싶었는데 휘소가 살짝 고갯짓을 하자 말소리가 뚝 끊겼고, 정원이 고개를 뒤로 돌리려는 찰나 휘소가 잡고 있던 정원의 팔목을 놓고는 뒤통수를 바짝 끌어당겼다.

"야……."

동시에 정원의 입술이 휘소의 입속으로 빨려 들어가며 뭐라 항의하려던 그녀의 말소리가 길을 잃었고, 키스하는 데 방해가 되는지 휘소가 선글라스를 벗어 옆의 선베드에 툭 던진다.

"읍……!"

말캉하고 축축한 휘소의 혀가 입안을 휘젓기 시작하자 질끈 감겼던 정원의 두 눈이 번쩍 떠지며 휘소의 가슴과 어깨를 주먹으로 후려치기 시작했다. 그러나 정원의 바람과는 다르게 꿈쩍도 않던 휘소는 오히려 그녀의 허리를 더욱 거칠게 잡아 자신에게 밀착시키며 처음과는 달리 부드럽게 키스를 이어갔다. 호흡이 달려 정원의 몸에서 힘이 빠져나가는 것이 느껴졌다. 동시에 가슴께에 느껴지는 정원의 말캉한 젖가슴이 휘소를 미칠 듯한 황홀감으로 밀어 넣으며 공공장소라는 사실조차 망각하게 만들었다. 그렇게 키스가 꽤 오랫동안 이어졌고, 정원도 계속된 주먹질에 지쳐 가며 휘소가 주는 부드러움이 꽤나 좋아지고 있을 때였다. 긴 러닝타임에 사람들의 야유 소리가 들려왔고 간신히 입술을 떼어낸 휘소였지만 곧 다시 정원의 입술을 파고들기를 반복하다 그녀의 목과 쇄골로 입술을 내리며 나직이 말했다.

"……방으로 가자."

불꽃이 이는 휘소의 눈과 마주하자 흔들리는 눈빛으로 그를 바라보던 정원은 심장이 몸 밖으로 튀어나올 정도로 뛰는 것을 느꼈다. 그러나 머리가 내리는 명령을 차마 무시할 수 없어 안 된다고 말하려던 찰나, 그 눈빛을 읽었는지 착 가라앉은 휘소의 목소리가 정원을 뒤흔들었다.

"제발, 한정원……. 나 죽을 것 같아."

동시에 휘소의 가슴에 놓여 있던 손바닥으로 쿵쿵 전해지는 뜨거운 리듬에 전율이 일자 정원은 세상을 외면하기라도 하듯 두 눈을 감고는 한숨과 함께 고개를 끄덕였다.

풀장에서 룸으로 오는 내내 정원의 몸을 지분거리던 휘소가 문이 닫히기가 무섭게 정원의 입술을 거칠게 물고 빨며 침대로 밀어붙였다.

풀썩.

정원의 등과 엉덩이가 침대에 닿기도 전에 휘소가 다시 정원을 덮친다. 순간 침대라는 공간을 의식하게 되자 정원은 온몸을 짜릿하게 물들이던 흥분 속에서 '처음'이라는 긴장감을 발견하게 되었고 마음의 준비가 필요하다고 느껴졌다.

"잠깐만. 안 씻어?"

휘소의 어깨를 잡아 거리를 벌리려 했지만 맞닿은 가슴이 떨어지질 않자 정원이 고개를 옆으로 돌리며 겨우 입술을 떼어내곤 숨을 내뱉으며 물었다. 그러자 쿡, 웃음을 터뜨린 휘소가 다시 입술을 맞춰오며 묻는다.

"욕실에서 하는 거 좋아해?"

정원은 얼굴이 확 붉어졌다. 물론 욕실에서 하는 걸 좋아했기 때문이 아니다. 당연히 경험이 있을 거라 생각할 수 있었고, 그런 휘소의 질문에 사실대로 말하면 되는 거지만 왠지 그렇게 하기엔 자존심이 상했다. 처음이라는 걸 휘소가 알게 된다고 생각하니 순진하다 못해 멍청하고 촌스런 얼뜨기가 된 기분이었다.

"다른 여자들은 어땠는데?"

순간 웃음기가 감돌던 휘소의 얼굴이 바짝 굳어졌다. 애써 감정을 감추고 휘소의 농담에 농담으로 받아치며 여유로운 척 웃던 정원의 얼굴에서도 서서히 웃음기가 사라졌다. 정원은 분위기가 깨졌다는 걸 알았다. 한편으론 다행이다 싶었지만 또 한편으로 애가 타는 것도 같았다.

"그만하자. 역시 우린 안 맞나 봐."

정원이 빙긋 웃으며 싸하게 가라앉은 분위기를 깨기 위해, 힘빠진 휘소를 밀치곤 빙글 옆으로 몸을 굴렸다. 하지만 '누가 그만둔데?' 하는 말소리와 함께 반쯤 구른 정원의 등 위로 휘소가 강하게 몸을 겹쳐 왔다.

"그리고 시작도 안 했는데 맞는지 안 맞는지 어떻게 알아? 끝까지 가봐야 아는 거잖아, 그건. 그치?"

정원의 뺨을 덮고 있던 굵게 웨이브진 머리카락을 휘소가 쓰윽 중지로 걷어내며 나직이 말했다. 그리곤 하얗게 드러난 목덜미에 입을 맞춰오자 정원은 다시 온몸에 찌릿함이 번지며 오소소 소름이 돋았다. 그러나 고개를 옆으로 기울인 휘소가 '뒤로, 먼저?' 하고 귀에 입김을 불어 넣으며 말하자 정원은 긴장으로 몸이 뻣뻣해졌다.

"훗. 왜 이렇게 긴장해? 처음 하는 것처럼?"

휘소의 오른손이 침대 위로 파고들며 비키니에 감싸인 가슴을 움켜쥐자 정원은 깜짝 놀라 그 손을 움켜잡았다. 정상적으로 하는 것도 겁이 나는데 뒤로 한다고? 정원은 마른침을 꿀꺽 삼켰다. 그리곤 급하게 입을 열었다.

"처음이야!"

"……뭐?"

입술과 귓불, 목덜미를 계속 지분거리던 휘소의 입술이 딱 움직임을 멈췄다.

"무진장, 졸라 많이 쪽팔린데, 나 처음이라고. 그러니까 뒤로 안 해!"

잠시 조용하던 휘소가 벌러덩 몸을 굴려 배를 내보이더니 큰 소리로 웃기 시작했다.

"그만 웃지, 쫌?"

정원이 일어나 앉으며 옆에 있던 베개를 집어 들어 휘소의 맨 가슴을 한 대 때려보지만, 그럼에도 휘소는 한쪽 팔목을 이마 위로 올리곤 크큭거림을 멈추지 않는다.

"그래, 웃어라, 웃어."

정원이 휘소의 얼굴을 향해 베개를 툭 던졌으나 휘소가 손으로 탁 쳐내며 묻는다.

"어디 가?"

"으악! 야!"

휘소가 무릎을 이용해 침대를 벗어나고 있던 정원의 한쪽 발목을 잡아채 쭉 끌어당기곤 발바닥에 쪽, 입을 맞춘다.

"……!"

토끼눈을 한 정원이 한쪽 팔꿈치를 굽혀 중심을 잡고 상체를 비스듬히 세운 휘소를 올려다본다. 깔끔을 떠는 김휘소가 발바닥에 입을 맞춘다? 정원은 사랑하는 사이에서나 가능할 법한 그 행동이 은밀하고 다정하게 느껴졌다. 가슴이 싸했다.

"쿡. 뒤로 안 해, 걱정 마. 아주 정.상.적.으로 뿅 가게 해줄 테니까."

동그랗게 커진 정원의 눈을 보며 문제를 잘못 판단한 휘소가 정원을 지그시 응시하곤 비죽 웃으며 말했다. 그리곤 나머지 한 쪽 발목도 잡아채 쭉 끌어당긴다.

"엄마!"

단말마의 비명을 지른 정원이 팔꿈치를 이용해 얼른 상체를 일으켜 세워보지만 이미 다리 사이로 휘소의 허리가 들어가 있는 야시시한 포즈가 되어버렸다. 그때 휘소의 뜨거운 시선이 비키니 차림의 벌어진 다리 사이에 머물자 정원은 얼른 세워진 무릎을 안쪽으로 구부리며 소리를 지른다.

"야! 어딜 봐!"

"훗. 그 수영복 야한 줄로만 알았는데 이럴 땐 꽤 편리하겠는데?"

얼굴이 빨갛게 달아오른 정원을 보며 휘소는 한쪽 입꼬리를 부드럽게 휘며 웃었다. 그리곤 정원의 한쪽 팔을 잡아당기며 다른 한 손으론 그녀의 뒤통수를 고정시키고 그대로 입을 맞췄다. 순식간에 정원의 두 입술이 한꺼번에 휘소의 입속으로 빨려 들어갔다.

버럭 소리 지르고 작게 웃음을 터뜨리던 다소 장난스런 분위기가 한순간에 농밀하게 뒤바뀌자 정원은 아찔할 정도로 정신이 없어졌다. 뱃속이 간질거리는 것도 같았고, 몸이 축 늘어지는 것도 같았다. 휘소의 손이 종아리부터 등허리까지 자유자재로 움직이다 목 뒤로 매듭지어진 수영복의 끈을 잡아당겼다. 순간 의도한 대로 자꾸 뒤로 몸을 빼던 정원의 상체가 바짝 붙어

오자 그녀의 귓불과 목덜미에 입술을 묻고 있던 휘소가 만족스런 웃음을 지으며 다시 정원의 입술을 머금었다.

"손 내려."

정원이 흘러내리던 비키니 자락을 잡고 있자 휘소가 붙어 있던 입술을 살짝 떼며 명령했다. 하지만 정원이 말을 듣지 않자 휘소가 등 뒤로 묶여 있던 매듭마저 풀어내고는 가슴 앞섶으로 손을 돌려 확 잡아당긴다. 꽉 쥐고 있었음에도 힘없이 나가떨어지는 천조각을 보자, 정원의 눈동자가 살짝 흔들렸다.

"괜찮아, 예뻐."

창피해하는 정원을 안심시키기 위해 한 말이 아니었다. 통통한 두 언덕에 붉은 핑크빛을 띠고 있는 젖꼭지가 휘소를 안달하게 만들었다.

"아!"

"아파?"

정원이 고개를 주억거리자 휘소가 움켜쥔 정원의 젖가슴에서 살짝 힘을 뺐다. 그리곤 정원에게 힘을 실어 침대 위로 눕히고는 다시 깊게 키스하며 짙은 애무를 시작했다. 손바닥에 느껴지는 유두의 딱딱함이 정원의 안으로 들어서지 않았음에도 꽤 짜릿한 쾌감을 선사했다.

"한정원…… 너 때문에 좋아죽겠다, 나……."

귓가에 내뱉는 한숨 섞인 그 중얼거림이 정원의 감각을 빠른 속도로 일깨우기 시작했다. 소극적이던 정원이 두 팔을 들어 올려 휘소의 목을 끌어안았다.

"착해."

휘소가 웃으며 정원의 행동을 칭찬했다. 그리곤 쇄골 근처에
머물러 있던 입술을 내려 젖가슴을 물었다. 동시에 휘소와 정원
에게서 신음 소리가 터져 나왔고, 휘소가 정원의 몸에서 입술을
떼지 않고 자신의 수영복을 벗어 던졌다. 덕분에 허벅지 부근에
서 느껴지던 휘소의 딱딱한 것이 정원에게 더욱 선명하게 전해
졌다.

"으음……."

자신도 모르게 신음 소리가 흘러나오자 정원의 눈이 퍼뜩 커
졌고, 그 모습을 본 휘소가 피식, 웃는다. 휘소의 손길이 더욱
바빠졌다. 맞댄 입술에선 번들거리는 타액으로 축축한 소리가
연신 흘러나왔고 정원의 허벅지를 쓰다듬던 손길이 무릎으로
비벼대고 있던 정원의 중심지로 옮겨왔다. 그제야 정원은 휘소
의 무릎이 여태 거기 머물고 있었다는 걸 깨달았다.

"네 무릎 계속 거기 있었어?"

정원이 얼른 다리 사이를 좁히며 묻는다.

"……뭐? 풋. 거기가 어딘데?"

바깥쪽에 있던 한쪽 다리를 마저 안으로 옮겨와 정원의 다리
를 벌리면서도 휘소가 피식, 웃으며 묻는다. 달아오른 분위기
속에서도 엉뚱한 말을 쏟아내는 정원이 못마땅하기도 했지만
귀여웠다. 때문에 몽롱한 의식 속을 헤매던 휘소도 조금의 여유

를 되찾았다.

"어? 어디?"

정원이 대답이 없자 휘소가 비키니 위에서 지분거리던 손을 천 속으로 집어넣으며 은근히 묻는다. 순간 정원은 화가 났다. 자신은 온몸이 찌릿찌릿 감전된 것처럼 죽을 것 같은데 능글능글한 웃음하며 여유만만인 휘소를 보자 내가 지금 뭐 하고 있는 거지? 하는 생각이 머릿속을 갈랐다.

"그만해."

정원의 휘소의 손을 잡아 빼며 딱딱하게 말했다.

"알았어. 미안해. 안 놀려, 이제."

속이 뜨끔한 휘소가 부드럽게 말하곤 정원과 입을 맞추기 위해 고개를 숙였다.

"하지 마."

단단히 삐친 모양이다. 정원의 고개를 옆으로 돌리며 휘소의 입술을 피했다.

"야, 넌 어떨지 모르겠지만 내가 지금 웃는 게, 웃는 게 아니거든?"

"야!"

휘소가 정원의 손을 우뚝 선 그의 중심으로 가져가자 정원이 빽 소리를 지른다.

"네가 이렇게 만든 거야. 책임져."

두 다리론 정원의 다리를 바짝 옭아매고, 침대를 짚고 있는 양쪽 팔 사이에 그녀의 얼굴을 가둔 휘소가 뜨거운 시선을 보내며 말했다.

"희희낙락 웃고 떠들 때는 언제고?"

"임마, 그건 네가 엉뚱한 질문으로 분위기 깨니까 그런 거고."

휘소가 정원의 이마에 입을 쪽 맞추며 말을 이어간다.

"그리고 내가 언제 희희낙락 웃고 떠들었냐?"

다른 여자 같았음 벌써 짜증 나서 관두라고 큰소리 뻥뻥 치고 오히려 침대 밖으로 끌어냈을 것이 분명했다. 하지만 픽 토라진 정원이 왜 그렇게 예쁜지. 휘소는 지금도 애가 바짝 탄 상태였다. 또 통통한 저 젖가슴은 어떻고. 다시 손으로 주물거리고 입에 물어야 살 것 같았다.

"아, 알았어. 미안해. 내가 잘못했어. 그러니까 다시 하자고, 응?"

휘소가 정원의 눈이며 코며 입이며…… 는 아니다. 정원이 휙 피했으니까. 대신 볼에 입을 맞추게 된 휘소가 애원했다.

'아, 진짜. 천하의 김휘소가 한번 하자고 여자한테 애원하는 날이 올 줄이야.'

그럼에도 휘소는 왜 자꾸 피식피식 웃음이 번지는지 이해할 수 없었다. 아무튼 그렇게 한참을 잘 구슬려 다시 찐한 분위기를 연출하는 데 성공했고, 결전을 코앞에 두고 있었다. 휘소가 뜨거운 한숨을 내쉬며 정원의 입술을 강하게 빨아들이는 동시에,

"악! 아프잖아! 당장 빼!"

땀을 뚝뚝 흘리며 최선을 다하고 있는 휘소를 무색하게 만들 정도로 고개를 도리질하며 정원이 꽥꽥 소리를 지른다.

"젠장. 가만히 좀 있어봐. 너무 쪼여서 나도 죽을 것 같거든?"

"뭐! 젠장? 이 바보새끼! 죽여 버릴 거야. 흑⋯⋯."

정원이 이젠 눈물까지 뚝뚝 흘리자 휘소는 미안한 마음에 후퇴할까 생각했지만 머리까지 치뻗는 쾌감을 무시할 순 없었다.

"쉬⋯⋯ 미안. 아픈 거 아는데, 몸에 힘 좀 빼봐."

휘소가 정원의 눈물을 입술로 훔치며 한없이 부드럽게 말했다.

"뿅 가게 해준다더니⋯⋯."

휘소의 말대로 긴장을 최소화해 보지만 여전히 아픔이 가시지 않자, 울먹이던 정원이 원망 섞인 말을 잊지 않는다.

"두고 보자, 한정원."

왠지 자신의 실력을 의심받은 것 같아 자존심이 상한 휘소가 각오를 다지며 다시 정원에게 달려들었다. 그러나 그렇게 의기양양해하던 휘소는 평균 작업 시간의 반에도 못 미친 시간이 지난 후, 콘돔을 빼 쓰레기통으로 휙 구겨 넣었다. 그리고 구겨진 그것만큼이나 휘소의 이마도 확 구겨져 있었다. 정원의 안에서 움직일 땐 너무 좋아서 미쳐 버리는 줄 알았는데, 그만큼 절정의 시간이 빨리 다가오자 남자의 자존심이 확 구겨진 상태였다. 그리고 또다시 고개를 바짝 쳐드는 분신을 보니 한숨이 푹 새어나온다. 그래도 다행인 것은 정원이 만족스런 숨소리를 내고 있다는 것. 그리고 정원이 처음이라는 것. 왜? 당근 비교할 대상이 없으니까. 휘소가 씨익 미소를 지어 보이며 정원의 목 뒤로 한쪽 팔을 집어넣어 팔베개를 해줌과 동시에 그녀의 허리를 끌어당긴다. 이번엔 제대로 해야겠다.

"좋았어?"

"……어."

몸이 나른해지자 정원이 겨우 대답했다.

"다리 좀 벌려봐."

젖가슴에서 허리, 그리고 엉덩이에서 허벅지까지 내려온 손이 정원의 다리 사이로 껴들기 위해 애쓰자 그런 휘소를 정원이 획 째려본다.

"너 아플 거 아냐. 괜찮나 확인할라 그래."

"괜찮으면? 또 하려고?"

"아니, 뭐 꼭……. 안 돼?"

앙칼진 정원의 말투와 눈빛에 휘소가 우물쭈물하다 결국 뜨거운 눈빛을 보내며 물었다.

"아프단 말야!"

정원의 휘소를 밀치며 그의 품에서 벗어나기 위해 애쓴다. 그 상태로 있다간 잡아먹힐 것처럼 휘소의 몸과 눈빛이 뜨거웠다.

"좋았다며? 딱 한 번만 더 하자."

결국, 굶주린 하이에나처럼 달려드는 휘소를 당할 힘이 정원에겐 없었고, 붉게 물들어가기 시작한 석양이 멋지게 내려앉을 때쯤에서야 휘소에게서 벗어날 수 있었다. 관계가 끝나고 꼭 보듬어주는 휘소의 품이 따뜻했다.

"배고파."

"배고파?"

"큭. 김휘소, 너 말투 왜 그래? 다른 여자애들한테도 그랬어?"

그대로 따라 묻는 휘소의 말투가 평소 시니컬한 김휘소가 맞는지 의심이 들 정도로 다정해 정원이 장난 삼아 물었다.

"그랬으면 좋겠냐?"

그러나 싸가지 풀풀 풍기며 버럭 하는 휘소를 보자 '그럼, 그렇지. 그 김휘소가 어딜 가?' 하는 생각이 들며 기분이 상한다.

"왜 짜증을 내?"

휘소의 품에서 빠져나온 정원이 시트로 몸을 감싸고 침대를 벗어나려 몸을 움직인다.

"어디 가?"

"나한테 짜증 내는 사람 없는 데로 간다, 왜?"

휘소에게 붙들린 팔을 뿌리치며 대답해 보지만 그가 더 큰 힘으로 다시 정원을 품으로 잡아당긴다.

"알았어, 알았어. 미안해. 네가 자꾸 쓸데없는 얘기 하니까 그런 거잖아."

도대체 오늘만 미안하단 소리를 몇 번이나 하는 건지, 그것도 한 여자한테. 아마 평생에 걸쳐 할 미안하단 소릴 오늘 다 한 것 같았다.

"내가 뭐?"

"이걸, 진짜. 넌 나한테만 못되게 굴더라?"

휘소가 정원의 뒤에서 한쪽 팔로 목을 꽉 끌어안고 좌우로 흔든다.

"네가 젤 만만하니까."

휘소가 못 말린다는 듯 웃는 걸 보면 뱉어놓은 대답이 나쁘지 않은 것 같아 다행이었지만, 마주하고 싶지 않은 밑바닥을 또 내려다보고 있는 기분은 가히 좋지 않다. 확실히 레벨 차이가 있는 집안, 절대 어울릴 수 없다 생각했던 김휘소가 비위를 맞춰줄 때마다 은근히 즐기고 있는 속물적인 자신의 모습은 정말이지 꼴불견이었다. 태양의 말은, 틀린 게…… 없었다.

6. 푸켓에서 냉긴 일 ||

　그날 밤, 경혁의 커플이 묵고 있는 풀빌라에서 파티가 벌어졌다. 클럽을 방불케 할 정도로 쿵쾅거리는 음악 소리에 촬영을 하러 왔다는 건 다 거짓말이었는지, 태양이 초대한 연예인 서너 명이 몰려와 '하하, 호호' 하는 웃음소리가 여기저기서 들려오고 있었다. 그리고 그 속에서 정원은 신발을 벗은 맨발을 푹신한 소파 위로 접어 올려놓고는 최대한 편한 자세를 취하려 하고 있었다. 온몸이 다 욱신거렸다.

　"자."

　민영이 차가운 샴페인 두 잔을 가지고 와 내밀었다.

　"땡큐."

　정원이 받아 들더니 바로 크게 한 모금 들이켰다.

"너 풀장에서 휘소랑 뜨겁더라? 소감이 어때?"

"……흠. 무슨 소감?"

짓궂은 눈빛을 보내오는 민영의 시선을 피하며 정원이 모르는 척이다.

"너야말로 어땠는데?"

정원이 민영의 주의를 돌리기 위해 파란 눈의 남자에 대해 물어본다. 뭐, 아주 조금은 궁금한 것도 있었고.

"난 당근 황홀했지. 근데…… 휘소 잘하지?"

이런. 돌려놓자마자 되돌아온다. 똑똑하단 생각 한 번도 해본 적 없는 최민영이지만 이런 부분은 바싹하다는 걸 깜박했다.

"몰라……."

정원은 쭈뼛거리며 최대한 소파 등받이와 팔걸이 사이로 몸을 파묻었다. 영우를 떠올렸으면서도 김휘소 아래 깔려 그런 야한 소리를 내고, 김휘소가 어디든 만질 수 있게 그냥 놔둔 그 장면이 민영 때문에 또 떠올랐다. 5분 전에도 생각난 그 장면들이.

"에이, 우리 사이에. 좀 솔직해지지? 원래 첫경험은 절친한텐 말하고 그러는 거야."

"에잇, 진짜! 몰라……. 첨엔 아파 죽는 줄 알았다가 또 좋았다가. 지금은 다시 아파 죽겠다. 됐냐?"

정원이 이를 앙다물며 말했다. 안 그래도 그 주제로부터 벗어나고 싶은데 민영이 포기를 모르니 버럭 성질이 난다. 하지만 민영의 흥미로운 표정을 보아하니, 버럭 낸 그 성질이 영 영양가가 없었음을 깨닫곤 작게 한숨을 내쉰다.

"역시…… 김휘소야. 처음부터 느끼긴 쉽지 않은데. 근데 진
짜 내 말대로 김휘소랑 처음 했네, 너?"

마냥 신나 하는 민영과 달리 그렇지 않아도 우울했던 정원의
표정이 급격히 어두워졌다. 입으론 영우를 좋아한다 말하고 잊
지 못해 풀 죽어 지내던 자신이 휘소와 침대에서 뒹군 이유를
지금 찾았기 때문이었다.

"나 미쳤나 봐. 아님 밝히는 여자이거나……."

"그렇게 좋았……. 왜 그래?"

웃으며 말하던 민영이 멍한 정원의 얼굴을 발견하자 진지함
을 되찾았다.

"어떻게 영우 선배랑 헤어진 지 얼마 되지도 않아 저 호색한
바람둥이랑……."

정원이 풀장에서 태양, 은현과 더불어 여자들과 어울리고 있
는 휘소를 초점 없는 눈빛으로 바라본다.

"쟤들 좀 봐라."

요즘 한창 뜨고 있다는 신인 탤런트 이하나가 휘소의 등 뒤에
서 그의 목을 끌어안는 걸 민영이 턱짓으로 가리켰다. 그녀의 풍
만한 젖가슴이 휘소의 등짝에 찰싹 달라붙어 있을 게 분명했다.

"나 같아도 고자가 아니고서야……. 여자들이 저렇게 달려들
면 가만있을 순 없겠다, 야. 그리고 김휘소가 객관적으론 좀 하
고 싶게 만드는 그런 매력이 있지."

정원의 미간에 주름이 잡혔다. 마지막 민영의 말에 위안을 느낌과 동시에, 그렇게 안주하고 있는 자신이 영 마뜩찮다.

"어차피 지영우랑 끝났잖아. 그리고 섹스라는 게 그렇다? 사랑하지 않아도 충분히 할 수 있는 그런 거거든."

"……역시 넌 발랑 까졌어. 그리고 나도. 누가 친구 아니랄까 봐……."

정원이 심각한 표정으로 말하자 민영은 마시던 샴페인을 풋쏟아낼 듯한 반응을 보였다. 그러나 이내 입가를 손등으로 훔치며 말한다.

"야! 발랑 까진 게 아니고 몸이 주는 반응에 솔직한 거지. 그리고 넌 뭐……. 네 말과 달리 지영우를 안 좋아하는 것일 수도 있고."

"……말도 안 돼."

황당하고 어이없다는 표정으로 민영을 쳐다보며 정원이 말했다.

"내가 봤을 땐 동정심일 수도 있어. 너 어렸을 때 길 잃은 고양이, 강아지 몰래 데려다 키우고 그랬다며. 동냥하는 사람들 그냥 못 지나치고."

"그럼, 영우 선배가 길 잃은 고양이고 난 동정해 주는 사람이냐?"

정원이 제법 단호한 표정과 말투로 말하자 민영이 그저 고개를 절레절레 젓더니 한마디 한다.

"처지 불쌍하고 돈 필요한 상황이라는 건 똑같지 않냐?"

"막 설레었단 말이야. 동정…… 아냐."

정원이 하소연하듯 말하더니 샴페인을 원샷 한다.

"그래, 어차피 끝났으니 아니라고 치고……."

"아니라고 치는 게 아니라……."

"네 약혼자 저렇게 둘 거야?"

민영이 말하는 도중 정원이 흥분하며 끼어들었지만 민영은 풀장을 손가락으로 삐쭉 가리키며 말을 마저 끝냈다.

"저렇게 안 두면? 한 번 잤다고 폭풍질투라도 해야 하냐?"

비치볼을 가지고 공놀이를 하는 건지 서로 끌어안기를 하는 건지. 서로 깔깔거리며 뒤엉키기를 반복하는 풀장 속 모습을 바라보며 정원은 비릿하게 웃었다.

"너 모르지? 휘소 계속 너한테 눈길 보내고 있던 거. 분명 폭풍까지는 아니더라도 약간의 질투 정도는 해주길 바라고 있는 것 같은데?"

민영이 눈을 반짝이며 정원에게 속닥거렸다.

"바라고 있기는 개뿔. 쟨 진짜 저렇게 노는 게 좋은 거라니까. 한 잔 더 할 거지?"

아무래도 마시고 취하는 게 나을 것 같았다. 민영의 손에서 빈 글라스를 가져간 정원이 미니바로 향했다. 그러나 아랫부분이 쓰리고 뻐근한 것이 걸음걸이가 영 시원치 않다.

"크크큭……."

"이씨……."

그 모습을 본 민영이 뒤에서 킥킥거렸고 정원의 입에선 나지막하게 불만 섞인 음성이 튀어나왔다. 아무튼 최대한 아무렇지 않은 척하며 미니바에 닿은 정원은 양손에 들고 있던 글라스 두 개를 바 테이블에 무사히 내려놓았다. 그리고 샴페인 쿨러에 담겨 있는 물방울이 송송 맺힌 병을 보자,

'그냥 병째 가져가?'

다시 이 고생을 하고 싶지 않은 마음에 쿨러를 끌어당기고 있을 때였다.

"아! 차거! 뭐야!"

뒤에서 꽉 끌어안는 누군가에 의해 선드레스의 등짝이 단번에 축축해지는 것을 느꼈다.

"술 그만 마시고 같이 놀지?"

"김휘소, 죽을래? 다 젖었잖아!"

웃음소리와 함께 오른쪽 귓가에 들려오는 목소리로 휘소라는 걸 알아차린 정원이 몸을 바둥거리며 품에서 빠져나오려 했다.

"안에 수영복 입었지?"

그러거나 말거나 정원을 번쩍 안아 든 휘소가 풀장으로 성큼성큼 걸어간다. 무섭다.

"안 입었다! 야! 이거 안 놔?"

휘소의 품에 갇힌 정원이 계속 바둥거리며 소리를 질렀다.

"정말, 놔?"

"어!"

정원이 품 안에서 계속 바동거리자 장난기가 발동한 휘소가 순간 팔에 힘을 뺐다.

"엄마야!"

언제 바동거렸냐는 듯 정원이 휘소의 목에 팔을 둘러 꼭 끌어안는다.

"최민영! 너도 와."

"오키!"

웃음을 터뜨린 휘소가 민영에게 외쳤고, 경쾌한 대답 소리가 곧장 날아왔다.

"빠뜨리기만 해!"

바로 눈앞에 푸른 풀장의 출렁거림이 들어오자 정원이 호기롭게 외쳤으나 곧, 풍덩. 꼬르륵. 물속으로 가라앉았던 정원의 몸이 물 위로 떠올랐다. 동시에 뭐가 그렇게들 좋은지 환호 소리가 들렸고, 태양이 내보이는 손바닥을 휘소가 탁 치며 씩 웃는다.

"이씨."

물에 젖은 머리카락이 온 얼굴에 달라붙자 정원이 손목에 차고 있던 얇은 헤어밴드로 대충 머리를 끌어모아 묶었다. 덕분에 단아한 얼굴과 목선이 드러나니 물에 젖은 얼굴은 조명을 받아 더 뽀얗게 보였고, 빨갛고 도톰한 입술은 사람들의 시선을 잡아끌기에 충분했다.

"역시, 한정원이 예쁘긴 하다니까."

낮에 있었던 일로 미안했는지 태양이 히죽 웃으며 말하자, 그 얼굴 위로 휘소가 뿌린 물줄기가 거침없이 날아든다. 태양이 얼 빠진 표정으로 휘소를 바라보지만 '뭐?' 하고 입 모양으로 말하 는 휘소의 표정은 거만하기만 했다.

"그럼 다 온 것 같으니까, 시작해요."

이하나가 비치볼을 휘소에게 던지며 말했고 이내 깔깔거리는 소리와 함께 피구와 비슷한 게임이 다시 진행되었다.

"어? 안 해?"

풀장 안으로 막 들어서던 민영이 풀장 끄트머리로 이동하는 정원을 향해 물었다.

"응. 난 술이나 마실란…… 아!"

비치볼이 정원의 머리에 맞고 물 위로 떨어졌다.

"어머, 미안……."

이하나가 미안한 얼굴을 하며 사과했지만 주위에서 들려오는 가벼운 웃음소리에 힘입어 곧 웃음을 터뜨렸다. 자연히 놀다 보 면 그럴 수도 있지 하는 분위기가 되어버렸다.

'근데 왜 반말?'

정원은 그다지 기분이 좋진 않았지만 분위기를 깨고 싶지 않 아 그저 어깨를 으쓱해 보이곤 다시 발길을 돌렸다. 그러다 문 득, 김휘소만 아니면 지금쯤 소파에 편하게 앉아 시원한 샴페인 을 마시고 있었을 텐데 하는 생각이 든다. 뭉실뭉실 열이 솟았 다.

"김휘소!"

"왜? 이리 와."

연신 실쭉실쭉 웃으며 게임에 집중한 휘소가 고개도 돌리지 않고 말했다.

'물에 빠뜨려 놨음 도로 제자리로 갖다 놓던가! 이게 뭐야! 꿔다 놓은 보릿자루도 아니고!'

정원은 많이 맞혀도 아프지도 않을 공을 은현을 향해 힘껏 내던지고 있는 휘소가 영 짜증 났다.

"나 샴페인 좀 갖다 줘."

정원의 음성이 공기를 가르자 소란스럽던 분위기가 한순간에 고요해졌다. 미친년 쳐다보듯 하는 태양은 말할 것도 없고, 은현까지 뜨악한 표정으로 정원을 바라봤다. 아무리 휘소가 정원을 많이 봐주고 있다 해도 일개 연예인들 앞에서 종 부리듯 하는 저 당당한 태도에 이만하면 휘소도 폭발하지 않을까 다들 예상하는 눈치였다. 물론 호기심 어린 눈빛의 민영을 제외하면 말이다.

"뭔 깡이냐 진짜. 소문 들었어? 김휘소 화나면 진짜 무섭다던데."

"김휘소 친구들 표정 보면 말 안 해도 알겠다, 야."

익히 연예계 쪽에서도 제일그룹에 대한 관심이 워낙 크기에 연예인들도 숙덕거렸다. 그러나 모두의 예상을 보기 좋게 뒤엎고 휘소가 들고 있던 비치볼을 아무나에게 던져 주고는 정원에게 헤엄쳐 갔다. 그리곤 그녀의 볼을 쭉 잡아당기며 말한다.

"왜 또 심술이야? 기다려."

휘소가 몸의 반동을 이용해 가볍게 풀장 밖으로 나가자 그 모습을 보고 있던 민영은 웃음을 터뜨렸고, 나머지 녀석들은 입이 쩍 벌어져 다물 줄 모른다. 그리고 그러거나 말거나, 정원은 두 손으로 풀장 위 바닥을 짚고는 물에 몸을 띄우며 샴페인을 기다렸다.

"이거 먹으면서 마셔."

케익 몇 조각이 담긴 접시와 샴페인 잔을 정원의 앞에 놔주곤 휘소가 다시 물속으로 들어왔다.

"김휘소, 안 해?"

은현이 비치볼을 들어 보이며 물었다.

"하고 있어!"

뒤돌아 외친 휘소가 케익을 입에 넣고 오물오물하고 있는 정원의 옆모습을 빤히 쳐다본다.

"맛있어?"

"응. 이거 가져다줬으니까 이제 신경 안 써도 돼. 가서 놀아."

맛있는 거에 금세 기분 좋아진 정원이 꽤나 인심 쓰는 것처럼 말하더니 샴페인을 한 모금 마셨다.

"캬……. 맛있어, 맛있어."

감탄사 한번 거하다. 그 모습이 귀여워 휘소는 작게 웃음을 터뜨렸다. 정원이 또다시 샴페인 잔을 입으로 가져갔다.

"한정원."

휘소의 부름에 정원이 고개를 돌린 순간, 휘소가 정원의 턱을 강하게 압박함과 동시에 입을 맞춘다.

"캬……. 진짜 맛있네?"

입술을 뗀 휘소가 짓궂게 웃는다.

"너, 내 주먹맛 좀 볼래? 애들이 보잖아!"

주위를 획획 둘러본 정원이 주먹을 가슴팍쯤에서 들어 보이며 숨죽여 말했다. 그러나 그 애타는 속을 모르는 척 휘소가 한쪽 입꼬리를 쓱 끌어올리며 사악하게 웃었다. 그러더니,

"주먹맛 말고……."

은밀한 속삭임과 함께 정원의 엉덩이를 쓰윽 만지더니 꼭 잡아 쥐며 '다른 맛' 이런다.

"이…… 저질! 꺼져!"

남은 누구 때문에 아파 죽겠는데 때와 장소도 가리지 못하고 들이대는 휘소를 보자 속에서 열불이 올라온다. 정원이 주먹으로 휘소의 가슴팍을 퍽 치고는 뒤도 안 돌아보곤 풀장을 나갔다. 물에 젖은 선드레스가 몸에 착 달라붙어 그녀의 몸매를 드러내고 있었지만 정원은 다분히 신경질적인 걸음걸이로 실내로 사라지기 바빴다. 그리고 그런 정원을 뜨거운 눈길로 바라보고 있던 휘소는 미간을 팍 좁히더니 격한 동작으로 수영하기 시작했다.

'젠장! 죽겠네, 진짜. 어떻게 재만 보면 발딱발딱 설 수가 있냐고! 존슨, 너 미쳤어?'

다음날.

아침 느지막이 일어난 정원이 간단한 브런치를 먹기 위해 민영과 함께 레스토랑으로 내려갔다.

"어? 애들 있다."

어제저녁엔 보이지 않던 라희가 휘소 옆에 앉아 있었고, 그 맞은편에 태양과 은현이 앉아 이야기를 나누며 식사를 하고 있는 게 보였다.

"저리로 가자."

자리를 안내해 주던 웨이터를 물리친 민영이 정원을 이끌고 방향을 바꿔 걸어갔다. 가까이 다가가니 음식은 뒷전이고 뭐가 그리 재밌는지 웃으며 떠드느라 바쁘다.

"정태양, 또 여자 얘기냐?"

민영이 비죽 웃으며 말하더니 라희의 옆에 앉았다. 자연스럽게 정원이 은현의 옆으로 가니, 은현이 싱긋 웃으며 의자를 빼주기에 정원도 웃어 보이곤 자리에 앉았다.

"어떻게 알았냐? 내가 어제 이하나 따먹었거든."

태양이 의기양양해 말하자 정원은 불쾌한 표정을 숨기지 않았다.

"Are you sure(확실해)? 잘 생각해 봐. 네가 따먹힌 건 아니고?"

민영이 피식거리며 말하자 은현과 라희가 풋, 웃음을 터뜨린다.

"아오! 아니거든!"

"뭐, 얘기 들어보니까 이하나가 휘소한테 먼저 들이댔다던데. 보기 좋게 거절당하니까 너한테 간 거 아냐?"

"아니, 그게 아니라……."

이후 태양은 벅벅 우기고 그런 그의 반응에 웃고 떠드는 무리들과 다르게 정원은 그 자리가 마음 편하지 않았다. 왜 그 생각을 못했을까. 나도 민영과 비밀이 없으니 휘소도 그럴 거라는 생각. 그때 눈이 마주친 라희가 생긋 웃었다.

'저 웃음 뭐야? 쟤한테도 말했나?'

어쩌면 어제 휘소와의 일을 모두 알고 있는데 모르는 척하고 있는 거란 생각이 든다.

'내가 진짜 미쳤었지. 영우 선배랑 헤어진 지 얼마나 됐다고. 다신 그러나 봐라.'

정원이 당장 눈에 보이는 대로 오렌지주스를 벌컥벌컥 마셨다. 그러고 나서야 은현의 것임을 알았지만 상관없었다.

"갈증 나면 하나 시키던가. 뭐 하는 짓이냐?"

가끔 웃음이나 내보이며 대화에 참여한다기보단 가만히 경청하는 쪽에 가까웠던 휘소가 한쪽 눈썹을 바짝 치켜 올리며 물었다. 차라리 자기 것을 가져갔으면 별문제 없었을 것을 좀 전에 은현이 마셨던 것을 정확히 기억해 내자 짜증이 인다.

"뭐 어때. 별것도 아닌 거에 왜 또 짜증……."

"하지 마."

휘소가 정원의 말을 일축하며 강압적으로 말했다. 일순 정적이 감돌았고 정원은 눈에 힘을 실어 휘소를 쏘아보다시피 했다.

"하지 마, 다음부턴."

다시 한 번 강하게 말한 휘소가 지나가던 웨이트리스를 불러 세우더니 정원의 몫까지 오렌지주스 두 잔을 주문해 준다.

그러나 이미 기분이 언짢은 정원은 세팅되어 있던 포크를 집어 들곤 은현의 팬케이크를 큼지막하게 잘라 입으로 가져갔다. 그리곤 휘소를 보며 세상에서 가장 달콤한 음식을 입에 머금은 것 같은 표정을 짓더니 작게 탄성을 내질렀다.

"음…… 맛있다."

거기다 마지막으로 핑크빛 혀를 내밀어 입술에 묻은 메이플 시럽을 핥았다. 물론 이 행동은 계획에 없던, 어떤 파장을 불러올지 모르고 한 행동이었다.

'이씨. 무섭게 왜 저래? 눈에서 레이저 뿜겠네.'

강렬하고 집요한 휘소의 눈빛이 미처 다 씹지 못한 음식물을 삼키게 했다.

정원은 그날. 하루 종일, 어딜 가나 달라붙는 그 뜨거운 눈빛을 슬그머니 피하고 모른 척하기에 바빴다. 게다가 요트를 타고 바다에 나가서도, 함께 식사를 할 때에도, 테니스 같은 운동을 할 때에도 방심만 했다 하면 이루어지는 스킨십을 친구들 눈치를 봐가며 요리조리 피하느라 호텔로 돌아왔을 때에는 파김치가 된 상태였다.

"휴……."

룸 앞에 서자 곧 침대에 누울 수 있겠단 생각에 안도의 한숨이 절로 흘러나왔다. 그러나 문을 연 순간 '음…… 아!', '하아……' 하는 남녀의 뜨거운 신음 소리가 들려오자 그 안으로 한 발짝도 들여놓을 수가 없었다.

'아 놔. 최민영 이놈 지지배. 침대로 갈 시간도 없었냐?'

무리들과 어울리던 중간에 스리슬쩍 빠져나가더니 다 이유가 있었다. 어쩔 수 없이 정원은 조용히 문을 닫고 터덜터덜 프런트 데스크로 향했다. 아무래도 따로 체크인을 해야 할 것 같았다.

'빈 방 있으려나? 있겠지? 있을 거야. 있어야 돼!'

불안감을 애써 지우며 빙긋 웃는 호텔리어 앞에 선 정원이 빙긋 웃어 보였다. 왠지 밝게 웃어주면 없던 방도 있다고 말해줄 것 같았다. 그러나 모니터를 들여다보던 직원이 'I'm so sorry'라고 말하는 순간 정원의 예쁜 얼굴이 울상으로 변해 버렸다.

"슬픈 예감은 틀린 적이 없다더니, 정말……."

라운지에 도착해 최대한 넓고 편안해 보이는 의자를 꿰찬 정원이 몸을 푹 파묻고 한숨을 내쉬었다. 그나마 낮이었다면 어디

갈 데라도 있겠지만 이미 자정에 가까운 시간이니 마땅히 갈 곳도 없었다. 경혁인 여자친구랑 같이 방을 쓰고 있고, 태양은 분명 여자랑 같이 있겠고, 아니, 침대를 내준다고 해도 싫었다. 그리고 휘소 방에 가는 건 날 잡아 잡수 하는 것과 다를 것이 없다. 그렇다고 라희한테 가자니 최민영과 같은 상황이지 않을까 하는 생각이 마구 든다.

'은현이한테나 연락해 볼까? 하긴 그 자식도 여자랑 있겠지.'

정원이 두 다리를 끌어모아 꽉 끌어안고 고개를 파묻었다. 그때였다.

"뭐 해? 여기서?"

정원이 고개를 들어 올렸다. 고개를 삐딱하게 세운 휘소가 한심스럽다는 듯 내려다보고 있었다.

"그러는 넌?"

"은현이랑 한잔하고 올라가는 길에 혼자 중얼거리는 웬 미친 여자가 보이기에."

"우…… 씨. 죽을래?"

"일어나."

"왜?"

그의 방으로 가자고 할까 봐. 그리고 또 그걸 하게 될까 봐 정원이 신경을 곤두세우며 물었다.

"그럼 여기 계속 이러고 있던지."

휘소가 무뚝뚝하게 말하곤 미련 없이 돌아서자 정원이 일단 그의 손가락 하나를 잡고 본다.

"뭐?"

고개를 돌려 시니컬하게 묻는 휘소의 표정이 참 고깝다.

"나 너랑 안 잘 거야."

"그래. 그러니까 여기 계속 있으라고."

입술 끝을 비죽 말아 올린 휘소가 다시 뒤돌아섰다.

"아니, 그러니까 내 말은…… 잠만 잔다고."

정원이 다급한 마음에 좀 더 큰 소리로 말해보지만 여전히 확고한 의지를 내비치는 건 잊지 않았다.

"그냥 여기 있어, 너."

휘소가 그대로 발걸음을 옮기며 말했고, 그의 손가락을 잡고 있던 정원의 손이 툭 떨어져 나갔다.

"이씨……."

어쩔 수 없이 여기서 밤을 꼬박 샐 수밖에 없구나 하는 생각에 불만이 터져 나왔다. 그러나 몇 발자국 걷던 휘소가 걸음을 멈추더니 '알았으니까, 와' 하고 말한 후 다시 걸어가자 정원이 헤벌쭉 웃으며 후다닥 신발을 챙겨 신고 졸래졸래 따라붙었다.

샤워를 마치고 휘소에게 빌린 티셔츠와 추리닝 바지를 입고 나니 역시나 줄줄 흘러내린다. 그래도 허리에 있는 끈을 바짝 끌어당겨 동여매니 겨우 골반에 걸쳐지는 게 다행이라면 다행.

달칵.

욕실 문을 열고 밖으로 나오니 얇은 소재의 바지만을 걸친 휘소가 요 며칠 새 검게 탄 등판을 아주 당당하게 내놓고 침대에 엎어져 있었다.

"자?"

침대 옆 스탠드의 붉은 불빛만 어른거리는 분위기에서 잘 자리 잡힌 휘소의 등 근육이 눈에 들어오자 정원이 살짝 긴장하며 물었다.

"어."

간단한 대답이었지만 진짜 편하게 잘 수 있겠구나 하는 생각이 들었다. 긴장감이 사그라진 정원이 싱긋 웃고는 침대 위로 올라갔다.

"잘 자."

"……."

오히려 휘소의 침묵이 반가운 정원도 곧 눈을 감았다. 그리고 잠시 후,

"자냐?"

잠이 깊게 들려는 상태에서 휘소의 목소리가 들려왔다.

"응…… 졸려……."

정원이 잠결에 대답했다. 잠에 잔뜩 취해 있는 그 음성이 귀엽다. 피식, 웃음을 터뜨린 휘소가 스탠드를 끄고 정원의 목 아래로 단단한 팔을 끼워 넣으며 그녀의 등에 바짝 붙었다. 정원이 칭얼거렸지만 곧 느껴지는 포근함과 안락함에 그대로 깊은

잠에 빠져들었다. 반대로 양을 세는 노력까지 기울였지만 맞닿아 있는 보드라운 피부 때문에 쉽게 잠을 이루지 못하던 휘소는 두어 시간이 지나서야 슬며시 잠이 들었다. 찬물을 잔뜩 끼얹었거나 침대가 좁은 것도 아니었으니 정원과 멀찍이 떨어져 자면 될 것을 그건 또 죽기보다 싫었다.

7. 파혼

인천공항에 도착했을 때까지만 해도 대지를 조금씩 적시기 시작했던 가랑비가 금세 굵은 빗줄기로 변해 차창을 세차게 때려대기 시작했다.

"비 많이 오네? 그러게 나, 택시 타고 간다니까."

왔다 갔다 바쁘게 움직이는 와이퍼를 보고 있던 정원이 휘소에게 고개를 돌리며 말했다. 여섯 시간 동안 비행기를 타고도 피곤하지 않은 건지, 그만큼 체력에 자신이 있는 건진 몰라도 말쑥한 얼굴로 운전대를 잡은 휘소는 따로 가겠다던 정원을 만류하고 그녀의 집으로 향하고 있던 차였다.

"지금 나 피곤할까 봐 걱정하는 거야?"

정원을 잠깐 쳐다보며 휘소가 물었다. 기분이 좋아 보였다.

"어. 죽느냐, 사느냐 그것이 너한테 달렸거든 지금. 난 비오는 날 밤 운전 어렵더라."

정원이 어깨를 으쓱해 보이며 대답했다. 진짜 사랑하는 연인이라도 된 듯한 묘한 분위기가 계속 느껴지는 것이 영 어색했다. 오늘 아침부터 확실히 휘소는 이상했다. 핀잔은 주되 까칠하지 않았고, 무심한 것 같으면서도 대신 짐을 들어준다거나 갈증이 난다 싶으면 어느새 음료가 손에 들려 있는 등 세심하게 배려해 주고 있다는 것이 느껴졌다.

"앉아 있어. 트렁크에 우산 있으니까."

지금도. 집 앞에 차를 세운 휘소가 후딱 차에서 내렸다. 예전 같았음 비가 쏟아지거나 말거나, 눈이 퍼붓거나 말거나 지네 집 개 부리듯이 '내려' 하고 말하곤 급히 가버리기 바빴을 텐데 초인종을 눌러 사람을 부르고, 캐리어를 내놓고, 그러고 나서야 조수석 문을 연다.

"사람 불렀으니까 짐 신경 쓰지 말고 그냥 먼저 들어가."

"어. 너도 그만 가."

휘소가 받치고 있는 우산 아래로 발을 내딛은 정원이 운전석 쪽으로 이동하며 말했고 우산을 들고 있던 휘소가 자연스럽게 옆에서 따라 걸었다.

"아가씨, 오셨어요?"

"네! 그 짐 좀 들어다 주세요."

등 뒤로 들려오는 소리에 정원이 잠깐 멈춰 서서 아는 척을 하곤 다시 발걸음을 옮겼다.

"태워다 줘서 고마워. 조심해서 가."

"어. 간다."

휘소가 우산을 넘겨주며 차에 올라타자 정원은 멀찍이 떨어졌다.

"전화하면 재깍재깍 받아라."

슬슬 움직이던 차가 잠깐 멈춰 서고 창문이 내려가더니 휘소가 지 할 말을 하곤 사라졌다.

"핸드폰 어딨지?"

정원이 고운 이마를 살짝 찌푸리며 중얼거렸다. 지금도 휴대폰이 가방 안에 있는지 주머니 속에 있는지 정확하게 알지 못하는 상태였다.

"아가씨! 어서 오세요. 비가 더 많이 오네요."

"네! 가……! 아……. 저기…… 먼저 들어가세요. 전화 한 통하고 갈게요."

뒤를 돌아보던 정원의 눈동자가 심하게 흔들렸다. 곧장 메이드를 따라 들어가려던 정원은 발걸음을 멈추고는 말을 바꿨다. 그리고 대문 안으로 메이드의 뒷모습이 쏙 감춰지자마자 점점 발걸음을 빨리하더니 급기야 뛰기 시작해 가로등 뒤로 몸을 숨기고 있던 인영 앞에 멈춰 섰다.

"하아…… 선배!"

정원이 비에 젖은 영우의 모습에 놀라 황급히 우산을 그쪽으로 기울였다.

"아…… 놀랐지? 미안……."

영우가 정원의 눈길을 피하면서도 애써 웃어 보였고, 정원은 그런 그가 더욱 안쓰럽게 느껴졌다. 젖은 머리카락을 타고 뚝뚝 떨어지는 빗물은 멈추지 않았고 흠뻑 젖은 옷 때문에 그의 몸이 가늘게 떨리고 있었다.

"도대체 언제부터……. 여기서 잠깐만 기다려요. 어디 가면 안 돼요!"

영우에게 우산을 쥐어준 정원이 집으로 뛰어갔다. 그리곤 작은 담요와 수건을 챙기고 자신의 차를 몰아 영우 앞에 세웠다.

"선배! 얼른 타요."

창문을 내리고 영우가 차에 타기를 기다렸지만 그는 혼란스러운 듯 눈만 껌벅이고 있었다. 보다 못한 정원이 차에서 내려 영우를 조수석으로 이끌어 태우곤 다시 운전석에 올랐다.

"춥죠?"

정원이 히터를 더 높이곤 영우의 얼굴로 수건을 가져갔다.

"고마워. 내가 할게."

영우가 어색하게 웃으며 정원 손에서 수건을 가져가더니 젖은 얼굴과 머리의 물기를 제거해 갔다.

"이거 덮어요."

정원이 담요를 펴 들곤 영우의 몸 위에 잘 덮어주었다.

"잘…… 지냈어?"

"그냥 그럭저럭……. 선배는?"

"너…… 많이 보고 싶더라."

떨리는 영우의 음성과 눈빛이 정원의 마음을 애잔하게 물들여 갔다.

"……그럼, 전화하지. 뭐 하러 비 다 맞으면서 이렇게 기다려요. 감기 걸림 어쩌려고."

정원이 부러 목소릴 밝게 하며 말했다. 죄지은 사람마냥 아까부터 눈도 제대로 못 마주치고 있는 그의 모습에 용기를 불어넣어 주고 싶었다.

"아깐 비 안 왔었거든……."

"그럼 언제부터 여기 있었던 거야?"

정원의 놀란 표정에 영우가 싱긋 웃고 만다.

"하, 지금 웃음이 나와요?"

"어. 근데 진짜…… 다시 전화해도 되니?"

정원의 핀잔에도 마냥 웃고 있던 영우가 그 예쁜 미소를 차츰 감추며 물었다.

"네, 뭐……. 우리 친한 선후배 사이로 되돌아간 거니까."

정원이 희미하게 웃으며 대답하자 영우는 영 난처한 표정을 지었다.

"……선배?"

정원이 얼떨떨한 표정으로 영우를 뚫어져라 바라봤다.

"너만 괜찮다면…… 우리 다시 만날 수 있을까?"

"······!"

긴장한 티가 역력한 영우의 얼굴을 보며 정원은 '네'라고 답해야 한다고 생각했지만 휘소와의 일들이 떠올라 목이 콱 막힌 것처럼 말을 할 수 없었다.

"역시······ 안 되겠지? 미안하다. 괜히 마음만 불편하게 하고······."

"아, 저기······."

휘소와 그런 일이 있던 상태로 영우에게 다시 간다는 것이 내키지 않았지만 지금 영우의 모습을 보니, 거절의 말을 건네기도 쉽지 않았다.

"그만 가볼게. 고마웠어. 그리고 미안하다."

정원이 뭐라 말할 새도 없이 영우가 차에서 내려 다시 빗속으로 들어갔다. 우산도 없이 비를 다 맞고 걸어가는 그의 축 처진 뒷모습에 정원은 입술을 꽉 깨물었다. 영우가 너무 처량해 보였다.

'선배······.'

정원의 눈동자가 얼마간 사정없이 흔들렸고, 영우가 작은 점으로 변해가자 차 밖으로 뛰쳐나갔다.

"지영우!"

영우가 시야에 잡히자 뛰던 속도를 줄여 선 정원이 크게 외쳤다. 무섭게 퍼붓기 시작한 빗소리가 다시 커지기 시작했다.

"정원아······."

예기치 않은 음성에 뒤돌아본 영우가 급히 간격을 좁혀 정원에게 바짝 붙어 섰다.

"……나, 잤어."

서로를 마주 보고 있는 눈동자가 힘을 잃고 흔들렸다.

"김휘……."

"괜찮아. 그딴 거…… 상관없어."

정원을 끌어안는 영우의 손과 그의 품에 얼굴을 묻게 된 정원의 몸이 가늘게 떨렸다.

✳

방으로 들어선 휘소는 곧장 욕실로 들어가 씻고는 말끔한 차림새로 다시 방을 나섰다.

똑똑.

"들어와."

점잖지만 왠지 모르게 냉기가 느껴지는 목소리. 휘소가 서재 안으로 들어섰다.

"드릴 말씀 있어요."

"해봐."

책상 앞에 앉아 있던 김 회장이 육중한 가죽의자에 편안히 몸을 기댔다. 휘소는 책상 앞쪽에 놓인 소파로 걸어가 앉았다.

"결혼하려고요."

"……의외구나. 난 네가 약혼 기간을 좀 더 길게 가져갈 줄 알았는데."

"파혼하길 바라신 건 아니고요?"

한쪽 눈썹을 바짝 치켜세우던 김 회장이 비죽 웃는다.

"한신을 너무 키워줬어."

"신기술을 거저먹었으니 한신도 바보가 아닌 이상 챙길 건 챙겨야죠."

"하, 그래도 너 하나 믿고 너무 기어오르더구나."

"늙으셨나 봐요. 그 정도에 아까워하시고. 우리가 한신으로 인해 얻은 수익에 비하면 아무것도 아닐 텐데요."

휘소가 피식, 웃으며 말했다.

"녀석. 너에게 들어가는 보고로는 다 알 수 없었을 텐데?"

김 회장의 말투에선 만족감이 엿보였다.

"클릭 몇 번 하면 다 읽히는 걸 모른다면 사업하지 말아야죠."

"그래, 언제 할 생각이냐?"

김 회장은 단물을 다 빼먹은 이상 한신과의 결혼이 썩 만족스럽진 않았다. 나이가 어렸으니 약혼 기간을 길게 가져간다면 나이가 좀 더 들었을 땐 사업에 이익이 되는 새로운 신붓감을 찾지 않을까 하는 기대도 있었다. 하지만 아들의 능력이라면 지금 한신과 연을 맺는다고 한들 별 상관없겠다 싶었다.

"올해 안에 식 올리고 같이 유학 가겠습니다."

"올해라고 해봤자 얼마 안 남았구나. 알겠다."

"쉬세요, 그럼."

서재를 나서는 휘소의 얼굴에 설핏 미소가 감돌았다.

*

클럽 홀리데이.

다시 동대문에서 산 청바지와 티셔츠 차림으로 돌아간 정원이 홀리데이 안으로 들어섰다.

"예약하셨나요?"

직원이 상냥한 말투로 말을 걸어오자 정원은 잘됐다 싶었다.

"아뇨. 김휘소 몇 층에 있는지 알 수 있을까요? 아……. 전 약혼녀예요."

'곧 파혼할 거지만.'

망설임 가득한 직원의 표정이 환한 미소로 변해가자 정원이 쓰게 웃었다.

"아, 죄송해요. 지금 지하 클럽에 계세요. 안내해 드릴게요."

"네."

정원이 정중한 모습을 취하는 직원을 따라 푹신한 카펫이 깔린 계단을 내려갔다. 조용하던 클럽의 분위기가 통로와 연결된 문이 열리기가 무섭게 한순간에 시끄러운 음악 소리와 왁자지껄한 소음들과 합쳐져 정원의 귀를 멍하게 만들었다.

"아, 저기 계시네요."

음악 소리에 묻혀 직원의 말이 잘 들리지 않았지만, 그녀가 가리키던 손끝을 따라 시선을 옮긴 정원은 고개를 끄덕였다. 휘소는 바 근처에서 은현과 태양, 경혁과 함께 있었다. 정원이 춤을 추고 있는 사람들을 제치며 휘소에게 다가갔다.

"뭐야? 오늘 남자들 모임인데?"

잔뜩 인상을 쓰며 말하는 태양을 무시한 정원이 은현과 경혁에게 웃어 보이곤 휘소의 귀에 대고 큰 소리로 말한다.

"할 얘기 있어!"

휘소가 고개를 끄덕이며 정원의 손을 잡고 클럽을 빠져나갔다.

"그전에도 한정원 많이 봐주는 건 있었지만 푸켓에서부터 확실히 이상해졌다니까……. 어떻게 너 같은 애를 소 닭 보듯 하고 가버릴 수가 있냐?"

태양이 휘소의 뒷모습을 쳐다보며 고개를 절레절레 흔들더니 옆에 있던 여자의 몸매를 훑어 내리기 바빴고 은현과 경혁은 못 말리겠다는 듯 웃고 말았다.

VIP용 밀실로 이루어진 5층. 휘소의 전용룸은 침대만 없다 뿐이지 고급호텔 룸을 방불케 할 정도로 잘 만들어졌고 잘 갖추어져 있었다.

"뭐 마실래?"

"그냥 너 마시는 걸로 한 잔 줘."

휘소는 미니 바로 걸어갔고 정원은 중앙에 놓인 소파로 가 앉았다.

"급한 건가 봐? 여기까지 찾아오고?"

어떻게 얘길 시작해야 하는 걸까 생각하고 있던 정원의 숙여진 고개가 휙 들어 올려졌다. 휘소를 보기 전까진 영우 생각에 아무것도 겁나지 않았는데, 막상 그의 얼굴을 대면하고 나니 긴장으로 가슴이 콩닥콩닥 뛰었다.

"방해됐어?"

"아니. 어차피 나도 할 말 있었는데 잘했어."

양손에 술잔을 들고 다가온 휘소가 하나를 정원에게 내밀었다.

'왜 저렇게 웃는 거야. 말하기 더 어렵게…….'

정원이 휘소의 시선을 피하기 위해 받아 든 술잔을 빙글빙글 돌렸다. 호박색 액체 속에 얼음조각들이 크리스털잔과 부딪히며 작게 소리를 만들어냈다.

"뭔데 그렇게 뜸들여?"

맞은편 소파에 다리를 꼬고 앉은 휘소는 등받이에 편안히 등을 기댄 채였다. 자신 앞에서 언제나 여유롭고 거만한 모습. 영우가 떠올랐다. 눈도 제대로 못 마주치던 비에 젖은 그의 모습이 정원의 마음을 아프게 함과 동시에 다부지게 만들었다.

"미안해. 영우 선배랑 다시 만나기로 했어. 집엔 들어가는 대로 말씀드릴 거야. 아무래도 너한테 제일 먼저 말해……."

"다시 말해봐."

음침한 목소리로 정원의 말을 자른 휘소의 눈빛이 싸늘하게 빛났다. 정원은 몸에 한기를 느꼈지만 애써 아무렇지 않은 척하느라 몸에 힘이 바짝 들어갔다. 친구들이 왜 그렇게 김휘소한테 절절맬까 싶었는데 충분히 이해가 갔다.

"……파혼하겠다고."

"훗."

휘소의 비웃음 소리에 정원의 이맛살이 살짝 찌푸려졌다.

"너 생각보다 머리가 나쁘구나? 파혼하면? 그다음은 생각해 봤어?"

"어. 다 포기할 거야."

정원이 목소리에 힘을 주어 대답했다.

"뭔가 착각하는 것 같은데, 네가 포기하는 게 아니지. 넌 굴러 떨어지는 거야."

"그냥 사람 사는 것처럼 살 거야, 굴러떨어지는 게 아니고."

비아냥거리는 휘소의 말에 정원이 발끈하며 대답했다.

"니가 생각하는 사람 사는 게 어떤 건데?"

바로 대답을 하진 못했지만 창피함을 무릅쓰고 입을 열려던 순간 휘소의 말이 더 빨랐다.

"뭐, 좋아. 나야 손해 보는 거 없으니까. 알았으니, 가봐."

비릿한 웃음을 내보인 휘소가 고갯짓으로 입구를 가리키며 말했고, 그의 말뜻을 알아차린 정원의 미간이 살짝 좁혀졌다. 서로 즐거운 시간이었으니 기분이 나쁠 건 없었지만 피해자도 가해자도 없는 그 일에 왜 자신은 약자가 된 것 같은 기분이 느껴지는지 의아하긴 했다.

"시간 내줘서 고마워."

정원이 가방을 챙겨 들고 자리에서 일어섰다. 한순간에 차갑게 변해 버린 휘소의 태도에 할 얘기가 있다던 그의 말을 감쪽같이 잊어버린 상태였다.

"그렇담, 빨리 꺼져."

거만하게 올려다보며 건조하게 말을 내뱉는 휘소를 보곤 정원은 쓰게 웃으며 뒤돌아섰다. 그리고 발걸음을 옮기려는 순간 휘소의 나지막한 목소리가 들려왔다.

"마지막으로 하나만 묻자. 푸켓에서 ……뭐였어?"

"……니 키스가 좋았던 것뿐이겠지."

매섭게 빛나는 휘소의 눈빛이 따라붙었고 정원은 얼른 자리를 떴다. 휘소의 그 차가움에 몸을 움찔 떨면서도 왠지 가만히 안아주고 싶다는 마음이 드는 것이 두려웠다.

문이 닫혔다.

순간, 휘소의 손을 떠난 글라스가 벽에 강하게 부딪혔고 깨진 유리 파편들이 사방으로 튀었다.

✳

집 주차장에 차를 세운 정원은 편의점에서 사 온 맥주캔을 따 벌컥벌컥 마셨다. 급하게 마신 탓에 목은 따끔거렸지만 슬슬 올라오는 취기는 만족스러웠다. 마지막으로 구강청결제로 입을 헹군 정원이 차에서 내렸다.

'쫄 것 없어, 한정원.'

정원은 그렇게 자신을 다독이며 거실로 들어섰다. 그리고 한 태호 회장과 계모가 앉아 있는 소파로 다가갔을 때는 취기가 어느 정도 도움이 되고 있다는 것을 느꼈다.

"드릴 말씀이 있어요."

"앉아라."

한 회장이 보고 있던 신문을 접어 테이블 위로 툭 던지며 말했고 정원은 홍연희의 맞은편으로 가 앉았다.

"오늘 김 회장님께 연락이 왔다. 조만간 식사나 하자시더구나. 아무래도 결혼 이야길 꺼내시지 싶어."

기분을 드러내는 일이 없는 아버지의 얼굴에 미소가 번지자 정원은 두 눈을 꼭 감았다 떴다.

"어머, 잘됐네요."

계모 홍연희가 웃으며 말했지만 정원은 그녀의 눈빛이 순간 탁해지는 걸 보았다.

'그래, 당신도 이 결혼이 싫으면 좀 도와달라고.'

"저 그 결혼 안 해요."

"뭐!"

"어머, 여보! 흥분하시지 말고 정원이 얘기 좀 끝까지 들어보세요."

역시 불같은 성미를 가진 한 회장이 몸을 들썩이며 소리를 내질렀고 홍연희가 그의 팔을 잡으며 진정시켜 보지만 여전히 한 회장은 흥분으로 씩씩거렸다.

"휘소한테 파혼하겠다고 말하고 오는 길이에요."

"네가 지금 제정신이야!"

"여보!"

얼굴이 벌게져 자리에서 벌떡 일어서는 한 회장에게 무슨 일이라도 날까 싶어 홍연희가 만류해 보지만 진정이 될 리 없다.

"좋아하는 사람이 생겼어요."

"뭐가 어째? 다시 말해봐, 어디!"

"……좋아하는 사람이 생겨서 파혼하겠다고요."

"다시! 다시, 지껄여 봐!"

"파혼……."

짜악. 정원이 뺨이 휙 돌아갔다.

"밖으로 못 나다니게 방에 가둬!"

정원의 등이 간헐적으로 떨리며 울음이 터져 나왔고, 그제야 한 회장이 들어 올렸던 손을 내리며 싸늘히 명령하곤 방으로 들어갔다.

"어쩜 좋아……. 얼음주머니 가져오세요!"

홍연희의 외침에 정신을 차린 제천댁이 부랴부랴 얼음을 챙겨가지고 뛰어온다.

"정원아, 어디 얼굴 좀 보자."

연희와 제천댁이 축 처진 정원의 몸을 일으켜 세웠다.

"아줌마, 저 엄마한테 할 말 있는데……."

정원이 흘러내린 눈물을 거칠게 닦아내며 말했다. 그녀의 눈빛엔 뭔가 다부진 의지가 드러나 보였다.

"어, 어. 그래, 알았어."

꼭 필요한 때를 제외하고는 '새엄마' 또는 그냥 호칭을 생략하며 '저기요' 하고 말을 시작하던 정원이 '엄마'라는 말을 내뱉자 옆에 있던 제천댁도 놀라며 얼른 자리를 비켜줬다. 당사자인 연희도 꽤나 놀란 눈치였다.

"……우선 약 좀 바르자. 아님 병원에 갈까?"

연희가 구급상자를 열며 말했다.

"뺨 한 대 맞고 병원 가는 것도 웃기지만 가서 뭐라고 할까요? 아빠한테 맞았다고 할 수도 없잖아요."

말하는 동안 계속 통증이 느껴져 인상을 찡그렸지만 마지막엔 정원이 피식, 웃어버렸다.

"그, 그러네……."

아직도 연희는 엄마란 호칭에 꽤나 당황해하고 있는 눈치였다. 정원이 다시 피식, 웃으며 입가를 소독하려는 연희의 손을 막았다.

"제가 제일그룹과 연결되는 거, 마음에 안 들어하시는 거 알아요."

무덤덤한 정원의 표정과는 달리 연희의 얼굴은 바짝 굳어졌다.

"그렇게 당황하실 거 없어요."

정원이 씁쓸하게 웃으며 하얗게 질린 홍연희를 마주 보았다.

"엄.마. 절 도와주시면 앞으로 계속 이렇게 불러 드릴게요. 말은 안 했지만 내심 바라고 계셨다는 거 알아요. 그것 때문에 꽤 자존심 상해했다는 것도. 그리고…… 원하시는 걸 얻게 되겠죠."

"내 마음이 그렇다고 치자. 난 널 도우면서까지 네 아버지 눈밖에 날 생각이 없어. 그리고 솔직히 이해가 안 가는구나. 세상을 네 발아래 둘 기회를 왜 마다하는지……."

더 이상 연기가 필요 없다는 걸 안 연희도 덤덤한 표정으로 말했다.

"말했잖아요, 좋아하는 사람이 생겼다고. 뭐…… 그 감정을 모르시니까 잘 이해가 안 갈 수도 있겠네요."

그 말에 연희가 정원을 날카롭게 쳐다본다.

"이게 도와달라는 태도니?"

"죄송해요."

정원이 금방 사과를 해오는 모습에 오히려 연희는 또 당황해 버리고 말았다.

"……어떤 사람인지 궁금하구나, 네가 좋아한다는 그 남자."

"그럼 도와주시는 걸로 알고 올라가 볼게요. 아버지 잘 설득해 주세요."

정원이 무거운 머리를 한 손으로 짚으며 일어섰다.

"가져가렴. 그리고 기대하진 마. 네 아버지 성격, 너도 잘 알 거 아니니."

연희가 얼음주머니를 내밀자 정원이 말없이 받아 들고는 계단을 올라갔다.

8. 끝 혹은 시작

띵동. 띵동. 띵동. 띵동. 띵동.

호텔 스위트룸 앞에 선 민영이 계속해서 벨을 눌러댔다. 한 번, 두 번 눌러서는 아무런 반응이 없는 까닭이었다.

달칵.

드디어 굳게 닫혀 있던 문이 열리고 셔츠의 단추가 모조리 풀어 헤쳐진 모습의 은현이 모습을 드러냈다.

"하아…… 최민영."

은현이 잔뜩 헝클어진 머리를 쓸어 올리며 숙면을 방해한 민영을 원망스런 눈초리로 쳐다보았다.

"비켜."

"하하…… 왜 이러실까? 다 알면서."

민영의 앞을 막아서며 은현이 능글능글 웃는다.

"다 아니까 비키라고. 새삼스레 왜 이래?"

"그래, 들어와라, 들어와."

은현이 길을 터주며 앞서 걸어갔다.

"쯧쯧. 너넨 언제 사람 되냐?"

룸 안으로 들어선 민영이 테이블이며 바닥이며 할 것 없이 나뒹굴고 있는 술병과 소파에 널브러져 있는 속옷 차림의 여자들, 그리고 약물의 흔적들을 바라보며 인상을 썼다. 살짝 문이 열린 침실들은 굳이 안 들여다봐도 어떤 상태인지 알 것 같았다.

"어쩐 일이야?"

콘솔에 걸터앉은 은현이 담배 한 개비를 입에 물며 물었다.

"휘소…… 정원이 저대로 둘 건가 해서."

"저대로 안 두면?"

은현이 담배에 불을 붙이며 미간을 잔뜩 좁힌다.

"네가 휘소 불알친구인 건 알겠는데, 정원인 네 친구 아니냐?"

은현 앞으로 걸어간 민영이 팔짱을 끼며 눈에 잔뜩 힘을 준다.

"휘소, 이제 한정원이랑 아무 사이도 아냐. 그렇게 만든 건 정원이고. 그러니 너도 좀 작작해."

말을 하면서도 답답했는지 은현이 뿌연 담배 연기를 깊게 내뱉었다.

"정원이 지금 제 방에 갇혀서 꼼짝도 못하고 있어. 걔 얼굴은 어떤지 알아? 아빠한테 맞아서 퉁퉁 부었다고!"

민영이 주위를 의식하며 최대한 목소리를 죽여 말했지만 흥분한 탓에 소리는 꽤 컸다.

"후……. 늦은 것 같아. 너도 봤지? 누가 뿌렸는지 정원이 그 자식이랑 꼭 끌어안고 있는 것도 모자라, 합성이겠지만 그런 사진들 나돌고 있다고. 벌써 이 바닥엔 소문 다 돌았어. 휘소도 더 이상 어쩌지 못할 거야. 제일그룹, 어떤지는 너도 잘 알잖아."

한숨을 내쉰 은현이 담배를 끄기 위해 테이블 쪽으로 걸어가다 휘소를 발견하곤 우뚝 멈춰 선다.

"쟨 왜 아침부터 쳐들어와 꽥꽥대?"

놀란 은현과는 다르게 냉장고 앞으로 걸어가는 휘소는 언제나처럼 느긋하기만 하다.

"들었어?"

"상관없잖아."

비뚜름하게 웃으며 휘소가 생수병을 들이켜는 사이, 몇 발자국 걸어온 민영이 그런 휘소를 진중하게 바라보다 말을 꺼낸다.

"김휘소, 약혼 깨진 건 깨진 거고 친구로서 정원이 좀 도와줘. 걔네 아버지 만나서 서로 합의하에 파혼하기로 했다고 하면……."

"내가 왜."

물이 튀든지 말든지 생수병을 세게 내려놓고는 휘소가 민영을 휙 지나쳐 방으로 들어갔다.

"……갈게."

휘소가 사라진 방 안을 얼마간 노려보던 민영이 한숨을 내쉬며 몸을 틀었다.

"휴……. 휘소도 많이 힘들어하는 것 같았어."

은현이 민영을 뒤따르며 말했다.

"아, 하. 그래서 저러고 노는 거라고?"

"그게……."

은현이 변명이라도 하려고 다가서는 순간, 바로 코앞에서 문이 쾅 닫혔다.

한가한 도로 위를 달리고 있던 휘소의 포르쉐가 미처 발견하지 못한 빨간 신호에 맞춰 급하게 멈춰 섰다.

"이런, 씨……."

사방에서 클랙슨 소리가 울렸고, 욕설이 터져 나오려 했다.

잠시 후, 바뀐 신호를 확인한 휘소가 액셀러레이터를 세게 밟았다.

그렇게 얼마간 시원하게 달리던 휘소의 차가 욕설과 함께 반대 방향으로 꺾였다.

평창동에 도착한 휘소는 핸들에 두 손을 얹은 채 다시금 정원의 집을 내다보았다. 긴 손가락이 다시금 입술을 쓸었고, 이내 결심한 듯 유려한 동작으로 밖으로 나갔다.

한 회장은 당연히 회사에, 그의 와이프는 외출로 집을 비웠다며 일하는 아주머니의 안내를 받은 휘소는 2층으로 향했다. 정원의 방 앞을 지키고 있는 두 명의 경호원을 발견한 휘소의 입매가 비릿하게 뒤틀렸다.

"비켜."

막아서는 경호원을 사납게 내려다보며 휘소가 말했다.

"아이고, 이분이 그 제일그룹의 아가씨 약혼자셔. 얼른 비켜서, 들."

"실례했습니다."

제천댁의 호들갑에 좀 전과는 달리 경호원들이 바짝 긴장하며 문을 열곤 옆으로 비켜섰다. 휘소가 방 안으로 들어선 뒤 문을 닫았다. 침대 위에서 끌어안은 무릎에 고개를 파묻고 있던 정원의 고개가 들리더니 눈이 동그래진다.

"……어쩐 일이야?"

정원의 얼굴을 확인하자 휘소의 미간이 눈에 띄게 구겨졌다. 야윈 뺨에 붓기는 빠졌을지 몰라도 멍자국이 희미하게 남아 있었다.

"궁금해서. 큰소리 뻥뻥 치더니 겨우 이거야?"

휘소가 침대에 걸터앉으며 정원의 얼굴을 살폈다.

"구경 다 했음 그만 가."

정원이 힘없이 대꾸하자 그 점이 휘소의 마음을 더욱 심란하게 만들었다.

"무슨 소리야. 이제 왔는데."

피식, 웃은 휘소가 정원의 멍든 뺨을 감싸며 말했다. 그러나 정원이 고개를 옆으로 돌려 피하려 하자 휘소가 이젠 그녀의 양쪽 뺨을 잡아 고정시키곤 시선을 마주하게 만들었다.

"잘 들어. 다음주에 떠날 거야. 넌, 영국으로 가고 싶어 했지만 지금으로선 거기까지 배려해 줄 생각 없어. 보스톤으로 갈 거야. 생각해 보고 이번 주 안으로 연락해. 그럼…… 내가 알아서 다시 다 되돌려 놓을 테니까. ……이게 진짜 마지막이라는 거, 알지? 더는 없어."

빨갛게 충혈된 정원의 눈동자가 혼란스러운 듯 흔들렸다.

"쉬어. 잠을 좀 자던가."

뚝 떨어지는 눈물을 엄지손가락으로 쓱 닦아낸 휘소가 침대에서 일어나 방을 나섰다.

9. 6년 후, 그들

6년 후.

운전석에 올라탄 정원은 시트를 살짝 젖히고 깊숙이 등을 묻었다. 좀 전의 여유로웠던 모습은 온데간데없었다. 간간이 생각나던 얼굴을 갑자기 마주했을 때의 떨림. 그리고 많이 변한 듯한 얼굴 속에서도 옛날 모습이 살아 돌아와 감격스러움에 아직도 가슴이 쿵쾅거린다.

생각보다 많이 휘소를 그리워했나 보다. 그렇게 버려놓고 이제와 이러는 자신의 모습이 당황스럽고 역겨웠다. 정원의 입술 사이로 자조 섞인 한숨이 새어 나왔다. 하지만 의지와 상관없이, 또다시 후회가 밀려들었다. 그때 휘소의 손을 잡았더라면 어땠을까? 마지막까지 자신을 잡아주던 휘소의 모습이 떠올랐다. 자존심 강하던 김휘소가 6년 전 집으로 찾아와 손을 내밀던 그때가. 그렇게 휘소를 마지막으로 보고, 그 일주일은 정말 피를 말리는 시간이었다. 수화기를 몇 번이나 들었다 놨는지 모른다. 하지만 두 번이나 잡아주던 휘소를 버리고 뒤돌아섰고, 차마 같이 가겠다는 말은 할 수 없었다. 게다가 영우와 통화가 되지 않자, 아버지가 무슨 일을 벌인 건 아닌가 하는 걱정에 만약 일이 그렇게까지 됐다면 그를 책임져야 한다는 생각이 몸과 마음을 짓눌렀다.

그리고 정확히 일주일 후, 휘소는 미국행 비행기에 올랐다. 더 이상 방 안에 갇혀 있을 필요는 없었지만 제일그룹과 맺은 협약 및 MOU체결이 깨지는 바람에 모든 비난의 화살이 자신에게 쏠렸고, 때문에 차라리 방 안에 갇혀 있는 게 낫겠다란 생각까지 들었다. 그나마 영우를 만날 수 있다는 기대에 하루하루 버틸 수 있었다. 물론 연결되지 않던 전화가 결번이라는 안내멘트를 듣기 전까지. 그가 학교를 자퇴했다는 소문을 접하기 전까지였지만.

됐다. 그만두자. 아직도 회사 책상 위엔 봐야 할 서류가 산더미였고, 처리해야 할 일이 한두 가지가 아니었다. 이렇게 지난 일들을 후회하며 또다시 자신의 어리석음을 탓하고 있을 시간이 없었다.

정원은 시동을 걸고 사이드미러를 확인하며 핸들을 돌렸다. 앞뒤로 막혀 있는 자동차 사이에서 차를 빼내야 한다는 것이 어렵긴 했지만 정원은 자신의 운전 실력을 믿었다. 아니, 자만했다. 이쯤이면 되겠다 싶어 핸들을 획 돌리는 순간 '끼익' 하는 소음과 함께 그녀의 팔에 소름이 돋았다.

"뭐야. 아까 그 외제차야?"

한동안 눈만 동그랗게 뜬 채 어벙해져 있던 정원이 곧 정신을 차리곤 차에서 내렸다.

"어디야, 어디?"

워낙 차체가 낮은 차였기에 허리를 굽혀 사고 지점을 찾던 정원은 사고 낸 차량의 뒤쪽 범퍼에서 흠집을 발견할 수 있었다.

"헉!"

움푹 패인 것도 모자라 기스까지……. 아주 훌륭했다.

"아, 진짜 울고 싶네……."

정원이 울상을 짓고는 조수석 문을 열고 클러치백을 꺼내 들었다. 그리곤 명함 한 장을 꺼내 와이퍼 사이에 끼워 넣었다.

"뭡니까?"

'헉! 얘 주인인가 보다.'

등 뒤에서 들려오는 소리에 놀란 정원이 뒤로 돌아섰다. 바지 주머니에 두 손을 찔러 넣은 남자가 경계심 섞인 눈초리로 바라보고 있었다. 슈트를 잘 빼입고 있긴 했지만 대한민국 남자 평균키에 나쁘지 않은 외모를 가진 남자는, 차 주인과는 거리가 멀어 보였지만, 지금은 그게 중요한 것은 아니었다. 정원은 바람에 날려 옆으로 흘러내린 긴 머리를 쓸어 넘겼다. 그리곤 한없이 미안한 표정을 지으며 최대한 불쌍하게 보이길 바라는 마음으로 남자의 두 눈을 응시했다.

"아, 죄송합니다. 제가 차를 빼려다가 그만……."

"덕분에 귀찮게 생겼습니다. 안 그래도 바쁜 몸인데."

딱딱하게, 똑 부러지게 말한 남자가 처음부터 한결같은 무표정으로 어디론가 전화를 걸었다.

"도련님, 누가 차를 쾅 하고 들이받았습니다."

"쾅, 아니거든요?"

정원이 큰 소리를 내다 다시 조신한 척해 보지만 남자는 신경도 안 쓰며 통화를 이어간다.

＊

넓은 창가에 기대서 있던 휘소의 시선은 정확히 창밖에 있는 정원에게 고정되어 있었다. 이젠 통통했던 젖살이 빠져 여성미가 물씬 풍기는 얼굴을 바라보고 있노라니 저절로 6년 전 정원의 모습이 떠올랐다. 소소한 일들로 말싸움을 하다가 시시한 농담 한마디에 금세 환하게 웃음을 터뜨렸었고, 포켓볼이나 테니스 같은 운동을 가르쳐 주다 조금이라도 짜증을 낼라 치면 버럭 성질을 내며 휙 가버리기도 했었다. 또 대낮에 중국요리와 함께 마신 고량주 덕분에 해롱대기도 했었고, 특히 푸켓에선…… 너무 예뻤다. 섹스 없이도 그냥 꼭 끌어안은 채 맞는 아침이 행복할 수 있다는 것을 처음 느끼게 해준 여자였다. 그래서였다, 약혼 기간을 끝내고 이르다 싶은 결혼을 결심한 것은. 그런 설렘, 느낌, 기분이라면 앞으로도 나쁘지 않겠단 생각이 들었었다.

"하하하……."

셋이 즐겁게 이야기를 주고받는가 싶더니 민영과 은현이 웃음을 터뜨렸고, 은현의 한쪽 팔이 정원의 어깨를 감쌌다. 은현을 바라보는 정원의 입가에도 미소가 걸린 상태였다.

휘소는 빙글빙글 돌리던 술잔을 입으로 가져가 한 모금 마셨다.

"거기. 나가서 주은현 왔음 들어오라 그래."

창밖에서 고개를 돌린 휘소가 가장 먼저 눈에 들어온 남자에게 말했고, 남자는 고개를 한 번 끄덕이더니 밖으로 나갔다.

은현과 민영이 안으로 들어오는 걸 확인한 휘소가 창가에서 몸을 떼어내곤 테이블로 가 앉았다.

"김휘소! 잘 지냈나?"

성큼성큼 다가온 은현이 손을 내밀었다.

"뭘 약수야, 앉아."

휘소가 고갯짓으로 앞의 의자를 가리켰다.

"하, 짜식. 여전히 시니컬하네?"

손을 거둬들인 은현은 그저 사람 좋아 보이는 웃음을 지으며 자리에 앉았다.

"너 손에 금테 둘렀냐? 악수 한번 하면 닳디?"

곧 뒤따라온 민영이 비아냥거리며 은현의 옆에 앉았다.

"출장이라더니. 오늘 못 볼 줄 알았는데?"

드레스셔츠 차림의 은현을 휘소가 슥 훑으며 말했다. 정원에게 재킷을 벗어주던 장면이 다시 떠오른다.

"야! 난 안 보여?"

열이 올라 두 볼이 붉게 변한 민영이 버럭 했다.

"……너랑은 할 얘기 없는데. 좀 가지?"

휘소가 민영을 힐끗 쳐다보더니 말을 툭 내뱉었다.

"왜들 그래?"

"하, 뭐? 너 몇 년 못 본 새에 애가 완전 이상해졌구나? 간다, 가! 앞으로 아는 척하기만 해봐!"

"야! 민영아!"

중간에서 괜히 난처해진 은현이 애타게 불러보지만 민영은 뒤도 안 돌아보고 씩씩대며 걸어갔다. 원래 자신과 관계없는 사람에겐 곁을 내주지 않는 휘소였고 민영과 휘소가 가깝게 지내게 된 계기가 정원 때문이라고는 하지만, 지금은 정원과 틀어졌어도 그간의 정을 생각하면 이렇게 민영을 면전 앞에서 무시해야 할 필요는 뭐가 있나 하는 생각이 은현은 들었다.

"너 왜 그래? 나 오기 전에 민영이랑 무슨 일 있었어?"

"시끄럽잖아."

은현과는 다르게 전혀 심각할 것 없다는 듯 대답한 휘소는 두 개의 잔에 술을 채웠고, 하나를 은현 앞으로 밀었다.

"마셔."

"그래도 곧잘 어울렸는데 너무한 거 아니냐? 무안해하더라."

술잔을 당겨 가져오면서 은현은 확실히 휘소가 변했다는 걸 느꼈다. 옛날엔 그래도 얼굴에서 언뜻언뜻 장난기도 비치곤 했었는데, 이젠 차가운 기운만이 감돌 뿐이었다.

"좋아해?"

"뭐?"

멍한 표정의 은현을 쳐다보며 휘소가 히죽 웃는다.

"한정원 때문이었는데 이젠 그럴 필요 없잖아. 뭐, 네가 마음 주는 여자라면 살갑게 대해주고."

"친구로서 좋아해, 최민영. 웬만한 사내 녀석들보다 나아."

"그럼, 한정원은?"

"……!"

은현이 멈칫하고 있는 사이 벨소리가 정적을 갈랐다. 휘소의 말에 당황함을 느낀 자신이 더 당황스러웠던 은현은 그 벨소리가 꽤나 고마웠다.

휘소가 포켓에서 휴대폰을 꺼내 들었다.

"어."

〈도련님, 누가 차를 쾅 하고 들이받았습니다.〉

〈쾅, 아니거든요?〉

뒤따라 들려오는 여자의 목소리에 휘소의 한쪽 눈썹이 보기 좋게 휘었다.

"사고 낸 사람, 옆에 있어?"

〈네. 여자예요.〉

"어떻게 생겼어?"

〈네?〉

보험회사를 불러라 내지는 알아서 연락처 받고 보내라고 할 줄 알았던 모양이다. 상대의 어리둥절한 목소리에 휘소는 짜증스레 한마디 더한다.

"몽타쥬."

〈아……. 눈은 쌍꺼풀 져서 좀 크고요. 코는 오뚝하고…… 얼굴도 갸름해요. 머리는 긴 웨이브에 키는 한 165 될라나? 블랙 드레스 입고 있는데……. 한쪽 발만 슬리퍼 신고 있어요. 그러고 보니 이상한 여자네요.〉

〈아니, 왜 남의 생김새를 생중계하고 난리예요? 미치셨어요?〉

'한정원. 암튼 사고 내놓고 큰소리는.'

"갈 테니까, 기다려."

〈넵.〉

휘소가 전화를 끊고는 슥 은현을 바라봤다.

"왜, 급한 일이야?"

"건 아닌데 먼저 가봐야겠다. 연락할게. 제대로 한잔해야지."

"그래, 그래야지."

좀 전, 정원과 관계되는 질문에 괜히 뜨끔한 은현은 휘소를 마주 보기가 아무래도 어색해 긴 대답을 내놓을 수가 없었다.

"간다."

"어."

휘소가 휑하니 돌아서서 나가자 은현의 얼굴에 서린 미소가 눈에 띌 정도로 희미해졌다.

'한정원은?'

휘소의 목소리가 다시금 들려왔다.
'왜 그때 터무니없는 농담을 들었을 때처럼 그냥 웃어넘기지
못했을까?'
은현은 눈앞에 놓여 있던 남은 술을 한입에 털어 넣었다.

✳

저 멀리서 걸어오는 남자가 휘소라는 걸 알아챈 정원의 눈이
동그랗게 커졌다. 그리고 기껏 차분히 달래놓은 심장이 다시 쿵
쾅거린다.
"네 차였어?"
정원이 손가락으로 휘소와 차를 번갈아 가리키며 물었지만
휘소는 쓱 지나치며 그의 차로 다가갔다.
"어디?"
"뒷범퍼 쪽이요."
대답은커녕 눈길도 안 준 휘소가 차를 살피는 모습을 본 정원
은 멋쩍어하며 손가락질하던 손을 내렸다. 차 주인이 휘소란 사
실에 처음엔 놀라기도 했지만 그래도 아는 사람이라 은근 안심

하고 있었는데 더 나을 것도 없을 것 같았다.

"많이도 그었네."

상체를 숙이고 뒷범퍼를 살피고 있던 휘소가 픽 웃는다.

'분명 얄미운 모습인데 왜 멋있지?'

정원은 일단 사과를 해야지 생각하면서도 자신과 다르게 여유로운 휘소의 모습에 울컥한다.

"미안. 급하게 가다 보니……. 근데 돈 자랑할 거 아니면 좀 웬만한 거 타고 다님 안 돼? 없는 사람들 생각해서. 요즘 국산 차도 잘 나와."

이런, 말하고 보니 괜히 내 차가 국산이라 그런 말을 내뱉은 꼴이었다. 잘빠진 휘소의 차와 비교되는 자동차를 보고 있으려니 저 차만큼이나 자신의 처지도 참 처량하다 싶다.

"왜…… 뭐?"

상체를 일으킨 휘소가 뚜벅뚜벅 걸어와 바짝 다가서자 겁먹은 정원이 몇 발자국 뒤로 물러서며 물었지만 또 그만큼 정원에게 바짝 다가선 휘소가 큰 키를 이용해 그녀를 내리깔듯 내려다봤다.

"사과는 대충, 입은 함부로 놀려. 얼굴에 철판 깔았네? 사고 내놓고 할 말은 다 하고, 어?"

"그래, 미안하게 됐어. 얼른 보험회사 연락해."

기가 눌린 정원이 휘소의 눈을 슬쩍 피하면서도 턱을 들어 올리며 말했다. 예전 같았으면 벌써 발끈하고도 남았겠지만 지금 휘소의 태도와 눈빛은 너무나 오만해서 바짝 긴장이 됐다. 이제 더 이상은 옛날의 한정원과 같은 대우는 받을 수 없겠구나 하는 확신이 들자 가슴 한 부위를 누군가 바늘로 콕 찌르는 것만 같았다.

"됐어. 차나 빼."

휘소가 정원의 차를 바라보며 짜증이 묻어난 음성으로 말했다.

"되긴 뭐가 돼?"

정원의 말투는 제법 날카로웠다. 자신의 차를 바라보더니 거지 적선하듯 말하는 휘소의 눈빛과 말투가 심히 거슬리기도 했고, 예전과 다르게 굴지 말아야지 하는 다짐도 있었다.

"너 보험 처리해야 할 거 아냐? 근데 난 여기 길바닥에서 시간 버리고 있을 생각 없으니까 차 수리비는 됐다고. 그럼 자존심 상할 필요 없고. 됐지?"

"아니, 전혀 안 됐어. 오늘 그냥 가고 견적서 보내, 그럼."

정원이 휘소를 꼿꼿이 응시하며 말했다.

"훗. 재미없네, 한정원. 알았으니까 차나 빼."

픽 웃으며 중얼거리던 휘소가 눈짓으로 정원의 차를 가리킨다.

"지금 뭐라 그랬어?"

정원이 미간을 좁히며 물었다.

"차 빼라고."

시니컬하게 말한 휘소가 볼일 끝났다는 듯 뒤돌아섰다.

"아니, 그전에. 재미없다니? 무슨 뜻으로 한 말이야?"

휘소의 슈트 소맷자락을 붙잡고 있는 정원의 손과 음성이 가늘게 떨리고 있었다. 반면, 천천히 뒤돌아보는 휘소의 얼굴은 무덤덤했다.

"몰라서 묻는 건 아닐 테고. 왜, 그 말이 그렇게 신경 쓰여?"

"당연하지. 그런 식의 말 불쾌하니까."

"왜 불쾌한데? 네가 나한테 어떻게 느껴지든 상관없잖아."

느긋하게 웃는 휘소를 보며 정원은 뭔가 속이 답답했지만 아무런 말도 할 수 없었다.

"더 할 말 없으면 이젠 진짜 차 좀 빼주지?"

휘소가 손가락을 튕겨 딱 소리를 만들어냈다.

"······어."

멍해 있던 정원이 뒤늦게 대답하고는 양손을 꽉 주먹 쥐며 얼른 운전석으로 걸어가는데 오른쪽 발에만 신겨져 있는 슬리퍼 때문에 절룩거린다.

'쪽팔려······.'

멈칫한 정원은 오른발의 뒤꿈치를 세워 걸어갔다.

"여전하네······."

정원의 뒷모습을 지켜보고 있다 자신의 차로 걸어가는 휘소의 한쪽 입꼬리가 희미하게 늘어졌다. 긴 머리와 플라워 패턴의 얇은 원피스 자락을 바람에 흩날리며 맨발로 그의 차를 몰던 정원의 모습이 나타났다 사라졌다.

10. 엑스(ex) 약혼자의 여자

　팀장 이상급 회의에 참석한 정원은 여기저기서 쏘아대는 비난의 화살에 신물이 날 지경이었다.

　"한 팀장, 그 취지는 좋으나 리모델링하는 데도 시간이 만만치 않게 들 테고, 그럼 호텔 운영에도 차질이 생길 텐데 오히려 이용객들 불편이 늘어나지 않겠어요?"

　"한 팀장 말에 따르면 이건 리모델링이라고 할 수도 없습니다, 부사장님. 대대적인 공사 비용, 직원들 월급은 어떻게 충당할 겁니까?"

　이복동생 정훈의 끄나풀인 부사장의 말에 이어 명색이 기획전략실 실장이란 사람이 하는 질문을 보며, 정원은 속이 터져버릴 지경이었다. 이미 프레젠테이션을 통해 발표를 했음에도

불구하고 저렇게 딴죽을 걸고 있으니 친절하게 답을 해줄 생각
이 싹 사라지고 있었다.

"확실히 날이 더워지니 집중력이 떨어지시나 봅니다. 프레젠
테이션을 통해 이미 말씀드렸듯이 지금의 호텔 수준으론 더 이
상의 매출액 증가를 가져올 수 없습니다. 오히려 작년 대비 매
출액이 더 떨어지지 않으면 다행이죠. 근 5년간 한신호텔은 연
도별 총매출액이 하락곡선을 그리고 있다는 건, 뭐 그동안 그걸
지켜보셨던 분들이 여기 대부분이시니 이미 잘 알고 계실 거라
생각됩니다."

"으흠, 투숙객과 이용객은 점점 늘고 있지 않소?"

영업이사가 헛기침을 한번 하더니 아주 자랑스레 말했다.

"좋은 지적하셨습니다. 투숙객과 이용객은 늘었는데 매출액
은 감소했다? 당연히 문제가 있는 거겠죠?"

"그래서! 어마어마한 돈이 들어갈 공사를 한다 칩시다. 이익
이 나지 않으면? 한 팀장이 책임질 텐가?"

"계속해요, 한 팀장."

영업이사가 목소리를 높이며 정원을 다그쳤지만 맨 가운데
앉아 있던 한신호텔 사장이 인자한 미소를 지으며 말했다. 불같
은 성질의 아버지에게 늘 아이러니한 것이 있다면 바로 한신호
텔을 이끌고 있는 아버지의 친구 박신호 사장이었다. 물론 경영
능력이 뛰어난 것은 아니었지만 그래도 성품은 훌륭하신 분이
었다.

"투숙객과 이용객이 늘었지만 매출액이 늘지 않는다는 건 그 투숙객과 이용객이 그만큼 돈을 쓰지 않고 있다는 겁니다. 이유는, 무턱대고 투숙객과 이용객을 유치하고 보자는 프로모션 때문입니다. 타 호텔에 비해 반도 안 되는 객실할인 이벤트. 뭐, 물론 주말엔 꽉 차야 할 예약률이 1/3도 미치지 못했기 때문이었겠죠. 그리고 여행사와 연계를 통한 가격 저렴한 프로모션 등이 이유입니다. 쉽게 설명 드리겠습니다. 십만 원짜리 열 개의 객실이 다 찼습니다. 인건비, 운영비 등을 제하기 전에 백만 원의 매출이 난 셈이죠. 그러나 오십만 원의 객실일 경우, 20%의 예약만 이뤄내도 그 이익을 달성. 백만 원의 객실일 경우, 아시죠? 그럼 그 오십만 원, 백만 원의 객실을 누가 이용하느냐입니다. 당연히 돈이 많은 고객들이겠죠? 데이터베이스를 통해 얻은 자료에 따르면, 저희 한신호텔 VIP 이용객들의 이탈이 매년 증가하고 있습니다. 이는 한신호텔의 이익에만 악영향을 끼치는 것이 아닙니다. 그 이탈한 VIP 고객들이 경쟁 호텔을 이용한다는 게 더 큰 문제입니다. 상위 5%의 VIP고객들이 매출액의 70~80%를 책임지고 있다고 합니다. 때문에 잃어버린 VIP고객을 되찾아오는 것이 무엇보다 중요하며, 그러기 위해선 지급한 비용에 만족할 수 있는 서비스가 이루어져야 합니다. 따라서 저희 한신호텔은 전 객실을 스위트룸화, 식음료부의 고급화, 지하아케이드에 명품관 입점 등의 방안들을 통해 '럭셔리 라이프 스타일'의 호텔을 지향해야 할 것입니다. 그러기 위해서 대대적인 리모델링, 아니, 기획실장님이 하신 말씀처럼 공사가 먼저 이루어져야 하겠죠."

말을 마친 정원이—다른 임원진들의 표정은 안 봐도 비디오고—사장의 눈치를 살폈다.

"한 팀장이 맡아서 진행해 보게."

"네. 알겠습니다."

사장의 보일 듯 말 듯한 미소에 속으로 쾌재를 부를지언정, 정원이 반듯하게 대답했다.

사무실로 들어서니 팀원들이 자리에서 일어나 휘파람을 불며 박수를 쳐댔다.

"팀장님! 한 건 하셨다면서요?"

"비서실에서 연락 왔는데 부사장님, 영업이사님 표정 장난 아니시래요."

"다들, 고생해 준 덕분입니다. 그동안 야근하느라 고생 많았죠? 오늘 몸보신 좀 합시다. 삼겹살에 소주. 괜찮죠?"

정원이 서류를 책상 위에 대충 던져 놓으며 동료들을 쭉 둘러보았다.

"에? 겨우, 삼겹살?"

"팀장님, 너무해요."

예상대로 좀 전까지만 해도 환호성을 질러대던 팀원들의 반응이 어쩐지 뜨뜻미지근하다.

"에이. 농담, 농담. 그럼 영양탕 먹읍시다."

자신만만한 표정으로 정원이 허리에 양손을 척 올리며 말했다.

"삼겹살 먹어요."

"삼겹살, 콜!"

팀원들의 마음을 모르진 않았지만 삼겹살에 소주가 막 땡긴 정원은 히죽 웃었다.

"공사 잘 마무리되면 그때 진짜 기대해요! 퇴근 시간이⋯⋯ 한 삼십 분 남긴 했지만 오늘 좀 일찍 나갑시다."

손목시계를 확인하며 이야기하자 팀원들의 표정이 다시 급 방긋이다. 입가에 미소가 걸린 정원도 슬슬 자리를 정리하고 있을 때였다. 분위기에 휩쓸려 다들 희희낙락 소란스런 가운데 전화벨이 울렸다.

"네. 한정원입니다."

〈한 팀장님, 전략기획 비서실입니다. 지금 한신건설 한정훈 실장님 와 계신데요. 이쪽으로 오시랍니다.〉

'하⋯⋯ 많이 컸네, 한정훈. 이젠 오라 가라 하고.'

"네. 지금 가겠습니다."

한신건설은 한신그룹의 주력 분야였고, 곧 이사 취임을 앞두고 있으니 이젠 정훈이 슬슬 발톱을 세울 생각인 모양이었다.

"먼저 가서 좋은 자리 잡아놔요. 손님이 와서 좀 늦을 거예요."

정원이 사무실을 빠져나가 전략기획 실장실로 향했다.

비서의 안내를 받아 실장실로 들어가니 사십대 후반의 전략기획 실장과 정훈의 허허, 하하 하는 웃음소리가 여과 없이 들려왔다.

"어. 한 팀장 왔어?"

정원이 전략기획 실장에게 가볍게 고개를 숙여 보이곤 정훈의 맞은편으로 가 앉았다.

"그럼 이야기들 나눠요. 난 저녁 약속이 있어서. 아…… 언제 술이나 한잔했음 하는데, 한 실장?"

"그러죠, 뭐. 시간 나면 연락드리겠습니다."

'훗. 꼭 시간을 내겠다가 아니라 시간 나면 연락하겠다? 이젠 단물 다 빼먹었다 이건가?'

정원은 속으로 실소를 터뜨렸다. 사무실을 나서는 전략기획 실장도 억지로 웃는 것이 느껴졌다.

"잘 지냈어? 갑자기 어쩐 일이야?"

전략기획 실장이 사무실을 떠난 후 다시 자리에 앉은 정원은 이복동생을 마주 보며 싱긋 웃었다.

"누나 보고 싶어서. 얼굴을 보여줘야 말이지. 집에 좀 가끔 들르고 그래라. 엄마랑 정윤이도 누나 보고 싶어해. 아버지도 내색은 안 하시지만 그런 눈치시고."

"알았어. 주말에 한번 갈게."

정윤이라면 몰라도 아버지가 잘도 그러시겠다 싶었지만 정원은 그저 가볍게 웃어넘겼다. 그보단, 정훈이 오늘 찾아온 이유가 회의 내용을 보고받고 달려온 것이라는 것에 집중했다. 백화점에 이어 호텔 사업도 잘해낼까 싶어 내심 마음에 걸렸을 것이다.

"호텔 리모델링한다며?"

"와, 소식 빠르다?"

"그냥 아무것도 모르고 들렀다 알게 된 거지, 뭐."

"그래. 아무튼 한신건설에서 맡아야겠지? 잘 좀 도와줘."

"당연하지. 걱정 마."

"어. 네가 있어서 든든하다."

'기다려, 한정훈. 이렇게 된 이상 너한테 한신 양보할 생각 없으니까.'

정원이 다시 정훈을 향해 환하게 웃었다. 기대와 자신감이 충분히 깔려 있었기에 그렇게 웃을 수 있었다.

"일은 잘돼가? 아파트 미분양 건은 어떻게 됐어?"

그 후로 틀에 박힌 사업 이야기가 지루하게 이어졌고, 둘은 틈틈이 웃음을 내보이는 것도 잊지 않았다. 그리고 적당한 시간이 흘러 정훈이 자리를 떠났을 때, 정원은 쓴웃음을 흘리며 옛 기억을 떠올리고 있었다.

연기처럼 사라져 버린 영우. 빈털터리로 쫓겨나다시피 떠나야 했던 미국. 얼마 안 되는 엄마의 유산까지 포기해야 했고 아버지가 양도했던 주식도 마찬가지였다. 그렇게 다시 일어설 엄두조차 내지 못하고 1년여를 버티고 있을 때였다. 무슨 이유에선지 다시 한국에서 연락이 왔고 아버지는 백화점에 자리 하나를 내주셨다. 그래서 그냥 고마운 마음으로 살자고 생각했었다. 물론 한신그룹에 대한 욕심도 없었다. 영우에게서 메일을 한 통 받기 전까지는…… 그랬다.

✽

또다시 돌아온 토요일이었다. 남들과 달리 월화수목금금금의 생활을 이어가던 정원도 오늘은 모처럼 만에 외출 준비를 했다. 호텔의 리모델링이 결정되고 나서 한 고비 넘겼다는 여유로움과 줄 때와는 다르게 빌려주었던 그 재킷을 굳이 입어야 한다던 은현의 강요에 의해서였다. 베란다 구석진 곳에 처박아두었던 테니스 라켓을 집어 든 정원은 드라이클리닝을 하지 못한 은현의 재킷을 옷장에 걸려 있던 상태 그대로 빼 들고는 테니스복과 운동화가 든 가방을 메고 밖으로 나갔다.

"헤이."

오피스텔 도로가에 차를 세워두고 정원을 기다리고 있던 은현이 다가와 정원의 짐을 받아 들었다.

"옜다. 싫다는 사람, 빌려줘 놓고는……. 그래서 드라이는 못 했다."

정원이 손가락에 대롱대롱 걸고 있던 옷걸이째 그대로 건네며 장난스럽게 웃었다.

"상관없어. 얼굴 보여준 게 어디야. 어찌나 바쁘신지 얼굴 보기가 나라님 보기보다 힘들어."

은현이 히죽 웃으며 건네받은 옷을 뒷좌석에 실었다.

"그거 내 탓 아니다. 나라님 얼굴 자주 비춰주는 TV며 신문이 문제지."

"그래그래, 누가 이깟 재킷 때문에 그랬을까. 너, 너무 일만 하느라 운동 부족이니까 걱정돼서 그런 거지. 깊은 뜻도 몰라주고. 아…… 속상해."

은현이 정원의 테니스 라켓과 가방을 마저 트렁크에 실으며 엄살을 떨었다.

"불쌍한 척하지 마. 그렇게 잘생긴 얼굴로 그래 봤자 하나도 안 불쌍해."

정원히 먼저 조수석으로 걸어가며 말하자 은현이 씩 웃으며 운전석에 오른다.

"민영인 안 간대?"

차에 시동을 건 은현이 안전벨트를 당기며 물었다. 휘소와 약혼했을 때부터 종종 어울려 테니스를 치다 파혼한 뒤론 셋만 가끔씩 코트로 향하곤 했었다.

"어. 패션쇼 준비 때문에 정신없대."

"원래도 없었잖아."

은현의 말에 정원은 쿡, 웃음을 터뜨렸고, 그런 정원을 힐끗 쳐다보던 은현은 조심스레 말을 꺼낸다.

"오는 중에 휘소한테 전화 왔었어. 테니스 치러 간다니까 그

쪽으로 오겠대. 괜찮아?"

"어. 할 말도 있었는데 잘됐네."

빠르게 지나가고 있는 창밖의 풍경과 화창함을 내다보며 대수롭지 않게 말하는 정원이었지만 묘한 일렁거림이 가슴속부터 알싸하게 퍼진다.

"무슨?"

정면을 응시하고 있던 은현이 정원을 힐끗 쳐다본다.

"견적서 왜 안 보내느냐고. 내가 걔 차 그었거든."

"뭐? 진짜?"

은현이 믿기지 않는 얼굴로 정원을 바라보자 정원은 킥킥거리며 웃었다.

"어. 안 그러는 척했지만 얼마나 배 아팠을까?"

"배 아플 만도 하다. 그 차가 어떤 찬데. 근데 난 왜 이렇게 신나지?"

은현이 실실 웃음을 흘렸고 그 모습을 본 정원도 더 크게 웃었지만 견적서를 받아보기 전이니 가능한 일이었다.

"근데 나하고 같이 가는 건 알아?"

한참 웃고 있던 정원이 슬쩍 물었다.

"음…… 아니. 누구랑 가냐고 묻지 않기에 신경 안 쓰는구나 싶어 얘기 안 했어."

은현의 말에 고개를 끄덕거린 정원은 가방 속에 들어가 있는 예전부터 입었던 운동복이 신경이 쓰인다. 은현과 게임을 할 거라 생각했을 땐 아무렇지 않던 그 테니스복의 디자인을 생각하니 진즉에 하나 사둘걸 하는 후회까지 하게 만든다. 그리고 그런 자신의 모습에 실소가 새어 나오자 어깨를 풀기 위해 간단한 동작을 취하며 부러 쾌활하게 군다.

"오랜만에 하는데 잘 쳐질라나?"

"운동신경 있잖아, 너."

"그치?"

은현이 빙긋이 웃으며 말하자 정원도 씩 웃으며 팔을 이리저리 움직이는 척하다 은현의 머리를 제법 아프게 툭 쳤다. 다분히 고의적이었다.

"야!"

은현이 소리쳐 보지만 '뭐?' 하며 시침 뚝 떼는 정원의 표정을 보자 어이없는지 웃음이 터졌고, 정원도 깔깔대며 웃었다.

옷을 갈아입고 테니스 코트로 나오던 정원의 발걸음이 은현과 얘기 중인 휘소와 라희를 발견하자 느릿해졌다. 반바지와 셔츠로 이루어진 테니스복 아래, 근육이 잘 자리 잡힌 팔뚝과 다리를 내놓고 있는 휘소. 그리고 그 옆에서 쭉 뻗은 다리와 길쭉하니 가느다란 팔을 드러낸 새하얀 운동복 차림의 라희는 누가 봐도 잘 어울리는 커플이었다. 정원은 자신의 단순한 회색 운동복을 잠시 내려다보다 '이제 와 어쩌자고. 뭔 상관이야' 하는 심정으로 성큼성큼 걸어갔다.

"……심심하다고 따라붙잖아."

거리가 가까워지자 휘소의 음성이 정확하게 들렸다. 옆에 있던 라희의 머리통을 휘소가 톡 건드리며 말했다.

"뭐야……. 다 큰 여자 머리를 누가 그렇게 해? 암튼 넌 매너 없어. 매력 없어. 넌 데빌 데빌 넌 넌."

라희가 못마땅한 눈으로 휘소를 힐끗 올려다보더니 손가락질을 하며 노래를 흥얼거리자 옆에서 은현이 풋, 웃음을 터뜨렸다. 설핏 웃으며 그들 쪽으로 걸어가던 정원의 얼굴이 그 상태 그대로 굳어버린다. 무표정의 휘소가 '그러는 너도 참 딱해 보인다'라고 말하며 어처구니가 없다는 표정으로 라희를 바라보고 있었지만, 그 눈빛엔 정겨움이 서려 있었다. 6년 전에는 휘소가 날 저렇게 바라봤을까? 라희가 부러웠다. 옛날엔 왜 그렇게 휘소의 장난에 투덜거리기만 했는지. 아쉬움이 근처에 맴돌아 애들 가까이 다가가기가 싫었다. 일부러 무리와 조금 떨어진 곳에 다다른 정원은 생수병을 집어 들었다.

"왔어?"

휘소 옆에 가려져 있던 라희가 쑥 고개를 내밀며 물었다.

"어. 잘 지냈어?"

"응. 나도 생수 하나만."

"넌 왜 견적서 안 보내?"

라희에게 생수병을 건넨 정원은 그냥 무시하자니 괜히 어색해, 휘소에게 눈길을 주며 물었다.

"됐다니까. 주은현, 가자."

시큰둥하게 대답한 휘소가 라켓을 집어 들곤 은현을 한 번 쳐다보더니 코트로 걸어간다.

"간만에 복식 쳐보네? 가자, 한정원."

은현이 정원의 라켓까지 집어 들며 말했고, 고개를 끄덕거린 정원은 몸을 풀며 은현을 따라 이동했다.

"어디, 한정원 실력 여전한지 한번 볼까?"

휘소의 뒤를 따라 걸어가던 라희가 반대편 코트에 다다르자 정원에게 찡긋 윙크를 하며 말했다. 한껏 여유로운 태도에 정원은 반대로 슬쩍 긴장이 됐다. 옛날에야 라희와 비등비등하게 경기를 했지만 지금은 라켓을 든 횟수가 손에 꼽았다. 그러다 보니 은근히 승부욕이 불타올랐고, 휘소와 같은 팀으로 플레이하다가 자연스레 은현과 같은 코트에 서게 된 상황도 참 묘해 게임에만 집중해야겠단 투지를 불러일으켰다.

"주은현, 너만 믿는다."

쭉쭉 스트레칭을 마친 정원이 은현을 바라보며 말했다.

"그래, 이 오빠만 믿어."

은현이 라켓을 빙글빙글 돌리며 윙크하자 정원이 픽 웃는다.

"간다!"

라희의 서브로 게임이 시작되었고 대각선에 있던 정원은 그 공을 잘 받아내었다. 그리고 그 공을 다시 휘소가 여유롭게 받아치며 빈 곳으로 찔러 넣었고 은현이 아슬아슬하게 받아쳐 냈다. 그렇게 몇 번 공이 오가다 첫 포인트를 휘소가 따냈다. 확실히 남자들이 공을 쳐내는 속도가 여자들보다는 빨랐고, 꾸준히 테니스를 쳐왔는지 라희의 플레이를 따라가기가 정원은 생각보다 힘들었다. 휘소와 라희에게 아깝게 한 세트를 내주었지만 그것도 은현이 잘해주었기에 가능했다. 그리고 잠시 쉬는 시간,

"괜찮아?"

땀을 닦아내고 있는 정원에게 다가온 은현이 얼굴을 살피며 물었다.

"아직까진. 근데 넌 어째 땀 한 방울 안 흘리냐? 너 인간 아니지?"

실력이 부족한 탓에 은현에게 미안한 정원이 우스갯소리를 해본다.

"그렇담 여기서 너만 인간인가 보다."

"어?"

은현의 말에 정원이 휘소와 라희를 차례로 바라봤다. 라켓으로 공을 치는 시늉을 해 보이는 휘소나 그 옆에서 뭐라고 말을 걸고 있는 라희의 모습이 진짜 사람이 아닌—분명 여긴 육지가 맞는데—물 만난 고기들처럼 쌩쌩해 보였다.

"미쳤어……. 이게 무슨 US오픈인 줄 알아."

정원은 고개를 절레절레 흔들며 중얼거렸다.

"왜? 돈 좀 걸면 제대로 할래, 그럼? 너 때문에 재미가 없어서

말이다."

휘소가 정원을 거만하게 내려다보며 한소리 했다. 풀 죽은 정원에겐 그 말조차 관심의 표현으로 들려 반가웠다. 그러나 그런 반응에 뜨끔한 정원은 '뭐가 반가워? 하나도 반갑지 않고, 그래서도 안 돼' 하고 자신을 일깨우며 최대한 무표정한 얼굴을 지어 보였다.

"뭘? 네 공은 다 은현이가 쳤는데?"

"그러니까. 네가 너네 팀 구멍인데 너한테 보내면 더 재미없을 거 아냐."

"한정원, 그동안 꽤나 운동 안 했지? 옛날엔 진짜 펄펄 날아다녔는데. 진짜 뭐 내기라도 걸래?"

정원이 휘소에게 다시 쏘아붙이려는 찰나 라희가 싱긋 웃으며 끼어들었다. 다분히 장난스럽고 눈을 반짝 빛내는 그 모습에 기분 나쁠 건 없는데, 정원은 휘소와의 대화가 단절된 터라, 그런 라희가 은근히 얄밉다.

"밥 사고 술 사면 되지, 뭐."

은현이 말하며 정원에겐 엄지손가락으로 자기를 가리켜 보였다. 걱정 말라는 뜻이었다.

"에이, 재미없지 그럼……. 거기다 엉덩이로 이름 쓰기. 어때?"

라희가 손가락을 딱 튕기며 말했고 다들 그 말에 상상이나 한 것처럼 휘소는 피식, 웃었고 지금까지 웃음이 만연하던 은현은 표정이 빳빳하게 굳었다.

"좋아. 해. 대신, 지금까지 한 건 무효. 그냥 딱 한 세트 먼저 따는 팀이 이기는 걸로."

응당 자신 때문에 질 거라 다들 확신하는 분위기가 돼버리자 정원도 슬슬 오기가 생긴다.

"이러나저러나 엉덩이로 이름 쓸 텐데, 뭘 그렇게 강력하게 말하냐? 이길 것 같지?"

"왜 자꾸 시비야?"

정원이 까칠하게 말하니, 그녀를 무심한 눈길로 내려다보고 있던 휘소의 눈빛이 잠깐 얼어붙었다. 짜증스레 한마디 한다.

"그럼 제대로 하던가."

"자, 자. 그만 쉬고 빨리 게임하자. 주은현 엉덩이로 이름 쓰는 거 빨리 보고 싶어. 영어 필기체로 쓰면 안 될까?"

라희가 이상 기류가 흐르는 정원과 휘소 사이를 헤집으며 다소 소란스럽게 굴더니 은현을 보고 엉큼하게 웃으며 말했다.

"누가 쓰는데? 너 그러다 엉덩이 디밀고 있는 수가 있다."

은현이 웃으며 라희에게 말하더니 의자에 앉아 있던 정원의 손목을 끌어당겨 일으켜 세워준다.

"가자."

옆에서 그 모습을 보고 있던 휘소가 라희의 목에 팔을 둘러 끌어당겼다.

"켁. 야, 아퍼!"

코트로 끌려가며 라희가 켁켁거려 보지만 앞만 응시하고 있는 휘소의 눈은 고요하기만 했다.

"……흔들려?"

라희의 말에 우뚝 멈춰 선 휘소가 팔을 풀며 가만히 라희를 응시했다.

"한정원 다시 보니까 흔들리냐고."

별 중요한 얘기가 아닌 것처럼 대수롭지 않게 묻는 라희의 입가엔 비죽 웃음이 걸려 있었다.

"게임에나 집중해, 엉덩이로 이름 쓰고 싶지 않으면."

"내가 딱 맞췄지?"

앞으로 걸어가는 휘소를 바라보며 라희가 물었고, 적당한 자리를 찾아 멈춰 선 휘소는 경고 섞인 눈빛으로 그녀를 바라봤다.

"맞네. 어떡하나? 다 잊었다고 자만하고 있었는데? 꼬시다."

라희의 웃음기 밴 목소리 뒤로 탕! 하는 소리가 이어졌다. 휘소가 라켓을 집어 던지면서 만들어낸 소음이었다.

그 탓에 이야길 하며 코트로 걸어오고 있던 정원과 은현의 시선이 휘소에게 멈췄고, 휘어진 라희의 입꼬리가 제자리를 찾았지만 저벅저벅 걸어오고 있는 휘소의 시선을 피하진 않았다.

"쟤들 왜 저래?"

옆에서 은현의 말소리가 들려온 순간이었다. 라희에게 바짝 다가선 휘소가 망설임 없이 그녀의 머리통을 바짝 당기며 입을 맞췄다. 정원의 미간이 바짝 좁아진 순간 라희가 휘소를 밀어내고 뺨을 올려붙였다. 짝, 소리와 함께 정원의 눈이 질끈 감겼다.

"아니라고 말하고 싶지? 근데 이게 그 증거야."

나직이 말한 라희가 휘소를 지나쳐 멍한 상태로 지켜보고 있던 은현과 정원까지 스쳐 지나갔다. 허탈한 웃음을 한번 내뱉은 휘소가 허리를 굽혀 바닥에 떨어져 있던 라켓을 집어 들었다.

"게임은 다음에 다시 하자."

뚜벅뚜벅 걸어온 휘소가 잠깐 멈춰 서더니 은현의 어깨를 툭 치며 지나갔다. '어. 얼른 가봐' 하는 은현의 말이, 정원의 귀에 얇은 막을 씌운 듯 멍하니 들려왔다.

'난 안중에도 없네…….'

당연한 결과였지만 그걸 받아들이기까지는 시간이 걸렸다. 옆에서 말없이 쳐다보고 있는 은현을 의식하고 나서야 정원이 입매를 올려 웃어보지만, 근육이 미세하게 떨릴 뿐이었다. 입이 말랐다. 휘소의 뺨을 때리던 모습이라니. 휘소가 누군가로부터 맞는다는 것. 게다가 나도 때려본 적 없는 그 얼굴에 손을 댄 사람이 여자─라희─라는 것에 정원은 울컥했다. 휘소 옆에 다른 여자가 있다는 현실을 직시해야 했지만 그 생각이 가슴을 뻐근하게 조여왔다.

11. 이런 감정 따위!

제일그룹 계열사의 호텔 W.E.

신혼여행에서 돌아왔다는 서연이 밥이나 한 끼 먹자고 해 정원은 막 호텔 로비로 들어서고 있었다. 한신호텔로 오겠다는 서연과 민영을 만류하고 이 호텔로 약속을 잡은 건, 한식당 때문이었다. 한신호텔 이사진들이 리모델링 시, 영 수익이 나지 않는 한식당을 없애자는 주장을 하고 있는 터라 정원은 그 부분에 대해 고민이 많았다. 한국의 호텔에서 한식당을 없앤다는 건 뭔가 큰 자부심을 포기하는 것 같았고, 그렇다고 적자만 기록하고 있는 한식당을 무작정 고수할 수만은 없었다. 그러던 차에 여기저기 둘러보다 보면 좋은 방법이 떠오르지 않을까 싶었던 것이다.

저녁 시간대라 그런지 호텔 로비는 북적거렸다. 서두른다고 서둘렀지만 퇴근 시간대의 러시아워에 걸려 약속 시간에 늦은 정원의 발걸음이 자동적으로 빨라졌다. 그러다 조금 떨어진 곳에서 예상치 못한 사람의 옆모습을 발견하자 급하게 움직이던 발걸음이 느릿하게 멈춰 섰다.

순간 휘소가 고개를 살짝 틀었다. 의도치 않게 눈이 마주치자 정원은 당황스러웠다. 우연한 만남이 가져오는 파장은 생각지도 못하게 몸 전체를 요동치게 만들었다. 타이 없이 말쑥한 슈트 차림의 휘소가 근사하게 느껴져서 더욱 그랬는지도 몰랐다.

휘소는 이쪽으로 움직일 생각이 없는 듯했다. 모르는 사이가 아니니 잠깐 인사하면 될 일이었지만, 심장이 콩닥콩닥 뛰기 시작한 정원은 왠지 휘소에게 다가가기가 꺼려졌다. 그때였다. 휘소가 다시 고개를 돌려 버리자 아쉬움이 온몸을 휘감은 정원은 그가 있는 곳으로 향하고 있었다. 한식당이 마침 그 방향에 있다는 사실이 적잖은 위로가 됐다.

'뭐라고 하지? 안녕? 어젠 잘 들어갔어? 여긴 어쩐 일이야?'

다가가는 동안 머릿속은 바빴지만 단 몇 걸음을 남겨뒀을 땐 머릿속이 하얘졌다. 그리고 기껏 한다는 소리가,

"뺨은 괜찮아? 어제 소리가 제법 컸는데."

였다.

"뭐야, 지금 나 걱정하는 거야?"

뭔 상관이냐고 묻는 듯한 휘소의 마른 눈빛에 정원은 그 말을

꺼낸 것을 적잖이 후회했다.

"안 봤으면 모르는데 봤으니까, 뭐……."

정원이 우물쭈물 대답했다.

"그런 건 6년 전에 했어야지."

정원의 두 눈에 박힌 동공이 확연히 커졌다.

"나한테 신경 꺼. 간다. 일 보고 가라."

아무것도 드러나지도 느껴지지도 않는 건조한 표정, 말투. 더 이상 마주 보고 있을 필요를 못 느끼겠다는 듯 휘소가 쓱 지나쳐 가자 정원은 얼굴이 붉게 달아올랐다. 창피함, 열받음, 씁쓸함, 서러움 등의 복잡한 감정이 한데 뒤섞였다. 휘소의 발걸음이 멀어져 가고 있었다. 급하게 정신을 수습한 정원은 한식당 쪽으로 걸어가려다 휘소가 사라진 방향으로 몸을 틀었다.

"견적서 빨리 보내. 응아하고 뒤 안 닦은 기분이니까."

뒤통수에 대고 말했다. 우뚝 멈춰 선 휘소가 뒤를 돌아보더니, '그래 봤구나?' 하고 피식, 웃더니 다시 뒤돌아 간다.

'말이 그렇게 되나?'

호기심 어린 시선으로 힐끗 쳐다보던 사람들이 쿡쿡 웃는다. 힘없이 피식, 웃음을 터뜨린 정원도 한식당으로 향했다.

미닫이문을 열고 안으로 들어가니 맛깔스런 음식들이 사기그릇에 담겨 정갈하게 놓여 있었다. 민영과 서연이 미리 주문을 한 모양이었다. 정원은 잘됐다 싶었다. 엄청난 양의 업무를 빠른 시간 내에 처리하느라 칼로리 소비도 많았고, 게다가 예상치 못했던 김휘소를 만나 신경을 바짝 세웠더니 그 순간이 지나자 식욕이 마구 돋았다.

"왔어?"

"어. 신혼여행 어땠어? 경혁이가 잘해줘?"

민영의 인사를 받고 그 옆에 앉은 정원은 건너편에 앉은 서연에게 뻔한 인사말을 건넴과 동시에 젓가락을 집어 들었다.

"안 잘하면 죽지, 나한테."

새침하게 말하며 서연이 쌩긋 웃었다. 그 후로 신혼여행의 재밌고 야릇한 에피소드들이 계속되었고, 정원도 적절히 농담을 섞어가며 민영과 서연의 웃음을 이끌어냈다. 그리고 민영의 패션쇼 준비 중에 있었던 웃지 못할 해프닝이 끝나갈 무렵, 서연이 진지한 눈빛으로 정원을 바라본다.

"……경혁이한테 들은 건데 너 휘소랑 파혼하고 미국으로 쫓겨…… 아니, 갔었잖아……."

서연이 눈치를 보자 정원이 말갛게 웃음을 터뜨렸다.

"괜찮아. 사실인데, 뭐."

서연이 안심한 눈빛으로 고개를 끄덕이며 비밀 이야길 하듯 상체를 앞으로 살짝 내민다.

"그리고 1년쯤 있다 다시 돌아온 거고. 너, 그렇게 빨리 오게 될 거라 생각했어?"

"아니, 나도 좀 의외긴 했지. 근데 그게 왜?"

젓가락으로 음식을 집던 정원이, 맞는지 묻고 있는 서연의 눈빛을 바라보며 대답했다.

"뭔데? 빨리 말해봐."

정작 당사자인 정원은 가만있는데, 뭔가 짚이는 바가 있는 민영이 서연을 보챘다.

"확실하진 않지만, 경혁이 생각엔…… 그때 휘소가 너희 아버지 설득인지 협박인지 한 것 같다고. 너 한국 다시 들어오기 바로 전에……. 휘소 한국에 들어왔다가 그 다음날 바로 나간 적 있거든."

"……설마."

정원이 헛웃음을 지으며 말했지만 머릿속은 구급차가 빨간 사이렌을 울리고 있는 것마냥 시끄러웠다.

"맞어, 맞어! 그때 김휘소 들어왔었다는 얘기 나도 들었어. 근데 은현이도 안 보고 바로 나갔다 그래서 의아해하긴 했었지. 맞다."

민영이 손바닥으로 테이블을 탁탁 두드리며 말하자 정원은 혹시나 하는 기대가 커져 심장이 가만히 떨려오는 것을 느끼고 있었다.

＊

한신호텔 전략기획 팀. 퇴근 시간을 한 시간가량 넘긴 시각.

빈 사무실엔 정원만이 남아 있었다.

빠직. 휘소 쪽에서 보내온 견적서를 잡고 있는 정원의 손에 바짝 힘이 들어가며 종이가 처참하게 구겨졌다. 천만 원을 살짝 넘긴 금액인 천사백십사만사천사백사십원! 숫자 한번 죽였다. 4의 연속을 보는 순간 진짜 죽을 것처럼 뒷골이 확 당겼다. 게다가 점심때 걸려온 은현의 전화를 생각하니, 김휘소가 아무리 쫓겨간 미국에서 다시 한국으로 돌아오는 데 일조를 했다고 쳐도 휘소에 대한 원망이 한없이 들끓어 올랐다. 은현이 오늘 있을 휘소의 귀국파티 참석 여부를 묻는 순간 정원은 심장이 철렁 내려앉으며 치욕을 맛봐야 했다.

〈정원아, 이따 볼 수 있지?〉

"어? 왜?"

〈휘소 귀국파티. 오늘이잖아.〉

"……오늘이야? 난 아무 연락 못 받았는데?"

〈아…… 그래? 나랑 같이 가면 되지, 뭐. 내가 픽업할까?〉

"아니, 부르지도 않았는데 가는 건…… 찌질해."

〈쿡. 내 파트너로 가, 그럼. 너랑 술 마신 지도 오래됐는데. 8시에 다시 전화한다. 끊어.〉

초대를 받지 못했다고 말할 때도 식은땀이 났지만, 애써 민망하지 않은 척하려는 은현의 목소리를 듣는 순간엔 어디 쥐구멍

에라도 숨고 싶었다. 하지만 휘소가 보고 싶기도 했다. 정말 날 위해서 아버질 만나기 위해 한국까지 일부러 온 걸까? 하는 생각이 그런 기분을 만드는 것 같았다.

　결국 참석 여부를 놓고 고심한 끝에 정원은 민영의 샵으로 차를 몰면서 은현에게 전화를 걸었다. 안 가겠다는 말 대신 좀 늦을 거란 말을 전하자 다행히 은현은 30분의 시간을 더 주었다. 고맙게도 민영의 부티크로 직접 오겠다는 말도 했으니 한 시간의 시간을 더 번 셈이었다.

　부티크에 들어선 정원은 인사를 해오는 직원에게 반갑게 웃어주며 민영의 소재를 물었다.

　"지금 작업실에 계세요. 앉아 계시면 오셨다고 전해 드릴게요."

　"아니에요. 제가 가볼게요. 고마워요."

　뒤돌아서려는 직원을 붙잡은 정원이 직접 작업실로 향했다.

　"최민영."

　"왔나?"

　손바느질을 하고 있던 민영이 고개만 돌려 힐끗 쳐다본다.

　"오늘은 어쩐 일로 야근 안 하고?"

　"휘소 귀국파티. 같이 갈 거지?"

　"흥! 됐거든. 패션위크 땜시 바쁘기도 하거니와 그 싸가지 다신 상종 안 할 거거든?"

　"하하. 너무 기분 나빠 마. 나도 아웃당했으니까. 오늘 은현이 파트너로 가는 거야."

서연의 결혼식 날, 휘소의 만행에 대해 욕을 해대던 민영을 떠올린 정원이 친구의 어깨를 손바닥으로 톡톡 두드렸다.

"뭐? 너까지?"

"어. 내가 김휘소 차 그은 거 얘기했지? 그거 해결하러 가는 거야, 나도. 수리비는 줘야지."

"에헤, 진짜?"

민영이 의심의 눈초리로 팔짱을 턱 끼고는 정원을 바라본다.

"뭐어?"

정원은 민영의 눈을 피하지 않으려 했지만 두 눈은 계속 깜빡거렸다.

"수리비 같은 건 계좌이체시켜야 증거가 남는데 그걸 일부러 주러 간다고라?"

민영이 바람 빠진 풍선마냥 픽 웃는다.

"견적서가 잘못됐어, 견적서가. 어케 수리비가 처음부터 끝까지 444로 나오냐? 그리고! 영수증 받으면 되잖아. 얘가 왜 그렇게 빡빡해? 너 패션쇼 준비하느라 신경이 날카롭구나?"

정원이 시침을 뚝 떼며 말했다. 차마 휘소가 보고 싶어 간다고 말할 수 없었다. 그건 자신조차 쉽게 납득할 수 없는 이유였다.

"쯧쯧. 됐다. 나가자. 내가 오늘 아주 뻑이 가게 꾸며주마."

뻑이 가게 꾸며주는 게 어떤 건지 심히 예상이 됐다. 떨떠름한 정원이 밍기적거리자 민영이 정원의 팔목을 확 잡아끌며 밖으로 나갔다.

민영이 골라준 드레스는 역시, 가슴 둔덕을 드러내도 훅 드러낸, 좀 야하다 싶은 그런 종류였다.

"그래도 네가 웬일이냐? 뒤는 멀쩡히 잘 막혀 있다?"

"왜? 더 과한 걸 원해?"

"됐네요."

정색하는 정원을 보며 픽, 웃던 민영이 금세 한없이 진지한 표정으로 거울 속의 정원과 눈을 맞췄다.

"내가 생각해 봤는데……. 아무래도 네가 김휘소를 다시 꾀는 게 좋을 것 같아."

"뭐?"

"유혹하라고. 앙."

민영이 한쪽 손을 볼에 붙이곤 주먹을 말아 쥐어 보이며 요상한 소리를 냈다.

"나, 원, 참. 유혹한다 치자. 여자를 그렇게 잘 아는 김휘소가 넘어오겠냐? 넌 다 좋은데 머리는 진짜 나쁘더라?"

"웃기시네. 머리가 진짜 좋은 거겠지. 푸켓…… 기억 안 나? 확 덮쳐."

"야! 그 얘긴 왜 또 꺼내. 장난쳐?"

"쯔쯧. 김휘소면, 지금 바닥을 지나 땅 파고들어 간 네 입지 바로 끌어올려 줄 거고, 퍼스트레이디 부럽지 않은 삶이 눈앞에 펼쳐질 텐데. 싫음 관둬라."

"이씨…… 구두나 좀 줘봐."

"옛다."

민영이 검정색 오픈토 힐을 정원의 발 앞으로 던져 준다.

화장을 살짝 손본 뒤, 긴 머리를 빗어 뒤에서 느슨하게 묶었을 때쯤 은현이 도착했다.

"나 어때?"

"좋아. 섹시해."

레드카펫 위에라도 서 있는 양, 정원이 포즈를 취해 보이자 은현이 건성으로 말하며 얼른 차에 태운다. 그러더니,

"너 오늘 절대 고개 숙이지 말고 빳빳이 세우고 있어라."

차에 시동을 걸며 제법 진지하게 말한다.

"큭. 누가 보면 목에 철심 박은 줄 알겠네."

"병원 들러서 보호대 하고 갈래?"

은현이 반색하며 말하자 정원이 바람 빠진 웃음소릴 낸다. 그러고는 닫혀 있는 루프를 검지로 삐죽 가리키며 말한다.

"뚜껑 열어줘."

"풋. 암튼 고상하게 생겨서 은근 어휘 선택은 저렴해."

"그래서 안 열 거야?"

정원의 재촉에 은현이 씩 웃으며 정원을 힐끔 쳐다본다.

"열어."

은현이 대답하자 정원이 활짝 웃는다. 천진난만한 소녀의 웃

음을 한 곱디고운 처녀의 모습이다. 소프트 탑의 루프가 열리고 한여름 밤의 시원한 바람이 정원의 폐 속 깊이 밀려들어 왔다.

홀리데이.

은현이 내민 손을 맞잡으며 고마움의 표시로 빙긋 웃어 보인 정원이 차에서 내렸다.

"팔. 오늘은 친구가 아니라 내 파트너로 온 거니까."

"너 어째 신나 보인다?"

은현이 만든 틈새에 팔을 끼워 넣으며 정원이 물었다.

"어. 나 막 두근두근하는데?"

"영광이옵니다."

은현의 말을 그저 농담으로 받은 정원이 그를 따라 건물 안으로 발걸음을 옮겼다.

"진짠데?"

"아, 예."

이번에도 성의 없는 정원의 대답에 은현은 그저 한쪽 입꼬리를 올리며 씁쓸하게 웃었다.

직원의 안내를 받아 지하 클럽으로 내려가니 시끄러운 음악과 북적북적한 분위기에 은현의 팔을 잡고 있는 정원의 손에 자동적으로 힘이 들어갔다.

"룸에 있나 보다."

이리저리 주위를 살피던 은현이 친구들끼리 자주 이용하는 룸으로 발길을 옮겼다. 익숙한 통로를 따라 걷던 정원은 은현이 일말의 망설임도 없이 룸의 문을 열자 얼른 숨을 한번 내쉬며 안으로 들어섰다. 널찍한 룸 안에선 밖에서 들었던 것보다는 작게 음악 소리가 들려왔고, 말소리와 웃음소리가 섞여 제법 왁자지껄했다.

"왔……. 뭐야? 한정원이잖아?"

휘소와 파혼한 이후로 우연히 만날 때마다 못 잡아먹어 안달인 태양이 역시나 인상을 팍 쓰며 말했다. 이왕 온 거 신나게 놀고 가자 생각했건만 영 반기지 않는 일행도 그렇고, 원형 테이블 중간쯤에 앉아 담배를 피워대며 삐딱하게 쳐다보는 휘소와 눈이 마주치자 기도 죽고 꽤나 뻘쭘했다.

"오늘, 내 파트너로 온 거야. 예의 지켜라."

은현이 정원을 안쪽 자리에 앉히더니 그 옆에 바짝 붙어 앉으며 말했다.

"우리가 언제 매일 바뀌는 파트너한테 예의 지킨 적 있냐?"

태양이 비죽거리며 말하자 은현이 제법 눈빛을 날카롭게 빛냈다.

"그냥 오기 뭐해서. 귀국 선물."

분위기가 더욱 싸해짐을 느낀 정원이 얼른 작은 상자를 꺼내 휘소에게 건넸다.

"안 받아?"

무심한 눈길을 한 휘소가 담배 연기를 내뱉고 다시 빨아들이

고만 있자 정원이 커프스가 든 상자를 한번 흔들었다.

"됐어."

휘소가 건조하게 말했다. 명백한 거절이었다. 안 받겠다는 걸 집어 던질 수도 없고. 정원이 민망함에 쭈뼛거리며 상자를 거둬들일 때였다.

"이리 줘."

옆에 있던 라희가 상자를 대신 받았다. '민망해하는 날 생각해서 저러는 건가?' 하는 의심과 함께 누가 봐도 김휘소와는 특별한 관계로 보이겠구나 하는 생각에 가슴속에서 뭔가 욱 하고 치밀어 오른다.

'나 자꾸 왜 이래?'

테니스 코트에서 봤을 때부터 익숙지 않은 감정들이 불쑥불쑥 끓어올랐다.

'지금 질투하는 거야?'

다른 곳으로 돌리려 하던 정원의 황망한 시선이 다시 휘소에게 향했다.

오늘따라 김휘소는 왜 또 그렇게 멋있는 건지. 슈트가 아닌 슬랙스팬츠에 가벼운 티셔츠 차림에도 불구하고 짜증 나도록 멋있었다. 아니, 멋있어서 짜증이 났다. 지저분하다고 느끼던 수염이 휘소 입가에 붙어 있으니 바람직한 남성상의 외향이었고, 담배를 끼고 있는 손가락은 길고 예뻐서 자꾸만 시선을 잡아끌었다. 그리고 가끔씩 한쪽 입꼬리만 올려 피식, 웃는 모습은 더 이상 재수 없지만은 않았다.

정원이 앞에 놓인 양주를 한입에 꿀꺽 삼켰다.

"암튼 술은 잘해. 그것 빼곤 맘에 드는 게 하나도…… 없지만."

앞에 앉은 태양이 이죽거리며 말하자 정원은 그런 그를 무시하고는 그 옆에 앉은 여자를 바라보며 놀란 표정을 짓는다.

"어? 너 또 깨졌어? 꽤 오래 만나는 거 같더니?"

"야!"

"하! 언니 뭐예요?"

워낙 여자가 자주 바뀌는 태양이라 옆에 있던 여자도 길게 만나진 않았을 거란 확신하에 정원이 말하자, 태양이 버럭 하는 소리가 묻힐 정도로 여자가 발끈했다.

"아하하…… 미안요."

예상했던 반응에 정원은 그저 씩 웃으며 손바닥을 들어 보였다. 예전 같았으면, 아니, 옛날이구나. 암튼 무슨 말을 해도 저런 어린애들이 만만히 보지 못했을 텐데 하는 생각이 얼핏 머릿속으로 들어왔다 빠져나갔다.

"미안하면 단가? 평소에도 그렇게 생각 없이 말해요?"

여자가 이죽거렸다. 기분은 나빴지만 틀린 말은 아니라 정원이 난감해하고 있는 사이,

"정태양, 시끄러워."

여자에겐 시선도 주지 않은 은현이 고갯짓으로 여자를 가리

키며 태양에게 말했다. 정원은 눈을 반짝 빛내며 은현을 쳐다봤다. 자신의 체면을 세워주기 위해 은현이 그런 것임을 모르지 않아 고맙다는 뜻이었다.

"답답하다. 나가서 마시자."

휘소가 말을 툭 내뱉더니 밖으로 휙 나가자 하나둘 자리를 털고 휘소를 따라나섰다.

"다 나가네? 나폴레옹 나셨어, 아주. 나를 따르라 하니 우르르 몰려나간다."

정원이 텅 빈 룸 안을 둘러보며 말했다.

"풉."

"왜?"

은현이 뿜어져 나올 뻔한 술을 억지로 삼키며 웃음기 가득한 얼굴로 쳐다봤으나 정원은 아무것도 모른다는 표정이다.

"너 재밌어서."

"나가자, 우리도."

자리에서 일어난 정원이 은현의 한쪽 팔을 잡아끌었다.

"나폴레옹 어쩌고 하더니, 왜? 너도 그 졸병놀이 하고 싶어?"

"아니. 금방 네가 날 쳐다보는 눈빛이 이상해서 여기서 나가야 할 것 같아."

"뭐?"

틀린 말은 아니었지만 그래도 그렇게 직접적으로 말하는 정원이 너무 웃겨 은현은 웃음이 터져 나왔다. 그리고 동시에 둘만 있어 긴장을 느끼던 은현은 한결 편안해짐을 느꼈다.

"얼른."

또 한 번 정원이 힘주어 은현의 팔을 잡아당겼고, 은현은 피식 웃으며 자리에서 일어났다.

"일단 한잔하자고. 맥주 두 병."

바 테이블로 은현을 끌고 간 정원이 멋대로 주문을 하고 차가운 맥주 한 병을 은현에게 내밀었다.

"이거 다 마시면 그다음은?"

은현이 맥주병을 입으로 가져가며 의도한 대로 정원을 은근한 시선으로 쳐다본다.

"그런 눈빛 하지 말라니까. 그래도 너랑은 침대로 안 가. 그냥 춤만 출 거야."

"좋아. 그다음은?"

"쯔쯧. 네가 왜 쟤들하고 친한지 이제야 알겠다."

정원이 휘소의 무리들을 맥주병으로 가리키며 말했고, 정원이 가리킨 곳을 슬쩍 쳐다보던 은현이 옅게 웃었다.

"김휘소, 라희랑 약혼하다던데. 사실이야?"

"어땠으면 좋겠는데? true or false?"

"당근 false이지. 한신은 당연한 거고, 너네도 타격이 꽤 있을 텐데?"

"그런 뜻으로 묻는 게 아니라는 거 알면서. 뭐, 어쨌든. 둘이 만나고 있기는 하지. 그러다 보니 주변에서 약혼한다, 안 한다 말이 나도는 거고. 모르지…… 결혼까지 갈지. 건배."

은현이 맥주병을 쨍 부딪혀 왔다. 가깝게 붙어 있는 휘소와 라희에게서 시선을 거둔 정원은 갑자기 이는 갈증에 맥주를 벌컥벌컥 들이켰다.

"나갈까?"

빈 맥주병을 바 테이블에 올려놓은 은현이 씩 웃으며 손을 내밀었다. 스테이지를 한번 쓱 바라본 정원이 느릿하게 은현의 손을 잡았다. 적당한 자리를 찾아 걸어가는 동안, 휘소의 목에 두 팔을 두른 라희가 가깝게 얼굴을 맞붙이곤 킥킥거리는 모습이 옆으로 지나갔다. 정원은 눈이 마주친 은현을 향해 웃으며 그가 이끄는 대로 가까이 다가섰다.

"괜찮아?"

등과 허리춤 사이를 쓱쓱 쓰다듬는 은현의 손길이 목소리만큼이나 따뜻했다.

"괜찮아."

쿡, 웃음을 내뱉은 정원이 이마를 콩, 은현의 가슴께에 기댔다.

"침대론 안 간다더니? 생각 바꿨어?"

은현이 귓가에 속삭였다.

"아직."

큭큭, 웃음이 새어 나왔다.

"오호, 여지는 있나 보네?"

"훗. 그렇게 말하니까 왜 확 싫어지지? 꿈 깨. ⋯⋯목마르다."

은현에게서 몸을 뗀 정원이 다시 바로 향했다. 맥주로 목을 축일까 하다 생각을 바꿔, 대충 도수가 있는 술의 이름을 말했다.

입에 미소를 걸고 있는 젊은 바텐더가 고개를 끄덕이고는 탁, 잔을 내려놓고 술을 따랐다. 일말의 망설임도 없이 손을 뻗은 정원이 눈앞에 놓인 스트레이트잔을 단숨에 원샷 하고, 손등에 뿌려놓은 소금을 혀로 감아올렸다. 힐끗 눈을 맞춘 바텐더가 입을 벌리며 감탄하더니 씩 웃는다.

"한 잔 더."

그렇게 세 잔을 연속으로 들이켰다. 뒷일 따윈 생각하고 싶지 않았다.

높은 의자에서 내려와 몸을 바로 세우자 아롱아롱 취기가 올라왔다. 나쁘지 않았다.

'민영이 만나서 한잔 더 해야겠다.'

정원은 룸에 놔둔 클러치백을 가지러 긴 통로를 걸었다. 그리고 룸에 들어가 클러치백을 집어 드는 순간 소파도 아닌 바닥 구석진 곳에 떨어져 있는 작은 케이스를 발견했다. 휘소에게 선물했던 검정색 커프스 상자.

힘없이 발걸음을 옮긴 정원은 쭈그리고 앉아 상자를 주워 들었다. 입으로 호호 바람을 불며 손으로 먼지를 털어냈다.

"이 나쁜…… 멍멍이. 에라이, 니미 똥이다."

나직이 욕을 내뱉는 정원의 목소리가 꽤나 음침했다. 한참 동안 상자를 쳐다보던 정원이 벌떡 일어서서 룸 밖으로 나갔다.

"이씨……."

성질만큼이나 술기가 오른 몸이 살짝 비틀거리자 불만 섞인 음성이 툭 튀어나왔다. 넘어질 수도 있겠단 생각에 한쪽 벽으로 바짝 붙어 섰다. 커프스 상자를 잡고 있는 손으로 가끔씩 벽을 짚어 중심을 잡고 정원은 앞으로 걸었다.

그렇게 어둡고 긴 복도를 반쯤 지나고 있었을까. 단단하고 시커먼 물체가 앞을 턱하니 가로막았다.

"좀 비켜주실래요? 제가 좀 취했거든요."

"……."

묵묵부답. 얼굴을 확인하기 위해 고개를 살짝 들었지만 어림도 없었다. 정원은 신경질적으로 턱을 한껏 쳐들었다.

"가지가지 한다."

바지주머니에 두 손을 찔러 넣은 휘소가 같잖다는 듯 내려다보고 있었다.

"네가 너한테 하는 말이지?"

지지 않고 정원이 비아냥거렸다.

"부르지도 않은 곳엘 가슴 다 내놓고 와 분위기 깨놓고, 술 취해 비틀거리기나 하고."

"은현인 불렀잖아? 난 파트너로 왔다고 말했을 텐데?"

"아, 그래서 그 고마움에 가슴 비벼주며 붙어 있었던 거고?"

"여전하구나? 그 말버릇. 비켜."

정원은 휘소의 어깨를 밀며 옆으로 살짝 비켜섰다.

"우연히 마주치는 건 상관없지만, 다음부턴 이런 초대 없는 사적인 자리엔 오지 마. 다른 맘 있는 거 같아 구질구질해 보인다고 사람들 입에 오르내리기 싫으면."

'또 정태양이 뭐라고 한 모양이지?'

"그래, 알았어! 나도 사람 성의 무시하고 준비한 선물 쓰레기 버리듯 하는 너 같은 인간이랑 어울리기 싫어."

정원이 휙 몸을 돌려 휘소를 노려보며 소리쳤다. 원래는 커프스 상자를 집어 던질 생각이었지만 민영에게 산 가격이 생각나자 치켜들었던 손을 얌전히 내린 참이었다. 스스로 생각해도 참 어이가 없어 다시 몸을 휙 돌려 걸어갔지만 다시 멈춰 선 정원은 또 한 번 뒤를 휙 돌아보며 소리친다.

"싼 거라서 싫으면 싫다, 빈티나서 싫으면 싫다 왜 말을 못해! 그래야 환불이라도 할 거 아냐!"

어처구니가 없는지 휘소의 입에서 한탄스런 웃음소리가 새 나왔다.

"이게 주식이 몇 주짜린데……."

정원이 중얼거리며 다시 뒤돌아 걸었고, 그러다 얼마 못 가 다시 비틀거렸다. 취기도 취기지만 높은 힐도 문제였다. 정원은 위태로워 보였다. 한숨을 푹 내쉰 휘소가 큰 보폭으로 다가가 정원의 허리를 낚아채듯 휘어 감았다.

"데려다 줄게."

"됐거든?"

정원이 휘소를 밀어내며 말했지만 휘소는 허리를 안은 팔에 더욱 힘을 주다 못해 정원을 덜렁 들어 어깨에 멨다.

"뭐 하는 거야! 쪽팔리게!"

정원이 팔과 다리를 마구 움직이며 아등바등해 보지만 휘소는 결국 정원을 차에 태우는 데 성공했다.

"그냥 너 갈 길 가지? 너야말로 다른 꿍꿍이가 있는 거 같아 구질구질해 보인다고 사람들 입에 오르내리기 싫으면?"

"시끄러. 벨트나 매."

"너 지금 음주운전 하겠다는 거야?"

정원이 눈을 바짝 치켜뜨며 물었다.

"얼마 안 마셨어! 안 죽일 테니까 그 입 좀 다물고 있어! 진짜 죽여 버리기 전에."

휘소가 격하게 소리쳤다. 그리고 정원 대신 안전벨트를 끌어당기다 저 예쁜 가슴이 은현의 가슴에 닿았다고 생각하니 욕지기가 치민다.

욱하는 마음에 손을 놔버린 안전벨트 고리가 반동으로 인해 도로 제자리를 찾으며 작은 소음을 만들어냈다. 깜짝 놀라 숨소리조차 죽이고 있던 정원은 조용히 고개를 돌려 정면을 응시했다. 휘소의 큰 소리에 아직도 가슴이 쿵쾅쿵쾅 뛰고 있었다.

"하아……."

휘소가 한숨을 내쉬며 정원을 응시했다. 아무렇지 않은 척하고 있지만, 꽤나 놀란 것 같았다. 휘소가 채우지 못한 벨트를 향해 다시 손을 뻗었다. 순간적으로 움찔 떠는 정원에게 잠깐 시선이 멈췄지만 이내 군더더기 없이 마무리를 했다.

"이사했다며? 어디로 가면 돼?"

소리 질러 미안하단 말 대신 꼭 필요한 것을 물었고, 정원을 품으로 끌어당겨 안심시켜 주는 대신 핸들을 돌렸다. 그럴 수 있어서 다행이었다.

"……압구정."

"아닐 텐데?"

휘소의 짙은 눈썹이 꿈틀거렸다, 정확히 한쪽만.

"민영이 만날 거야."

"평창동으로 가, 그러면."

정원이 막 차를 출발시킨 휘소에게로 획 고개를 돌려 째려본다. 왜 참견하냐는 무언의 반항이었지만 휘소의 얼굴은 견고했다.

"논현동."

휘소가 본가로 차를 몰기 전에 정원이 얼른 오피스텔 주소를 불러주곤 창틀에 팔을 괴어 얼굴을 받쳤다. 음악 선율이 흘러나왔다. 굵직하지만 끈적한 색소폰 선율이 낮게 가라앉은 차 안의 공간을 채워가기 시작했다. 얼마 못 가 휴대폰의 벨소리가 그 공간의 틈새를 가르며 울려대긴 했지만.

운전 중임에도 휘소는 망설임 없이 휴대폰을 꺼내 들었다. 뭐 옛날에도 그랬었다. 경찰이 있거나 말거나, 딱지를 떼이거나 말거나 지 편한 대로 사는 놈이었고 또 그게 가능하기도 했다.

"어."

〈어디야?〉

수화음이 컸다. 라희의 목소리가 고스란히 전해졌지만 휘소는 신경 쓰는 것 같지 않았다.

"잠깐 나왔어. 신경 쓰지 말고 놀고 있어."

〈저기…… 한정원 못 봤어? 은현이가 찾고 있어서.〉

은현에겐 좀 전에 문자를 보냈었다. 먼저 간다는 뜻을 전했고 은현으로부터 답문을 받은 상태였다. 라희는 지금 의심을 하고 전화한 것이다. 그리고 그 사실이 그녀의 자존심을 상하게 함과 동시에 휘소의 기분을 상하게 하는 건 아닌지 고민하는 듯했다.

"못 봤어. 라희야, 나 지금 운전 중이야."

정원이 미간을 좁히곤 휘소를 쳐다본다. 버젓이 옆에 태워놓곤 없는 사람 취급이라니. 살짝 기분이 상할라 그런다.

〈어. 알았어. 다시 올 거지?〉

"어. 공항으로 가야 하니까."

〈그럼, 이따 봐. 운전 조심하고.〉

공항? 어울리지 않게 다정하게 말하던 휘소의 목소리가 정원의 귓가에 맴돌았다. 이 밤에 여행이라도 가려는 건가? 로맨티

스트가 따로 없다.

"내가 누구게?"

휘소가 통화를 끝내자 정원이 뒤에서 눈 가리고 장난칠 때의 억양으로 불쑥 물었다.

"미쳤어?"

"왜 거짓말해?"

"내 맘이야."

"니 마음만 있냐? 내 마음도 있다."

확실히 술이 취하긴 했나 보다. 유치한 말도 막힘없이 척척 내뱉어지는 걸 보면.

"니 마음 관심 없고."

가슴이 한 번 더 욱신거렸다.

"아……. 아, 그럼 라희 생각해서 그랬나? 웃기고 있네. 지 편하자고 거짓말해 놓고……."

다시 조수석 창밖으로 시선을 돌린 정원이 혼잣말로 중얼거렸다. 그리곤 오른쪽 귀가 간지러워 귀고리를 빼내다 손에서 미끄러졌고, 바닥에 떨어진 귀고리 한 짝을 보고 있으려니 스스로 생각하기에도 유치하다 느껴질 만한 생각이 문득 떠올랐다. 이 귀고리 차에 흘리면 라희가 발견하지 않을까 하는……

쿵.

정원은 머리를 차창에 갖다 박았다. 휘소의 시선이 느껴졌지만 무시하고 허리를 굽혀 귀고리를 주웠다. 그리곤 결국 반대쪽 귀고리까지 빼내 클러치백 안으로 확실히 밀어 넣었다.

"괜찮아?"

"니 관심, 관심 없고."

좀 전의 복수를 한 거였지만, 오랜만에 듣는 휘소의 부드러운 음성에 발끈해 버린 것이 여간 아쉬운 게 아니었다. 미간을 찌푸리는 휘소의 모습을 곁눈질로 훔쳐보고 나니, 괜히 더 그랬다는 생각이 강하게 들어 정원은 아예 두 눈을 질끈 감아버렸다.

"뭐 해? 내려."

무뚝뚝한 음성에 정신이 번쩍 들었다. 잠깐 졸았나 보다.

"……근데, 내가 태워달라고 한 거 아닌데 왜 짐짝 취급이야? 치사하게."

정원이 내리다 말고 불만을 토로했지만 앞만 보고 있는 휘소는 대꾸조차 없었다. 기분이 상해 쌩하고 차에서 내리니 두 발이 땅에 닿자마자 빠른 속도로 휘소의 차가 앞으로 달려나갔다. 한순간에 몰아치는 횡함에, 열이 올랐던 마음이 금세 가라앉았다.

12. 이게 와 매력적이면……

사무실 앞에 도착한 정원이 지문감식을 위해 들고 있던 커피를 다른 손으로 옮겨 잡았다.

띠릭, 하는 효과음과 동시에 유리문이 자동으로 열리고 정원은 사무실 안으로 들어섰다. 다른 때와 달리 분위기가 어수선했다.

"무슨 일 있어요?"

"아, 팀장님! 큰일 났어요. '헤르네스' 오너가 토요일 새벽에 귀국했는데, 지금 GK 쪽에서 접대하고 있대요."

'라희랑 휴소, 여행 간 게 아니었어!'

"공식 방문 아니죠?"

"네. 그래도 너무해요. 저희 쪽에선 직접 뉴욕으로 간다고도 했는데 전화 한 번 연결 안 해주더니. 그리고 GK는 그동안 헤르네스 입점 이야기 없었잖아요."

"알았어요. 제가 알아볼 테니까 업무 보고들 있어요."

헤르네스는 론칭한 지는 얼마 되지 않은 브랜드였지만 독특한 디자인으로 각광받고 있었고, 모든 제품을 한정판매하기 때문에 신제품이 출시되자마자 매진 행렬을 기록하고 있었다. 그리고 무엇보다도 한국엔 아직 매장이 들어서지 않았다. 한신호텔 지하 아케이드를 리모델링함과 동시에 꼭 입점시켜야만 하는 브랜드였다.

자신의 자리로 급하게 걸어간 정원은 앉을 새도 없이 민영에게 전화를 걸었다.

〈헤이, 친구. 파티는 즐거웠냐?〉

"민영아, 너 헤르네스에 아는 디자이너 있다고 했지?"

민영의 질문에 답해줄 수도 없을 정도로 정원은 마음이 급했다.

〈응. 근데 디자이너는 말 그대로 디자인만 할 뿐 경영엔 일절 간섭 못해. 너희 호텔에 입점시키는 거에 관해선 도움 안 된다니까. 그 젊은 오너 깐깐하다고 내가 말했었잖아.〉

"그 오너가 토요일 새벽에 한국에 도착했대. 아무래도 라희랑 접촉하고 있는 것 같아. 아니, 확실해."

〈뭐? 이라희? 곧 오픈할 호텔 맡았다더니 헤르네스 빼내오려는 모양이다. 너무 걱정 마. 헤르네스 오너, 매장 잘 안 내준다

잖아.〉

"그래도 우린 번번이 잘라냈던 터라 불안해. 무슨 일로 온 건지, GK 쪽하고는 어떻게 접촉할 수 있었는지 좀 알아봐 줘."

〈될지 모르겠다. 어쨌든 알았어. 일단 알아볼 수 있는 데까지 해보고 전화 줄게.〉

"어. 고마워."

수화기를 내려놓은 정원은 깊은 한숨과 함께 머리를 쓸어 넘겼다. 때맞춰 정 대리가 고개를 삐죽 내밀며 묻는다.

"팀장님, 곧 있을 서울 패션위크 때, 브랜드 론칭하신다던 그 디자이너 친구 분하고 통화하신 거예요?"

"네. 왜요?"

"헤르네스 오너도 그 론칭쇼에 가지 않을까요?"

암울한 정원의 얼굴에 생기가 돌았다.

"서울 패션위크, 일주일 정도 남았죠?"

"네!"

"그 사람이 일주일 이상 한국에 머물지는 아직 미지수지만 확률이 커요. 정 대리 예리한데요? 혹시 모르니까 기획서 좀 더 보강해 놓죠."

"넵, 알겠습니다."

정 대리도 의욕이 팍팍 솟는지 거수경례를 하며 씩씩하게 대답하고는 곧 바삐 움직인다.

민영에게서 연락을 받은 정원은 제일전자 사옥으로 향했다. 민영으로부터 헤르네스의 오너가 휘소와는 유학 시절 만나 두 터운 친분을 쌓아온 사이라는 사실을 알게 된 직후였다.

"김휘소, 너 진짜 나쁘다. 내가 얼마나 공을 들였는데 중간에 끼어들어 이렇게 파토를 놓냐……."

오는 내내 실컷 휘소의 욕을 하며 흥분한 정원이지만 위용을 드러낸 제일전자 사옥의 회전 문을 통과해 삼엄한 경비 태세와 맞닥뜨리자 언제 그랬냐는 듯 얌전해졌다.

또각또각.

마음을 다잡은 정원의 구두굽이 반질반질한 대리석 바닥에 맞닿으며 경쾌한 소리가 울려 퍼졌고, 무릎 길이의 타이트한 스커트가 엉덩이와 다리 라인을 과감하게 드러내고 있었다. 정원이 안내데스크 앞에 멈춰 서자 그녀를 따라 움직이던 몇몇 남자들의 시선도 정확히 안내데스크에서 멈췄다.

"실례합니다. 미래전략실 김휘소 실장님 만나러 왔는데요."

"아, 네. 약속이 돼 있으신가요?"

"그럼요."

약속 같은 건 없었다. 하지만 이대로 돌아갈 수는 더더욱 없었다.

"성함이……?"

"한신호텔 기획팀장, 한정원입니다."

"네. 잠시만요."

여직원이 데스크 아래에 놓인 키보드를 탁탁 두드리며 모니터를 바라봤다.

이런.

모니터에 자신의 이름이 있을 리가 없다. 정원의 이맛살이 살짝 구겨졌다. 그러다 고개를 든 직원과 눈이 마주치자 정원이 얼른 입꼬리를 올려 싱긋 웃었다.

"죄송합니다만, 방문자 명단에 없으신데요."

"그게, 저기…… 아, 휘소하고 직접 한 약속이거든요. 비서실하고 조율이 안 된 모양이네요."

정원은 일부러 직함이 아닌 이름을 언급했다. 효과가 있었다. 여자의 표정이 다시 상냥해졌다.

"비서실로 연락해 보겠습니다."

"네."

이러다간 못 만날 수도 있겠단 생각이 들었다. 하지만 통화를 끝낸 직원이 싱긋 웃자, 기대감에 허리가 절로 곧추세워졌다.

"오래 기다리시게 해서 죄송합니다. 올라오시랍니다. 25층, 오른쪽 복도 맨 끝으로 가시면 돼요."

"네. 수고하세요."

미래전략실.

문에 붙은 정갈한 팻말을 확인한 정원이 똑똑 노크를 하고 안으로 들어섰다. 밖이 한눈에 들어오는 전망 좋고 쾌적해 보이는 공간이었다. 비서실임에도 불구하고 확실히 한신호텔과는 급이 달랐다. 일단 비서의 수를 짐작케 하는—책상 하나 달랑 놓여 있는 한신호텔과는 대조적으로—서너 명의 비서가 자리를 지키고 있는 풍경이 그랬고, 그들이 쓰고 있는 책상과 물품들은 자신이 쓰고 있는 것보다 좋아 보였다.

"아…… 한신호텔 한정원 팀장님?"

비서들 중 가장 어려 보이는 여직원만이 자리에서 일어서서 아는 척을 했다. 아니, 아는 척을 한다기보단 해준다는 표현이 더 어울렸다.

"네."

정원이 고개를 살짝 끄덕이며 대답하자 단정하게 생긴 여직원이 예의상의 희미한 미소를 지어 보이며 사무실 한편에 놓여 있는 테이블로 안내했다. 인사도 생략한 채 적당히 친절한 모습이 아무래도 사무실로 올라오기 전 비서들은 휘소와 자신의 옛 관계에 대한 얘기를 이미 끝낸 것 같았다. 그리고 그들이 모시는 상관에게 있어 더 이상 중요치 않은 존재임을 머리에 입력시켰을 것이고.

"회의 참석하시기 바로 직전에 데스크에서 연락이 온 터라, 일단 좀 기다리시라고 하셨거든요. 만약 바쁘신 일이 있으시면 그냥 돌아가도 좋다고 하셨습니다."

"아, 그래요? 기다리죠, 뭐."

'일부러 기다리라고 불러올린 것 같으니까.'

뒷말은 생략한 채 정원이 푹신한 소파에 엉덩이를 붙이며 비서에게 웃어 보였다.

"네. 그럼."

"저기, 시원한 냉수 한 잔 마실 수 있을까요? 갈증이 나서요."

정원은 등을 돌리고 걸어가던 여직원을 바라보며 물었다. 순간 나머지 비서들이 약간은 책망 섞인 눈빛으로 그 여직원을 바라보았고 얼굴이 약간 붉어진 그녀는 얼른 고개를 한 번 끄덕이곤 탕비실로 가는 듯했다.

그렇게 얼음 동동 뜬 물을 마시며 경제매거진을 본 지 삼십여 분. 얼음은 진즉에 다 녹아내려 형태조차 알아볼 수 없었지만 휘소는 올 생각을 안 했다. 지루해지기 시작한 정원은 짧게 한숨을 내쉬며 고개를 들어 올렸다. 그리고 그 순간 문득 깨달았다. 옛날에 김휘소는 약속 시간에 한 번도 늦은 적이 없었다는 사실을. 오히려 번번이 늦은 것은 자신이었고, 그럴 때마다 김휘소는 까칠하게 틱틱거리기는 했어도 그다음에도, 또 그다음에도 먼저 약속 장소에 도착해 있었다. 그랬던 김휘소가 이렇게 삼십 분 이상을 기다리게 하는 것에 아무렇지 않아 하는 거 보면, 자신에 대한 감정이—옛날에도 친구 이상은 아니었지만—확실히 달라지긴 한 것 같았다. 몇 시간이고 기다려야겠단 생각이 들었다. 울컥하던 마음이 잠잠해졌다.

정원은 다시 책자가 쭉 놓여 있는 테이블 쪽으로 눈길을 돌렸다. 그 과정에서 휘소가 표지를 장식하고 있는 제일전자 사보를 발견했다.

새하얀 셔츠에 단정히 맨 검정색 넥타이. 그리고 블랙슈트 재킷을 입은 휘소가 무표정한 얼굴로 카메라를 바라보고 있는, 특별할 것 없고 아주 평범하기 이를 데 없는 그런 모습이 담긴 책자였다. 하지만 왜 그렇게 눈길을 잡아끄는지, 정원은 홀리기라도 한 듯 쉬이 책장을 넘기지 못하고 있었다. 코와 턱 쪽의 거뭇한 수염, 그리고 무심해 보이는 건조한 눈빛이 짙은 카리스마를 내뿜으며 정원을 바라보고 있었다. 사진작가가 의도한 바가 무엇인지 정확하게 알 것 같았다.

──미국 지사에서의 활약상과 제일전자로 부임하기까지. 제일전자 전략기획 실장 김휘소.

표지에서 카피문구를 발견한 정원은 작게 표시된 페이지를 찾아 바로 넘어갔다. 남성 잡지에서 볼 듯한 몇 장의 사진이 더 실렸고 미국 지사에서 이루어낸 업적과 제일전자를 바라보는 시각, 앞으로의 계획까지 중간 중간 재치와 유머러스함이 묻어나온 인터뷰식의 글은 지루하지 않게 잘 쓰여 있었다. 덕분에 삼십여 분의 시간이 더 흐른 줄도 모를 정도로 사보에 빠져 있던 정원은, 사무실 문이 열려 딸각 소리가 나자 읽고 있던 사보를 후다닥 가방 속에 집어넣었다.

'아니, 왜?'

정원조차도 자신의 행동에 대해 잔뜩 의문을 가지고 눈을 크게 뜨고 있으려니, 다시 꺼내놓을 새도 없이 비서의 목소리가 날아들었다.

"들어오시랍니다."

"아, 네."

휘소는 눈에 보이지 않았다. 그새 아는 척도 안 하고 먼저 들어간 모양이었다.

탁 트인 전망. 모던하고 깔끔한 인테리어와 업무 시 효율성을 높여주는 가구들. 남의 사무실임에도 불구하고 정원은 일하고 싶은 욕구가 막 용솟음쳤다. 특히 인체공학적 설계가 분명해 보이는 저 의자. 저것만이라도 자신의 것과 바꾸고 싶었다.

"뭐야, 너?"

소파 한쪽에 비스듬히 기대앉은 휘소는 그의 책상 뒤 의자를 탐욕스런 눈길로 바라보고 있는 정원이 어처구니가 없었다.

"저 의자 완전 편하지? 오래 앉아 있어도 허리 하나도 안 아프겠다?"

그제야 소파로 걸어와 앉은 정원은 손가락으로 책상 뒤를 가리키며 여전히 눈을 반짝였다.

"십 분 뒤에 나가봐야 돼. 그때까지 계속 의자 타령만 하고 있을래?"

"에? 한 시간을 기다렸는데 겨우 십 분?"

"연락도 없이 찾아온 염치없는 사람에게 내준 시간치곤 좀 많긴 하지."

"그거야 급하……."

"처음이라 이해해 줬지만, 다음번엔 어림도 없을 줄 알아."

아무렇지 않은 표정으로 아무렇지 않게 사람 면박을 준다, 그것도 말도 끝까지 안 들어보고.

"왜? 오늘도 그냥 돌려보내지?"

"그럴까 하다 한신호텔 한 팀장 체면 생각해서 불러올린 건데. 지금이라도 돌려보내 줘?"

아, 저 싸가지 없는 말투라니. 상대가 상처를 받든 말든 김휘소에게 있어 관심 밖에 있던 사람에게 쓰던 말투였다.

"왜 그렇게 못되게 굴어? 다시 안 볼 처지도 아니고 친구로 지내면 안 되나? 나 좀 재밌잖아?"

본론을 꺼내기에 앞서 분위기를 유하게 하기 위해 정원이 농담을 건네보지만,

"같이 잔 여자랑은 친구 안 해, 난."

김휘소는 협조할 생각이 전혀 없는 모양이었다.

"야!"

정원이 포효했다.

"7분."

휘소가 셔츠 소매를 살짝 위로 올리고 손목시계를 쳐다보며 말했다. 휘소를 노려보던 정원은 마음을 굳힌 듯 한숨을 작게

내쉬며 입을 열었다.

"······헤르네스. 우리 일 년 동안 준비했어. 이런 식으로 GK 쪽이 가져가는 거, 아니라고 봐."

"이런 식? 그게 뭔데?"

"라희랑 만나고 있다는 거 들었어. 그리고 헤르네스 오너는 유학 시절 만난 친구라며. 일을 이렇게 만든 네 책임도 어느 정도는 있으니까 정당하게 경쟁할 수 있게 협조해 줘."

어느 정도가 아니다. 김휘소의 책임이 컸다. 아주 컸다. 정원은 자신의 위치상 비위를 맞출 수밖에 없는 이 상황에서 벗어나고 싶었다. 하지만 도망칠 수 있는 방법은 없었다, 부딪치는 수밖에.

"한신이 헤르네스랑 계약이라도 했어? 너 지금 이러는 거 우스워. 계속 이런 식으로 사업할 거면 그만 때려치우던가."

일말의 배려도 없는 말과 비릿한 냉소를 받고 있자니 정원은 이성이 무너지며 서서히 감정적이 되어갔다.

"너 이러는 거, 혹시 6년 전 일······."

"네 말대로 라희 내 여자야. 그리고 제임스는 내 친구고. 엄연히 사적인 자리에서 우리 셋이 만났고 그 둘이 하는 말까지 내가 이래라저래라해야 돼?"

말을 끊은 휘소가 비죽거린다. 화가 났지만 뭐라 반박할 수도 없는 말이었다. 게다가 여기서 성을 내봤자 이로울 게 없다는 걸 정원은 그간에 경험을 통해 깨달았다.

"기사화할 수도 있어. 헤르네스를 빼앗겨도 이미지에 타격을 줄 순 있겠지."

"그렇게 하던가, 그럼."

"……!"

"GK 주식 엄청 뛰겠네. 그렇지 않아도 지금 세간에서는 GK가 제일과 손을 잡느냐 마느냐, 엄청난 관심사거든. 잘 알잖아?"

물론 잘 알고 있었다, 덩달아 한신까지 영향을 받을 거라는 것도.

"……부탁이야. 자리 한번만 마련해 줘."

"내가 왜?"

나왔다. 김휘소가 가장 잘 쓰는 밉상 멘트. 무료한 표정 가운데 느껴지는 서늘한 기운 한줄기가 정원에게 또렷이 전해졌다.

"굳이 이유를 대자면…… 없어."

"……."

"네가 도와줄 이유. 그래, 없네. 근데…… 안 될까?"

"어. 안 돼. 그만 가봐."

용솟음치던 화까지 죽여가며 잘 말했건만. 차라리 처음부터 버럭 성질 내며 따질 걸 그랬나 하는 생각이, 미련하지만 들었다. 정원의 낯빛이 몰라보게 어두워졌다.

"참, 가방에 든 사보. 가져가는 건 좋은데 버리진 말아줘. 더러운 휴지통에 내 얼굴이 처박힌다고 생각하니 그 사람 찾아내서 목 졸라 죽일 것 같아서 말이지. ……근데 그건, 왜 거기 들어가 있지?"

가방으로 시선을 옮긴 정원이 가방 사이로 툭 튀어나온 제일전자의 글씨를 발견하곤 화들짝 놀랐다. 진심으로 궁금한 듯 묻는 말투와 다르게 장난스런 휘소의 눈빛이 얄밉다.

심히 쪽팔렸다. 얼굴이 점점 벌겋게 물들어가고 있는 걸 알기에 더욱 쪽팔렸다.

"아, 포토그래퍼가 누군지 사진 잘 찍는 것 같기에. 어쩜 그리 포토샵도 잘하고 실물보다 어엄청 잘 나오게 할 수 있는지. 나도 사보에 실릴 내 사진 좀 부탁하려고."

"그래. 넌 꼭 필요하겠다."

우지끈!

그래. 이젠 정말 말발 센 김휘소가 옛날처럼 봐줄 생각이 없다는 걸 인지하자 머리가 우지끈했다. 미간에 주름이 잔뜩 접힌 정원은 성큼성큼 문 앞으로 걸어갔다. 때문에 타이트한 스커트 위로 볼록한 힙이 더 도드라져 보였고, 그 아래로 드러난 잘빠진 종아리 라인이 휘소의 눈길을 잡아끌고 있었지만 정원은 의식할 새가 없었다.

쾅 소리를 기대하며 정원이 문을 잡아당겼다. 하지만 조금만 잡아당겨도 스스로 속도를 조절하며 닫히게끔 설계된 문은 오히려 힘 있게 잡아당긴 정원의 팔만 아프게 했다.

"우씨……"

닫히는 문 사이로 정원의 신음 섞인 목소리가 휘소에게 닿았다. 휘소의 한쪽 입꼬리가 보기 좋게 위로 올라갔다. 사무실로 들어오기 전 가방에 뭘 후다닥 챙기기에 궁금했는데 그게 사보였다니. 그것도 자신의 사진과 기사가 실린. 재밌었다.

13. 너에게 난

2011—2012 F/W 서울 패션위크가 열리고 있는 대치동의 SETEC.

파랑색의 하이웨스트팬츠에 반팔의 회색 브이넥셔츠를 입은 정원은 VIP석으로 막 들어서는 은현을 발견했다. 살짝 손을 흔들자 눈이 마주친 은현이 환히 웃으며 긴 다리로 성큼성큼 다가왔다. 머리에 쓴 페도라와 가벼워 보이는 스니커즈로 멋을 낸 은현에게 뭇 여자들의 시선이 따라와 박혔다.

"민영이 봤어?"

옆자리에 털썩 앉은 은현이 정원 쪽으로 몸을 기울여 다정하게 쳐다보며 물었다.

"봤는데 바빠 보여서 아는 척 못하고 그냥 나왔어."

정원이 대답하곤 생수를 한 모금 마셨다. 은현을 좇던 시선들이 자신에게까지 이어진 것이 영 부담스럽다.

"오늘, 예쁘네?"

"신경 쓴 것처럼 보여? 그럼 안 되는데?"

"아니, 그런 건 아닌데 그래서 더 예쁘다고. 근데 왜?"

"제임스 만나야 하니까. 막 차려입은 것 같으면 의도적으로 접근한 티 나잖아. ……근데 예쁘다는 말은 나한테까지 안 해도 되거든?"

정원이 피식, 웃자 은현도 소리 없이 따라 웃으며 정원을 응시한다.

"왜? 진심인데."

"그러니까 하지 마시지? 네가 만나는 여자들 중 하나가 되긴 더 싫으니까."

"다 정리할까?"

"하하. 제발 그러지 마."

자신을 바라보는 은현의 눈빛이 다시 예전처럼 무심해지길 바라며 정원은 부러 정색한 표정을 지어 보였다.

"알았어. 알았으니까 이제 전화하면 피하지 좀 마."

"진짜지?"

호탕하게 웃는 은현을 바라보며 마음이 놓인 정원도 샐쭉 웃는다.

"근데 진짜, 제임스 7시 쇼 보러 오는 것 맞겠지?"

"너, 일 때문이 아니라 제임스 좋아하는 거 아냐?"

"내 열정을 누가 알리? 내 아비도 몰라주는데."

저조하던 백화점 매출을 다시 원상태로 복귀시키는 데 일조했어도 잘했다는 말 한마디 없던 아버질 떠올리며 정원이 우스갯소리를 했고, 동시에 조명이 모두 꺼져 더 이상 대화를 이어갈 순 없었지만 은현이 작게 웃음을 터뜨리는 건 정확히 들을 수 있었다.

몽환적인 음악이 흘러나오고 드디어 무대에 밝은 빛줄기가 꽂혔다. 그리고 난해하지만 제법 개성이 뚜렷한 민영의 옷을 입은 모델들이 하나같이 두 볼을 붉게 칠하고 런웨이를 걸어나왔다 다시 무대 뒤로 사라졌다.

민영의 몇 년 동안이 그렇게 십여 분 동안에 끝이 났다. 백스테이지에서 울다가 웃다가를 반복하고 있는 민영을 꼭 끌어안은 정원은 뒷풀이 파티를 기약하고 다른 쇼장으로 향했다. 세계적으로도 이름을 날리기 시작한 디자이너의 무대이자 제임스를 처음 만날 수 있는 시간이었다. 하지만 막 쇼가 시작하기 직전에서야 VVIP 좌석에 착석한 제임스 덕분에 말 한마디 걸 수 없었고 쇼가 진행되고 있는 지금은, 라희와 정답게 이야기를 주고받으며 희미하게 웃고 있는 휘소의 모습을 종종 보고 있던 터라 가슴이 답답했다. 그의 사무실에서 라희를 '내 여자'라고 당당하게 부르던 휘소의 목소리가 또다시 또렷하게 들렸다.

"휴……."

"물?"

정원이 한숨을 내쉬자 은현이 생수병을 내밀었다. 정원의 시선이 머물던 자리가 제임스가 아니라 휘소와 라희였음을 익히 알고 있는 은현이었다.

"제일전자 김휘소 맞지? 얼마 전에 뉴스에서 봤어."

쿵쾅거리는 음악에도 불구하고 뒤쪽에서 소곤대는 소리가 정원의 귀에 정확하게 와 박혔다.

'쯥. 옷은 안 보고……' 속으론 뭐라 할지언정, 정원의 등은 점점 의자 등받이에 바짝 붙다 못해 의자가 넘어갈 지경에 이르게 했다.

"어, 진짜 연예인들 사이에서도 단연 독보적이다. 포스가…… 그냥, 장난 아니다. 귀티가 줄줄 흐르는 게……."

"근데 옆에 여잔 누구냐? 짜증 나. 완전 잘 어울려."

'너도 짜증 나니? 나도 짜증 난다.'

모델들을 따라 고개를 움직이는 척하며 정원의 시선이 다시 휘소를 찾았다. 순간 흠칫,

'엄머, 설마 나 보고 있던 거야?'

선글라스에 가려진 터라 확신할 순 없었지만 왠지 휘소의 시선이 파고드는 듯했다. 그때 라희가 휘소에게 뭐라 말을 했고, 휘소가 라희에게 고개를 숙이며 경청해 주는 모습을 보였다. 피식, 쓴웃음을 뱉어낸 정원의 시선이 다시 모델들을 따라 움직였다.

쇼가 끝나고 사람들과 이야기를 나두던 제임스가 혼자 밖으로 빠져나가는 것을 발견한 정원이 은현에게 말을 전하고 얼른 그를 뒤쫓았다. 그가 간 곳은 다름 아닌 화장실. 사람들과 이야기하다 중간에 나온 걸 보면 엄청 급했나 보다. 쿡, 웃음을 터뜨린 정원은 화장실 주위를 배회하며 그가 나오기를 기다렸다. 그리고 드디어. 외국 영화배우처럼 훤칠한 제임스가 모습을 드러내자 정원은 그와 가볍게 부딪치는 일에 성공했다.

[어머! 미안합니다.]

[저야말로.]

[한정원이에요.]

정원이 멋쩍게 웃다가 악수를 청했다.

[제임슨 고든입니다.]

제임스가 흔쾌히 정원이 내민 손을 맞잡으며 사람 좋게 웃어 보였다. 하지만 안심할 순 없었다. 미국인들은 처음 본 사람과도 쉽게 이야길 나눌 정도로 허물없는 사람이 대부분이었고, 그녀의 의도가 불쾌하게 느껴진다면 바로 돌아설 정도로 솔직한 것도 그들이었다.

[아, 쇼는 즐거우셨나요?]

정원은 생긋 웃으며 대화에 물꼬를 텄다.

[네, 무척 즐거웠습니다. 한국의 디자이너들이 실력이 좋더군요. 기대 이상이었습니다.]

[그러시다니, 같은 한국인으로서 저도 기분이 굉장히 좋네요.]

제임스의 입가에 미소가 서렸다. 반대로 정원은 그 미소를 보자 목적을 가지고 접근했다는 것에 있어서 마음이 점점 더 불편해지고 있었다.

[고든 씨, 괜찮으시다면 한국에 머무르시는 동안 저에게 시간을 내주실 수 있나요? 실은…….]

[그럼요.]

한신호텔의 한정원이라는 사실을 밝히고 사실을 말하려는 순간, 제임스가 아주 흔쾌히 응하는 바람에 그 뒷말이 자연스럽게 묻히게 되었다. 전혀 의도적이지 않은 상황이었다. 그때, 뒤에서 들려오는 여자의 음성에 말하던 제임스도, 속으로 기뻐하던 정원도 잠시 숨을 멈췄다.

[제임스! 여기서 뭐 해요?]

"……이라희."

어느새 가까워진 라희를 보고 놀란 나머지 정원의 입에서 그녀의 이름을 힘없이 튀어나왔다.

[라희, 정원 씨랑 아는 사이야?]

잘됐다는 듯 웃으며 묻고 있는 제임스를 보고 있자니 정원은 입이 바짝바짝 탔다.

[그럼요. 한신호텔 기획실 한정원 팀장이에요.]

[아, 저기…….]

딱딱하게 굳어져 버린 제임스의 얼굴을 보자 정원은 좀 전의 상황을 설명하기 위해 입을 열었다. 하지만 이번에도 제임스가 그럴 기회를 주지 않았다.

[하나만 묻죠. 솔직하게 대답해 주셨으면 합니다.]

[네. 그럼요.]

단호한 제임스의 얼굴을 향해 고개를 들어 올린 정원이 희미하게 웃어 보이며 대답했다.

[내가 '헤르네스'의 오너라는 사실을 알고 있었습니까?]

암담한 상황에 정원은 두 눈을 감았다 떴다.

[……아니었다면 이렇게 마주 보고 서 있지 않았겠죠. 수백 통의 전화 중 한 번도 받아주질 않으셨으니까요.]

가방 속의 준비한 서류를 건네지만 않는다면 우연이라고 할 수도 있었겠지만 정원은 솔직함을 택했다.

[그렇군요. 한신호텔이라면 이미 알고 있습니다. 제가 직접 전화를 받진 않았지만 저희 쪽에선 입점할 수 없다고 이미, 그것도 수차례 통보한 걸로 알고 있습니다만.]

[네. 물론 알고 있습니다. 그래서 만나 뵙길 청한 거구요. 오늘 불쾌하셨다면 정말 죄송합니다. 하지만 이 기획서를 한 번만 검토해 주셨으면 합니다.]

정원이 가방에서 비닐 재질의 봉투를 꺼내 제임스에게 내밀었다.

[됐습니다. 그러고 싶지 않군요. 또 그래서도 안 될 것 같고

요. 이유는 GK와 지금 계약 체결을 위해 협의 중에 있기 때문입니다. 그럼, 실례하겠습니다.]

정원이 내민 서류를 살짝 손으로 밀어낸 제임스가 자리를 떠나자 정원의 손이 툭 아래로 떨어졌다.

"⋯⋯꼭, 이래야만 했어?"

정원은 키가 더 큰 라희를 원망의 눈길로 올려다봤다.

"오해하진 마. 너한테 악감정이 있어서 그런 건 아니까. 사업상의 이유 때문이었어. 너와 난 경쟁자니까. 계약서에 도장을 찍기 전까진 주의를 기울이는 게 기본이잖아."

라희의 말이 틀린 건 아니었다. 하지만 적어도 미안한 감정은 있을 줄 알았다. 정원은 당당한 말투와 태도로 일관하는 라희의 눈을 직시했다.

"그래, 네 말 틀린 거 없네. 그래서 말인데 나도 모든 수단, 방법 가리지 않을 생각이야. 계약서에 도장 찍기 전까지 주의를 기울여야 하니까. 아직 GK도 계약 전이란 정본, 고마워. 그럼."

좀 전과 달리 굳어진 라희의 표정을 보며 싱긋 웃어 보인 정원은 씩씩하게 걸었다. 하지만 라희의 시야에서 충분히 벗어났다고 느낀 순간, 정원은 눈에 보이는 벤치에 털썩 주저앉았다.

'모든 수단과 방법을 가리지 않겠다고? 어떻게?'

"미쳤네, 미쳤어."

라희에게 했던 말들을 떠올리며 정원은 머리를 마구 헤집었다. 자존심 때문에 한 얘기였지만 모든 수단과 방법은커녕 한

가지도 생각나지 않았다.

✳

 푸르스름한 새벽 여명이 창을 통해 스며들어 와 어두컴컴하
기만 했던 민영의 작업실 안을 살며시 비추고 있었고, 살짝 열
린 문틈으로 비집고 들어온 빛은 좁게 뻗쳐 있었다. 힐을 벗어
아무렇게나 던져 놓은 정원과 민영은 흰색의 소파 위로 몸을 동
그랗게 말고 묻혀 있었다.
 패션쇼가 끝나고 그 쇼의 주인공이었던 디자이너들과 지인
들, 그리고 패션잡지의 에디터들과 기자들, 연예인들까지 한데
어우러져 즐거웠던 파티는 자정을 훨씬 넘어서야 끝이 났고, 기
분 좋게 술에 취한 정원과 민영은 비틀거리면서도 연신 히히거
리며 집이 아닌 민영의 부티크로 향했던 것이다. 테이블 위에
쭉 나열되어 있던 샴페인 한 병씩을 슬쩍 가방에 넣고서.
 "그때, 이라희 표정을 네가 봤어야 돼. 잔뜩 굳어져서는…….
크크큭."
 "하하. 너 디게 통쾌했겠다?"
 "그럼."
 그녀들이 뱉어낸 헤실거리는 웃음소리가 또다시 작업실 안에
울려 퍼졌다.
 "근데 헤르네스…… 내가 할 수 있을까?"

"아, 생각할수록 열받네? 그 양키놈 뭐지? 지가 뭔데 내 작품을 이러쿵저러쿵 평가질이야. 피똥 싸고 싶나? 암튼 가슴에 털 달린 것들 정말 싫어."

"최민영, 너 내 말 듣고 있냐?"

"넌 어떤데?"

"히히히."

"흐흐흐."

안 들었단 소리다.

"……헤르네스 오너 어떻게 만나지?"

정원이 웃음소리를 죽이며 말했다.

"김휘소 꼬셔, 그냥."

"네가 몰라서 그래. 김휘소가 날 얼마나 무시하는데."

정원이 이마를 찡그리며 말도 안 된다는 투로 말했지만 민영은 그저 피식, 웃는다.

"그냥, 확 덮치라니까. 그리고 너 솔직히 말해. 김휘소랑 다시 잘해보고 싶지 않아?

"……이제 와서 뭘."

"네 마음은 어떤데, 어?"

민영의 말에 잠시 숨을 멈춘 정원은 솔직하게 대답하기로 했다.

"……미련 같은 거 없다고 확실하게 말할 수 있으면 참 좋겠다 싶은 마음?"

"풋. 됐네, 그럼. 꿩 먹고 알 먹고 얼마나 좋아."

"못해. 옛날에 내가 한 짓이 있는데…….'

"사랑 고백엔 진실함이 최고란다. 그냥 솔직하게 말해, 툭 까 놓고."

"역시, 너도 연애 스킬 따위 없는 여자로구나. ……잠깐. 근데 사랑 고백? 누가 사랑이래? 난 그저 권력과 물질에 눈뜬 탐욕스 러운 여자일 거야."

"홋. 웃기고 있네. 사랑이 뭐 별건 줄 아냐? 내가 보기엔 네가 하고 있는 그거 사랑 맞어. 이라희 질투하고 김휘소는 멋있다 며? 서연이 결혼식 날 이후로 눈 감고 눈 뜰 때, 김휘소 자꾸 생 각난다며?"

"아냐. 이젠 생각 안 나. 사보에 실린 김휘소 사진, 내가 액자 에 넣어 침대 옆 협탁에 세워놨거든."

"뭐!"

민영이 배를 움켜쥐고 미친 듯이 웃는다.

"휘소가 지 얼굴 쓰레기통에 처박은 사람 목 졸라 죽인다고 했단 말야."

"야, 이년아! 그게 지금 변명이 된다고 생각하냐?"

민영이 더 큰 소리로 웃어댔다.

"안타까운 게 뭔지 알아? 휘소 사진이 앞뒤 페이지로 겹쳐서 나온 거야. 그럼 둘 중 하나만 골라야 한다는 거지."

"아, 네. 그러셨어요? 크크큭."

"에잇. 진짜…… 나 갈란다. 넌 계속 여기 있을 거야?"

정원이 벌떡 일어나 앉으며 멀찍이 떨어져 있던 힐을 주섬주섬 주워 와 발을 집어넣는다.

"응. 눈 좀 붙이고, 쟤네들 제대로 왔는지 확인해야지."

민영이 패션쇼 의상들이 가득 걸린 행거를 힐끗 쳐다보며 말했다.

"그래…… 간다."

작업대 아래에 아무렇게나 놓여 있던 가방을 들어 올린 정원이 고개만 돌려 민영에게 '안녕' 하고 손을 흔들어 보이곤 작업실을 나섰다.

새벽바람이 찼다. 옷 밖으로 드러난 맨살에 소름이 돋았다. 그래도 답답한 속은 시원한 기운이 반가웠는지 연신 두 팔을 끌어모아 반팔 티셔츠 아래로 드러난 맨살을 문지르면서도 실실 웃음이 새어 나왔다. 게다가 택시를 잡기 위해 큰 대로변으로 걸어가고 있자니 막 어둠과 새벽빛이 합쳐져 조용한 도시에 내리깔린 그 푸른 기운에 센티멘털해지는 기분도 썩 반갑다.

노래가 흥얼거려졌고, 왠지 낭만을 아는 도시의 여자가 된 기분이라 걸음걸이까지 우아해진다. 물론 정원이 느끼기에 우아한 걸음걸이지, 남의 시선엔 그저 나른하게 비틀거리는 정도였지만.

'김휘손 뭐 하고 있을까?'

잡아탄 택시에서 기가 막히게도 좀 전에 흥얼거렸던 노래가 흘러나오고 있었고, 그래서였을 것이다. '어디로 모실까요?' 하는 택시기사에 말에 휘소의 집주소를 불러준 것은. 김휘소에 대한 생각과 우연이 필연처럼 느껴지게 만들던 노래 때문에.

막상 한적한 곳에 위치해, 집인지 거대 조형물인지 알 수 없는 그 전경을 바라보고 있노라니 정원은 '내가 드디어 미쳤구나' 하는 생각에 이마를 찡그리고 서 있었다. 6년 전에 비해 많이 달라진 모습이었다. 아마도 주인이 바뀌어 리모델링을 하지 않았나 싶었다.

"나 지금 뭐 하는 거니……."

순간 힘이 쫙 빠진 정원이 그 자리에 쪼그려 앉아 무릎 위로 얼굴을 파묻었다. 가방이 땅에 끌리는 소리가 들렸지만 개의치 않았다. 하품이 나왔다. 얼마간 그러고 있으니 술기운에 노곤한 몸 때문인지 잠이 솔솔 쏟아졌다.

'가자, 가서 자자.'

다시 한 번 더 하품을 한 정원이 푹 숙이고 있던 고개를 들어 올리고 무거운 눈꺼풀도 반쯤 밀어 올렸다. 정원의 엉덩이가 뒤로 철퍼덕 넘어갔다.

'……헉!'

트레이닝복 차림의 휘소가 눈을 내리깔고 무관심하게 쳐다보고 있었다.

"뭐 하냐?"

"지…… 지금 가려고."

최대한 아무렇지 않은 듯 차분하게 말을 내뱉긴 했지만, 가방을 쥐고 벌떡 일어난 행동과는 확실히 어울리지가 않았다.

"뭐 하는 거냐 물었지, 뭐 할 건지 물었냐? 이 시간에 네가 여기 왜 있어?"

휘소가 턱 아래로 흘러내린 땀방울을 소매로 훔치며 물었고, 덕분에 휘소의 아담스애플에 시선이 가 박힌 정원이 꿀꺽, 마른침을 삼켰다.

"아, 그냥 아는 사람 있어서 만나러 왔는데 집에 없다네?"

"아는 사람 누구?"

"있어. 아는 사람……."

"미안하지만, 여긴 나 혼자 살고 있다만. 이웃이라고 해봐야 여기서 차로 5분 정도 떨어진 집이 제일 가깝고."

"……그래. 너 만나러 왔어, 너."

에라, 모르겠다 하는 심정으로 정원이 휘소를 올려다봤다. 그리고 휘소는 그런 정원의 시선을 차분히 받아내다 못해 옭아맸다.

"……왜?"

"그냥……. 생각나더라고."

"하, 미치겠네."

고개를 옆으로 돌리며 어이없다는 듯 픽 웃은 휘소가 다시 찌를 듯한 눈빛으로 정원을 쏘아본다.

"네가 뭣 때문에 이러는지 아니까, 그만해. 역겨우니까."

역겹다는 말. 6년이란 시간이 흘렀음에도 다시 흔들리는 자신에게 하는 말이나 다름없었다. 이렇게 눈앞에 나타나 또다시 흔들지 말아달라고 휘소는 소리치고 있었다. 하지만 그 뜻을 알리 없는 정원은 순간, 맥이 탁 풀린다.

"뭐? 다시 한 번 말해봐."

"헤르네스. 아냐?"

"아냐."

눈가가 촉촉해진 정원은 침착하고 덤덤해지려 노력했다.

"그 말을 나보고 믿으라고? 내가 아직도 6년 전의 김휘소로 보여? 그때 싫다는 너 몇 번씩 잡아줬으니까 아직도 내가 만만하지, 넌? 가라. 이젠 너랑 엮일 생각 없으니까."

차라리 버럭 소리라도 지르면 좋을 텐데. 어째, 나직이 욕을 내뱉는 것처럼 말하는 것이 더 야속하게 느껴진다. 울음을 참아내느라 정원은 두 주먹을 꽉 말아 쥐고, 입술을 깨물었다.

'하긴, 나 같아도 못 믿겠다. 6년 전에 그렇게 뻥 차놓고, 다시 보자마자 좋아졌다고 말하면 누가 믿어.'

이렇게 충동적으로 구는 게 아니었다.

휘소가 냉정하게 돌아선 뒤였지만 정원은 그 자리에서 쉽게 돌아서지 못하고 있었다. 그리고 얼마나 있었을까.

숙여 있던 뒤통수를 차갑게 톡톡 때리는 느낌에 정원이 손등으로 눈물을 훔치며 고개를 들었다.

"······이게 뭐야? 비 와?"

아슴푸레해지던 여명이 그 번짐을 멈추고 회색으로 세상을 물들여 간다. 아마도 한바탕 쏟아부을 기세다. 아니나 다를까. 후드득후드득, 굵은 빗줄기가 푸른 나무의 녹엽과 기하학적 무늬의 타일이 깔린 바닥을 사정없이 때리기 시작했다.

"으, 차거!"

정신없이 쏟아지는 시작하는 빗줄기에 정원도 정신이 없어졌다. 가방을 머리 위로 들어 올리며 택시를 잡을까 말까, 어디로 비를 피할까 두리번거리며 어쩔 줄 몰라 하던 그때였다. 뚜벅뚜벅 빠르게 다가오는 인기척에 앞을 응시하니 무시무시한 표정으로 다가온 휘소가 찰나의 순간 움찔하는 것 같았고, 다음으로 미간을 좁히며 묻는다.

"너, 울었어?"

"······아니. 이거 눈물 아니야. 빗물이야······."

비운의 여주인공이라도 된 것 같은 기분에, 괜스레 쑥스러웠다.

"하, 따라와."

정원의 팔목을 움켜쥔 휘소가 걷기 시작했고, 정원이 자동적으로 딸려갔다.

큼지막한 돌로 천장까지 차곡차곡 쌓여진 한쪽 벽과 그 반대편인 확 트인 창 쪽으로 일렬로 길게 세워져 난간 역할을 해주고 있는 가느다란 검정색의 구조물. 그리고 그 사이로 난, 두껍고 어두운 테크 계단을 올라가니 회색 카펫이 깔린 긴 복도가 나타난다.

'집이 하나의 예술품이네. 그런데 이거, 빗물 뚝뚝 떨어뜨려도 되나 몰라?'

겨우 현관을 지나 계단을 올랐을 뿐인데 정원은 휘소의 집이 너무나 마음에 들었다. 그래서 바닥으로 뚝뚝 이어지고 있는 방울방울들의 물기를 내려다보니 계단은 테크라 그렇다 쳐도, 차마 카펫을 밟기엔 민폐를 끼치고 있는 것 같은 기분이었다.

"김휘소, 자꾸 물 떨어져. 그냥 나 여기 있을 테니까 수건 먼저 가져다주는 게 나을 것 같은데?"

정원이 마지막 계단에 멈춰 서며 말했다. 저벅저벅 앞으로 걸어가던 휘소가 그제야 뒤를 돌아본다.

"알았어. 내가 다 닦으면 되잖아. 뭐, 이런 것 가지고 사람 주눅 들게 그렇게 쳐다…… 야? ……읍!"

순식간이었다. 미간을 잔뜩 좁히며 젖은 옷을 위아래로 훑어 내리기에 집 더럽힌다고 못마땅해서 그런가 보다 생각했더니, 갑자기 화난 사람처럼 거칠게 다가와 두 손으로 다짜고짜 얼굴을 부여잡아 추켜올리더니 입을 맞춘다.

'어!'

나란히 서 있어도 키 차이가 많이 나는데, 계단 위 복도에 서 있는 휘소의 키스를 받아내자니 계단에 머물러 있던 정원은 휘소가 밀어붙이는 힘을 받아내기가 힘들었다. 결국, 정원의 몸이 뒤로 기우뚱하는 순간, 휘소가 허리를 복도 위로 번쩍 들어 정원을 뒷걸음질치게 만들었다. 정원이 휘소의 키스에 서서히 반응하기 시작했다. 정원의 입술을 거칠게 빨며 휘소가 그녀의 등 뒤에 있던 욕실 문을 열어 그 안으로 밀어 넣었다.

"……아!"

키스 중에 난데없이 물벼락이 떨어지자 정원은 화들짝 놀랐다. 휘둥그레 떠진 눈으로 휘소를 올려다보니 윗옷은 언제 벗었는지, 따뜻한 물줄기가 쏟아지는 샤워기 아래서 탄탄한 상체를 드러내 놓고 있었다.

"옷 벗어."

휘소가 물에 젖은 바지와 속옷을 한꺼번에 벗어 던지며 말하자 정원은 고개를 옆으로 슬그머니 돌렸다. 6년 전보다, 어째 그것이 더 무시무시해진 것 같았다.

"내숭 그만 떨고 빨리 옷이나 벗지?"

정원의 등 뒤로 바짝 붙어 휘소가 바지 버클로 손을 가져감과 동시에 귓불을 깨물었다.

"……어."

정원이 씁쓸하게 대답했다. 6년 전 푸켓에서의 부드러움은 없을 거라는 예감이 들었다. 그러나 그럼에도 휘소를 원하고 있는 자신이 처량하면서도 우스울 따름이었다.

정원이 티셔츠를 위로 벗어 올리자 휘소가 한 손으로 그것을 받아 멀찍이 툭 던지며 다른 한 손으론 브래지어 후크를 풀어냈다. 이미 휘소에 의해 바지는 발밑으로 떨어진 상태였다.

"아, 아파……."

"미안."

휘소가 사과했지만 진심은 아닌 모양인지 가슴을 그러쥔 손에선 힘이 많이 빠지지 않는다.

"좀 살살 하면 안 돼?"

뒤돌아선 정원이 미간을 살짝 좁히며 아픔을 토로했다.

"미안."

이번에도 미안하다 했지만, 말뿐인 것을 휘소도, 정원도 모르지 않았다. 정원의 예쁜 젖가슴을 보는 순간, 은현의 가슴팍에 맞닿아 있던 그 장면이 다시 떠올랐고, 절로 손에 힘이 들어갔던 휘소였다.

"안 미안하잖아."

정원이 멀뚱하니 휘소를 바라보며 말하자 휘소는 그저 정원을 끌어당겨 가볍게 입을 맞췄다. 안 미안해서 미안하단 뜻이었다.

천장까지 이어진 유리창을 통해 오후의 햇살이 우거진 나뭇잎들 사이를 헤집고 넓은 침실로 스며들고 있었다. 하지만 수면에 방해되지 않도록 위치며 구조며 세심하게 설계된 덕분에, 사선으로 쏟아지는 햇살은 침대 머리맡에 닿기도 전에 은은히 사방으로 퍼졌다. 적당한 온도의 에어컨 바람으로 실내는 쾌적했다.

푹신하고 새하얀 베개에 얼굴을 비비적거리며 정원이 잠에서 깨어났다. 직감적으로 혼자 남겨져 있다는 걸 알았다. 혼자 있을 때와 누군가 함께 있을 때, 그 조용함은 확연히 달랐다. 그리고 그건 남의 집일 경우엔 더 잘 느껴지는 법이었다. 그렇게 온몸으로 혼자라는 걸 체감하면서도 정원은 부스럭 몸을 뒤척이며 눈으로 휘소를 찾았다.

'없네……'

넓은 침대는 휑했다. 깨어날 때 옆에 꼭 붙어 있으면 좋겠다 생각했는데, 그 기대가 깨져 버리자 울적함이 밀려들었다. 침대에서 몸을 일으키니 잘 개켜져 베드스툴에 놓여 있는 옷이 눈에 들어왔다. 주름 하나 없이 반듯하기만 한 것이 어째, 그새 세탁을 끝낸 모양이었다.

'김휘소, 꼭 그렇게 서둘러야 했니?'

'볼일 끝났으니 옷 입고 빨리 꺼져' 하고, 말하고 있는 것 같았다. 서로 물고 빨며 함께했던 행동들이 진짜 아무런 의미 없는 '그 짓'에 지나지 않았다는 걸, 적어도 휘소는 그렇다는 걸 말하고 싶은 것 같았다.

'그만. 아무것도 바라지 않기로 했잖아.'

스스로 위로하며 엉금엉금 베드스툴로 다가갔지만, 섬유유연제의 은은한 향기가 코끝을 찔러오는 뽀송뽀송한 옷을 집어 들었을 땐, 쓴웃음이 번지는 건 어쩔 수가 없었다.

천천히, 아주 천천히. 최대한 느릿하게 옷을 꿰입고 침대 아래로 발을 내려놓았다. 어디다 벗어 던졌는지도 몰랐던 하이힐이 가지런히 놓여 있었다. 그다음부턴 일사천리였다. 매의 눈으로 테이블 위에 놓여 있던 가방을 낚아채고, 나중에 천천히 구경해야지 했던, 잘 짓고 잘 꾸며놓은 집 구경을 생략한 채 쌩하니 밖으로 나갔다.

그래도 어디 나갈 거면 쪽지라도 써놓고 나가던지. '나간다' 이 세 글자 쓰는 게 그렇게 어렵나? 구시렁거리며 터덜터덜 걸음을 내딛던 정원은, 때마침 지나가던 택시를 발견하자 언제 그랬냐는 듯 번쩍 손을 들어 휙휙 흔들었다.

*

아기자기하게 꾸며놓은 화단 사이의 계단을 가볍게 올라 휘소가 카페 안으로 들어섰다. 동시에 인사를 하려던 종업원들을 비롯, 무심코 시선을 옮기던 여자들의 동공이 일순 커지고 잡담 소리가 잠시 잦아들었지만 오래가지 않았다. 휘소가 창가에 앉아 있던 라희의 앞에 자리한 순간, 더 큰 소란스러움이 카페를 잠식해 나갔다.

"집으로 간다니까."

"곤란할까 봐. 한정원 있어."

과잉 친절을 보이는 여종업원에게 샷을 추가한 에스프레소를 주문한 휘소가 의자에 편히 기대앉으며 덤덤하게 말했다.

"진짜야? 뭐…… 그렇다고 해도 곤란할 거 없는데."

첨엔 바짝 놀라더니 라희의 얼굴에 은근한 미소가 감돌았다.

"당연히 넌 곤란할 거 없지. 한정원……."

휘소가 피식, 웃으며 하는 말에 얼굴 근육이 살짝 굳어지던 라희는 다시 빙그레 웃었다.

"잤어?"

"어."

"너무 당당하다."

휘소가 입꼬리를 올리며 희미하게 웃자 라희는 마음을 숨기길 잘했다고 다시 한 번 생각했다. 그러나 만에 하나, 정원과 휘소가 다시 이어지면 어쩌나 하는 걱정에 불안함은 가시질 않는다.

"다시 만날 거야?"

라희가 휘소의 눈을 지그시 응시했다.

"호들갑 떨지 마. 그냥 어쩌다 보니 한 번 잔 거뿐이야. 그리고 내 사생활이다. 관심 좀 꺼주지? 어디까지나 귀찮게 하는 어르신들 눈속임하려고 나 만나는 거, 아니, 만나는 척 아니었나?"

"그랬었지. 그래도 내 덕에 너도 선 자리 안 끌려 나가잖아? 고맙다고 말하는 건 바라지도 않으니 좀 정답게 말할 순 없어?"

"이 이상 어떻게 더 정다워? 간이라도 빼줘?"

"아유, 밉다, 정말. 내가 누누이 말하지만. 진짜 나랑 결혼 안 할래? 우리 잘 통하잖아. 귀찮게 안 한다니까?"

라희가 테이블 위로 두 팔을 겹치고는 상체를 바짝 당겨 눈빛을 빛낸다.

"뒤로 가. 아직 붓기도 안 빠진 얼굴을 어디다 디밀어?"

휘소가 라희의 이마를 검지로 꾹 누르며 말했다.

"어? 많이 안 부었는데……."

라희가 가방에서 자신의 얼굴보다도 큰 손거울을 꺼내 든다.

"집에 가서 봐."

"왜? 이런 나랑 같이 있으니까 창피해 죽겠어?"

거울에 얼굴을 바짝 들이민 라희가 보톡스 맞은 부위를 요리조리 살피며 말했다.

"무섭지도 않냐? 얼굴 여기저기에 주사바늘 꽂고?"

"계속 꽂고 있는 것도 아닌데, 뭐. 나 더 예뻐졌지?"

테이블 위로 팔을 괴어 얼굴을 비스듬히 받치고 쳐다보는 모양새가 한껏 거만하다.

"그냥, 거울이나 계속 봐라."

"가려고?"

자리에서 일어서는 휘소를 바라보는 라희의 눈빛과 말투에서 섭섭함이 묻어났다. 다른 남자들에겐 언제나 도도한 척 콧대를 세웠어도 휘소에게만은 우스갯소리도 하며 애교를 부려보지만, 그 마음을 들여다볼 생각도 없는 저 남자는 언제나 저렇게 무심했다.

"어. 뭐 살 것도 있고."

휘소가 손목시계를 흘끗 보며 말했다. 시킨 커피는 마시고 갈 생각으로 카페로 발을 들여놓은 것이었지만, 그 잠깐 기다리는 시간이 너무 길게 느껴졌다.

"뭐?"

"별게 다 궁금하다. 요깃거리."

좀 전까지만 해도 생글생글 웃던 라희의 얼굴이 잔뜩 굳어졌다. 이렇게 빨리 갈 줄 알았다면, 더욱이 그 이유가 한정원 때문이라면, 패션위크 때의 일을 지금이라도 말해 버릴까 하는 마음의 동요가 생긴다. 하지만 휘소에게 바닥을 내보이긴 죽기보다 싫었다. 다만, 정원이 말한 수단과 방법이 휘소이길 바랐고 휘소가 그걸 스스로 깨우쳤으면 하고, 바라고 또 바랄 뿐이었다. 그래야 나중에 휘소에게 가는 길이 떳떳할 테니까.

"이렇게 금방 갈 거였으면, 전화했을 때 그냥 가라 그러지?"

벌써 돌아선 휘소의 등에 대고 라희가 말했다.

"여기까지 온 사람을 그냥 보내? 알았어. 다음부턴 그러지, 뭐."

라희가 쏘아보자 휘소는 그저 피식, 웃더니 밖으로 나갔다.

새벽녘에 시작된 굵은 빗줄기는 곧 부슬비로 변했고, 시원하게 물길을 머금었던 길과 도로는 여름 햇빛에 금세 말라 있었다. 카페에서 나와 집으로 차를 몰던 휘소는 에어컨 대신 창문을 모두 열고 비 온 뒤 상쾌함을 흠뻑 흡입했다.

'일어나 있겠지?'

가속페달을 밟고 있는 오른발에 살짝 힘이 들어갔을 뿐인데 차는 쏜살같이 튀어나갔다. 그러다 '지금 나, 한정원 때문에 이러는 거야? 내가 왜?' 하는 생각에 차의 속도가 다시 줄어들다 못해 굼벵이 기어가듯 한다. 일어나서 기다리든 말든, 집으로 돌아가든 말든 상관없었다. 그래서 외출하기 전 쓰던 쪽지도 휴지통에 구겨 버리지 않았던가. 지 말로는 보고 싶어 왔다지만 그 말을 곧이곧대로 믿기엔 '헤르네스' 건이 역시 걸렸다. 그리고 무엇보다도 6년 전의 기억이 정원에게 가려는 휘소의 마음을 꽉 막고 있었다.

빵빵.

"뭐야?"

어느새 뒤따라 붙은 차가 서너 대. 그중 맨 앞의 차가 클랙슨을 울려댄 것이었지만, 백미러를 힐끗거린 휘소의 미간이 뒤의 운전자보다 어째 더 구겨져 있다.

다시 빵빵. 경적이 울렸지만 속도계를 힐끗 쳐다본 휘소는 속도를 낼 생각도, 그렇다고 비켜줄 생각도 없었다. 평소대로라면 뒤에서 경적을 울려대고 있어야 하는 성격이 맞지만 이미 자신에게 골이 난 상태라 매너 따위 지켜주고 싶은 마음은 추호도 없었다.

"야! 그런 차를 몰면서 운전 그따위로 할 거면 개나 줘버려!"

결국, 클랙슨을 울려대던 차가 옆으로 나란히 따라붙더니 창문을 내리고 버럭 소리를 지른다.

'내가 미쳤냐? 그럼 니가 주워 가질 거 뻔한데.'

운전자의 눈을 똑바로 쳐다본 휘소가 한쪽 입꼬리만 올려 사악하게 웃었다. 그리곤 냅다 엑셀을 밟는다.

'난, 저 자식 약 올리려고 빨리 가는 거야. 한정원 때문이 아니고.'

물론 운전할 때까지만 해도 그런 마음이었다. 한데, 침실에 정원이 없는 걸 확인하자 거실을 휙 둘러보며 손을 씻는다는 핑계로 욕실에 들어갔다 나왔고, 물을 마신다는 명목하에 주방으로 갔으며, 책을 읽어야겠단 생각으로 서재에 들려 아무 책이나 하나 들고 나왔고, 테라스로 나가 담배를 한 대 태웠다. 그래도 혼자라는 걸 확인하자 지하에 만들어놓은 작은 와인 바로 가, 술을 따르고 있었다.

"하, 거 되게 거슬리네."

휘소가 쓴 술을 입안에 털어 넣었다.

14. 궁지에 몰리다

 일주일. 그렇게 휘소의 집에서 나온 지, 딱 일주일이 흘렀다. 그리고 정원은 그 날짜를 정확하게 알고 있는 자신에게 짜증이 난 상태였다. 그러나 그 생각에서 벗어나야지 나야지 하면서도 민영에게 전화가 걸려오자 결국, 휘소의 일에 대해 묻는다.

 "야. 남자 집에서 함께 뜨거운 밤을 보낸 여자의 옷을 눈에 잘 보이는 곳에 착 준비해 놓고 집을 비운 남자는 그 여자한테 관심이 없는 걸까?"

 〈어.〉

 "아니…… 갑자기 바쁜 일이 생겼다거나 그랬을 수도 있잖아?"

 〈있지.〉

"하하, 그치? 있지?"

〈휘소, 왜 그런 거래?〉

"거야 나도 모르…… 어떻게 알았어?"

〈찍었는데 바로 걸려드니까 재미없다, 야.〉

"암튼 촉은 좋아서."

정원이 실없이 웃으며 대꾸한다.

〈연락 없었어?〉

"상관없지, 뭐."

정원이 아무렇지 않은 척 대답해 보지만, 그녀의 속마음을 감지한 민영이 위로차 농담을 던진다.

〈그러게 내가 야동 같은 것도 좀 보라고 했잖냐.〉

"뭐, 내가 스킬 부족이라고?"

〈궁금해? 그럼 한번 봐봐라. 흐흐흐…….〉

"됐다. 그만 끊자. 평창동 가서 저녁 먹어야 돼."

〈먹기는. 또 체하러 가는 거겠지.〉

정원이 후후 한숨 섞인 웃음을 뱉어냈다.

〈갈 때 소화제 꼭 챙겨 가.〉

"어. 끊어."

'이렇게 걱정해 주는 사람도 있고. 그럼 됐지, 뭐.'

빙긋 웃으며 전화를 끊은 정원은 애써 가라앉은 기분을 다스리며 평창동으로 향했지만 도착한 지 한참이 지나서도 차에서 내리지 않고 있었다. '밥 한 끼 먹는 게 그 무슨 어려운 일이야

하며 대수롭지 않게 생각하려 해도, 가능하다면 차를 돌려 다시 집 밖으로 나가고 싶었다. 그러나 전화벨 소리가 울리자 정원은 한숨을 깊게 내쉬며 굳게 잠긴 도어락을 풀고 문을 열었다. 정원에서 현관까지 이어진 테크를 최대한 천천히 걸으며 애써 가라앉은 기분을 다스렸지만, 밥 한 숟갈 입으로 넣기도 전에 그 기분은 다시 깊은 심연 속으로 가라앉아 버렸다.

"호텔 공사는 벌써 시작됐는데, 명품관에 입점시키겠다 큰소리 뻥뻥 치던 '헤르네스'를 GK에 다 뺏기게 생겼다면서?"

'잘 지내냐, 어쩌냐' 하는 인사도 없이 얼굴 보자마자 야단부터 치는 아버질 보니 정원은 매번 포기를 한다 하면서도 서러움이 밀려들었다. 옛날 같았으면 이쯤에서 좋은 어머니를 자처하고 나섰을 계모도 그녀의 아들 정훈이 후계자로 굳혀지는 분위기가 되자 조용하기만 하다.

"아직 정해진 건 없어요. 그리고 설령 헤르네스 입점 못 시킨다고 해도 얼마든지 매출 올릴 방법은 많아요."

"흥, 웃기는 소리! 정해진 게 없기는. GK와 싸인만 남겨두고 있다고 소문이 자자하던데! 처음엔 호텔에 명품관이니 뭐니 내가 좀 우습게 보기는 했다만, 알아보니 그게 아니더구나. 어떤 브랜드가 들어오느냐에 따라 월 매출이 달라지기도 한다며? 긴 말 필요 없고. 네가 한 말이니 책임을 지거라. 이제 와 다른 방법을 모색하네, 마네 하는 그런 어쭙잖은 소리 내뱉지 말고."

"물러나란 말씀이세요?"

정원이 최대한 표정을 숨기며 물었다.

"시집이나 가. 시댁에서 굳이 네가 일하는 걸 반대하지 않는다면야 널 끌어내릴 생각은 없다만, 조용히 내조하길 바란다면 그렇게 해야겠지."

"그게 그 말씀이잖아요."

"그거 아님, 다른 방법 있디?"

정원이 입안의 속살을 꽉 깨물었다. 금세 비릿함이 맴돌았지만, 개의치 않았다.

＊

다행히 제임스는 패션위크가 끝난 뒤에도 바로 귀국길에 오르지 않았다. 하지만 몇 날 며칠 고민을 해봐도 그를 만날 수 있는 방법은 쉽게 떠오르지 않았다. 그가 묵고 있는 호텔의 경비는 삼엄했으며 메모를 남겨봐야 연락은 오지 않았다. 그렇다고 또다시 그의 눈앞에 갑자기 나타날 수도 없는 노릇이다. 패션위크 때의 전적이 있으니 그랬다간 역효과만 일으킬 것이 분명하다. 결국 정원은 내키지 않았지만 휘소에게 전화를 걸었는데, 생각지도 못하게 흔쾌히 만나겠노라 대답하는 휘소 덕분에 되레 당황한 건 정원이었다. 그래서였을 것이다. 약속 장소에서 그를 기다리고 있는 지금까지도 어떻게 말을 꺼내야 할지 더욱 난감했고, 알코올이 섞인 달콤한 칵테일을 다시 한 모금 삼켜보지만 긴장된 떨림은 쉽게 멈추지 않았다. 약속 시간은 십여 분이 남은 저녁 아홉시.

딱. 딱. 딱.

깨끗이 비어버린 칵테일 잔을 앞에 둔 정원이 바 테이블 위로 한쪽 팔꿈치를 받친 손의 손톱을 치아에 튕긴다. 기다림의 시간은 전혀 지루함 없이 너무 빨리 흘러가 버려 오히려 부담스러울 정도였다.

"한 잔 더요."

빈 잔을 바텐더 쪽으로 쭉 밀며 정원이 말했다.

"할 얘기 있다더니, 그전에 실려 나가고 싶어?"

정원의 고개가 말소리를 따라 옆으로 돌아갔다. 휘소가 재킷을 벗어 옆의 의자 등받이에 걸쳐 놓고 있었다.

"칵테일인데 뭐⋯⋯. 일찍 왔네?"

새하얀 드레스셔츠가 팽팽하게 당겨지며 휘소의 탄탄한 가슴 근육이 은연중 드러났다.

'저 품에 내가 안겼었어.'

또 그때 그 일이 생각나자 두 볼이 발그레해진 정원은 옆자리에 앉는 휘소에게서 시선을 돌리고 칵테일 잔을 뚫어져라 바라봤다. 조명이 어두워서 천만다행이었다.

"마시던 걸로."

"네."

휘소가 나타나자 자리를 옮겨온 바텐더가 유하면서도 한없이 정중한 표정과 말투로 그를 대한다. 아마도 좀 전에 칵테일을 내주던 바텐더보다 경험이 많을 것이다.

"뭔데, 할 말이?"

웨이브진 긴 머리카락을 반대쪽 어깨로 모두 넘겨, 눈앞에 드러난 정원의 가늘고 흰 목덜미를 은근한 눈길로 바라보며 휘소가 물었다.

"그게……."

"할 말은 핑계고, 내가 또 보고 싶었나?"

선뜻 말을 꺼내지 못하고 있는 정원을 보며 휘소가 가볍게 농을 던진다. 정원도 설핏 웃음이 나왔고, 때문에 더욱 제임스의 이야길 꺼내 이 좋은 분위기를 망치고 싶지 않았다. 그냥 시시한 농담이나 하며 이 시간을 즐겁게, 계속, 쭉…… 이어갔음 싶었다. 그리고 휘소의 부드러운 표정을 보아 하니 6년 전처럼은 아니더라도, 잘 지낼 수 있지 않을까 하는 기대도 엿보였다. 하지만 현실은 현실. 결국 정원은 이것저것 쓸데없는 이야길 하다 더는 안 되겠다 싶어 눈 딱 감고 말을 꺼내기로 했다. 마음에 걸리던 문제가 있으니 대화에 집중할 수가 없었다. 그리고 휘소도 그 마음 상태를 충분히 눈치채고 있는 것 같았다.

"제임스랑 자리 한번 만들어줬음 싶어서."

"……."

역시, 정원의 예상대로 지금까지 평온함을 유지하고 있던 휘소의 눈빛이 싸늘하게 변하자 그녀의 얼굴도 고통으로 가득 찼다.

"그 문젠 지난번에 이미 말했던 것 같은데."

"어. 그랬지. 그랬는데……."

"그랬는데 나랑 한번 자고 나니까 뭐가 달라질 수 있을 것 같아?"

차갑게 말을 자르고 들어온 휘소를 더 이상 정원도 미안함 가득한 얼굴로 바라보지 않았다.

그래. 이걸로 끝이다. 더 이상 흔들릴 것도 없고 은근히 바라던 기대, 욕심 다 던져 버리면 속이 후련할지도 몰랐다. 더 이상 휘소에 대한 욕심으로 추잡스러워지지 말자, 정원은 다짐했다.

"아니. 너 그런 거에 큰 의미 두지 않잖아."

한쪽 입꼬리를 올려 거만하게 쳐다보는 휘소를 마주하며 정원이 차분하게 대답했다.

"아, 내가 그랬구나. 몰랐네. 난, 나보다도 네가 더 그런 줄 알고 있었는데."

휘소는 술잔을 입에 가져가면서도 정원에게서 시선을 떼지 않았다.

'니 키스가 좋았던 것뿐이겠지.'

6년 전, 휘소를 찾아가 파혼을 통보하고 마지막으로 했던 말.

공중에서 부딪친 정원과 휘소의 눈빛이 동시에 6년 전 그때로 돌아갔다는 걸 서로에게 읽히고 있었다.

"그땐 어려서 철이 없었어. 지금도 그렇게 파혼 통보했던 거 미안하게 생각해."

확실히 6년 전을 떠올리면 휘소에게 뭐라 큰소리칠 입장은 못 된다고 정원은 생각했다. 다시 만나면 제일 먼저 사과해야지 하고 있었으면서 냉담하게 대하는 휘소에게 오기가 생겨 방치해 두고 있던 일이었다.

'그러고 보니 왜 이렇게 휘소 앞에만 서면 철없이 굴게 되지?' 순간 그런 자신을 깨닫게 되자 정원은 꽤나 충격이었다. 그리고 다음으로 휘소가 한 말 역시 그랬다.

"그래. 그땐 어렸지……. 그럼, 지금은?"

"……!"

"얼마 전 일도 전처럼 그냥, 의미 없이?"

"……."

"뭘 그렇게 당황해하고 그래. 편하게 얘기해. 이제 니 말대로 어린애 아니잖아. 당연히 그렇겠지. 제임스완 관계없다고 했으니까."

"……꼭 그렇게 비아냥거려야 돼? 나 이제 너한테 아무것도 아니니까 그럴 필요 없잖아."

"오해하는 것 같은데, 그래서 그러는 거잖아. 나한테 아무것도 아니니까. 잊었어? 나랑 상관없는 사람들한테 내가 어떻게 했는지. 그러니까 더 이상 나 찾아와 제임스 얘기로 내 비위 건들지 마. 짜증 나니까."

피식거림을 한번에 거둬낸 휘소가 수표 한 장을 테이블 위로 꺼내놓음과 동시에 자리에서 일어섰다.

"짜증 나게 해서 미안해. 다신 너한테 이런 부탁 안 해. 그리고 이거 내가 만나자고 한 거니까."

정원이 테이블 위에 수표를 들어 휘소에게 건넸다. 휘소를 올려다보는 정원의 눈빛이 다부지게 빛났다.

"쓸데없는 걸로 자존심 세우는 걸 보니 아직 멀었네, 한정원. 뭐, 이래야 니 마음이 편하다면."

휘소가 정원의 손가락 사이의 수표를 쓱 빼내간다. 그리고 미련 없이 돌아섰다.

한동안 멍하니 휘소가 떠난 자리를 바라보고 있던 정원은 서둘러 계산을 마치고 밖으로 뛰쳐나갔다. 그리고 휙휙 고개를 돌려 휘소를 찾았고 막 출발하려던 차 앞으로 뛰어갔다. 얼마간 건조함과 단호함이 느껴지는 눈빛의 휘소와 눈이 마주쳤고, 곧 휘소가 운전석에서 내렸다.

"제임스, 아니, 헤르네스가 중요한 건 사실이지만 그것 때문에 너랑 잔 거 아니야. 그때는, 그냥…… 그러고 싶었어. 더 솔직히 이야기할까? 나 니가 욕심 나. 널 좋아해서 그런 건지, 아님 내 것이었던 걸 다른 사람한테 뺏긴 기분이라 배가 아파 이러는 건지 나도 확실하진 않아. 하지만 옛날처럼 틱틱거리지 않을 거고, 잘할 수 있을 것 같아. 너랑 다시 해보고 싶어. ……제대로."

"……헤르네스 포기해 봐. 너랑 난, 그다음이야."

"……!"

헤르네스를 포기하면 휘소와 시작은 해볼 수 있을까? 헤르네스와 멀어지는 순간 아버지는 적당한—낙인찍힌 한정원을 받아줄—남자를 붙일 것이고, 그 결혼이라는 걸 막기 위해서는 휘소가 아버지에게 결혼이란 카드를 꺼내야 한다. 문제는 휘소가 그런 선택을 할 리 없다는 것이다. 그리고 정원도 휘소에게 그런 선택을 강요할 수 없었고 그래서도 안 된다는 걸 잘 알고 있었다.

마음이 휘소를 담았다고 한들, 다신 이어질 수 없는 관계였다. 정원의 얼굴에 허탈한 웃음이 감돌았다.

15. 감춰진 진실

제임스가 레스토랑에 도착할 것을 감안한, 훨씬 이른 시각.

민영과 함께 도착한 정원은 웨이터에게 수표 한 장을 찔러주고 제임스가 앉을 자리에서 최대한 가깝지만 시야에 들지 않는 곳에 자리를 잡았다. 민영이 헤르네스에서 근무하는 지인을 통해 제임스의 스케줄을 알아낸 덕분이었다.

"오려면 아직 멀었지?"

"어, 오면 알려줘."

제임스가 자리할 테이블과 등지고 앉은 정원이 손목시계를 확인하며 대답했다. 그리곤 아까부터 뭐가 그리 좋은지 연신 싱글벙글하는 민영의 얼굴을 주의 깊게 살핀다. 눈이 마주치자 환하게 웃는 민영의 피부에서 광채가 흐른다.

"너 뭐야? 연락도 잘 안 되더니, 그동안 성형외과에 누워 있었어?"

"왜에? 네가 보기에도 나 예뻐졌니?"

민영이 안 어울리게 새침을 떨며 말했다.

"어, 무진장. 너 연애하지?"

"호호호. 어, 그 상대가 누군지 알면 놀랄걸?"

"네가 '호호호' 하고 웃는 게 더 놀랍다."

민영의 웃음을 따라한 정원이 피식, 웃으며 말했다.

"놀라지 마."

민영이 테이블에 상체를 바짝 붙이곤 은근한 목소리로 말을 이어간다.

"왜, 6년 전 푸켓에서 만났던 그 파란 눈 있잖아?"

"진짜?"

정원이 바짝 놀라며 민영의 말이 끝나기도 전에 묻는다.

"어."

민영이 또 한 번 방긋 웃는다.

"어쩐지. 가슴에 털 난 남자는 기겁을 하던 넌데 그땐 진짜 의외였었지. 인연인가 보다. 축하."

"이상하게 이 남자 가슴 털은 좋더라. 따뜻해."

민영이 싱긋 웃으며 메뉴판을 펼쳤다.

"야, 넌 개들도 지쳐 헉헉대는 한여름에 따뜻하다는 소리가 나와?"

"그런가? 네 말 들으니 그런 것 같기도 하고. 여름에만 확 밀어버릴까?"

"풋. 네 사정이니 알아서 하고. 어쨌든 사랑에 빠짐을 축하하며 오늘 내가 쏜다. 제임스 오면 신경 쓰느라 못 먹을 테니 배, 든든히 채워놔."

정원도 생글거리며 메뉴판을 집어 들었지만, 민영처럼 이것저것 주문하진 못했다. 호기롭게 왔다지만 오늘 일에 앞날이 달렸다는 부담이 작용하고 있었다.

음식을 주문해 놓고 화장실에 갔다 오던 정원은 제임스의 등장에 손으로 얼굴을 가리곤 후다닥 자리에 가 앉았다.

"야, 왔어. 어라? 왜 그래?"

정원이 쏙닥거리다 고개를 갸웃거리는 민영을 발견하곤 의아한 표정으로 물었다.

"분명 저 자리 맞지?"

"어, 약속 시간보다 너무 일찍 온 것 같지만."

정원이 슬쩍 고개를 돌려 제임스가 자리에 착석하는 것을 확인했다.

"아무래도 내가 만나는 제임스가 네가 만나려는 제임스인 것 같다."

"뭐!"

격앙된 정원의 목소리에 제임스의 시선이 넘어왔고, 민영을 보자 예상치 못한 만남에 그가 환하게 웃으며 다가왔다.

[헤이, 달링. 여긴 어쩐 일이야?]

제임스가 민영의 뺨에 가볍게 키스했다.

[친구 만나러. 인사해, 내 절친 한정원.]

헤르네스 오너라는 것. 제임스는 그저 말할 필요가 없겠다 싶어 생략한 것이었지만, 그 사실을 일부러 숨긴 거라 생각한 민영은 딱딱하게 굳은 얼굴이었다. 그러나 그런 민영을 오히려 흐뭇하게 바라보던 제임스는 싱긋 웃으며 정원을 바라봤다.

[미스터 고든, 여기서 또 만나네요.]

정원이 테이블 위로 손을 들어 '안녕' 하며 말했다.

[당신은…….]

[네. 패션위크 때 봤었죠? 한정원입니다.]

당황한 것이 역력해 보이는 제임스를 재밌다는 듯 바라보며 정원이 악수를 청했다.

"맞어. 패션위크 끝나고 정원이 네가 말한 사람이……. 이 나쁜!"

[이것 참. 반갑게 맞아주니 고맙군요.]

민영이 앙칼지게 바라보자 제임스는 그런 민영의 눈치를 보며 정원의 손을 맞잡았다.

[신경 쓰지 마세요. 제임스의 입장은 충분히 이해합니다.]

[이해하긴 뭘 이해해. 당신 정말 실망이다.]

민영이 톡 쏘아붙이곤 제임스로부터 고개를 획 돌린다.

"그러지 마."

제임스가 난처해할까 정원이 민영을 작게 타이른다. 속마음이야 제임스에게 다시 한 번 검토해 달라 요청하고 싶었지만 민영과의 사이를 알고 나니 그런 말은 더더욱 할 수 없을 것 같았다. 민영과 제임스의 사이가 멀어질 수도 있는 문제였다.

"뭘 그러지 마. [한신은 그렇게 오래전부터 만나달라고 사정해도 모른 척이더니 친구의 여자란 이유만으로 GK하고는 덥석 계약?]"

정원의 만류에도 불구하고 민영이 제임스를 지그시 쳐다보며 꼿꼿하게 의사를 피력한다.

[친구의 여자라니? 내가 계약을 결정한 건 GK가 제시한 조건이 한신보다 월등히 좋아서였어. 어쨌든 미안해요, 정원 씨.]

[아닙니다. 저희가 헤르네스에 제시한 조건들은 저희 쪽에서 최대한 수용할 수 있는 범위의 것들이었고, GK쪽에서 그것보다 더 좋은 조건을 내세웠다면 굳이 사과하실 필욘 없으세요. 하지만 저희 쪽에서 제시한 조건보다 더 파격적이라면 GK에겐 다소 무리를 가져올 수 있는 계약이 아닌가 하는 생각이 드네요.]

불쾌할 수도 있을 민영의 말에 제임스는 그런 내색을 전혀 하지 않았고, 충분히 미안해하는 표정과 말투였다. 때문에 정원은 제임스가 인간적으로도 괜찮은 성품을 지녔으리란 생각하에 마음 놓고 속에 있는 말을 꺼냈다.

[글쎄요. 설사 그렇다 하더라도 그건 GK가 알아서 해결해야

할 과제라고 봅니다만.]

제임스의 얼굴에 내비친 미소가 마치 정원이 어떻게 나오나 기다리기라도 하는 눈치였다.

[아, 많은 기업들이 그러하듯 그러한 마인드로 헤르네스를 키워가고 계시군요. 하지만 앞을 내다볼 줄 아는 오너라면 명성에 걸맞게 파트너에 대한 배려도 이루어져야 한다고 봅니다. 물론 제 개인적인 생각이니 오해 없으셨으면 좋겠네요.]

정원의 대답에 제임스조차 흥미로운 시선으로 그녀를 바라보았고, 민영은 제임스 보란 듯이 엄지손가락을 치켜세웠다.

[오늘 이렇게 정원 씨를 다시 보니 그때 정원 씨가 내민 서류를 검토하지 않은 것에 대한 후회가 생기네요. 그런데 어쩌죠? 너무 늦었네요. 곧 GK와 계약하기로 했습니다. 오늘 이 자린 그래서 마련된 것이고요. 미안합니다.]

[아니에요. 제임스의 입장, 이해합니다.]

제임스도 그렇고 그런 그를 찌릿 째려보던 민영조차 미안함이 가득한 표정이라 정원이 오히려 웃으며 대답했다. 하지만 한 회장이 했던 말이 계속 정원을 압박해 오고 있는 터라 앞으로 어떻게 해야 할지 막막한 감은 있었다.

[아, 저기 일행이 오는군요. 민영, 그리고 정원 씨만 괜찮다면 합석해도 될까요?]

눈앞의 물 잔에 시선을 두고 있던 정원이 제임스의 말에 퍼뜩 정신을 차리며 고개를 들었다. 휘소가 라희와 나란히 걸어오고 있었다. 정원은 자신도 모르게 입술을 잘근잘근 깨물었다.

[일행이 김휘소랑 이라희였어?]

[어, 잘 아는 사이인가?]

[제임스, 저는 이만 가보는 게 좋겠네요. 실례 많았습니다.]

옆에서 민영과 제임스의 말을 듣고 있던 정원이 부쩍 거리가 가까워진 휘소와 라희로부터 시선을 거두며 재빠르게 말했다. 그러나 가방을 들어 올리는 순간 제임스가 급하게 말했다.

[정원 씨, 제가 오늘 식사 대접하고 싶은데요. 그리고 민영과 함께 술도 한잔하고 싶고요. 허락하신다면 제 마음이 조금 편해 질 수 있을 것 같습니다. "부탁해요. 네?"]

어설픈 한국말까지 보태며 진실된 눈빛을 보내고 있는 제임 스 때문에 정원의 마음이 약해졌다. 그래서 '이러면 안 되는데 안 되는데……' 하는 사이, 화사하게 웃고 있는 라희와 휘소가 바로 눈앞에서 제임스와 인사를 나누고 있었다.

[어떻게 같이 와?]

[앞에서 만났어.]

제임스의 질문에 대답하는 휘소의 시선이 정원에게 향했고 라희는 그런 휘소를 힐끗 쳐다보곤 자리에 앉았다.

"민영이가 제임스가 만난다던 여자였어? 잘 어울리네. 그리 고 정원인 오랜만."

"어, 잘 지냈어?"

라희를 싫어하는 민영이야 인사를 받아줄 리 만무했고, 정원은 얼결에 어눌하게 대답했다. 라희 앞에 서니 패션워크가 끝나고 휘소와의 일이 떠올라 낯이 뜨거웠다. 이래서 사람은 죄짓고 못 사는 건가 보다.

[서로 잘 알고 있는 것 같은데……. 정원 씨, 여기 이 친구와는 그렇게 가깝진 않은가 봐요?]

제임스가 서로 본체만체하는 휘소와 정원을 번갈아 바라보며 묻자 민영이 눈을 반짝 빛내며 라희를 쳐다보더니 한마디 툭 던진다

[지금이야 그렇지만, 옛날엔 저 둘보다 가까웠던 사람도 없지, 아마?]

순식간에 분위기는 찬물을 끼얹은 듯 싸해졌다. 물론 그런 분위기를 만들어 버린 당사자 민영은 정작 뻔뻔스런 표정을 짓고 있어 정원은 그런 민영의 옆구리를 콱 꼬집었다.

"아야!"

민영이 엄살을 부렸지만 정원은 이를 앙다물어 보인다.

[음? 그게 무슨 뜻이야? 둘보다 가까웠던 사람이 없다니?]

[하하, 제임스. 정말 미안하지만 전 이만 가볼게요.]

제임스의 눈빛에 호기심이 이는 것을 본 정원은 어색하게 웃어 보이며 얼른 자리에서 일어섰다. 물론 제임스는 잡고 싶은 표정이 역력했는데 실례가 될까 망설이는 눈치였다. 때문에 미안한 마음이 없지 않았지만 아까부터 따라붙고 있던 휘소의 눈빛이 불편했고, 무엇보다도 라희를 바로 마주하고 있기가 껄끄

러워 어쩔 수가 없었다.

"앉아. 오랜만에 봤는데 그냥 가는 것도 그렇잖아."

눈인사를 하며 자리를 벗어나려는 찰나 휘소가 정원을 꼼짝할 수 없게 했다. 며칠 전, 고백 비스무리하게 해놓고 사라져 전화 한 통 없는 정원을 다분히 비꼬는 말투였지만 이상하리만치 거부하는 것을 쉽지 않게 하는 힘이 있었다. 게다가 주위 사람들의 동요까지 불러일으키니 재주라면 재주였다.

"그래. 적지에 날 혼자 두고 내빼겠다는 건 아니지? 얼른 앉아."

민영이 내뱉은 적지란 말이 누구를 겨냥해 한 말인지 다 알면서도 정작 휘소와 라희는 아무렇지 않은 눈치다.

"정원이랑 민영인 주문한 거야?"

붙잡는 휘소도 의외긴 했지만 민영에 이어 싫은 내색 만연할 줄 알았던 라희까지 거들자 정원은 차마 그렇게 자리를 뜰 수가 없었다. 가방을 내려놓고 다시 자리하니 이것저것 주문을 하고 어느덧 일상적인 얘기들이 이어졌다.

'휘소랑 있었던 일, 모르나? 아님 상관없는 건가?'

골똘히 생각에 잠긴 정원이 대화에 빠져 있게 된 순간, 이야기는 한창 재미를 더해가고 있는 프로야구로 흘러갔다.

[그럼, 가는 거다? 한정원?]

"……어?"

급작스런 라희의 부름에 정원이 얼결에 반응하니 의아한 표정을 짓고 있던 민영이 호기롭게 말한다.

[은현이 것까지 여섯 장 구하면 되겠다.]

[뭘 구해?]

정원이 뒤늦게 물었다.

[야구. 지금 한창이잖아. 이번 주말에 가자고.]

[저기, 난 빼주지?]

[왜요? 야구 안 좋아해요?]

[안 좋아하긴요. 정원이 스포츠라면 다 좋아해요. 그러지 말고 같이 가. 우리끼리 배팅도 하고.]

'아니, 이 사람들. 오늘 왜 이렇게 나한테 집착이야?'

정원은 어색하게 웃으며 고개를 끄덕였다. 지금보다야 나중에 슬쩍 빠지는 것이 쉬울 것 같았다.

[이렇게 모일 줄 알았으면 은현이도 부를 걸 그랬다.]

주문했던 음식이 나오고 건배한 와인까지 한 잔씩들 마시자 라희가 말갛게 웃으며 말했다.

[그러게. 다음에 같이 또 모이면 되지, 뭐.]

정원은 라희가 자신을 쳐다보며 은현의 이야길 꺼내는 이유가 그저 친해서 그런 거겠지 생각했는데, 막상 대답을 하고 보니 분위기가 묘했다. 아니나 다를까, 제임스가 궁금한 눈초리로 묻는다.

[은현이란 사람, 정원 씨 애인인가요?]

정원은 약간의 궁금함을 담은 라희와 그 상황을 아주 즐기고 있는 것 같은 민영, 그리고 건조한 눈빛을 빛내고 있는 휘소까지 한꺼번에 모두의 시선이 몰리자 여유롭게 음식을 씹고 있을 수가 없었다.

"음, 은현은……."

씹고 있던 음식물을 겨우 삼키고 대답을 하려는 찰나,

[아마, 곧 그렇게 될 것 같아, 제임스.]

민영이 해사하게 웃으며 대답했다. 게다가,

"야……."

눈이 커진 정원이 민영에게 뭐라 말하려는 순간엔 '너넨 약혼 언제 해? 소문대로 하기는 하는 거야?' 하고 말을 바로 자르며 라희와 휘소를 둘러보며 묻는다. 고소하다는 듯이.

[뭐? 둘이 약혼이라니?]

[아, 그게 저기…….]

제임스가 화들짝 놀라 묻자 어느 순간에도 침착함과 당당함을 잃지 않던 라희가 약간은 당황하는 것이 느껴졌다.

[해야지, 곧.]

정원을 뚫어질 듯 건너다보던 휘소가 라희를 대신해 덤덤하게 말했다.

[사실이야?]

제임스가 어리둥절한 표정을 고스란히 드러냄과 동시에 정원이 집으려던 물 잔이 넘어지며 식탁보와 정원의 옷을 적시고 있었다. 근처에 있던 웨이터가 얼른 다가와 뒤처리를 시작했다.

[아, 나 잠깐 화장실 좀. 실례할게요, 제임스.]

힘들여 웃어 보인 정원은 황급히 파우더룸으로 향했다.

'나 왜 이래? 휘소랑은 아니라고. 이미 그렇게 결론도 냈잖아. 그런데 왜 이렇게 어벙벙이냐고, 진짜……'

젖은 옷의 물기를 티슈로 바쁘게 훔쳐 내보지만 그 손길은 덧없기만 했다.

그날 휘소와 헤어지고 마음을 굳혔었다, 헤르네스는 포기해 버리자고. 그러나 간과한 문제가 있었다. 김휘소의 집안. 제일가家 사람들의 자긍심은 김휘소를 배신한 한정원을 다시 받아들이지 않을 것이며, 그 사이에서 휘소가 피해를 볼 수도 있는 일이었다. 욕심 때문에 휘소를 곤란에 빠뜨릴 수는 없었다. 그러나 다른 사람과의 약혼은……. 마음 한구석에선 내심 그러지 않기를 바라고 있었나 보다.

"차라리 잘됐어."

허심탄회한 말투였지만 쓴웃음이 새어 나왔다.

헤르네스와 GK의 계약이 이루어지면, 아버지는 당장에라도 결혼시킬 남자를 들이밀 테고, 더 이상 자신이 할 수 있는 일은 없다는 결론에 달했다.

정원은 더 이상 휘소에 대한 욕심으로 추잡스러워지지 말자 마음먹었다. 옷을 툭툭 털어내는 정원의 얼굴에 강단이 묻어 나왔다.

허리를 꼿꼿이 세우고 파우더룸에서 나온 뒤의 긴 시간이 어떻게 지나갔는지 잘 기억나진 않았다. 어쨌든 긍정적인 기지를 발휘해 대화에 잘 녹아들었던 것 같았고, 뭐가 못마땅한지 삐딱한 시선을 종종 던지던 휘소와도 아주 간간이긴 했지만 별 무리 없이 말을 섞었다. 그리고 마지막엔 웃는 얼굴로 레스토랑을 빠져나오고 있었다.

잘 가꾸어진 레스토랑의 마당쯤에 서서 정원은 제임스와 다소 길게 인사를 나눴다. 때문에 라희와 휘소가 앞서 주차장으로 향했고, 정원은 제임스에게 붙잡혀 야구장에서 꼭 보자는 다짐을 하고 나서야 주차장으로 향할 수 있었다. 민영의 '절친'이라는 명목만으로도 불쾌함을 선사했던 한정원의 이미지에서 탈피한 것 같아 정원은 웃음이 났다. 사랑은 그런 힘이 있나 보다, 아무런 노력 없이도 비호감의 사람을 순식간에 호감으로 변신시키는 마법과 같은 힘이.

힐끗 뒤를 돌아보던 라희는 정원이 제임스와 민영과 아직 함께인 모습을 보곤 그녀의 차로 걸어가던 중, 돌연 휘소에게로 걸어갔다.

"무슨 뜻이야?"

"뭐가?"

운전석의 문을 열려던 휘소가 뒤돌아섰다.

"진짜 나랑 약혼할 생각이 있어서 그렇게 대답했던 거야?"

휘소를 올려다보는 라희의 표정이 사뭇 진지했다. 기대감이 따르자 입가에 번지는 웃음을 누르기 위해서였다.

"아, 그거? 너 곤란해했던 거 아니었어?"

"그렇지? 난 또. 그렇게 튕기더니 날 좋아하기라도 하는 줄 알았지. 간다."

기대했던 자신에게 곧 터지려는 실소를 가벼운 웃음으로 바꿔낸 라희가 뒤돌아섰지만, 휘소를 등지고 걸음을 내딛는 라희의 얼굴은 금세 일그러졌다.

다시 차에 오르려던 휘소의 눈에 유심히 바라본 적 있는 차체가 들어왔다. 흔히 볼 수 있는 모델이었지만 그의 차에 기스를 냈던 정원의 차와 같은 색이라 얼마쯤 쳐다보고 있으니, 아니나 다를까 멀리서 정원이 걸어오고 있었다.

"아직 안 갔어?"

휘소를 그냥 지나치기 뭐해 정원이 한마디 건네며 휘소를 막 지나가려던 참이었다.

"그러고 내빼더니 결정했나 봐? 헤르네스로."

휘소의 목소리가 정원을 붙들었다.

"어, 나이 먹은 만큼이나 확실히 현실적이 됐나 봐."

정원은 부러 뻔뻔하게 대답했다.

"왜, 주은현 때문은 아니고? 언제부터야?"

"……."

"만나고 있다며?"

정원이 대답이 없자 휘소의 말이 이어졌다.

"그게……."

"넌 참 쉽다. 아님, 여전히 너한테 내가 쉬운 건가?"

정원이 아무런 감정이 드러나지 않는 건조한 휘소의 눈빛과 얼굴을 가만히 올려다봤다.

"먼저 갈게."

정원이 돌아섰지만 팔을 획 잡아채는 휘소에 의해 다시 돌려 세워졌다.

"주은현, 언제부터인지 물었잖아."

정원의 팔목을 더 힘주어 잡다 못해 바짝 당긴 휘소가 정원을 찍어 내리듯 바라봤다.

"그게 왜 궁금한데? 라희랑 약혼하는 거 아니었어? 상관없잖아!"

속에 꽁꽁 감춰두고자 했던 서러움이 자신도 모르는 사이에 터져 나왔다. 도리어 당황한 건 정원이었다.

"대답해. 주은현, 너한테 뭐야?"

"······들었잖아."

정원이 흔들리는 마음을 이성으로 억누르며 대답했다.

미련 없이 정원의 손목을 털어낸 휘소가 뒤도 안 돌아보고 운전석에 올랐다. 차를 돌려 주차장을 벗어나는 휘소의 드라이빙이 꽤나 신경질적으로 보였다.

16. 우린, 나랑일까?

　잠실 야구 경기장.

　막 2이닝이 시작된 경기장은 사람들로 꽉 차기 시작했다. 슬
슬 게임의 열기가 더해가는 시점이었다.

　"……그러니까 놀라지 말라고."

　VIP석으로 향하며 정원이 옆에서 걸어가고 있던 은현을 올려
다보곤 미소 띤 얼굴로 말했다. 짧은 반바지에 티셔츠, 그리고
야구모자 차림의 정원은 한더위의 짜증을 잊게 할 만큼 상큼했
다.

　"암튼 최민영 못 말려. 뭐, 연인인 척이라도 해야 되나?"

　은현도 입가에 부드러운 웃음을 걸고는 화장을 두텁게 하지
않아 더욱 말갛게 보이는 정원의 얼굴을 내려다본다.

"됐거든요. 제발 참아주라."

"음…… 싫은데? 기회 왔을 때 안아보기라도 해야지."

"어디 차이고 싶으면 그렇게 하던가."

여유롭게 대꾸하는 정원의 모습에 은현이 하하 웃는다.

"야! 왜 이렇게 늦었어? 빨리 와!"

제임스 옆에 꼭 붙어 있던 민영이 힐끗 뒤를 돌아보다 정원과 은현을 발견하고는 손을 흔들었다. 정원과 은현이 좀 더 서둘러 다가가니, 휘소와 라희는 아직 도착 전인 듯싶었고 테이블 위로 간식거리를 쫙 깔아놓은 제임스와 민영은 이미 닭다리를 하나씩 들고 맥주를 홀짝이고 있었다.

[제임스, 잘 지냈어요?]

[오늘은 십대 소녀처럼 발랄해 보이는군요.]

야구 선수 못지않은 건장한 체격의 제임스가 자리에서 일어나 정원과 가볍게 포옹했다.

[신경 쓴 차림새가 아닌데, 고마워요. 아, 그리고 이 친구가 바로 그, 은현이에요.]

[반갑습니다, 미스터 고든.]

[나도요. 제임스라고 불러요.]

호쾌하게 제임스와 악수를 나눈 은현이 정원의 옆에 자리를 잡으며 민영에게 묻는다.

"휘소 온다더니 아직이야?"

"흥. 내가 알게 뭐야. 제임스한테 물어봐."

통명스런 민영의 대답에 은현과 정원은 그저 싱긋 웃고는 맥주로 제임스와 건배를 한다.

[아, 저기 오는군요.]

민영과 은현의 말을 대충 알아들었던지, 때마침 이쪽으로 걸어오고 있는 휘소와 라희를 제임스가 가리켰다.

"잘 지냈어?"

"어, 넌?"

은현의 인사에 반갑게 대꾸해 주는 라희다. 하지만 '오랜만이다?' 하는 은현의 아는 척에 휘소는 '어' 한마디 하고는 그만이었다.

"안 본 사이에 주은현 더 멋있어졌네? 이유가 뭘까?"

민영이 했던 말을 곧이곧대로 믿어서일까? 라희가 정원 쪽으로 눈길을 한번 주고는 짓궂은 웃음을 흘린다.

"왜 날 봐? 얘 원래 멋있었는데, 뭐."

은현의 어깨를 한번 두드리며 밝게 말해보지만 은현과 이어진 분위기가 정원은 불편하다. 사실은 단순한 친구 사이였기 때문에 그런 것도 있었고, 인정하고 싶진 않지만 바로 뒤에 자리한 휘소가 신경 쓰이는 탓도 있었다. 뒤통수가 따끔따끔한 것이 야구에 제대로 집중할 수 있을지 의문이었다.

"그치, 은현이가 어렸을 때부터 잘나긴 했지. 꼬맹이 적부터 까칠한 누구완 달리 젠틀하기도 하고."

라희가 휘소를 곁눈질로 힐끔거리며 말했다.

"지금 나 이용해? 여자들 나 칭찬하면서 마음은 휘소한테 주더라."

"하하하. 그런 거야? 미안."

라희가 깔깔깔 웃자 제임스가 급 관심을 보였고 그의 팔짱을 딱 끼고 붙어 앉은 민영이 친절하게 설명을 해준다. 민영의 말을 다 듣고 난 제임스가 얼굴에 만연한 웃음을 걸고는 한마디 한다.

"스피크, 잉글리쉬."

휘소를 제외한 사람들이 사과의 말과 함께 작게 웃음을 쏟아냈다.

"마셔."

정원이 맥주와 안줏거리를 뒤로 넘기며 보니 모두의 웃음을 자아낸 이야기, 라희가 말한 그 '누구'가 뻔히 자신인 걸 알면서도 휘소는 야구 경기에 집중한 채 무관심인 것 같았다. 그런 태도가 지 매력인 걸 아는 것도 아니면서.

[오, 이런. 휘소, 괜찮아? '제일'이 오늘 영 안 풀리는데?]

'제일'은 리그 상위권의 야구 팀 중 하나로 제일그룹의 계열사인 제일생명의 구단이었는데, 방금 주자 만루인 상황에서 쓰리 아웃으로 경기는 2회 말로 접어들었다. 얼굴에 은근한 미소가 감돈 채 얘기 하는 제임스를 보니 위로가 아닌 약을 올리는 모양새에 더 가깝다.

[상관없어. 가족 모임에서 기죽는 건 내가 아니라 사촌이니

까. 이번에도 분위기 메이커 역할 톡톡히 하겠네.]

[근데 공 잘 쳤는데 왜 저러는 거야?]

라희의 말에 한쪽 입꼬리를 올려 웃고 있던 휘소가 고개를 절레절레 흔든다.

[공이 땅에 닿기 전에 수비수가 잡았잖아.]

친절하게 설명을 해준 건 은현이었다.

[이렇다니까. 이래서 내가 김휘소 좋아하잖아.]

라희가 보란 듯이 웃으며 휘소를 쳐다본다.

[나 말고 경기 봐. 룰 모르는 거 자랑 아니다.]

휘소가 라희의 뒤통수를 잡고 정면으로 돌려놓는다. 그 가벼운 터치에도 라희는 신이 나 히죽 웃는다.

[근데 정원이랑 민영이도 야구 잘 모르지? 나뿐만이 아니라 여자들은 경기 규칙 따위 잘 모른다니까?]

[난 그냥 기본적인 것만 아는 거고. 아마 정원이는 김휘소 덕분에 해설자 못지않은 해박한 지식을 갖고 있을걸?]

민영의 대답에 라희의 시선이 정원과 휘소에게 왔다 갔다 하지만 어째 이야기의 중심에 있는 둘은 앞만 바라보고 아무 말도 없었다. 그리고 그런 둘을 묘한 표정으로 씁쓸하게 바라보는 두 개의 시선이 있었으니, 지난번 민영에게서 6년 전 둘이 약혼 관계였다는 얘기를 전해 들은 제임스와 라희였다. 제임스는 유학 시절 만취 상태의 휘소가 잠결에 부르던 이름이 '정원'이라는 것을 기억해 냈고, 라희는 아직도 둘의 사이에 흐르는 미묘한 이상기류에 아릿한 가슴을 달래야 했다. 그러나 정작 남의 시선을 눈치채지 못하고 있던 정원과 휘소는 각자의 시각에서 과거로 돌아가 있었다.

휘소와 정원이 처음으로 간 야구장.
룰을 모르니 정원은 휘소에게 질문을 해댔고 처음엔 상세히 대답을 해주던 휘소가 짜증을 내자 정원이 자리에서 벌떡 일어나 집에 가겠다며 오기를 부렸더랬다.
"어디 가?"
"집."
"왜?"
"모르는 것 인터넷 검색하면서 편하게 보려고."
"알았으니까 앉아."
"뭘 알았는데?"
대답 대신 휘소가 잡고 있던 정원의 팔목을 잡아당겨 다시 자리에 앉혔다. 물론 그 후론 모르는 게 있어도 정원이 입을 꼭 봉하고 있는 바람에 오히려 힐끗힐끗 눈치를 보는 건 휘소였고, 정원이 물어보지도 않은 상황에 대해서 중간 중간, 알아듣기 쉽게 설명을 했었다.

그렇게 둘은 과거의 추억들을 이어나가느라 눈으로만 경기를 좇고 있었지만, 그걸 아는 사람은 아무도 없었다.

5이닝이 끝나고.

"뭐, 더 먹을래?"

"어, 같이 가. 오랜만에 피자 먹고 싶다."

일어서 있는 은현을 따라 정원도 엉덩이를 털고 일어났다. 제임스와 민영은 아직도 꼭 붙어 앉아 진한 애정을 과시하고 있었고, 라희와 휘소는 보이지 않았지만 그녀의 가방은 덩그러니 남겨져 있었다.

"너 헤르네스는 잘돼가고 있는 거야?"

은현이 제임스를 한 번 쳐다보더니 정원의 귓가에 작게 속삭였다.

"아아니."

싱긋 웃던 정원이 제임스와 충분히 멀어지자 장난스럽게 대답했다.

"아냐? 그럼 이제 어떡하려고?"

"뭘 어떡해. 시집이나 가야지."

정원이 픽 웃으며 말했지만 용케 농담이 아니라는 것을 알아차린 은현이 복도 구석 쪽으로 정원을 잡아 세웠다.

"무슨 소리야? 제대로 좀 말해봐."

굳어진 은현의 얼굴에선 걱정스러움이 묻어났고 고스란히 정원에게까지 전해졌다.

"아버지가 큰소리 뻥뻥 친 헤르네스 입점 못 시킬 거면 시집이나 가라신다. 그래서 시집이나 가려고."

"진짜야? 그걸 왜 이제야 말해?"

초월한 사람처럼 웃음 띤 얼굴로 아무렇지 않게 말하고 있는 정원을 보니 은현이 더 애가 탔다.

"누구한테 말했어도 해결 못할 문제야."

"그래도 그렇지……."

"사람 많다. 너 피자 주문해 놓고 있어라. 나 화장실 좀 갔다 올게."

결론도 안 날 얘기로 은현을 신경 쓰게 하고 싶지 않았고, 거의 마음 정리되어 가고 있던 일을 다시 끄집어내고 싶지도 않았다.

"한정원!"

뒤에서 은현이 부르는 소리가 들렸다. 그러나 핑계를 대고 그 자리를 벗어나려던 정원은 은현이 아닌, 눈앞에서 휘소와 라희를 맞닥뜨린 까닭에 멈춰 서야 했다.

"미안. 일부러 들으려던 건 아니……."

"얘기 좀 해."

라희의 말이 끝나기도 전에 휘소가 정원의 손목을 낚아챘다. 정원은 정신이 없었다. 휘소에게 끌려가며 뒤를 돌아보니 입술을 굳게 다문 라희와 미간을 좁힌 은현이 시야에서 멀어지고 있었다.

인적이 끊긴 통로 어디쯤에 다다랐을 때, 걸음을 멈춘 휘소가 정원을 돌려세워 시야 아래에 둔다.

"왜 말 안 했어?"

"뭘?"

"알면서 되묻지 마!"

성질을 버럭 낼 것 같은 표정과 어울리지 않게 휘소의 목소리는 지극히 낮았다.

"나 결혼한단 소리 때문에, 너 설마 지금 이러는 거야?"

"그때 왜 말 안 했어! 내가 널 어떻게 오해해도 상관없어, 넌!?"

차분한 정원의 음성에 휘소의 목소리가 커졌다.

"오해해서 그랬어! 네가 날 오해하는 것조차 용납이 안 돼. 너랑 잤고 헤르네스 얘기 꺼내는 날 오해할 수도 있다고 생각하면서도 화가 났어. 이러면 안 되는데 하면서도 섭섭하기만 했으니까!"

"그럼 주은현 얘긴 뭐야?"

"……민영이가 그냥 한 말이야."

"하! 너란 앤, 진짜!"

휘소가 머리를 거칠게 쓸어 올리며 정원을 무섭게 쳐다본다.

"넌 아무리 내가 보고 싶었네, 어쩌네 해도 그때뿐인 거지? 나에 대한 네 감정. 욕심 맞네."

"어차피 너랑 이어지는 거 불가능이라 생각했어! 너희 집안 어떤지 아니까. 그래서 널 좋아한다는 거 자체가 욕심이라고 생각했고. 암튼, 그 욕심 버리자 생각했어. 네가 은현이에 대해 물었을 때 그렇게 대답했던 이유야."

"그럼, 니 말대로 욕심만이 아니라면. 너 나한테 올 수 있어?"

혼란스러움이 가득한 정원의 눈빛을 지그시 바라보며 휘소가 말을 잇는다.

"아무것도 생각하지 말고, 나만 보고 올 수 있냐고."

"……!"

"나한테 와, 한정원."

'지영우에게 아무 조건 없이 갔듯이, 나한테도 아무 조건 재지 말고 와. 그럼 나도 다시 한 번 해볼 테니까.'

똑바로 응시하고 있는 휘소의 곧은 눈동자를 바라보는 정원은 목이 메었다. '어, 그럴게. 너한테 갈게'라고 정확히 말하고 싶었지만 꽉 잠긴 목이 말을 듣지 않는다. 대신 고개를 한 번 끄덕였다. 그 끝이 해피엔딩이 될지, 새드엔딩이 될지 모르지만 아무것도 보지 않고, 아무것에도 흔들리지 않고. 오직 김휘소만 보고 김휘소에게만 반응하며 그렇게 자신을 온전히 놔버리고 싶었다.

✳

길었던 머리를 단발로 쳐내고 웨이브를 넣은 정원은 머리 길이만큼이나 가벼운 마음으로 퇴근 시간에 맞춰 휘소의 집으로 향했다. 그러나 '짠' 하고 놀래켜 주려던 계획은 불 꺼져 있는 집을 마주하자 김이 새버렸고, 집 앞에 차를 세우고 기다리고 있기를 몇 시간째. 두 번째 CD의 마지막 곡도 끝나가고 있었다.

빵빵빵, 빵빵.

지루한 정원은 대한민국 박수에 맞춰 클랙슨을 눌렀고, 헤드라이트로 깜빡깜빡 장난도 쳐본다. 그러다 자동차 창밖으로 가로등이 켜진, 꽃과 나무로 조경된 단지가 눈에 들어오자 산책이나 하자 싶어 운전석의 문을 열었다.

막 두 다리를 땅에 내리는 순간 들어오는 차량의 헤드라이트로 인해 눈앞이 번쩍했다. 차에서 내려 리모컨으로 차 문을 잠그고 돌아보니 브리프케이스와 슈트 상의를 챙겨 든 휘소가 차에서 내리고 있었다. 정원이 쭉 그어놓은 적이 있던 그 자동차에서.

"김휘소!"

발걸음을 옮기던 휘소가 멈춰 서더니 뒤돌아본다. 빠르지도 느리지도 않게 휘소 앞으로 걸어간 정원이 휘소를 올려다보며 싱긋 웃었다, 무척 반갑다는 듯이.

"왜 전화 안 했어?"

"내가 한다고 했던가?"

무심한 듯하지만 장난기 섞인 말투.

"어, 며칠 전에 갑자기 바쁜 일 생겼을 때 그랬잖아."

정원은 검지로 한쪽 눈썹을 위로 쭉 추켜올렸다.

"이렇게 한쪽 눈썹을 위로 쭉 올리고 '전화할 테니까 집에 가 있어'. 그래서 기다렸는데 기다린 내가 이상한 사람 된 것 같게 만드는 어이없는 질문을 하면 내가 참 난감하지."

"언제부터 내 말을 그렇게 잘 들었냐, 너?"

"멍청이."

"뭐?"

휘소의 짙은 눈썹이 꿈틀댔다.

"옛날엔 네 말 잘 들은 적 없으니까 당근 지금부터지."

뻔뻔스럽게 대답하고는 정원이 실실 웃는다.

"저녁은 먹고 이러고 있었던 거야?"

휘소가 정원의 등에 손을 대고 집 쪽으로 걸음을 유도하며 묻는다.

"아니. 넌 먹었어?"

"그럼, 먹었지. 지금 시간이 몇 신데……."

휘소가 옆의 정원일 힐끗 내려다보며 말했다. 그냥 질문에 대한 답이 아니라 '이 시간까지 뭐 했냐'는 눈빛으로.

"그래도 야식이라는 게 있잖아. 우리 탕수육 시켜 먹자."

"한정원."

현관 앞에 다다른 휘소가 갑자기 멈춰 서더니 정원을 지그시 내려다봤다.

"왜?"

정원이 눈을 초롱초롱 빛내며 휘소를 올려다봤다.

"지금 이 시간에 내 집에 들어가겠단 얘기는 뭔지 알고 하는 말이지?"

"어, 들어가서 탕수육 시켜 먹자니까?"

정원이 부러 고개를 갸웃거리며 말하자 휘소가 피식, 웃는다.

"집에 가서 너 혼자 시켜 먹어."

시니컬하게 말을 내뱉은 휘소가 정원을 지나쳐서 현관 키패드를 찍었다.

"됐어. 뭔지 아니까 탕수육 시켜주라. 고량주랑."

정원의 말에 휘소가 또다시 픽 웃더니 정원이 안으로 들어설 수 있게 옆으로 비켜섰다.

"들어가."

나무 패널의 시트지가 붙여진 정원의 오피스텔과 달리 진짜 나무 패널이 한쪽 벽면을 지나 천장까지 장식되어 있고 두 면이 통 유리창으로 설계된 거실. 그곳에서 정원은 그레이 톤의 바닥과 조화를 이룬 푹신한 소파에 앉아 야경을 등지고 인터넷 검색 중이었다. 발 아래 느껴지는 러그의 감촉이 너무 좋아 일찌감치 슬리퍼는 저 멀리 벗어둔 상태였다.

"맛있는 중화요리집 전화번호 알아? 넌 뭐 다른 거 먹을래?"

"아직도 못 찾았어?"

휘소가 느긋하게 샤워까지 하고 나왔는데도 여전히 랩톱 화면에 고개를 처박고 있는 정원은 이마를 잔뜩 찌푸리고 있었다.

김휘소란 인간이 집에서 짜장면 같은 걸 시켜 먹은 적이 없으니 당연 흔한 전단지 같은 것은 있을 리 만무했다.

"응…… 너무 많아. 그냥 아무 곳에서 시킬까 봐. 배고파, 배고파."

"비켜봐."

휴대폰을 들고 번호를 찍으려는 정원을 툭 밀어내고 휘소가 그 자리에 앉는다. 그러더니 마우스 클릭 몇 번하고는 손을 내밀며 말한다.

"휴대폰."

"뭐야? 너도 못 찾겠으니까 그냥 아무 곳에나 전화하는 거지? 근데 왜 잘난 척해?"

"배가 덜 고프구나, 네가? 까불지 말고 그거 이리 줘. 평점 제일 좋은 데야."

"응."

평점 제일 좋은 곳이란 소리에 정원이 두말 않고 휴대폰을 건넸다.

"소고기 탕수육 하나, 아…… 한우 맞습니까?"

"에이, 진짜!"

주문하는 걸 옆에서 보고 있던 정원이 후딱 휴대폰을 빼앗아 온다.

"소고기는 미국산만 아니면 되고요. 작은 거 하나랑 양장피, 그리고 고량주 한 병. 아, 사장님. 군만두는 서비스 주실 거죠?

네. 여기가……."

휘소가 불러주는 대로 주소를 읊어준 정원이 통화를 끝냈다.

"무슨 중국집 탕수육인데 한우를 따져?"

"시끄러."

한마디 툭 내뱉으며 소파에 비스듬히 기댄 휘소가 티비를 켠다.

'암튼, 지가 불리하니까.'

그냥 쿡, 웃어넘기며 정원도 티비로 시선을 돌린다. 다시 서재로 들어가 일할 줄 알았던 휘소가 티비를 켜는 순간 정원은 어떤 불평, 불만도 다 받아줄 수 있을 것 같았다. 요즘 무슨 일이 그렇게 많은지 김휘소 얼굴 한 번 보기 힘들었고, 또 막상 만나고 나면 그 시간도 길지 못했으니까.

"안마해 줄까?"

늦게까지 일하는 것이 얼마나 피곤한지 알기에 정원이 휘소를 힐끗 쳐다보며 아무렇지 않게 물었다. 리모컨으로 채널을 돌리던 휘소의 손이 순간, 딱 움직임을 멈췄다.

"싫음 말고."

그래서 대수롭지 않게 한마디 덧붙이니 곧 이해 못할 말이 날아든다.

"너 탕수육 먹기 싫어?"

"에? 무슨 소리야?"

"나 안마해 주면, 너 탕수육 못 먹어. 그래도 할래?"

휘소가 TV에서 시선을 떼고 쳐다보는 것이 느껴졌지만 TV 화면에 시선을 고정시킨 정원은 꼼짝도 하지 않고 대답했다.

"아니. 탕수육 먹고 할래. ……안마."

"훗."

휘소가 작게 웃음을 터뜨리는 소리가 들렸고 정원은 채널이 멈춰진, 프리미어리그 녹화중계를 보며 얼굴을 붉히고 있었다.

'성인 채널도 아니고. 축구 보면서 얼굴 후끈거려 보긴 처음이네.'

"흠."

정원은 괜히 헛기침을 한 번 했다.

"그러고 보니, 머리했네?"

"응."

"그때랑 똑같다."

"언제?"

"6년 전에."

"그걸 기억해?"

정원의 두 눈이 동그랗게 떠진다.

"갈증 나. 가서 물이나 한 컵 떠와봐."

"예, 전하."

민망한지 휘소가 주방 쪽을 고갯짓하며 말하자 정원이 짐짓 굽실거리는 척하더니 주방으로 갔다. 6년 전이었다면 '네가 떠 다 먹어' 하고 말했을 한정원이 말이다.

주문했던 음식이 배달됐다. 휘소가 음식들이 놓인 식탁 앞에 앉으려고 하니 정원이 그것들을 거실 탁자 위로 나르기 시작했다.

"너 뭐 해?"

"식탁에서 고량주 마시다 나자빠질 일 있어? 우리 거실에서 먹자, 안전을 위해서. 축구도 보고. 저거 박지성 출전 경기야."

서비스로 온 군만두와 고량주를 거실로 가지고 가며 정원이 신나게 말하자, 휘소가 고개를 절레절레 저으면서도 숟가락과 젓가락을 챙겨 거실로 갔다.

"패스! 에헤. 패스를 해야지 거기서 슛을 때리냐⋯⋯."

정원이 탕수육을 입에 넣고 몇 번 씹지도 않고 삼키고는 고량주를 마신다.

"넌 말하느라 다 씹지도 않은 음식을 삼켜?"

휘소가 정원을 못마땅한 눈초리로 쳐다보며 말했다.

"말하느라 그런 거 아냐. 빨리 먹는 게 습관돼서 그래."

축구에 푹 빠져든 정원이 대충 말을 내뱉더니 아차 하며 휘소를 쳐다보며 묻는다.

"집에 소화제 있지?"

"⋯⋯없어. 그러니까 꼭꼭 씹어 천천히 먹어."

'무슨, 집에 소화제도 없어?' 하는 눈길로 휘소를 바라보던 정원은 휘소의 눈빛에 안쓰러움이 어리자 멋쩍게 웃고는 다시

TV로 눈을 돌렸다.

"휴직계는 왜 낸 거야?"

"그냥…… 늦잠 자고 싶어서."

부러 장난스럽고 씩씩하게 대답했다. 옆에서 말없이 빤히 쳐다보고 있는 휘소의 눈빛이 느껴졌다. 살짝 그 시선이 부담스러워진 정원은 TV에서 고개를 돌리며 아무렇지 않게 묻는다.

"왜에?"

"……."

그러나 휘소는 여전히 별말이 없다.

"안 먹어? 맛없어?"

휘소의 깊은 눈빛이 계속되자, 정원이 부산스레 양장피를 집어 입으로 가져간다. 톡 쏘는 겨자 맛에 코가 찡긋했다. 아주 괜찮게 한다고 소문나 있는 고급 중화요리 전문점도 휘소의 입맛에 맞지 않을 때가 있으니, 이런 동네에서 배달이나 해주는 음식들이 입에 맞을 리가 없다. 하지만 옛날엔 종종 같이 중국요리를 먹었기에 정원은 휘소가 싫어하리라고는 전혀 생각지 못했다.

"술이나 한잔 따라봐. 마시고 들어가 일해야겠다."

"어."

정원이 휘소의 잔을 최대한 느릿하게 꽉꽉 눌러 채웠다. 자신도 집에까지 일을 싸들고 온 경험이 많아 방해하지 말아야지 했지만, 조그만 술잔에 빨리도 채워지는 술이 참으로 야속했다.

휘소가 서재로 들어갔고, 정원은 계속 입에 음식물을 넣으며 남은 고량주를 마시고 축구를 봤다. 녹화중계임에도 그렇게 흥미진진했던 경기가 휘소가 없으니 별 재미가 없었고, 박지성의 선발출장도 별 감흥이 없었다. 정원은 남은 고량주를 마저 마시고 뒷정리를 했다. 때마침 거실로 나온 휘소가 '놔두고 그만 들어가서 자' 했지만 간간이 담배를 피우기 위해 거실을 지나쳐 테라스로 나가는 것을 알아채곤 조금이라도 더 얼굴을 보고 싶은 마음에 거실에 계속 밍기적거리고 있었다. 그사이 휘소는 몇 번 더 담배를 피우기 위해, 물을 마시기 위해 모습을 드러냈고 소파에 누운 정원은 채널을 이리저리 돌리며 오락프로그램을 얼마쯤 보다 그대로 잠이 들어버렸다.

굳게 닫혔던 서재의 문이 열렸다. 소파 앞으로 걸어간 휘소가 허리를 굽혀 리모컨을 집어 들고는 TV를 껐다. 그리곤 소파 위에서 잔뜩 웅크린 채 잠든 정원을 내려다봤다.

"넌 말하느라 다 씹지도 않은 음식을 삼키냐?"
"말하느라 그런 거 아냐. 빨리 먹는 게 습관돼서 그래."
"휴직계는 왜 낸 거야?"
"……늦잠 자고 싶어서."

덤덤하게 살짝 미소까지 지으며 말했었다. 6년 동안 정원이 어떻게 지냈는지. 기억의 편린들이 잠든 정원의 모습과 오버랩

되고 가슴에 아릿함을 느끼면서도 정원을 내려다보는 휘소의 표정은 고요했다. 그리고 잠시 후, 결국 정원을 조심스럽게 안아 올렸다.

✻

일요일. 드라마 재방송에 맞춰진 TV로 정원의 빨려들 듯한 시선과 휘소의 심드렁한 눈빛이 고정되어 있었다. 휘소는 소파 위에서 팔을 괴고 누운 채였고 정원은 그 아래 러그에 엉덩이를 깔고 앉아 소파에 기댄 상태였다.

"근데 저 남잔 뭐 믿고 저렇게 자기사랑이 심해?"

"저기선 최고의 스타거든."

정원이 앞에 널려 있는 여러 종류의 과자 중 하나를 집어 휘소의 입에 넣어주며 대답했다.

"유치찬란이다, 진짜. 근데 이건 왜 이렇게 달아? 이건 주지마."

"어, 사랑은 유치한 거야. 재미없어? 난 재밌는데."

"퍽도 재밌다. 저 감자는 또 뭔데?"

휘소가 다 마신 음료수캔으로 정원의 어깨를 톡톡 건드린다.

"이씨. 너 때문에 집중을 못하잖아. 그만 물어봐. 보다 보면 이해가거든?"

투덜거리면서도 빈 캔을 받아 든 정원이 테이블 위로 올려놓는다.

"어쭈. 그럼 딴 데 틀어. 야구."

"그러던지."

심통으로 툭 불거져 나올 정원의 모습을 노리며 한 말이었는
데 정원이 심드렁하다 못해 흔쾌히 채널을 돌리자 휘소의 미간
이 살짝 찌푸려진다.

"너 애가 왜 그렇게 줏대가 없어졌냐?"

"다 내려놓으면 이렇게 돼."

휘소는 모르겠지만 이미 본방을 사수한 후였고 또 스포츠라
면 가리지 않고 좋아하는 하던 터라 정원은 선뜻 채널을 돌렸
다.

"뭘 다 내려놔?"

장난기 쏙 빠진 말에 정원은 힐끗 휘소를 돌아봤다.

"왜 갑자기 심각해? 요즘 무소유 읽고 있어서 그냥 해본 소리
야. 그리고 실은, 저거 이미 다 봤어."

히죽 웃더니 다시 TV로 시선을 돌리곤 집중한 척해보지만,
장난기 가신 휘소의 얼굴을 한 번 눈에 들이니 야구에 집중하기
가 어렵다. 그래서 호들갑스레 말해본다.

"그러지 말고 야구 보러 갈래? 저번에 너랑 나, 둘만 빠져나
와서 제대로 보지도 못했는데."

여전히 무표정의 휘소가 빤히 쳐다보고만 있자 머쓱해진 정
원이 다시 야단을 떨었다.

"내가 예매한다? 가는 거다?"

그때 휘소의 전화벨이 울렸고, 대답 없이 휴대폰으로 손을 뻗는 휘소를 보며 정원은 그 행동이 무언의 허락이라 단정지어 버렸다.

"경기 언제 있지?"

곧장 TV 리모컨으로 경기 일정을 검색하며 정원이 중얼거렸다. 그러다 '어디야?' 하는 라희의 음성이 휴대폰을 타고 넘어오자 리모컨을 조작하고 있던 손동작이 움찔, 멈췄다.

"집."

심드렁하게 대답하며 소파에서 몸을 일으킨 휘소가 테이블 위에 놓여 있던 담뱃갑과 라이터를 집어 들곤 테라스로 향했다.

눈길이 따라가려는 마음을 다잡은 정원은 리모컨을 이리저리 조작해 보지만 검색창에 입력하는 단어는 계속 오타가 나기 일쑤였다. 툭. 정원이 리모컨을 바닥에 던지듯 했다. 멍하니 TV 화면을 바라본 상태 그대로지만 눈에 들어오는 것은 아무것도 없었다.

라희에겐 뭐라 변명의 여지가 없는, 더없이 미안한 결정. 그리고 앞뒤 생각 없이 휘소의 제안에 고개를 끄덕이고 이젠 더 큰 것에 욕심이 생기는 자신이 참 뻔뻔스러웠다. 정원은 주섬주섬 가방을 챙기고 나와 계단을 내려갔다.

막 차에 시동을 걸고 큰 길로 빠져나가려 할 때 가방 안에서 휴대폰 진동 소리가 들렸다. 힐끗 조수석 위에 놓인 가방을 쳐다보지만 받을 생각은 없었다. 그래도 갓길에 차를 세웠다. 말도 없이 나온 것이 마음에 걸렸다.

"여보세요?"

예상대로 휘소인 것을 확인한 정원이 울적한 기분과는 반대의 목소리로 전화를 받았다.

〈어디야?〉

"민영이가 급하게 보자고 해서 나왔어. 나 찾았어?"

〈그럼 말도 없이 사라졌는데 안 찾아?〉

'어디야?' 하고 물을 때보단 부드러워진 목소리였지만 그래도 못마땅함이 깔려 있었다.

"아니이. 잘했어."

〈사람 어이없게 해놓고 지금 누가 누굴 칭찬질이야?〉

"미안. 근데 나 운전 중인데 내가 다시 전화하면 안 될까?"

〈알았어. 끊어.〉

정원이 웃음기 밴 목소리로 순하게 말했지만 도리어 휘소의 목소리는 다시 딱딱해졌다.

"어. 참, 야구! 내가 예매한다!"

정원이 큰 소리로 말해보지만, 전화는 이미 끊긴 후였다.

"……설마 또 삐친 거야?"

휴대폰을 가방 위로 톡 던지고 시동을 걸던 정원의 입가로 살포시 미소가 번졌다.

✻

"주은현?"

오피스텔 앞에서 뿌연 담배 연기를 내뱉고 있는 남자의 뒷모습을 발견한 정원이 다가서며 이름을 불렀다.

"뭐 해, 여기서? 나 보러 온 거?"

"그래. 죽었나 살았나 확인하러 왔다."

고개를 옆으로 돌려 연기를 내뱉은 은현이 씩 웃으며 대답했다.

"가자. 근처에 카페 있어."

정원이 발길을 돌리자 은현이 보폭이 큰 걸음걸이로 금방 따라붙었다.

"넌 휴직계 썼다면서 왜 그렇게 바빠, 대체?"

"노느라 바빠."

피식, 웃으며 대답하고는 정원이 카페까지 쭉 이어진 도보로 들어섰다.

"계속 놀 거야?"

어느새 정원을 따라잡은 은현이 카페의 문을 열어주며 물었다.

"어, 부럽지?"

"어, 엄청 부럽다."

나란히 카운터로 향했고, 점원이 바로 주문을 받는 바람에 자연스럽게 대화가 끊겼다. 주문한 커피가 나오자 은현이 정원의 몫까지 들고는 대충 편해 보이는 자리를 찾아 앉았다.

"근데 무슨 일이야, 연락도 없이?"

정원이 은현의 손에서 커피 하나를 가져가며 표정을 살핀다. 한숨을 푹 내쉬더니 씩 웃는 모습이 심상치 않다.

"……나 곧 결혼할 것 같아."

인생에 있어서 중대한 일임에도 은현은 전혀 진지하지 않은 어투로 말했고, 또 웃었다. 정원은 입으로 가져가던 커피를 도로 내려놓았다.

"집에서 그러…… 너 누구 임신시켰어?"

진지하게 묻던 정원의 표정이 한순간에 망가졌다.

"켁! 하, 진짜. 나 그렇게 허술한 놈 아니다."

커피를 마시다 쿨럭이던 은현이 뒤늦게 어이없다는 듯 웃었다.

"그럼, 왜? 할아버지 건강 안 좋으시다더니 결혼 서두르시는 거야?"

"어, 다음주에 선봐."

"누구?"

정원이 흥미로운 눈길을 하며 물었다. 잘생긴 주은현하고 어울리는 한 쌍이 되려면 여자 쪽도 꽤나 예뻐야 될 것이다.

"민유당 총재 막내따님."

"민유당 총재? 딸이 있었나?"

곰곰이 생각하는지 정원의 미간이 살포시 좁아졌다.

"어렸을 때부터 자주 아팠다나? 시골에서 자랐대."

정원의 주름 잡힌 미간을 검지로 꾹 누른 은현이 웃으며 대꾸했다.

"음…… 왠지 얼굴 하얗고 청초해서 보호본능 막 자극하는 스타일일 것 같다?"

정원이 얼굴을 살짝 뒤로 빼, 은현의 손길을 피하며 말했다.

"지금 그게 중요한 게 아닐 텐데. 나 장가가면 너 누구랑 노냐?"

"민영이 있잖아."

정원이 당연하다는 듯 대답하자 은현이 한쪽 입꼬리를 올려 웃었다.

"걔 남자 생겼잖아. 연애할 때마다 올인하는 최민영이 아무렴."

"하긴. 이번엔 진짜 오래갈 것 같긴 해."

"결혼은 안 한대?"

"에이, 설마. 결혼이라면 치를 떨다 못해 몸까지 부들부들 떨잖아."

정원이 쿡, 웃음을 터뜨리며 호언장담을 한다.

"나도 지금 부들부들 떨고 싶은 심정이다. 위로 안 해줄래?"

"노래방?"

한숨 섞인 은현의 말에 정원이 눈을 비스듬히 치켜뜨며 물었다. 노래방은 민영, 은현과 함께 땀 뻘뻘 흘리며 곧잘 놀던 장소였다.

"어, 가자."

은현이 창밖으로 고갯짓을 하며 말하자 정원이 피죽 웃으며 자리에서 일어났다. 안 그래도 라희로 인해 꿀꿀했는데 오랜만에 가는 그곳은 이쪽에서도 반갑다.

다른 때보다 정신없이 놀았다. 휘소의 이름이 뜬 휴대폰이 가방에서 징징 울려대다 얼마 남지 않은 배터리 때문에 곧 방전되어 꺼진 줄도 모를 만큼. 노래방을 나왔을 땐 두 시간이 훌쩍 지나 버린 시간이었다. 그리고 출출해진 배를 붙잡고 이른 저녁 식사를 하며 술을 한잔 걸치니, 정원의 오피스텔 앞에 도착했을 땐 해가 완전히 자취를 감춘 시간이었다.

"어? 저기 휘소 아냐?"

은현이 바라보고 있는 곳을 향해 고개를 튼 정원은 얼결에 멈춰 섰다. 마침, 슥 고개를 돌리던 휘소도 나란히 서 있는 정원과 은현을 발견했고 미간을 확 구긴 채 뚜벅뚜벅 거리를 좁혀 걸어왔다.

"언제부터 주은현이 최민영이었냐?"

"아니, 그게……."

정원은 내심 당황함을 감추려 노력했지만 왜 민영을 만난다고 말했어야 했는지에 대한 이유를 감추고픈 상황이라 참 난감했다.

"내가 찾아왔어, 얼굴 본 지 오래돼서. 근데 넌 웬일이냐?"

정원은 자연스럽게 툭 끼어든 은현이 고마웠지만 휘소는 아닌 것 같았다. 정원은 은현에게서 자신에게로, 그리고 다시 은현에게로 시선을 옮기는 휘소를 보자 은근 기가 죽었다.

"우리 연애하잖아."

태연한 표정에 이은 참 간결하면서도 건방진 말투였다.

"……진짜야?"

은현이 놀란 표정으로 정원에게 대답을 요구했지만 휘소의 집안 문제도 그렇고, 자신의 아버지도 그 사실을 악용하겠지 하는 생각에, 소문나지 않길 바라던 정원은 '은현에게 말해도 되나?' 하고 망설이느라 어안이 벙벙한 상태였다.

"정신이 없지, 아주? 바람피우다 딱 들켜서."

휘소가 눈을 내리깔고 정원에게 핀잔을 준다.

"바람은 아닌데……."

바람은 분명 아니었지만 마치 바람피운 상황처럼 되어버린 터라 당당하게 아니라고 말하기도 좀 뭣하고. 정원도 좀 이상하다 싶어 손가락으로 머리를 긁적인다.

"어쭈. 이젠 대놓고 거짓말까지? 잘못했다고 싹싹 빌어도 모자랄 판에."

"싹싹 빌 필요까……."

말을 시작하던 정원이 찌릿 쳐다보는 휘소의 눈빛에 말을 삼켰다.

"최민영 만난다며. 만났어?"

"아니……. 흠."

정원이 휘소의 시선을 피해 다른 곳으로 고개를 돌리며 작게 대답하고는 헛기침을 한번 했다. 때문에 잠깐의 공백이 생기자 둘의 모습을 지켜보고 있던 은현이 심각한 표정으로 휘소를 쳐다본다.

"얘기 좀 하자?"

"들어가 있어."

은현이 무슨 말을 꺼낼지 대충 짐작한 휘소가 정원에게 말했고, 정원은 둘의 눈치를 살피며 고개를 끄덕거렸다.

"은현아, 간다."

"어, 또 보자."

"전화해."

휘소가 고개를 끄덕거렸고, 정원은 돌아서서 오피스텔 안으로 들어갔다.

"연애라니. 무슨 소리야?"

정원이 완전히 자취를 감추고 난 후에야 은현이 진중한 표정으로 말을 꺼냈다.

"연애 몰라?"

휘소가 한쪽 입매를 쓱 끌어올려 웃는다.

"진심이야?"

"넌 어떤데? 아니었으면 좋겠어?"

"혹, 6년 전 일 때문이라면 그만둬. 정원인…… 너한테 진심이야."

"눈에서 멀어지면 마음도 멀어진다더니. 이젠 내 친구가 아닌 한정원 친구가 돼버린 건가? 좀 서운하네."

여전히 휘소의 얼굴엔 희미한 웃음기가 감돌고 있었다.

"너희 집에서 정원일 다시 받아들일 리 없잖아?"

"그렇게 한정원이 걱정돼? 그래서 나랑 라희 관계, 정원이한테 솔직하게 말하지 않은 거냐?"

"그건……."

"됐어. 정원인 더 이상 걱정 안 해도 돼. 간다."

은현의 곤란함이 반갑지 않았다. 은현을 잃고 싶지 않았기 때문이다. 하지만 정원이 은현과 따로 만나는 것 또한 결코 반갑지 않았다. 휘소는 은현을 남겨둔 채 정원의 오피스텔로 향했다.

휘소의 집 앞.

생소한 차량 한 대가 주차되어 있는 것을 본 정원은 고개를 갸웃거리며 차에서 내렸다.

'누가 왔나? 아무도 없다고 했는데?'

뒷좌석에서 장 봐온 봉투들을 끄집어내곤 2층을 흘낏 올려다본 정원은 입구 쪽으로 걸어갔다. 그저 못 보던 차가 한 대 더 있겠거니, 넘겨 버렸다. 무엇보다 휘소의 생일 케이크를 만들기 위한 이 재료들이 꽤나 무거웠으므로 다른 쪽으로 신경을 쓰고 싶지 않았다.

현관 앞에 다다른 정원은 봉투를 쥔 손 그대로 낑낑대며 키패드에 비밀번호를 찍었다. 자동으로 열리는 문이 반가워 얼른 안으로 들어섰다.

"으차."

양팔에 다시 힘을 주며 계단을 오르자 다소 시끄럽다 느껴지는 노랫소리가 정원의 걸음걸이를 느릿하게 만들었다. 그리고 층계를 다 올라갔을 땐, 시끄럽게 들려오는 음악 소리에 귀가 멍멍할 정도였다. 거실 온 바닥이 형형색색의 종이와 리본, 더불어 빵빵해진 풍선과 반대로 아직 홀쭉한 풍선까지 너나 할 것 없이 뒤섞여 어지럽혀져 있었다.

"정태양!"

정원이 양손의 봉투를 바닥에 탁, 내려놓으며 소리를 질렀지만 음악 소리에 묻히고 만다. 그래도 듣긴 들었는지, 고래고래 노래를 따라 부르며 바쁘게 움직이고 있던 태양이 휙 뒤를 돌아본다.

"뭐야? 네가 왜 여기 있어? 너 여기 어떻게 들어왔어?"

인상을 팍 쓰며 소리를 지르는 태양을 지나쳐 정원이 음악 소리의 볼륨을 줄였다.

"저번에 은현이랑 놀러 왔다가 뭐 두고 간 거 있어서. 비번은 휘소한테 물어봤고. 그러니까 도둑 취급하는 그 눈빛은 좀 치워주지?"

목적은 생일 케이크를 몰래 만드는 것이었다. 하지만 입 싼 정태양에게 사실대로 말했다간, 이 바닥에 소문나는 건 순식간일 것이다. 그럼 휘소와 뭘 더 해보기도 전에 골치깨나 아플 것이 뻔하고. 우연찮게 놓고 간 무소유 책이 도움이 될 듯싶었다.

"그럼, 가지고 빨랑 꺼져."

"웃겨. 네가 뭔데 나한테 꺼져라 마라야. '가주세요'도 아니고."

"가주세요. 네? 됐냐?"

태양이 비아냥거리듯 냉큼 말했지만 콧방귀를 낀 정원은 바닥에 내려놓았던 봉투들을 들고 주방으로 향했다.

"하, 너 지금 뭐 하냐? 설마 케익 만들려고 하는 건 아니지?"

정원을 따라 주방으로 간 태양이 정원이 조리대에 쭉 꺼내놓고 있는 재료들을 못마땅하게 훑어본다.

"은현이가 부탁한 거야. 책만 쏠랑 가지고 가기도 뭣하고 해서……. 넌 뭐 하고 있었어?"

"보면 모르냐? 깜짝 생일 파티 준비한다. 그리고 네가 아무리 맛있게 생일 케이크를 만든다고 해도 넌 끼워줄 생각 없으니까 그냥 돌아가는 게 어때?"

시비조로 말해도 정원이 제법 상냥하게 되묻자 태양은 쭉 째려보고 있던 눈길을 거두었다. 그러나 말투는 여전히 틱틱거렸다.

"걱정 마. 이것만 만들어놓고 갈 거니까. 근데 너 내가 만든 케이크 먹기만 해봐."

깜짝 생일 파티라고 했으니 휘소는 몰랐던 일일 테고. 오붓한 시간을 보낼 생각을 했던 정원은 내일 아침에 다시 오는 것으로 계획을 수정했다.

"안 먹어. 어차피 라희가 케이크 사오기로 했어. 보나마나 네가 만든 거랑은 포장부터 차원이 다를 거다."

지가 만든 케이크도 아닌데 태양이 검지를 흔들며 거만을 떨자 그 모습이 조금은 얄미운 정원이었다. 어쩌면 라희가 사오기로 했다는 말에 더욱 그렇게 느껴진 것일지도 몰랐다.

"알았어. 시끄러우니까 그만 가서 네 할 일 해."

정원이 출력해 온 레시피를 냉장고에 척 붙이며 말했다.

"······진짜 저렇게 만들 수 있는 거냐, 네가?"

핀잔을 들었어도 궁금함이 앞선 태양이 냉장고에 붙은 레시피를 뚫어져라 쳐다보며 물었다.

"······해봐야지."

정원의 손이 바쁘게 움직이느라 대답에 성의가 없다.

"······안 가고 뭐 해?"

달걀노른자와 흰자를 분리하는 작업을 하던 정원이 거실로 돌아가지 않고 서성이고 있는 태양를 힐끗 쳐다보며 물었다.

"풍선 불잖아."

손에 들고 있던 풍선을 급하게 입에 물며 말하면서도 태양의 시선은 계속 정원의 손에 가 있었다.

"훗. 같이 만들래?"

정원이 피식, 웃으며 물었다.

"그래, 뭐. 이 오빠가 도와준다."

태양이 불고 있던 풍선을 휙 거실 쪽으로 던지더니 개수대 앞으로 가 손을 씻었다.

그리고 한참 후. 티격태격하는 가운데 간간이 웃음을 터뜨리던 정원과 태양의 얼굴과 옷에 밀가루와 계란이 덕지덕지 묻어 있었다.

"난 또 꽤나 자신 있어 하기에 다시 봤더니. 너 처음 만드는 거지?"

오븐 속에 들어간 반죽을 들여다보며 태양이 물었다.

"어, 근데 좀 재밌다. 그치?"

정원이 눈을 반짝 빛내며 묻자 태양은 떨떠름한 표정으로 대답한다.

"뭐…… 좀."

"그나저나, 저 풍선 언제 다 부냐? 내가 좀 불어?"

백수란 이유로 혼자 집구석에 처박혀 풍선을 열심히 불어대고 있는 태양이 약간 불쌍하기도 했고 휘소의 생일이니까 도와주고 싶은 마음도 있었다.

"맘대로."

허락이 떨어지자 정원은 거실로 걸어가 소파에 털썩 앉아 옆에 있던 풍선을 집어 들었다. 곧 뒤따라온 태양도 풍선을 한 움큼 집어 그중 하나를 먼저 입으로 가져갔다. 정원과 태양의 발 아래로 색색깔의 풍선들이 하나둘 늘어갔다. 그러다 오븐에서 알람 소리가 나기가 무섭게 정원과 태양은 손에 들고 있던 것을 내던지고는 오븐 앞으로 쪼르륵 달려갔다. 그리고 여차저차 스펀지 시트에 생크림을 바르고 과일로 장식을 끝마친 둘은 흥겨운 기분에 하이파이브까지 했다. 그러다 생크림 묻은 얼굴과 마주하자 겸연쩍음에 태양은 헛기침을 한번 했고 정원은 쭈뼛쭈뼛 앞치마를 벗었다.

"나 세수 좀 하고 올게."

"그러게. 진즉에 저렇게 잘했으면 오죽 좋아? 내 말 그렇게 무시하더니……."

화장실로 걸어가는 정원의 뒷모습을 보며 작게 중얼거리는 태양의 표정이 어째 씁쓸하다.

"파티 몇 시야?"

욕실에서 나온 정원이 발 앞에 떨어져 있던 풍선을 주워 올리며 물었다.

"자식이 몇 시에 올지 모르니, 일단 퇴근 시간에 맞춰서 모이기로 했어."

태양이 웬만큼 부풀어 오른 풍선을 묶으며 대답했다.

"음……. 서둘러야겠네?"

시계를 흘낏 쳐다본 정원이 풍선에 바람을 힘껏 불어 넣었다.

"근데 넌 아직도 백수냐? 이 시간에 여기서 이러고 있게? 이벤트 업체를 부르던가."

풍선의 꽁지를 매듭지으며 정원이 말했다.

"써도 써도 끝이 없는 돈 있는데 뭐 하러? 그리고 나랑 제일

친한 친구 생일을, 어? 성의 없이 이벤트 업체가 뭐냐? 사람들 눈엔 내가 한심하게 보일지 몰라도 그래도 난 그 냉혈한들에게는 없는 의리가 있는 놈이야."

"여자들한테는 아니잖아?"

"아, 거야…… 나한테 의리 보이는 여자가 없으니까 그런 거고."

마냥 한심하게만 보고 있었는데 의외로 정에 굶주린 것처럼 느껴지는 태양이, 정원은 아이처럼 순수한 건 아닐까 하는 생각을 잠시 해봤다. 감정에 솔직하고 조금이라도 잘해주는 사람에겐 한없이 되돌려주지만 말 한마디에 상처 입어 그 상처를 되돌리는 철없는 아이.

'그래. 확실히 철이 없긴 해. 저런 걸 어른처럼 대했으니 만날 욕만 나왔지.'

정원이 쿡, 웃음을 터뜨렸다.

"……야."

태양이 다른 풍선을 하나 집어 드는 정원을 물끄러미 쳐다보더니 한마디 툭 던진다.

"왜?"

정원이 풍선을 입에 문채로 태양을 쳐다봤다.

"그러지 말고 네가 전화해서 언제쯤 도착할 것 같은지 한번 떠봐라. 우린 다 휘소 생일인 거 모른 척하기로 했으니까 연락 못하잖아."

"그러지 뭐. 저기 내 가방."

정원이 고개를 끄덕이며 멀찍이 있던 가방을 손가락으로 가리키자 태양이 인상을 팍 쓴다.

"하, 지금 저걸, 나보고, 달라고? 네가 날 시켜먹어?"

"말어라, 그럼."

정원이 픽 웃으며 한마디 하자 태양이 입으로 훅 바람을 불더니 가방을 들고 온다. 그 모습을 보곤 입가에 웃음을 걸고 있던 정원이 가방 속에 아무렇게나 던져 놓았던 휴대폰을 꺼내고 통화를 시도했다.

〈왜. 한정원.〉

"그냥. 너 오늘 몇 시에 퇴근하나 해서."

〈알아서 뭐 하게?〉

휘소가 픽 웃는 것이 그려진다.

"만나달라고 귀찮게 안 할 테니까 그냥 좀 알려주지?"

휘소가 호락호락하지 않다는 걸 느꼈는지 태양이 대놓고 비웃음을 짓는다. 정원의 입장으로선 그가 휘소와의 사이를 의심치 않는 것이 좋긴 하지만, 자존심이 상하긴 하다. 정원은 태양과 멀리 떨어진 곳으로 걸어갔다.

〈내가 왜? 만나달라고 사정하는 것도 아닌데.〉

"지금 하고 있잖아."

〈장난해? 그게 무슨 사정이야?〉

"그럼 어떻게 해야 가르쳐 줄 건데?"

쓸데없이 통화가 길어지고 있었다. 그렇지 않아도 태양이 의심 어린 눈빛을 보내왔다.

〈애교를 좀 떨어보던가.〉

웃음기 밴 휘소의 말에 태양에게 어깨를 으쓱해 보이던 정원의 표정과 행동이 딱 멈췄다.

"지금?"

〈어, 지금.〉

"아잉. 다음에."

손으로 입을 가리며 작게 말했지만, 태양이 찌릿 눈빛을 빛내며 다가오자 정원은 얼른 화장실로 쏙 들어가 버렸다.

〈다음에 언제?〉

〈……회의 준비 다 됐는데요.〉

〈네.〉

"얼른 몇 시에 끝나는지 알려주고 회의 들어가."

난처했는데 잘됐다 싶었다.

〈저녁은 힘들 것 같고…….〉

"몇 시에 끝나는데?

〈9시쯤 보자.〉

"그럼 너네 집으로 와. 그만 끊는다."

휘소가 다른 말을 할 수 없게 얼른 전화를 끊어버린 정원은 밖으로 나갔다. 태양이 문 앞에 떡 버티고 있어 살짝 놀라긴 했지만 손가락으로 오케이 싸인을 보냈다.

"몇 시?"

"아홉시."

"……너도 그냥 있던가."

"왜?"

지가 말해놓고도 머쓱해하는 태양을 정원이 재밌어하며 바라본다.

"케익도 만들었잖아. 그리고 나 혼자 준비한 것도 아닌데 이따 애들한테 그런 척하려니 뭣해서 그런다. 왜?"

"고맙지만 이 누난 약속 있다."

휘소가 라희에겐 어떤 식으로 말을 했을지, 아니, 말 자체를 꺼내지 않았을지도 모르는 일이었다. 정원은 라희와 대면하는 일은 피하고 싶었다. 휘소가 두 여자를 저울질하는 비겁한 성격이 아니라는 걸 은연중 느끼고 있었지만 그래도 라희에게 떳떳할 수는 없는 입장이다.

"누가 누냐야?"

"당근 나지."

정원은 가방을 챙기고 자리에서 일어섰다.

"에? 너 뭐야! 진짜 가는 거야? 아, 푸엣!"

순간 진짜 황당했는지 태양이 입구를 틀어막고 있던 풍선을 놓치는 바람에 풍선에서 빠져나온 바람을 그대로 뒤집어썼다.

"훗. 뭐긴. 누나라니까."

작게 웃음을 터뜨린 정원이 계단으로 향하며 말했다.

"아, 갑자기 어디 가는 거냐고!"

"미안. 약속 시간이 다 돼서. 재밌게 놀아. 만든 케익도 먹고."

"빨리 해야겠다고 생색은 다 내더니! 근데 뭐 놓고 간 거 있다며?"

"아, 맞다."

다시 휙 돌아온 정원이 테이블 위에 있던 책을 챙기고는 다시 계단으로 향했다. 풍선을 불며 정원을 따라 이동하던 태양의 시선에 실망감이 감돌았다. 아무래도 옆에서 같이 떠들어주던 사람이 도중에 사라진다니 일에도 흥미가 뚝 떨어졌다.

＊

갑자기 터진 폭죽 소리와 웃음소리. 케익에 꽂힌 촛불의 붉은 빛이 휘소 앞으로 옮겨와 선이 또렷한 그의 얼굴에 음영을 드리웠다.

"Happy birthday to you. Happy birthday to you……."

잠시 잠깐 멍해 있던 휘소가 픽 웃더니 한쪽 눈썹을 지그시 올리고는 그를 둘러싼 무리를 훑는다. 그러나 찾고자 하는 얼굴을 발견하지 못하자 '이제, 촛불 꺼', '소원 빌고!' 하는 소리에 '니가 꺼. 아직 내 생일 아니거든?' 하며 검지로 벽에 걸린 시계를 가리킨다.

저녁 9시를 넘긴 시각.

누가 김휘소 아니랄까 봐, 일제히 한 곳으로 고개가 돌아간 무리들이 그저 싱겁게 웃음을 터뜨리고는 흩어졌다. 성의를 봐서 바람 한번 불어주는 게 무어 어렵냐 생각할 수 있겠지만 휘소의 까칠함을 알기에 작은 투덜거림조차 없었다.

"후!"

소파로 걸어가는 휘소를 한번 쳐다본 태양이 케이크 촛불을 한 번에 꺼뜨리고는 휘소에게 다가갔다. 그리고 주위에서 왁자지껄 떠들고 있는 친구들의 눈치를 보며 작게 속삭인다.

"왜. 이 케이크가 마음에 안 드냐?"

'뭔 소리야?' 하는 휘소의 눈빛이 태양에게 날아들었다.

"아니, 한정······."

"그럼 그 케이크도 세 시간 후에 먹을 수 있는 거야? 나 먹고 싶은데."

휘소의 옆에 앉으며 케이크를 탐내는 라희 때문에 태양의 말이 끊겼다.

"먹어."

휘소가 라희 앞으로 케이크를 당겨주고는 자리에서 일어선다.

"어디 가?"

"옷."

왠지 힘 빠져 보이는 휘소의 뒷모습을 바라보고 있던 태양이 옆에 있는 라희를 힐끗 쳐다본다.

"맛있냐?"

케이크로 포크를 움직이는 라희를 얼마간 쳐다보고 있던 태양이 한심스럽다는 듯 말했다.

"어. 먹을래?"

"됐다."

라희가 포크를 하나 집어 건넸지만, 태양은 정원과 같이 만들어 냉장고에 넣어둔 케이크의 맛이 궁금할 뿐이었다.

"이거 다 네가 꾸민 거라며? 정태양, 다시 봤다?"

"그게…… 야! 넌 6년 동안 뭐 했냐?"

평소 같았음 칭찬에 으쓱해야 할 태양이 버럭하자, 케이크를 우물우물 씹고 있던 라희가 '왜 이래?' 하는 눈길로 그를 쳐다본다. 주변 무리에 속해 있던 은현의 시선도 잠깐 태양에게 멈추더니 다시 경혁과 이야길 주고받는다.

"너 휘소 좋아하잖아."

"그래?"

"안 어울리게 웬 내숭? 휘소랑 2년 정도 미국에 있었잖아. 그때 진짜 아무 일도 없었냐?"

"그 점이 나도 참 애석하지."

"쯧쯧."

머리 뒤로 깍지를 끼며 혀를 차더니, 태양이 혼잣말하듯 말한다.

"6년을 그냥 흘려보내고 너도 참 한심하다. 누굴 탓해……."

"6년 아니지. 휘소 좋아한 게 같이 미국에 있을 때부터니까. 몇 년 만에 휘소 딱 보는데, 진짜 멋있는 거 있지? 후광이 쫙 드리우고 심장이 쿵쾅쿵쾅 뛰기 시작하는데……. 넌 그 기분 모를 거다, 애송이."

"아, 오늘 왜 이렇게 날 하찮게 보는 애들이 많아? 이거나 먹어라."

태양이 손가락으로 케익의 크림을 푹 찍어 라희에 얼굴에 묻혔다.

"정태양!"

라희가 빽 소리를 질러보지만 태양은 뒤도 안 돌아보고 은현과 경혁에게 다가가 턱 하니 어깨에 팔을 걸치고는 대화에 끼어든다.

✻

평창동.

태양에겐 없던 약속 핑계를 대며 휘소의 집을 벗어났지만 갑작스런 한 회장의 호출로 진짜 약속이 생겨 버린 정원은 서재 소파에 앉아 한 회장과 마주 보고 있었다.

"호텔에 일은 잔뜩 벌여놓고 언제까지 쉴 생각이냐?"

"어차피 저한테 아무나 붙이실 테니 곧 물러나게 될 자린데,

미련 있겠어요?"

피는 못 속인다고. 한 치의 감정도 드러나지 않는 표정의 한 회장과 정원은 똑 닮아 있었다.

"지금 시위하는 게냐?"

"어떻게 받아들이셔도 상관없습니다."

"그럼 니 자리에 정윤일 앉혀도 되겠구나."

"마음 가시는 대로 하세요. 어차피 제 것이 아니라면 관심 없습니다."

"흠!"

먼저 못마땅한 기색을 드러낸 것은 한 회장이었다. 하지만 헛기침을 하며 정원을 바라보는 시선 뒤엔 웃음이 서려 있었다.

'1:0.'

속으로 웃음을 삼킨 정원이 얌전히 찻잔을 들어 올리며 표정을 감춘다.

"따로 만나는 남자 있으면 데리고 와봐."

"없어요."

다시 테이블 위로 찻잔을 내려놓으며 하는 평온한 대답에서 한 회장은 용케 망설임을 잡아냈다. 파혼을 했음에도 불구하고 1년 뒤 갑자기 나타나 협박 아닌 협박을 하던 휘소를 보며, 정원을 같은 하늘 아래로 쫓아버린 계략이 먹혀들었구나 생각했던 한 회장이었다. 하지만 그 후로 진전이 없어 그만 포기를 해야 하나 고심하고 있던 차에 휘소가 귀국을 했고 부러 정원에게 결

혼이란 미끼를 던졌었다. 그리고 오늘. 정원을 슬쩍 떠보고 있
는 한 회장이었다. 휘소가 정원을 다시 잡아주길 바라며.

잠깐의 정적을 가르며 정원의 가방에서 벨소리가 울렸다. 정
원은 아무 망설임 없이 휴대폰을 꺼내 발신자를 확인했다. 휘소
였다, 이름 옆에 하트까지 달린.

다행히 반사적으로 아버지의 눈치를 보려던 시선을 붙잡은
정원은 통화보류 버튼을 눌렀다.

"받아보지 그러냐."

"지금 당장 안 받아도 되는 전화예요."

말 끝나기가 무섭게 다시 울리는 벨소리가 정원을 긴장시켰
다.

"잠시만요."

"난 신경 쓸 것 없다."

휴대폰을 손에 쥐고 자리에서 일어선 정원은 자신을 가만히
바라보고 있는 아버지가 왠지 꺼림칙하다 느끼며 밖으로 나갔
다.

달칵 하고 서재의 문이 굳게 닫히자 한 회장은 어디론가 전화
를 걸었다.

〈네, 회장님.〉

"지영우 어떻게 됐나?

〈LA에서 지난주 귀국했습니다.〉

"출근은?

〈내일부터 하기로 했습니다.〉

"알았네."

수화기를 내려놓는 한 회장에 얼굴에 얄궂은 미소가 서렸다.

서재를 벗어난 정원은 일단 통화키를 터치해 '잠깐만' 하고 말하며 재빠르게 정원으로 나갔다.

"어. 이제 말해."

고개를 좌우로 돌려 아무도 없는 것을 확인하는 정원의 목소리는 긴장되어 있으면서도 반가움이 묻어났다.

〈전화를 왜 이런 식으로 받아?〉

"장소가 그래서 밖으로 나왔어."

〈어딘데?〉

"평창동.

〈만나달라고 떼쓸 땐 언제고, 애들 불러놓고 쏙 빠져?〉

"집이구나? 근데 내가 부른 거 아냐. 집에 가니까 태양이 녀석이 준비하고 있던데?"

〈그래서 도망간 거야?〉

정원은 못마땅함이 묻어 나오던 휘소의 목소리가 다소 낮게 가라앉음을 느꼈다.

"도망 아니거든. 아버지가 부르셨어. 그래도 걔랑 같이 케익 만들어놓고, 파티 준비도 도와주고 나왔는데. 나 이쁘지?"

〈이뻐? 그리고 정태양이랑 둘이 뭘 해? 궁둥이 팍팍 맞아야

지, 아주.〉

농담으로 하는 말치곤 전혀 농담 같지 않았지만 그래도 원래의 목소리 톤으로 되돌아간 것이 정원을 웃게 했다.

"그렇게 해서라도 내 엉덩이 만지고 싶구나? 내 힙이 좀 매력 있긴 하지."

〈어. 펑퍼짐한 게 아주 매력적이라 지금 당장 만져야겠으니까 와, 빨리.〉

"그렇게 말하는데, 어떤 여자가 가?"

〈너.〉

"훗. 알았어, 가. 가는데, 내일. 토요일인데 회사 나갈 거야? 생일인데 하루 정도는 쉴 거지?"

〈무슨 날인지 말 안 해도 아네. 좀 있다 애들 다 보낼 거니까, 12시 전엔 와. 끊어.〉

그리고 진짜 뚝. 전화가 끊겼다.

'안 간다고 할 줄 알고 불안했네, 했어.'

"쿡. 귀여워."

자기 좋을 대로 해석한 정원이 이미 끊긴 휴대폰을 바라보며 실실거렸다.

18. 내 남자에게 고백한 여자

토요일 아침. 굽실거리는 단발머리를 겨우 고무줄로 묶고는 정원이 온 주방을 바쁘게 휘젓고 있었다.

"앗, 뜨거!"

다 삶아진 소고기를 꺼내던 정원이 열기가 확 느껴진 오른손으로 귓불을 잡는다.

"그다음 뭐지? 아, 미역!"

냉장고에 붙여놓은 레시피를 재빠르게 살핀 정원이 물에 담가놓은 미역을 생각하며 이동한 순간,

"으악! 뭐야 이거? 미역도 번식해?"

미역이 들어 있던 빈 포장지를 급하게 찾아 살핀 정원의 입이 떡 벌어진 채 다물어질 줄 몰랐다.

"이 인분이 아니라 십이 인분이었어?"

양푼을 꽉 채우다 못해 옆으로 미적미적 넘쳐 나온 미역을 바라보고 있노라니 힘이 쭉 빠진다. 그때 탁, 탁, 탁. 계단 오르는 소리에 정신을 번쩍 차린 정원은 시계를 보고는 아차 싶다.

'언제 이렇게 시간이 다 간 거지?'

조깅을 나갔던 휘소가 돌아오고도 남을 시간이었다.

"너 뭐 해?"

"땀 흘렸잖아. 일단 씻어."

정원이 트레이닝복 차림의 휘소가 주방으로 걸어오는 것을 만류해 보지만, 잔뜩 너저분해진 작업대는 휘소의 궁금증을 자극하고 있었다.

"뭐 하냐니까? ……야. 이게 다 뭐야. 미역으로 주방을 초토화 시켰구만."

주방을 쭉 둘러보던 휘소가 아닌 척하곤 있지만 풀 죽은 정원을 바라보며 못 말린다는 듯 웃는다.

"혼자 살면서 밥 한번 안 해 먹었어?"

"바쁜데 밥해 먹을 시간이 어딨어. 다 사먹었지. 너도 해 먹은 적 없을 거 아냐? 아, 됐고. 땀냄새나. 빨리 가서 씻어. 그 전까진 완성할 거니까."

"풋. 완성? 무슨 미술품 만들어? 아무래도 십 분 안엔 안 될 거 같은데……."

"아, 일단 씻어. 빨리."

"천천히 해, 그냥. 뽀뽀."

요리조리 바쁘게 움직이기 시작하는 정원의 뒤로 바짝 붙은 휘소가 고개를 기울이자 정원이 고개만 돌려 쪽, 입을 맞춘다.

"따가워……."

"많이 따가워? 면도할까?"

미역을 건져 올리며 그 말을 입 밖으로 꺼낸 줄도 모르고 있던 정원이 고개를 들고 휘소를 쳐다본다.

"수염. 따갑다며?"

"아……. 있는 것도 멋있긴 해. 허전하지 않겠어?"

"어쩌라고? 그래서 하라는 거야, 말라는 거야, 이 여자야?"

휘소가 정원의 양 볼을 감싸곤 손에 쭉 힘을 주어 붕어 입술을 만든다.

"해. 수염 또 자라잖아."

"풋."

큼지막한 손에 볼이 다 감싸여 동그란 눈과 툭 삐져나온 입술로 뻐끔뻐끔 붕어처럼 말하는 정원이 귀엽다.

"해볼래?"

"면도? 내가?"

손에 미역이 달라붙어 고개만 이리저리 흔들어 휘소의 손에서 벗어난 정원이 눈을 크게 뜨며 물었다.

"여자들 그런 거 좋아하지 않나?"

"나 해본 적 없는데…… 가만. 여자들 누구? 그러고 보니 여.
자. 도. 아니고, 여자드을?"

"오버하지 마. 영화나 드라마에 많이 나오잖아."

찌릿. 째려보는 정원의 이마를 휘소가 손가락으로 콩, 튕기곤
욕실로 향한다.

"어, 어? 왜 피해? 너 그 수염 기른 의도가 뭐야? 언제부터 길
렀어?"

"뭘 피해? 너 그거 계속하라고, 미역국."

미역국이고 뭐고 간에, 정원이 손에 달라붙은 미역을 툭툭 대
충 떼어내고는 휘소를 졸졸 따라간다.

"누구야? 네 수염에 손댄 여자?"

욕실로 들어서고 나서야 정원은 휘소의 옷자락을 붙잡을 수
가 있었다.

"없었다니까, 그런 여자."

정원이 잡고 있던 윗도리를 벗으며 샤워부스 안으로 들어가
는 휘소가 재밌다는 듯 쿡, 웃는다.

"수상해, 수상해."

샤워부스와 마주 보고 있는 세면대 뒤쪽에 허리를 기댄 정원
은 팔짱을 낀 채 투명한 유리 너머의 휘소를 가재미눈으로 쳐다
봤다. 휘소가 바지와 속옷까지 벗어던졌지만 개의치 않는 표정
이다.

"흥. 엉덩이 이뻐서 봐준다, 내가."

샤워하는 걸 보고 있음 뭐 하나 싶어 정원은 다시 주방으로 가 미역사태(?)가 난 것을 정리하고는 욕실로 돌아왔다. 그리곤 곧장 세면대 앞쪽으로 걸어가 면도용품을 찾기 시작했다.

"한정원."

물소리가 끊기더니 달칵 소리와 함께 휘소가 정원을 불렀다.

"왜?"

두 개의 세면기 사이 공간에 있던 쉐이빙크림을 살피며 정원이 대답만 하고 본다.

"뭐 해?"

"면도해 보려고."

"그 칼 잘 든다. 내려놓고, 그 옆에."

흰 타월을 허리에 두른 휘소가 머리의 물기를 털어내며 말했다.

"왜? 겁나?"

면도칼을 손에 든 정원이 눈을 반짝 빛내며 말하자 세면대의 거울 앞으로 다가선 휘소는 그저 피식, 웃는다.

'아…… 저 쌔끈한 치골이라니.'

"으차."

하얀 타월 위로 드러난 탄탄한 몸의 라인을 흐뭇하게 감상 중인 정원의 허리를 휘소가 번쩍 들어 원목의 세면대 위에 앉혔다.

"이거?"

정원이 쉐이빙크림을 집어 들며 물었다. 호기심 가득한 얼굴이다.

"오일 먼저."

"어."

"턱 아래에서부터 마사지하듯 발라봐."

정원이 옆의 놓인 바구니에서 오일 병을 찾아 건네니, 휘소가 정원의 손바닥 위에 오일을 적당량 떨어뜨린다.

"이렇게?"

둥글게 원을 그리며 휘소의 턱과 입가를 문지른 정원이 고개를 약간 더 들어 올려 휘소와 눈을 맞추곤 물었다.

"어. 이제 크림."

정원의 입술에 쪽, 입을 맞춘 휘소가 쉐이빙크림도 정원의 손바닥에 뿌려주며 씩 웃었다. 히죽 웃음이 터진 정원이 하얀 쉐이빙크림을 휘소의 턱 주변에 펴 발랐다. 피식, 피식. 휘소와 정원의 입가가 기분 좋게 씰룩였다.

"봐봐. 첨엔 이렇게……."

얼굴을 거울로 가까이 가져간 휘소 덕분에 정원의 다리 사이에 자리한 휘소의 상체가 정원의 상체와 바짝 붙었다.

"위에서 아래로."

면도를 위해 휘소가 각진 턱을 약간 치켜 올리자 정원의 눈엔 그 모습이 가히 멋지다 못해 환상적이다.

"봤어?"

한번 시범을 보인 휘소가 멍해 보이는 정원의 이마를 손가락으로 아프지 않게 튕겼다.

"어. 위에서 아래로."

"해봐."

정원이 면도기를 받아 물에 한번 헹구고는 서슴없이 휘소의 얼굴로 들이댄다. 그 바람에 움찔, 휘소가 고개를 뒤로 살짝 빼더니 어이없다는 듯 웃는다.

"임마, 왜 그렇게 과감해?"

정원이 배시시 웃는다.

"빨리해 보고 싶었을 뿐인데? 겁먹었어?"

"잘해라?"

주의를 주며 휘소가 다시 얼굴을 가까이 대준다.

"겁쟁이."

눈가에 미소가 가득한 정원이 이번엔 보다 조심스럽게 접근했다.

"오, 재밌다."

면도기가 턱 주변을 쓸 때는 한없이 진지한 표정이던 정원의 얼굴이 중간, 중간 면도기를 물에 씻어 내릴 때는 웃음이 감돈다. 마지막으로 휘소가 얼굴을 씻어 내리자 6년 전의 김휘소와 가까워진 듯하면서도 차가운 이미지가 좀 더 강하게 풍겨져 나왔다.

"털 없으니까 영락없는 차도남이네."

"내가 짐승이냐? 털이 뭐야, 털이? 수염이지."

휘소가 수도꼭지에서 흘러나오고 있는 물을 손에 묻혀 정원에게 튀기자 뒤늦게 피한 정원이 까르륵 웃는다.

다시 주방으로 돌아온 정원은 최대한 냄비가 수용할 수 있는 만큼만 미역을 건져 냄비에 넣었다. 그리고 소금으로 간을 맞추고 있을 때, 뒤따라 들어온 휘소가 정원에게 바짝 붙어 어깨에 한쪽 팔을 두른다.

"잘돼가?"

"모르겠어. 간 봐봐."

정원이 국물을 조금 뜬 숟가락을 호호 불어 휘소의 입으로 가져갔다. 그리고 휘소가 막 받아먹었을 때, 도어폰이 울렸다.

"어? 누구 왔나 봐."

"맛있는데 약간 싱거워."

묻진 않았지만 알아서 척하니 대답해 준 휘소가 거실로 걸어갔다.

"누구?"

"라희."

휘소의 대답이 떨어지기가 무섭게 계단을 오르는 경쾌한 발자국 소리가 들렸다.

"짜잔! 이번에도 니 생일 미역국은 내가…… 끓여주려고 왔는데. 그럴 필요 없는 것 같네? 미안. 다시 만난다는 얘기는 들었는데, 이건 생각 못했다."

장을 봐온 봉투를 들어 보이며 신이 나 말하던 라희의 말소리가 정원을 발견하자 뚝 끊겼다가 무거운 미소와 함께 다시 이어졌다.

"잘 지냈어?"

인사를 건네는 정원도 웃고는 있지만 어색하기는 매한가지였다.

"그거 아무 데나 두고, 앉아. 정원이가 지금 끓이고 있어."

"어? 어. 아, 아니다. 난 그만 가는 게 너네한테도 좋겠지? 간다."

멍하니 서 있던 라희가 갑자기 뒤돌아서자 정원과 휘소도 꽤나 당황스러웠다.

"이라희!"

휘소가 따라가며 이름을 불러보지만 라희는 멈추지 않았다. 그리고 이윽고 급하게 계단을 내려가는 라희의 모습이 휘소에게 불안하게 잡혔다.

"잠깐 서봐!"

휘소가 라희를 멈춰 세우기 위해 속도를 빨리해 보지만,

"아!"

계단을 몇 칸 남겨두고 라희가 삐끗, 앞으로 고꾸라졌다.

"괜찮아?"

넘어져 있는 라희를 살펴보기 위해 휘소가 몸을 낮추고 손을

내밀었지만 그 손을 라희가 탁 쳐냈다.

"왜 이래? 답지 않게 덜렁대더니 심술까지 부리고. 다친……."

"왜 이러냐고? 좋아하니까. 니가 좋으니까!"

휘소를 올려다보며 소리치는 라희의 눈에서 눈물이 뚝뚝 흘러내렸다. 텅 빈 눈동자로 가만히 내려다보고 있는 휘소가 라희는 야속했다.

"나중에 얘기해. 병원부터 가."

"혼자갈 수 있어."

부축하려는 휘소를 라희는 이번에도 거부했다. 하지만 일어서려던 순간 얼굴이 고통으로 일그러지며 비틀거렸고, 휘소가 얼른 라희의 허리를 감싸 안았다. 계단 위에서 그 모습을 지켜보고 있던 정원의 미간에 주름이 잡혔다.

'찌질하다, 한정원.'

어쩔 수 없는 일인데도 기분은 썩 좋지 않았다.

"더는 못하겠어. 니 옆에 있기 위해 좋은 친구인 척, 더는 안해."

라희가 휘소를 올려다보더니 담대하게 말했다.

'무슨 소리야? 좋은 친구인 척? 은현이도 둘이 만나고 있다고 했고, 휘소도 별 다른 말 없었잖아!'

정원에게 그 말은, 라희의 고백만큼이나 충격이었다. 아득하니 밀려오는 혼란스러움에 정원은 힘없이 소파로 걸어가 앉았다. 그럼에도 일이 어떻게 돌아가고 있는 것인지 진의를 판단하기는 어려웠다.

탁, 탁, 탁. 계단을 빠르게 오르는 소리가 들렸다.

"라희가 좀 다쳤어. 병원 갔다 올게."

휘소가 급하게 말하며 방으로 향한다.

"많이 다쳤어?"

무릎에 두 팔을 괴고 양쪽 관자놀이를 어루만지고 있던 정원이 재빨리 정신을 수습하며 물었지만 휘소는 이미 방으로 사라진 뒤였다. 당연히 기다렸던 휘소의 대답은 들려오지 않았다. 정원도 소파에서 몸을 일으켰다. 휘소가 급하게 움직인 걸 보면 라희의 상태가 생각보다 심각한 걸지도 몰랐다. 그냥 멀뚱히 앉아 있기가 뭣했다.

거실을 가로질러 계단을 내려가자 라희는 한쪽 다리에만 힘을 준 채 현관 벽에 기대어 있었다. 그 옆모습에서 암담함이 엿보였다. 다쳐서라기보다는 휘소 때문이라는 걸 정원은 직감적으로 알았다.

"다쳤다며? 휘소 올 때까지 나한테 기대."

어? 하는 표정으로 라희가 고개를 돌렸다. 말소리를 듣고 나서야 다가선 것을 안 눈치였다.

"싫어. 아무리 이래도 내가 좋아하는 남자의 애인한테 기댈 순 없지, 자존심 상하게."

싱긋 웃으며 농담처럼 하는 말에 정원의 이마가 살짝 찌푸려졌다.

'그럼 내 남자 좋아한다는 여자한테 기대라고 한 나는 뭐냐?'

앞으로 평탄하지만은 않겠구나 싶었다. 그래도 겉모양은 웃자고 하는 말이었으니 죽자고 덤빌 생각은 없었다. 정원은 그냥 픽 웃어버렸다. 근데 또 그것이 의도치 않게 라희를 자극한 모양이었다.

"아까 내 고백 들었지? 근데 넌 참 속도 좋다. 아님, 6년 전이나 지금이나 휘소를 등한시 여기는 건가? 그런 거라면 참 좋겠는데 말이지."

"넌 아픈 데도 그런 말이 하고 싶구나? 뭐 다행이네."

"뭐가?"

"덜 다친 것 같아서. 너무 아프면 그런 말 할 정신도 없을 거 아냐."

"니 앞이라 그래. 휘소 앞에선 다시 아플 거거든."

때마침 휘소가 내려오는 소리가 들렸고, '통증 여전해?' 하고 묻는 휘소의 말에 라희가 힘없는 목소리로 '괜찮아' 하고 대답했다. 정원은 '나 무척 아파' 하는 것이 역력한 표정을 지어내고 있는 그녀를 보고 있노라니 자신도 모르는 새에 콧방귀가 튀어나왔다. 하지만 그것보다 더 황당한 일이 있었으니 같은 공간에 있는 자신을 봤는지 못 봤는지 눈길 한번 보내지 않고는 라희의 발목부터 살피고 있는 휘소였다.

"못 걷겠지? 업혀."

게다가 라희에게 등을 내보이며 업히기 쉽게 자세까지 취해 준다. 정원은 한번도 업혀본 적 없는 휘소의 넓은 등짝을 바라보고 있노라니, 뒤통수를 한 대 후려치고 싶은 욕구를 억누르느라 무척이나 힘이 들었다.

"나 치마 입어서 업히기 좀 그래. 그냥 부축만 해줘."

의외의 대답에 정원은 혹했지만 휘소는 안쓰러움을 느꼈나 보다.

"갔다 올게."

겨우 눈을 맞추고 한마디 하더니 휘소가 라희를 안아 들었다. 다행인지 불행인지 같은 공간에 있는 줄은 알았나 보다. 그러나 어쩐지 그게 더 기분이 나빴다. 친구 다쳤다고 정작 중요한 여자친구는 소 닭 보듯 하는 저 행태가.

현관을 빠져나간 휘소가 조수석에 라희를 조심스럽게 태우는 것을 본 정원은 몸을 획 돌려 계단을 올라갔다. 기다려 달라 어째라 하는 말도 없이 떠났으니 미역국을 코로 먹든지 입으로 먹든지. 아님 쏟아버리든지 더 이상 관여할 바가 아니었다. 정원은 옷을 갈아입고 차 키를 챙겨 들었다.

"이제부터 나 불편하게 대하기로 한 거야?"

병원으로 이동 중인 차 안에서 웃음기 섞인 라희의 말에 휘소가 피식, 웃었다. 여전히 운전석 창가 쪽에 괸 팔하며, 정면을 응시한 얼굴은 무심 그 자체였지만 무겁게 가라앉았던 분위기를 깨뜨린 것 같아 라희는 마음이 한결 가벼워졌다.

"정리해."

당연하다는 듯 뱉어낸 말에 안정을 찾아가던 라희가 서러움을 고스란히 드러내 놓고 휘소를 빤히 쳐다봤다.

"나도 그러고 싶지만, 잘될지 모르겠다?"

"잘되게 해야지."

"왜? 꼭 정리해야 돼? 니 마음 달라고 떼쓰지도 구걸하지도 않아. 문제 될 거 없잖아?"

"신경 쓰여, 내가. 한정원 때문에."

기가 막힌다는 듯 휘소를 쳐다본 라희가 고개를 앞으로 돌리며 바람 빠진 웃음을 터뜨렸다.

"결혼이라도 할 생각이야? 난 어디까지나 6년 전 일 때문에 한번 놀아보자인 줄 알았는데? 너도 그때 그랬잖아. 그냥 잔 거라며? 호들갑 떨지 말라며?"

"네가 날 좋아한다고 털어났다고 해서 너한테 내 감정 까발릴 의무 없고, 그럴 생각도 없어. 그러니까 주제넘게 굴지 마. 정원이랑 내 일이야."

라희의 얼굴이 경악으로 물들었다. 지금 김휘소는 한정원을 좋아한다고, 혹은 사랑한다고 실토하고 있는 거나 다름없었다. 단지 그 감정을 말하기가 쑥스러울 따름이라 저런 식으로 까칠하게 구는 것뿐이다. 김휘소가 그 사랑이란 감정을 고스란히 깨닫고 있는 것인지 확인하고 싶었다.

"그래도 결혼은 아닐 거 아냐."

"뭐, 못할 거 없지. 정원이가 원한다면."

질문의 저의가 뭔지 정확하게 파악하고 있는 답이었다. 다친 다리가 강도를 높여 욱신욱신 쑤셔댔다.

"결혼? 너희 집에서 잘도 반기시겠네."

상대가 김휘소라면 어차피 다 읽히는 패였다. 감정 앞에 속임수는 부끄러움만을 가져온다. 라희는 솔직해지기로 했다. 더 이상 숨길 이유도, 필요도 없었다.

"반겨하진 않아도 결국 허락하시게 되겠지."

"내가 너랑 결혼하겠다고 해도?"

휘소의 얼굴에 짜증과 불쾌감이 깃들었다. 분명 그런 반응을 예상한 라희였지만 그래도 뜨끔한 마음에 눈치가 보였다.

"이라희, 어떻게 해도 결론은 하난데. 피곤하게 가지 말자."

"그럼 한정원이 너의 프러포즈를 거절하게 해달라고 기도라도 해야 되겠다."

라희가 두 손을 코앞에 모아 보이며 말했다. 진심을 농담으로 과장해서라도 적막감이 감도는 분위기를 부드럽게 만들어보려는 의도였지만 휘소는 여전히 짜증스런 얼굴이었다.

오피스텔 주차장에 차를 댔지만 쉽사리 내리지 못하고 있는 정원은 손가락으로 톡톡 핸들을 두드리고 있었다. 아무리 화가 났다지만 휘소의 생일을 이렇게 넘기자니 마음에 걸렸다. 일정한 박자를 타며 다시 핸들로 가져가려던 검지가 중간에서 멈췄다. 그리곤 이내 결심한 듯 정원은 다시 차에 시동을 걸고 주차장을 빠져나갔다.

'오늘은 그냥 기분 좋게 넘어가자고. 생일이잖아.'

왜 라희와의 사이—결혼을 전제로 만나고 있었다고 굳게 믿고 있었음—를 숨긴 건지, 정원은 그 일을 뒤로 미루기로 했다. 그리고 그렇게 마음을 정하고 나니 자신이 보는 앞에서 쌩하니 라희를 안아 들고 집을 떠난 휘소의 괘씸한 행동을 유하게 넘겨주는 자신이 대견스럽기까지 했다.

다시 휘소의 집에 도착했을 땐 얼추 점심시간을 얼마 안 남겨둔 시각이었다. 밥을 안치고 휘소가 싱겁다고 한 미역국의 간을 다시 봤다. 집을 깨끗이 치우고 길가에 있던 꽃집에서 충동적으로 한 아름 사온 꽃을 여러 개의 꽃병에 나눠 하나는 식탁에, 하나는 거실 탁자에, 그리고 또 하나는 화장실에 뒀다. 그러고 시계를 보니 얼추 들어올 시간이 지난 것 같은데 깜깜 무소식인 휘소가 궁금하다.

"왜 이렇게 안 와?"

째깍째깍. 벽에 걸린 시계의 초침 소리가 더욱 요란스럽게 들렸다. 전화를 걸까 말까 아까부터 외면하고 있던 휴대폰을 흘낏 쳐다본 정원은 정면을 응시한 채 재빨리 휴대폰을 집어 들었다. 신호음만이 길게 이어졌다. 두 번째도 마찬가지였다. 한숨과 함께 통화를 포기한 정원은 TV를 켜고 소파에 앉은 자세 그대로 옆으로 누워버렸다.

"······평정한 수컷 호랑이는······."

채널을 돌릴 생각도 않고 멀뚱하니 보고 있으려니 화가 다시 솟구쳐 올랐다. 사파리 내에 힘이 가장 센 수컷 호랑이가 부인인 암컷 호랑이를 놔두고 바람을 피우는 장면이 이어지더니 결국 암컷 호랑이 둘의 싸움을 멀찍이서 지켜보고 있다. 그것도 무심한 눈길로 나른하게 엎드린 채 말이다. 저건 당연히 부인이 이기길 바라는 것이 아닌, 그저 이긴 암컷이 내 여자다 하는 방관적인 자세가 분명하다.

"아니, 뭐 저딴······. 저 호랑이 미친 거 아냐?"

갈등의 중심에 서고도 안일한 태도를 보이고 있는 수컷 호랑이보다도, 드럽고 치사하니 쿨하게 '너 가져라' 하지 못하고 싸움에 뛰어든 암컷이 더 마음에 안 든다. 하지만 휘소와 라희, 그리고 자신의 관계를 고대로 저 호랑이들에게 대입시키니 또 그렇게 간단한 문제가 아닌 것은 맞다.

이제 곧 암컷들의 싸움이 시작될 것 같았다. 순간 휴대폰이 시끄럽게 울렸고 '여보세요' 하고 다 말을 하기도 전에 '내일부터 다시 출근하거라' 하고 끊긴 아버지의 전화에 정원은 한동안 멍한 상태였다. 휴직계 끝나면 바로 쫓겨나는구나 했는데 의외였다. 그래서 자연적으로 휘소에게 가던 신경이 온통 호텔로 옮겨 가는데 그렇게 기다려도 오지 않던 휘소가 집으로 들어서고 있었다.

"뭐 하고 있었어?"

"……."

물을 마시기 위해 주방으로 걸어가던 휘소는 대답 없는 정원이 신경 쓰여 힐끗 쳐다보고는 바로 소파로 걸어왔다.

"설마 계속 그러고 있었던 거야?"

갑작스런 라희의 고백에 병원까지 가는 동안, 그리고 치료받은 라희를 다시 집에 데려다 줄 때까지 줄곧 받아야 했던 라희의 눈빛이 휘소를 꽤나 지치게 만든 상태였다. 정원의 옆에 풀썩 주저앉은 휘소가 고개를 소파 등받이에 묻었다.

"어이, 자기. 니 남자 물 한 잔만 떠다주지?"

시선만 정원을 향해 휘소가 피식, 웃으며 말했다. 멍하니 생각에 빠져 입을 살짝 벌리고 있는 정원의 모습이 귀엽다.

"어쭈. 너 지금 누구 생각하는데 내 말 씹어 먹고 있냐?"

휘소의 검지가 정원의 턱을 톡톡 건드린다.

"아버지가 내일부터 출근하래."

"……잘됐네."

"……어."

한 박자 느리게 말하고 한 박자 느리게 받는다. 서로를 바라보는 눈빛은 말과 다른 의미를 내포하고 있었다. 왜인지 모를 불안함. 그러나 딱히 그렇다 할 이유가 없기에 그냥 그렇게 지나가고 만다.

"근데 나한테 물 떠오라고 시키고 싶어? 분위기 파악 안 하는 게 못하는 것보다 더 나빠. 알아?"

그러면서도 정원은 자리에서 쓰윽 일어나 부엌으로 향했다.

"무슨 분위기? 오니까, 마냥 멍 때리고 있던데."

정원이 휙 뒤돌아보니 휘소가 히죽 웃는다.

"나 아까 들었어."

"그랬어?"

휘소가 다시 소파에 머리를 가누며 눈을 감는다.

"……신경 쓸 것 없어."

대수롭지 않게 한마디 덧붙이는 덤덤한 목소리에 정원의 아미가 가운데로 모아진다. 입장 바꿔 너 같으면 신경 안 쓰이겠냐? 하고 따지고 싶었다.

'말 꺼내지 말란 얘기지? 생일이니까 참는다.'

컵에 얼음을 채우고 냉수를 가득 따른 정원은 두 눈을 감고 있는 휘소의 볼에 총총 물방울이 서린 컵을 가져다 댔다. 웬만해선 포커페이스를 유지하는 김휘소가 부들 떠는 모습을 보니 피식, 웃음이 나왔다.

"웃음이 나오지? 어?"

휘소가 정원의 목에 팔을 둘러 가슴께로 끌어당겼다. 정원이 켁켁거리다 휘소가 힘을 빼자 가만히 얼굴을 가슴에 묻은 모양새가 됐다.

"좀 자고 본가 가서 저녁 먹어."

가족 모임을 앞두고 있는 휘소에게 끓여놓은 미역국 먹자는 소리가 입 밖으로 나오지 않았다. 더부룩한 속을 좋아할 사람은 없으니까.

"가게?"

휘소가 물을 한 모금 마시고 테이블 위로 컵을 내려놓자, 정원은 그의 품에서 빠져나와 가방을 챙겨 들었다.

"어, 내일 출근하려면 지금 가서 뭐라도 좀 봐야지."

확실히 피곤했는지 별말 없이 휘소가 고개를 한번 끄덕였다.

"갈게. 나오지 마."

휘소를 생각해서 하는 말은 아니었다. 배웅도 못 받고 떠나게 되면 꿀꿀할 것 같아 미리 선수를 친 것이었다.

"뽀뽀도 안 해주고 가나?"

등 뒤로 휘소의 볼멘 목소리가 들려왔다.

"어. 해주기 싫어."

부엌의 미역국이 담긴 냄비를 한번 쳐다보고는 정원은 계단을 내려갔다.

19. 사랑해 사랑해 사랑해

휘소에게서 걸려온 전화를 받으며 정원은 호텔에 들어섰다. 마주 오던 객실 담당 매니저가 먼저 정원을 알아봤지만 휴대폰을 귀에 대고 있는 것을 보고는 환하게 웃으며 인사를 대신한다.

〈저녁 같이하자.〉

"어. 알았어."

가볍게 대답한 정원이 매니저에게 반갑다 웃어 보이며 살짝 고개를 숙였다 들었다. 약간의 거리를 두고, 검정색 슈트를 말끔히 차려입은 남자가 옆으로 지나가고 있었다. 어딘가 낯익은 느낌이다.

'누구지?'

〈……한정원.〉

퉁명스런 휘소의 목소리가 정원을 일깨웠다.

"아, 미안."

뒤늦게 통화에 집중해 대답하고 다시 시선을 남자가 걸어가
던 쪽으로 돌렸을 땐, 이미 시야에서 벗어나고 없었다.

〈왜 집중 못해?〉

"아니, 그게……."

〈뭔데?〉

휘소가 슬쩍 짜증을 내비치며 대답을 강요한다.

"누가 지나가는데 아는 사람인가 해서."

〈누구?〉

지영우라고 어떻게 말할 수 있겠는가.

"……미국에 있을 때 알던 친구."

그렇게 둘러대면서 정원도 '설마, 아니겠지' 하는 생각을 하
고 있었다. 지영우가 여기, 그것도 자신의 눈앞에 나타날 만큼
뻔뻔스럽다고 여겨지진 않았다.

〈들어가. 이따가 전화하고.〉

"응. 점심 챙겨 먹고 일해."

〈걱정되면 점심 챙겼는지 한 번 더 전화하던가.〉

"그냥 내 목소리 한 번 더 듣고 싶다고 말하던가."

둘은 동시에 피식, 웃었고 그 후로 몇 마디 더 주고받은 뒤 전
화를 끊었다. 이미 정원의 머릿속에선 영우의 대한 불안감이 말

끔히 사라진 뒤였다.

사무실에 들어서니 팀장의 부재에 따른 어려움과 그로 인해 겪었던 서러웠던 일들을 팀원들이 정신없이 쏟아냈다. 정원이 한참 동안 다독이고 나서야 소소한 웃음소리가 찾아들었다.

"아, 맞다! 팀장님, 빅뉴스!"

정원이 자리로 걸어가는 사이 팀원 하나가 박수를 짝 치며 주의를 환기시켰다.

"뭔데요?"

궁금함이 담긴 정원의 눈빛이 여직원에게 향했다.

"총지배인님 새로 온 거 모르시죠?"

여직원이 눈을 초롱초롱 빛내며 말하자 남자직원들은 '또 그 얘기야?' 하는 눈빛으로 김샌 표정을, 여직원들은 하나같이 화기가 돈 얼굴이다.

"언제?"

그런 팀원들을 재밌어 미소를 지으며 물으니 그 여직원이 냉큼, 씩씩하게 '어제요!' 한다.

"그냥 총지배인님이 아니라 아주 멋진 총지배인님이 오셨나 봐요."

정원이 한마디 덧붙이자 각자의 자리로 하나둘 흩어지던 팀원들이 쿡쿡거리며 웃는다.

"……어?"

자리로 걸어가다 새로 바뀌어 있는 의자를 발견한 정원이 놀란 얼굴로 의자를 살폈다. 휘소의 사무실에서 보고 부러워하던 그 의자였다.

"우리 팀 의자 바뀌었어요?"

"아…… 그거요? 어제 팀장님 앞으로 배달 왔던데요?"

정원과 가까운 곳에 자리한 누군가 파티션 위로 머리를 쏙 빼내며 대답했다.

'쿡. 김휘소, 멋진 놈.'

의자 하나에 기분 좋은 아침이다. 물론 그 기분이 채 십 분도 가지 못한 것이 문제이긴 했지만.

"정 대리! 정말 이 말도 안 되는 도안이 통과된 거 맞아요?"

기분 좋게 리모델링 도면과 CG 파일을 펼쳐 든 정원은 찬물을 뒤집어쓴 듯 급격하게 기분이 다운되었다. 도면을 잡고 있는 손이 부들부들 떨릴 정도였다.

"네……. 그게 저희도 다들 의아해하긴 했는데 위에서 결정된 사항이라……."

정 대리가 긴장한 표정으로 말끝을 흐렸다.

"알았어요."

정원은 황급히 도면과 인쇄된 CG파일을 챙겨 가방을 낚아채듯 메고 밖으로 뛰어나갔다.

지하 주차장.

조수석에 가방이며 도면을 던져 놓고 정원이 황급히 시동을 걸었다. 그러나 웬 걸. 요란한 소리만 낼 뿐 시동이 온전히 걸리지 않자 욕설이 튀어나왔다. 몇 번을 반복했지만 마찬가지였다. 핸들에 두 손을 얹은 정원이 이제 어떻게 해야 하나 생각에 잠긴 순간 톡톡, 누군가 운전석 유리창을 두드렸다. 이마를 잔뜩 찡그리고 있던 정원의 고개가 천천히 창 쪽으로 돌아갔다.

검정색 슈트 상의 자락과 그 속에 감춰진 검정색의 넥타이. 하지만 유리창 윗부분에 가려진 얼굴은 눈에 들어오지 않았다. 문득 출근길에 보았던 검정색 슈트를 입고 있던 남자의 뒷모습이 떠오른 순간, 남자가 천천히 허리를 굽히기 시작했다. 정원은 그 짧은 시간 동안 남자가 얼굴을 드러내는 것에 대한 이유 없는 거부감이 들었다. 하지만 곧 남자의 얼굴이 두 눈에 들어와 박혔다.

놀랍고 혼란스러운 감정이 정원의 두 눈동자에 여과 없이 드러났다. 감정을 숨길 새는 없었다. 그만큼 당황스러웠고 그 순간이 믿어지지 않았다. 아니, 믿고 싶지 않았다. 정원은 두 눈을 질끈 감고 심호흡을 했다. 그리고 다시 창문으로 고개를 돌렸을 땐 남자는 차에서 한 발짝 멀어져 있었다. 시간을 주고 있다는 것을 알았다, 마음의 준비를 할 시간을.

정원은 느릿하지만 정확한 동작으로 차에서 내렸다. 서로를 가만히 응시하고 있었지만 선뜻 말을 꺼내지 못하고 있다는 사실을 서로가 느끼고 있었다.

갈색의 브리프 케이스를 한 손에 들고 있는 영우는 정원의 눈에 여전히 반듯해 보였다.

눈가가 촉촉해진 영우가 정원을 향해 희미하게 웃었다.

"……한신건설 들어가는 길이지?"

어떻게 '안녕?', '잘 지냈어?' 하는 말로 다시 만난 처음을 시작할 수 있을까? 영우에겐 평범한 그 말들이 너무나 어려웠다. 해서는 안 될 말이라는 것도 알았다. 정원이 안녕하지 않을 거란 걸 아니까. 잘 지내지 못했으리란 걸 아니까.

"……새로 왔다는 총 지배인. 설마 선배야?"

"어."

'아니'란 대답을 기다리고 있는 정원을 바라보며 영우는 씁쓸함을 숨기며 웃었다. 처음 받아보는 적대감 섞인 정원의 시선. 그런데도 그의 첫사랑은 여전히 아름다웠다. 마음은 아릿한데 이렇게 정원을 바라볼 수 있어 영우는 행복했다.

"나도 한신건설 들어가는 길이었어. 도면 보니 문제가 많더라. 같이 움직일 명목은 충분할 것 같은데. 그럴래?"

"선배가 한정훈한테 도면에 문제가 많다고 따지러 가는 거라고? 지금?"

네가 그럴 수나 있겠냐는 투였지만, 영우는 기분 나쁘지 않았다. 정원을 대가로 정훈에게 돈을 받은 건 사실이었으니까.

"어, 안 되나?"

영우가 싱긋 웃으며 말했다. 옛날의 그 싱그럽고도 부드러운 미소였다. 하지만 더 이상 떨리지 않는 미소이기도 했다.

"선배, 솔직하게 말해줘. 우리 호텔 왜 온 거야? 이것도 한정훈 작품이야?"

영우가 보냈던 메일의 내용을 떠올리며 정원이 차갑게 말했다.

"아니. 차 고장 났지? 일단 타. 가면서 얘기하자. 한시가 급하잖아."

설핏 미소를 보인 영우가 뒤돌아 걸어갔다. 정원이 따라오리란 확신은 없었지만 계속 정원의 얼굴을 쳐다볼 수가 없었다. 내 마음은 계속 널 생각했노라고 말해 버릴 것 같았다. 돌아선 영우의 얼굴이 슬픔에 잠겨 있었다.

또각, 또각.

다행이었다. 정원이 곧 뒤따라와 조수석에 올랐다. 영우의 입가에 미세하게 미소가 번졌다. 영우는 정원을 위해 최대한 조심스럽게 커브를 돌아 주차장을 빠져나갔다.

"정훈이랑은 6년 전에 그걸로 계산 끝났어. 그러니 이젠 네가 날 이용해."

8차선 도로로 들어서며 영우가 말했다.

"미안하지만 난 그럴 돈 없어."

정면을 응시한 채 대꾸하는 정원의 말투는 사뭇 차가웠다.

"그냥 아무런 대가 없이 이용해. 넌 그럴 자격…… 충분하니까."

정원의 눈동자가 흔들렸다. 들키지 않기 위해 조수석의 창가로 고개를 돌렸다.

"일단 오늘은 정훈이 편에 서는 척하면서 도면 수정하게 만들 거야. 그러니 넌 적당히 화내면 돼. 그리고 앞으로는 유리한 정보 빼내서 너한테 알려줄 생각이야."

"필요 없어, 하지 마. 정훈이 만만하게 볼 상대 못 돼."

'이 남자 많이 미안해하고 있구나' 하는, 영우의 진심이 느껴졌다. 그래서 직접적으로 말은 안 했어도 영우가 위험에 처할 수 있다는 걸 알기에 단칼에 거절했다.

"정원아, 이제 내 걱정 같은 거 하지 마. 그게 날 위하는 거야."

정원을 다시 욕심낼지도 모른다. 그러니까 그녀가 자신을 걱정하고 생각해 주는 일 따윈 없어야 했다.

"안 해, 선배 걱정 따위."

가차 없는 대꾸였지만 영우는 알고 있었다, 한정원은 정 많고 마음 여린 사람이라는 걸. 영우가 피식, 웃었다.

"······스카우트 제의 받은 거야?"

얼마간의 정적이 흐른 뒤 정원이 물었다.

"음······ 아니. 자리가 났다기에 지원한 거야. 그만 한국에 오고 싶었거든."

확실히 스카우트는 아니었다. 출근 전에 한 회장을 만나서 자신을 불러들인 이유와 그가 할 역할에 대해 인지하게 되었고,

흔쾌히 알겠노라고 대답했었다. 자신의 방해—정원의 여린 마음을 이용한 것—로 망가져 버린 정원의 사랑과 입지를 바로잡아 주고 싶었다.

"……선배 어머니는?"

한국에 오기 전엔 어디 있었는지 묻고 싶었지만 정원은 묻지 않기로 했다. 더 이상 영우에게 관여하고 싶지 않았다. 하지만 딱 하나는 짚고 넘어가고 싶었다. 영우가 자존심을 버리면서까지 지키고자 했던, 그녀였어도 그런 선택을 했겠지 이해하게 됐던 이유. 내심 지금도 잘 살아 계시기를 바라며 물었다.

"……잘 계셔. 저기, 좋은 곳에서."

창밖의 하늘로 눈길을 한번 준 영우가 웃으며 말했다, 아무렇지 않다는 듯이. 정원의 두 눈가가 촉촉이 젖어들었다. 영우에 대한 원망과 미움이 살포시 사라지고 있었다.

한신건설 본사.

정원은 정훈에게 차분하지만 분명한 어조로 리모델링 컨셉과 전혀 상반되는 도면의 문제점에 대해 조목조목 따졌고 당장 공사 중단을 요청했다. 하지만 정훈은 시종일관 능글거리는 태도로 그럴 필요가 있느냐는 말을 되풀이했고 막상 시공하고 나면 이미지와 느낌이 많이 다를 거란 말로 빠져나가기 일쑤였다. 결국 정원은 '공사가 도박이냐' 목소리를 높였고 그런 식으로 이 공사 진행할 거면 다른 업체를 알아보겠단 엄포까지 놓고 사무실을 떠났다.

　쾅. 닫힌 문을 바라보던 정훈이 히죽 웃으며 영우를 쳐다본다.

　"저렇다니까. 은근 성깔 있어. 내가 나서서 떼내준 거 고맙지 않아?"

　정훈의 목을 비틀고 싶은 마음을 숨긴 영우가 어깨를 으쓱하곤 입꼬리를 올려 웃었다.

　"정원이 한 회장님 신임 많이 회복한 거 같은데. 앞으로 내 도움 필요하지 않겠어? 그러려면 내 입지부터 좀 다지게 도와줘."

　"뭐? 도면 다 뜯어 고치자고?"

　정훈이 볼펜을 톡톡 테이블 위로 튀기며 비죽 웃었다.

　"사장님이 이미 위임한 일이라며. 진짜 다른 업체 알아볼 것 같던데, 잘 생각해 보고 내일 연락해."

　영우도 웃으며 자리에서 일어섰다.

　"진짜 우리 누나 다 잊은 거 맞아? 꽤 진지했잖아, 그 돈 다시 돌려주고 한정원한테 가겠다 할 정도로. 그때 당신 어머니 위급하지 않았으면 어쩔 뻔했어? 휴…… 다시 생각해도 아찔하네."

　영우를 올려다보며 씩 웃는 것이 꼭 비웃는 모양새다.

　"네가 운이 좋은가 봐."

　'안 그랬음 넌 지금 나한테 죽었어.'

　농담조인 말과 달리 영우는 떨리는 두 손을 바지주머니 속으로 집어넣었다. 당장에라도 한 대 치고 싶어 피가 끓어올랐다.

주차장에서 차를 뺀 영우는 보도블록 위를 걷고 있는 정원의 옆으로 차를 세웠다.

"정원아."

영우의 기대와 바람대로 정원이 가던 걸음을 멈추고 돌아봤다. 늘 그리워하고 생각했던 모습 그대로, 정원이 또다시 눈에 들어왔다. 설레었다.

"화내니까 배고프지 않아? 타."

무감정한 정원의 눈길을 받아내기가 힘들었지만 차에서 내린 영우는 여전히 웃는 얼굴로 말했다. 그리고 조수석의 문을 열고 여전히 꼼짝 않고 있는 정원을 부드러운 태도로 차에 태웠다.

"벨트 매야지."

직접 해주고 싶었지만 정원이 불쾌해할 것 같아 가만히 보고만 있는 영우였다. 정원이 완전히 벨트를 채우고 나서야 영우가 천천히 차를 출발시켰다.

"호칭…… 정리해야지. 한 팀장이라고 불러. 총지배인님이라고 부를게."

"어, 아무래도 그래야겠지?"

높낮이 없는 정원의 말투였지만 머뭇거림을 눈치챈 영우가 오히려 흔쾌히 그러자 했다. 그리곤 정원이 좋아했던 메뉴를 떠올리며 레스토랑으로 차를 몰았다. 곧 점심시간이었고 이젠 사신도 가격과 상관없이 좋은 음식을 즐길 수 있다는 것을 정원에게도 보여주고 싶었다.

"호텔로 가는 거 아니었어? 여긴 왜?"

레스토랑 앞, 발레파킹을 하기 위해 남자가 뛰어오는 것을 본 정원이 영우를 바라보며 물었다.

"밥 안 먹을래? 어차피 호텔 들어가도 바로 점심시간인데."

선택권을 주고 있긴 하지만 차 밖에 기다리고 선 남자를 힐끗 쳐다보는 영우를 보니 꼭 그런 것 같지도 않았다.

'그래, 이제는 별다른 감정도 없는걸.'

자신의 눈치를 살피고 있는 영우를 보니 밥 한 끼 같이 먹는 게 무얼 그리 대수인가 싶었다. 그리고 밖에 있는 남자도 정원의 마음을 식당 안으로 움직이는 데 한 몫하고 있었다. 정원이 말없이 차에서 내리자 얼른 따라 내린 영우가 차 키를 남자에게 건네고 정원의 조금 뒤에서 레스토랑 안으로 들어섰다.

"예약하신 분 성함이?"

유니폼을 단정히 차려입은 직원의 말에 순간 영우는 당황했다. 이젠 정원에게 당당한 모습만 보이고 싶었는데, 아직도 어수룩하고 촌스런 6년 전의 지영우인 것 같은 느낌에 얼굴까지 붉어지는 것 같았다.

"아, 죄송합니다. 급하게 오는 바람에 예약은 못했습니다만, 빈자리가 없습니까?"

영우가 호텔리어로 활동했던 경험을 살려 침착함을 되찾으며 물었다. 매일은 아니었지만 그래도 가끔 한두 테이블씩은 캔슬이 나게 마련이다.

"아, 그러셨군요. 마침 예약 취소된 테이블이 딱 하나 있습니다. 안내해 드리겠습니다."

직원의 말투는 정중했지만 그의 얼굴엔 '우리 식당은 여간해선 빈자리가 나지 않는 명성이 자자한 곳인데, 운이 참 좋군요' 하는 표정이 역력했다. 남자가 영우와 정원에게 미소를 보이며 앞서 걸어갔다.

"휴."

웨이터가 등을 보이자 영우가 살짝 안도의 한숨을 내쉬었고, 옆에서 그 모습을 보고 있던 정원이 피식, 아주 희미하게였지만 웃음을 보였다. 그리고 또 그 모습에 기분이 좋아진 영우가 정원을 보고 어깨를 으쓱하며 괜스레 의기양양한 표정으로 웃었다.

통유리로 된 창가의 자리에 먼저 도착한 직원이 영우와 정원을 기다렸고, 정원의 의자를 빼주고 난 영우가 자리에 착석하자 테이블 위로 메뉴판을 올려놓곤 자리를 떠났다. 때문에 시야가 확보된 정원이 무심결에 메뉴판으로 눈길을 주려는 찰나 꼿꼿이 와 박히는 듯한 시선에 다시 고개를 들어 올렸고, 그 순간 행동이며 눈빛이며 딱딱하게 굳어버렸다.

'김휘소!'

대각선 방향에 자리하고 있었다. 반사적으로 정원은 입을 뻐금거렸지만 나오는 말도 없을 뿐더러, 뭐라고 말을 한다고 해도 멀찍이 앉아 있는 상태였기 때문에 그런 행동을 한 자신이 꽤나 우습고 민망스러웠다.

"정원아?"

바짝 굳어 있는 정원을 의아하게 쳐다보던 영우에 부름에 정원이 영우에게로 고개를 돌렸지만, 이미 영우는 정원의 시선이 향하던 곳으로 시선을 돌리고 있었다.

'보지 마'라고 말하려 했지만 이미 늦어버렸다. 아마도 자리하기 전에 휘소는 지영우라는 걸 알았을 테지만 그래도 정원의 마음은 다시금 둘의 마주침을 피하고 싶었다.

속으론 '일부러 작정하고 만나 거 아닌데' 하는 이성이 작동하기도 전에, 건조하면서도 서늘한 휘소의 눈빛을 받고 있노라니 머릿속은 백지가 된 것처럼 멍했고, 가슴이 두 근 반 세 근 반 쿵쾅거려 눈앞이 아찔하기까지 했다.

정원은 쭈뼛 휘소에게 눈길을 보내다 다시금 흠칫했다. 죽일 듯 노려보는 것도 아닌 그저 말없이 바라보고 있는 눈빛에 기가 죽는 건, 그만큼 6년 전 일에 대해 미안한 감정을 갖고 있기 때문이리라. 휘소가 오해하면 어쩌나 하는 불안감, 그리고 그 불안감은 휘소에 대한 마음 때문이었다.

휘소의 맞은편에 앉아 식사를 하고 있는 중년의 남자는 휘소에게 그렇게 중요한 인물은 아닌 것 같았다. 그의 말을 듣는 둥 마는 둥 하는 휘소의 시선이 아까부터 대놓고 이쪽을 향해 있다는 걸 정원은 느낄 수 있었다.

주문을 받아가기 위해 다가온 웨이터에게 뭐라 뭐라 메뉴를 말하는 영우도 꽤나 뻣뻣했다.

옆통수가 따가워 목이 바짝 탔지만 그렇다고 물 잔을 들어 올리자니 그 시선에 물을 마시다 쏟아버릴 것 같아 이러지도 저리지도 못했다. 영우에겐 딱 하나 남겨진 빈 테이블이 더이상 행운이 아니었다. 먹음직스런 음식이 나왔어도 누가 먼저 먹으려는 의지는 없어 보였다. 결국 영우가 손으로 '먹어' 하는 제스처를 해 보였고, 정원이 마지못해 나이프와 포크를 집어 들었다. 그리고 막 입속으로 포크를 가져갈 때쯤, 중년의 남성을 먼저 보낸 휘소가 다가오고 있었다.

"일어나."

무감정한 말이 나직이 깔렸다. 정원은 기가 팍 죽었다. 미안한 감정을 담아 간신히 영우를 쳐다보니, 애써 웃고 있는 영우 또한 은근히 짓누르고 있는 휘소의 카리스마를 감당하고 있는 것이 곤욕스러워 보이긴 매한가지였다.

"내 말……."

"저기……!"

휘소의 잘난 한쪽 눈썹이 신경질적으로 휙 치켜 올라갔다. 말을 자르게 된 영우도 뜨악한 표정이었다. 타이밍이 절묘해서였지, 절대 의도하지 않은 상황이었다.

"일단 좀 앉으시죠."

이미 엎질러진 물. 여기서 발을 빼면 더 우스워진다. 영우는 침착함을 되찾자 마음먹으며 말을 맺었다.

"뭔데 앉으라 마라야. 일어나. 이 분위기에서 너 그거 먹음 분명히 체해."

아, 저 아무렇지 않게 남의 말 무시해 버리는 싸가지라니. 영우를 겨냥한 말을 내뱉고서는 바로 다음 말을 갖다 붙여 뭐 반박할 시간조차 없애 버린다. '일어나'라고 분명히 말했는데 대신 영우를 쳐다보던 정원 때문에 화가 난 휘소의 보복이었다.

정원이 살짝궁 이마를 찌푸렸지만, 얌전히 나이프와 포크를 내려놓았다. 그리곤 영우에게 양해를 구하기 위해 쳐다보니, 가운데서 난처해하는 정원을 위해 영우가 자리에서 일어서며 말한다.

"나 혼자 식사하는 것도 그렇고. 일어나자."

김휘소가 아무리 잘나간다지만, 그래도 엄연히 자기보다 어린 녀석한테 무시당하니 자존심은 상했다. 하지만 정원을 위해서라고 생각하자 마음은 편한 영우였다.

"가."

휘소가 빌지를 집어 들고는 정원의 등에 손바닥을 가져다 대며 발길을 유도했다.

'어? 빌지!'

뭐, 한 회장에게 들은 바에 의하면 둘이 목하 연애 중이라니 저런 스킨십이야 보고 있으면 마음이 아파도 어찌할 수 없는 일이었지만, 계산은 아니었다.

"계산은 제가⋯⋯."

이런, XX. 분명 들어놓고도 못들은 척 걸음을 옮기고 있는 휘소의 뒤통수를 보고 있노라니 영우는 욕이 절로 튀어나올 지경이었다. 영우가 얼른 정원을 앞세운 휘소의 뒤를 따르기 시작했다.

"이걸로 계산해 주십시오."

영우가 걸어오면서 미리 꺼내 든 카드를 직원에게 내밀었다. 그러나 직원을 쳐다보며 휘소가 한마디 한다.

"내 앞으로."

휘소가 내뱉은 말은 그게 전부였다. '내 앞으로'. 아니, 그게 뭐란 말인가. 현금으로 계산을 하든가, 나처럼 카드를 내밀든가. 그것도 아님 외상이라고 정확하게 말해줘야 하는 것 아닌가. 그 순간 영우는 있는 사람들만의 특권, 이름만 대면 나중에 그 청구서들이 그들의 앞으로 날아가는 구조인 것임을 깨달았다. 다시 한 번 자존심이 철저하게 무너지는 순간이었다, 그것도 정원 앞에서. 그리고 김휘소는 그걸 철저히 느끼게 하고 싶었으리라.

"애 때문에 먹지도 못했잖아. 그러니 계산은 애가 하는 게 맞아."

휘소를 손가락으로 가리키며 웃는 정원이 귀엽다. 하지만 비참한 마음은 달랠 길이 없었다. 그래도 해줄 수 있는 게 웃어주는 것밖에 없어, 영우는 또 말없이 웃었다.

"뭐? 애?"

휘소가 정원이 가리키던 손가락을 꽉 감싸 쥐며 짐짓 엄한 표정을 지었다. 둘이 있을 땐 몰라도 남들 앞에선, 특히 지영우 앞에서 '애'라는 소리는 왠지 없어 보인다.

"왜에, 맞잖아."

지영우랑 만나는 걸 들켜 버린 순간, 그것도 몰래 만난 것처럼 되어버린 순간, 주도권은 이미 휘소에게 넘어간 것이었다. 따지고 보면 잘못한 것도 없는데 휘소의 눈빛과 분위기에 바짝 쫀 정원이 휘소의 눈치를 살살 본다.

"나와, 빨리."

눈에 힘을 바짝 준 휘소가 정원을 데리고 밖으로 나갔다. 그리고 영우도 더 이상 레스토랑 안에 머물 일이 없기에 그 뒤를 따르게 된 행색이 됐다.

"한 팀장, 차 없는데 나 먼저 가도 되겠어요?"

정원의 입장을 생각해 영우가 격식을 차리며 물었다.

"네. 먼저 가세요, 총지배인님."

영우의 의도를 모르지 않은 정원이 고맙단 뜻으로 웃으며 대답하고는 '이런 이유였어' 하는 눈빛으로 휘소를 올려다봤다. 이로써 영우와의 앙금도 다소 해소되는 분위기였다.

"그럼, 회사에서 봐요."

그렇게 영우가 먼저 차를 몰고 자리를 떴고, 짙은 눈썹을 위로 쓱 올린 휘소가 정원을 내려다보며 묻는다.

"총지배인?"

"나도 오늘 알았어."

"근데 밥은 왜 먹어? 그것도 단둘이."

탐탁지 않다는 표정으로 휘소가 툭 내뱉었다.

"공사 도면에 문제 있어서 정훈이한테 갔다가……. 지금 질투해?"

진지하던 정원의 얼굴에 싱글싱글 앙큼한 미소가 번진다.

"너, 지금 그렇게 웃을 때 아닌데?"

정원을 바라보던 휘소가 비릿하게 웃더니 걸음을 옮긴다.

"왜에?"

그래도 휘소를 바짝 따라붙으며 묻는 정원은 웃는 얼굴이다.

"호텔 그만두라고 말할 참이었으니까."

휘소의 차가 앞으로 와 서자, 우뚝 멈춰 선 휘소는 정원을 가만히 내려다보며 말했다. 정원의 얼굴에 핀 미소가 점점 엷어졌다.

"……농담이지? 김휘소는 농담을 진담처럼 참 잘해."

"같은 데서 근무하다 보면 오늘뿐만이 아니라 지금처럼 단둘이 있는 일 생길 거고. 무엇보다 난 너네 둘 같이 있는 꼴 보고 싶지 않은데. ……타."

휘소가 정원 대신 문을 열었다.

"오늘은 내 차 시동이 안 걸려서 그런 거였어."

"새로 한 대 사."

휴대폰을 꺼내 들며 휘소가 정원을 차 안으로 집어넣는다.

"지금 차가 문제가 아니라⋯⋯."

휘소가 운전석에 오르는 것을 기다렸던 정원이 휴대폰을 뺏어 들며 말을 해보지만,

"지영우가 문제지."

휘소의 짤막하고도 건조한 말투에 말이 막힌다.

'아⋯⋯.'

고개를 틀어 가만히 쳐다보고 있는 휘소를 같이 멀뚱히 쳐다보던 정원이 뭐라 말하려 했지만 생각이 정리되지 않아 입만 벙긋거렸다. 그 틈을 타 휘소가 다시 정원에게서 휴대폰을 빼앗아 가 멋대로 적당한 차를 알아보라 이른다.

"영우 선배, 이젠 나한텐 총지배인일 뿐이야. 그러니 이라희가 더 문제지."

말하고 보니 휘소 생일날 못다 한 말이 떠오른다. 라희와의 관계를 숨긴 이유.

"친구야. 옛날이나 지금이나."

휘소가 앞을 보며 조용히 말했다. 정원에겐 그 말이 다분히 안심시키기 위해 하는 말처럼 들리지가 않았다. 그저 '친구'일 뿐이니 괜한 오해로 쓸모없는 신경전은 하지 말자. 이렇게 말하고 있는 것처럼 들렸다.

"근데 왜 말 안 했어? 아무 사이도 아닌 거?"

휘소를 멀거니 바라보던 정원도 기분이 상해 앞으로 고개를

돌리며 차분한 어투로 물었다.

"……열받아서."

"뭐?"

"네 멋대로 유예기간 가지고 있었잖아, 너."

"……!"

"나랑 끝까지 갈 생각은 안 했지. 그래서 3개월 휴직계 내놓곤 내려놓네 뭐네 하며 최선을 다해 날 대했고. 아냐?"

"……."

"……난 너랑 사랑하고 싶었어. 네가 6년 전 지영우를 선택했을 때처럼 아무것도 생각하지 말고, 아무것도 보지 말고, 오로지 그 사람만 보고 가는 거. 나도 그렇게 사랑해 주길 바랐어. 근데 지금 네가 하는 건 뭐니? 이것도 사랑이야? 그래?"

물기를 머금은 정원의 눈동자가 심하게 흔들렸다. 가슴이 벅차올랐다. 심장도 마구 뛰기 시작했다, 너무 좋아서.

"하긴, 상관없다. 내 결론은 또다시 멋대로 끝내게 내버려 두진 않는다니까. 그러니까 똑똑히 알아둬. 나에 대한 네 감정은 사랑인 거야. 설사 사랑이 아니더라도."

말을 하며 힐끗 쳐다보는 휘소의 눈빛은 무미건조했지만 그래서 무조건적인 항복을 강요하고 있다는 걸 정원은 알아차렸다. 세상에나. 강압적인 김휘소는 딱 질색이었는데 어떻게 그 속에서 행복을 느낄 수 있는 거지? 정원은 곧이라도 눈물이 터져 나올 것 같은 두 눈을 감았다 떴다. 그리곤 휘소를 바라보며 천천히 입을 열었다.

"사……."

분명 '사랑해' 하고 말하려 했다. 그런데 목이 멨다.

"……해."

겨우 세 글자밖에 안 되는 그 말 중에 하나를 잘라 먹어버리
니 뜻이 불분명해졌다.

"……뭐?"

휘소의 미간에 주름이 잡혔다. 전혀 알아들을 수 없는 말을
해서 그런 건 아니었다.

"……."

"방금 뭐라 그랬냐고."

사랑은 어려웠어도 그 사랑을 확인한 지금 '사랑해' 하는 말
한마디 하는 게 뭐 그리 어려울까 싶었다. 하지만 이 쑥스러움
은 뭐지? 다시 하려니 왠지 얼굴에 열이 오르고 손에 식은땀이
찼다. 한 번에 했어야 했는데.

"말 안 할 거야?"

두 볼을 어슴푸레 핑크빛으로 물들이고 두 눈을 말똥말똥 뜨
고 있는 정원을 쳐다보며 휘소가 다시 한 번 물었다.

"아니, 뭐…… 사랑한다고."

휘소가 어이없다는 눈빛으로 정원을 쳐다보자 말한 본인도
민망해 정원이 휘소를 마주 보며 피식, 웃는다.

"훗."

휘소가 고개를 흔들며 웃었다. 그리고도 한참 동안이나 미소 지은 채 정면을 응시하고 있던 둘은 먼저 고개를 돌려 쳐다보는 한 사람을 따라 시선을 마주 보는 동작을 반복하고 있었다.

"한정원."

빨간 신호에 차가 멈췄고, 휘소가 정원을 돌아보며 잔잔하게 이름을 불렀다.

"어?"

입가에 미소가 남아 있는 정원이 고개를 돌려 휘소를 마주봤다.

"사랑해."

"……."

사랑한다고 말해주는 이 남자, 너무나 좋다.

정원은 꽤나 저돌적으로 휘소에게 입을 맞췄다. 그리곤 싱긋 웃었다. 이번엔 휘소의 입술이 정원의 입술에 닿았다 떨어졌다.

한신호텔. 직원 전용 주차장.

차를 사이에 두고, 정원은 휘소와 마주 보고 서 있었다.

"의자 고마워."

대답 대신 휘소가 별거 아니라는 듯 어깨를 으쓱했다. 휘소의 사무실에서 보곤 정원이 눈을 떼지 못했던 의자. 지금은 정원의 책상 앞에도 위용을 자랑하며 놓여 있었다.

"고마우면 그 의자에 철석 엉덩이 깔고 붙어 있어라. 괜히 지영우랑 어울리지 말고."

'사랑해' 그 한마디에 호텔을 그만두라고 했던 말이 쏙 들어가 버렸다. 하지만 지영우를 경계하지 않는다는 건 아니었다. 다만 정원을 믿을 뿐이었다.

"김휘소……. 좋아."

"와봐, 일루."

휘소가 피식, 웃더니 손짓으로 까딱, 정원을 부른다. 휘소 앞으로 느릿하게 걸어간 정원이 고개를 휙 젖히고 휘소를 올려다본다.

"뭐가 좋아?"

"네가 질투하는 거."

입가엔 장난스런 미소가 번진 채였다.

"영리하긴. 그래도 소용없다? 괜히 지영우랑 어울리고 질투심 유발하느라 그랬다 뭐, 이딴 말만 해봐. 알지?"

바람이 살랑 흩뜨려 놓고 간 정원의 머리칼을 귀 뒤로 넘겨주더니 휘소가 정원의 턱을 엄지손가락으로 쓸었다. 정원이 쿡, 웃음을 터뜨렸다.

"라희 네 호텔 이번 주 오픈인데 갈 거지?"

"잠깐 얼굴만 비칠 생각이야."

"어. 잘됐네."

"또 뭐가?"

"그날 되도록 우리 안 부딪치는 게 좋을 것 같아서. 눈치 백

단을 넘어 구백구십구 단쯤 되시는 우리 아버지, 뭐…… 김 회
장님도 그렇지만. 암튼 만에 하나 우리 사이 알게 되면 괜히 너
골치 아파질 수도 있어. 무슨 말인지 알지?"

웃는 얼굴로 말하는 정원이나 가만히 듣고 있는 휘소나 속이
쓰리기는 매한가지다.

"갈게. 들어가."

휘소가 정원의 이마에 입을 맞췄고, 웃는 얼굴로 고개를 한번
끄덕인 정원이 뒤돌아섰다.

혼자 걸어가고 있는 정원의 뒷모습을 바라보며, 휘소는 또다
시 알싸한 통증을 느꼈다. 6년 동안이나 정원을 버려둔 것에 대
한 미안함 때문이었다.

정원이 유리문 안으로 사라졌다. 시간이 좀 더 지나고 나서야
차에 오른 휘소는 어디론가 전화를 걸었다.

〈네, 도련님.〉

"어떻게 돼가고 있어?"

〈예상했던 대로 한정훈이 곧 주식을 매도할 것 같습니다.〉

"다시 한 번 말하지만 우리가 사들이는 순간은 상관없어. 하
지만 그 전까진, 한정훈이 절대 눈치 못 채게 해."

〈네. 근데 한정훈이 주식 매도한다고 해도 홍 여사 지분이 있
는데 괜찮을까요?〉

"거기까진 신경 안 써도 돼. 내가 알아서 할 거니까. ……근데
너 많이 컸다? 괜히 엄한 데 신경 쓰다 타이밍 못 맞추지 말고

집중해, 집중. 일 틀어지면 너부터 그냥 안 넘어가."

〈걱정 마십시오.〉

제법 호기로운 목소리가 들려오자 휘소는 피식, 웃으며 통화를 종료했다.

홍 여사 지분? 전혀 문제가 되지 못한다. 한 회장이 거두어간 정원 몫의 주식은 다시 정원의 손에 들어갈 것이고 곧, 한정훈의 지분과 합쳐지게 될 것이다.

20. 혼인을 신고합니다

GK호텔

알록달록 길게 늘어진 리본이 가위에 잘려 나감과 동시에 그 앞에 포진해 있던 취재단들은 일제히 플래시를 터뜨렸다.

"여기 좀 봐주세요!"

"이쪽이요!"

"여기요, 여기!"

한 카메라맨의 외침이 신호탄이 됐는지 자극을 받은 다른 기자들도 사방에서 큰 소리로 요청을 해댔다. 취재 열기가 과열되고 있었다. 라희를 비롯한 커팅식에 참석한 관계자들이 환하게 웃으며 서너 번 더 포즈를 취해주더니 '잠시만요!', '한 컷만 더 찍겠습니다!' 하는 외침을 깨끗이 무시하고는 호텔 안으로 사라졌다. 이미 기업의 홍보실을 통해 보도자료는 다 나간 상태였고, 팬서비스는 그만하면 됐다 하는 생각들이었다.

멀리서 핏빛 드레스를 입은 라희와 그녀의 아버지이자 GK의 이 회장, 그리고 제일그룹의 김 회장이 이야기를 주고받으며 걸어가는 것을 지켜보고 있던 정원은 위용을 자랑하며 높게 들어선 호텔을 쭉 올려다보았다.

확실히 고급스러웠다. 어쩌면 '럭셔리 라이프 스타일'이란 콘셉트는 공사에 들어간 한신호텔보다 이 호텔에 더 잘 어울릴지도 몰랐다. 그러나 정원은 절망보다는 피가 끓어오르는 것을 느꼈다. 고급스러움을 부각시킨 GK는 한 가지 간과한 것이 있었다. 바로 편안함. 호텔은 투숙 기간 동안엔 고객들에게 집과 같은 존재여야 한다. 오픈 전 객실 예약이 완료됐다는 GK호텔을 어떻게 하면 앞서 갈 수 있을지 확신이 생겼다. 정원의 입꼬리가 곱게 올라가며 묘한 미소가 자리 잡았다.

"경쟁 호텔 오픈식에 와서 히죽 웃고 있고. 꽤 대범하다, 너? 역시 내 여자."

정원의 등 뒤로 바짝 붙어선 휘소의 능숙한 손길이 정원의 허리선에서부터 한쪽 엉덩이까지를 쓱 어루만지더니 아무 일도 없었다는 듯이 앞으로 걸어나간다. 뒤에서 곧고 넓은 어깨의 주인을 바라보며 정원이 피식, 웃는다.

"사람들 앞에서 여자 엉덩이나 훔치고. 역시 내 남자다워, 밝히는 게."

휘소를 따라붙은 정원이 오직 휘소만이 들을 수 있는 거리에 놓이자 짐짓 새침하게 응수했다.

"그래서 더 좋지?"

휘소를 지나치려던 순간, 웃음기 밴 목소리가 정원을 자극했다. 휘소의 시선은 정원의 몸을 위아래로 훑어 내리고 있었다. 가느다란 팔을 온전히 드러낸 검정색의 타이트한 드레스가 새하얀 정원의 피부와 대조를 이루며 휘소를 즐겁고도 뜨겁게 만들었다. 저 멋진 여자는 이제 온전히 내 것이란 생각에 야릇한 미소까지 번진다.

"글쎄."

새침하니 대답한 정원이 사람들의 눈을 의식하며 휘소와 다른 길로 접어들었고 점점 멀어져 갔다. 걸음을 잠깐 멈추고 그런 정원의 모습을 가만히 지켜보던 휘소가 야릇하게 웃더니, 아무 일도 없었다는 듯 앞으로 걸어갔다.

"정원아."

만찬이 열릴 연회장으로 향하던 정원은 뒤를 돌아봤다. 휘소와 딱 붙어 있을 수 없어 부러 연회장까지 빙 둘러 가는 길을 택했는데 괜히 그랬나 하는 생각이 들었다. 아직은 온전히 영우가 편하지 않았다.

"한식당 도면은 조금 더 손보는 게 좋을 것 같던데."

영우가 이것저것 회사에 관련된 이야길 했다. 은연중 피부로 느껴지는 어색함을 깨기 위함이라는 걸 정원은 잘 알고 있었다.

"어. 내일 관계자 만나서 협의해야지."

정원은 영우의 말에 일일이 대구하고 있었지만 뜨문뜨문 생기는 공백에선 자유로울 수가 없었다. 그러다 연회장의 입구가 보이자, 정원의 걸음걸이는 다소 빨라졌지만 오래가지 못하고 멈춰 섰다. 그건 옆의 영우도 마찬가지였다.

아름답고 당당해 보이는 라희. 외모나 분위기로도 압도적인 휘소. 대한민국의 경제를 쥐락펴락한다는 그룹의 회장님이시자, 그들의 부모님. 확실한 로얄패밀리의 집합체였다. 그리고 감히 범접할 수 없는 그들과의 거리. 딱 그만큼 떨어져 서 있는 아버지를 보자 그렇게 원망스럽던 아버지가 오늘은 눈시울이 붉어질 만큼 작아 보였다.

"괜찮아?"

정원을 내려다보는 영우의 눈빛에 걱정이 담겨 있었다.

"어."

정원이 희미하게 웃으며 대답했지만 순간적으로 한쪽 팔에 올라가 있는 영우의 손을 살짝 털어냈다.

"아…… 미안. 나 또 오버했지?"

순간적으로 휘소를 의식한 행동이 과했다는 걸 깨달은 정원이 얼른 영우의 얼굴을 살폈다.

"아냐, 신경 쓰지 마."

자신의 웃음이 처량하게 비춰지질 않길 바라며 영우가 대답했다. 가까이 있는 정원이 너무 멀게 느껴졌다. 걱정도 마음 놓고 해줄 수 없는 자신의 처지가 한탄스러웠다. 정원을 버린 게 아니었다. 그저 아픈 엄마를 선택했을 뿐이었다. 그런데 세상은 너무나 가혹했다. 순간적으로 정원에게 따지고 싶었다. 너라면 다른 선택을 할 수 있었겠냐고. 그러나 울적한 눈빛의 정원이 눈에 들어오자 영우는 이내 마음을 가다듬었다.

제대로 시작도 해보기 전에 끝난 사랑이었다. 그리고 첫사랑. 영우는 후회와 억울함으로 얼룩진 기억 속에서 또다시 그렇게 서 있었다.

"아이고, 김 회장님. 오랜만에 뵙습니다. 그리고 이 회장님, 축하드립니다. 라희 양도 축하해요. 역시, 새 호텔이라 그런지 아주 보기 좋습니다."

한 회장이 크게 웃으며 악수를 청했다. 말속엔 '새로 지은 호텔이니 당연히 보기 좋을 수밖에'란 뜻이 담겨 있었고, 이 회장과 김 회장 또한 그 빈정거림을 모르진 않았지만 웃는 얼굴로 손을 맞잡았다. 라희와 휘소도 한 회장에게 가볍게 고개를 숙여 보였다. 그렇게 알아도 모르는 척. 그리곤 똑같이 웃는 얼굴로 되받아주는 것이 보이지 않는 그들의 방식이었다.

"생각지도 못했는데 이렇게 직접 오시고. 고맙습니다, 한 회장. 근데 이왕 축하하는 김에 한 번 더 해주셔야겠습니다. 제가 평소 존경해 마지않는 김 회장님과 사돈 맺게 생겼거든요."

이 회장이 기분 좋은 웃음을 터뜨리며 말했다. 동시에 휘소의 날카로운 눈빛이 김 회장을 시작으로 라희에게 닿았다. 당혹스런 표정의 라희가 휘소의 오해를 받는 것이 억울하다는 표정으로 보일 듯 말 듯 고개를 한 번 저었다. 하지만 한편으론 아버지에게 고마웠다. 휘소와의 결혼. 결혼이란 단어가 이렇게 짜릿함을 선사할 줄 몰랐다. 쿵쾅쿵쾅 심장이 뛰었다.

"아, 그렇습니까? 호텔 오픈보다도 이게 더 축하할 일입니다. 안 그렇습니까, 김 회장님?"

속으론 욕설을 내뱉을지언정 한 회장은 웃음을 잃지 않았다. 하지만 흔들림 없는 휘소를 한 번 쳐다보는 눈빛에선 원망 섞인 불꽃을 숨길 수 없었다.

"한신과 연이 닿을 뻔했지만 일이 이렇게 되어버린 게 마음에 걸렸는데 아, 이렇게 축하해 주니 고맙습니다, 한 회장."

"아닙니다. 괜히 마음에도 없는 결혼시켜 평생 딸년 원망 듣고 살면 어쩌나 했는데 전화위복입니다. 저도 곧 맏사위를 볼 것 같거든요. 뭐, 집안이 평범하지만 인물 훤칠하니 똑똑하고. 무엇보다 정원이를 아끼는 모습을 보니, 결혼시켜 놓으면 잘살지 싶습니다. 하하하."

천하의 김 회장을 말로서라도 깔아 눌렀다는 고소함에 한 회장이 호쾌하게 웃었다. 그리고 휘소의 번뜩이는 눈빛을 보니 속이 다 시원했다. 하지만 김 회장이 못마땅한 표정을 짓긴 했지만 곧 무시하는 듯한 비릿한 웃음을 내보이는 걸 본 순간, 한 회

장은 다시 혈압이 뻗쳐올랐다. 한 회장은 휴대폰을 잠깐 들여다
보는 휘소의 표정을 관찰했다. 교묘히 말아 올라간 한쪽 입꼬리
가 영 마음에 들지 않았다. 직접적으로 말을 안 했다 뿐이지 정
원의 짝이 지영우임을 밝혀 도발을 했는데 최후의 보류라고 생
각한 그 수도 확실히 먹히지 않은 모양이었다.

'이젠 진짜 마음을 접어야겠군.'

한 회장이 입을 한일자로 굳게 다물며 먼저 자리를 뜨려는 순
간, 멀찍이 서 있는 정원과 영우의 모습이 눈에 들어왔다. 뭐,
확실히 영우의 모든 조건이 휘소보다 뒤지긴 하지만 그거야 제
일이란 뒷배경과 타고난 환경을 어찌할 순 없는 노릇이었고, 저
외향이면 그래도 아주 흡족한 편이었다.

"아, 마침 저기들 오네요. 지 서방! 이리 와 인사하게."

이젠 뭐 다른 걸 내세울 수도 없고. 한 회장은, 나는 딸의 행
복을 빌어줄 수 있는, 속물적인 너희들과는 차원이 다른 사람이
다. 라는 명목하에 영우를 조금 큰 소리로 불렀다.

멀리서였지만 영우보다는 정원이 당황하는 눈치였다. 머리
팽팽 돌아가고 눈치 빠른 딸년이 오늘은 왜 이 모양이나 싶었
다.

"네, 장인어른."

점잖다 못해 무뚝뚝할 것 같던 영우가 반듯하면서도 넉살 좋
게 대답하더니 정원의 손을 잡고는 다가왔다. 한국으로 불러들
였을 땐 고분고분 '네, 네' 하고 있던 모습이 영 마땅치 않았는

데 오늘은 은근히 마음에 들었다.

"처음 뵙겠습니다. 지영우입니다."

휘소가 영우를 찢어발길 것처럼 쏘아봤다. 정원의 블랙 원피스와 영우가 입고 있는 검정색의 슈트가 둘을 연인처럼 보이게 하는 것도 적지 않은 영향을 끼치고 있었다.

"뭔가 오해를 하신 것 같습니다. 한 회장님께 장인어른이라고 불러야 할 사람은 현재로선 제가 유일하거든요. 안 그래, 한정원?"

강력한 한 방이었다. 휴대폰으로 정훈이 매도한 주식을 고스란히 사들였다는 보고를 확인한 후였다.

"너……!"

"진작 말씀드렸어야 했는데, 죄송합니다. 제 불찰입니다."

노기 띤 김 회장의 말을 자르며 휘소가 정원의 손목을 잡고 있는 영우의 손을 쳐내곤 정원을 자신에게로 바짝 끌어당겼다.

"아……."

어안이 벙벙해진 정원이 휘소의 품으로 확 딸려갔다.

"다들 정신없으신 것 같으니까 어떻게 된 상황인지는 다음에 말씀드리겠습니다. 아, 이 회장님. 라희와의 관계를 깬 건 접니다. 오해 없으셨으면 합니다. 다음에 따로 찾아뵙겠습니다. 그럼."

무표정으로 가만히 서 있는 라희를 한번 바라본 휘소가 정원의 손목을 잡아끌며 호텔 밖으로 빠져나갔다.

휘소는 곧장 정원을 차에 태웠다. 그 일련의 과정은 정원엔
다소 거칠게 느껴졌다.

"어디 가는 건데?"

"……."

"어?"

묵묵부답 운전만 하고 있는 휘소를 돌아보며 묻는 정원의 목
소리가 살짝 커졌다.

"김휘소!"

결국 소리를 질러 버렸다.

'뭐? 라희와의 관계를 깬 건 접니다?'

물론 라희가 안돼 보였을 수 있다. 하지만 둘의 사이를 갈라
놓은 원인이 되어버린 나는 또 뭐란 말인가. 뒤늦게 정원의 화
가 폭발했다.

"늦었어. 일단 가."

대답하는 투가 영 성의가 없었다. 풀 먹인 듯 저 빳빳이 굳은
얼굴로 살짝 미간을 찌푸리고 있는 꼴 하며…….

"일은 니가 쳐놓고 왜 성질이야?"

"뭐? 일을 쳐?"

더 크게 번질 일을 수습했다고 해야 맞았다. 그리고 그 자리
에서 나설 사람은 자신밖에 없었다. 저렇게 말하는 정원이 휘소
는 야속했다.

"그렇잖아. 그 자리에서 그런 식으로 다 까발리라고 난 시킨 적 없는데?"

"뭐야. 지영우랑 결혼 못해 아쉽기라도 하다 이거야? 그래서 그런 말 하는 거지, 너 지금?"

"그러는 너야말로 라희가 안돼 죽겠지? 네가 그렇게 말하면 내 입장은 뭐가 될지 생각해 봤어? 안 했잖아!"

"대답해! 아직도 그 자식 마음에 있냐고!"

아닌 줄 알지만 대답을 듣고 싶었다. 꼭 들어야 했다. 지영우가 정원의 몸 일부를 만지고 있는 것도 모자라 '장인어른'이라 했을 때가 떠오르자 욕지기가 치밀었다.

"없어! 눈곱만큼도 없어! 됐어?"

"그럼 왜 아깐 가만히 있었던 건데?"

누그러진 목소리로 물으며 휘소가 정원을 힐끗 바라봤다.

"너 우리 아버지한테 피 빨릴까 봐."

정원이 군더더기 없이 툭 내뱉었다.

"훗. 암튼 귀여워."

짧게 웃음을 뱉어낸 휘소를 정원이 얄궂게 쳐다본다.

"그래. 너라도 날 귀여워해 줘야지. 이제 남의 남자 뺏은 못되고 이기적인 여자, 아니지. 년이라고 소문 퍼지는 건 순식간일 텐데."

"그게 그렇게 억울해?"

"아니, 넌 파혼당한 여자한테 또 코 꿴 배알도 없는 놈 됐으니까 괜찮아."

좀 어이없어하더니 휘소가 크게 웃는다.

"네가 라희 생각해 준 게 화가 나. 내가 이렇게 속 좁은 사람이구나 깨닫게 돼서."

휘소의 웃음소리가 잠잠해질 때쯤 정원이 덧붙였다.

"속 좁은 거 아냐. 질투하는 것뿐이지. 아주 바람직해."

"그렇담 다행이고."

혼잣말처럼 정원이 나직이 내뱉었다. 휘소가 빤히 쳐다봤지만 정원은 어깨를 으쓱하고 만다.

"근데…… 유학 중에 너네 2년 동안 같이 있었잖아. 진짜 아무 일도 없었어?"

정적을 가르며 정원이 물었다. 시선은 정면을 향한 채였다.

"있었으면?"

"있었어?"

정원이 짐짓 덤덤한 척 되물었다.

"없었어."

여유롭게 대답한 휘소가 차선을 변경하며 속도를 높였다.

크리스마스 이브였다. 보이지 않는 힘에 이끌리듯 뉴욕으로 날아가 먼발치에서 정원을 지켜본 적이 있었다. 그리고 지친 걸음으로 돌아온 집 앞엔 펑펑 쏟아지는 하얀 눈송이들을 맞으며 영국에 있어야 할 라희가 서 있었다.

"뭐야?"

반갑지 않았다. 쉬고 싶었다. 물론 뜨거운 물로 샤워를 하고 꼬냑을 한두 잔 한 뒤에 말이다.

"여전하네. 추워. 빨리 문이나 열어."

라희가 희미하지만 말갛게 웃으며 문 앞으로 한 발 다가섰다. 할 수 없이 작게 한숨을 내쉬며 문을 열었고, 휘소는 먼저 안으로 들어가 버렸다. 곧 뒤따라 들어온 라희가 여기저기 기웃거리는 것 같았지만 신경 쓰지 않았다. 욕실에서 씻고 나왔을 땐 어디서 찾아냈는지 수십 개의 초에 불이 붙여진 상태였고 캐럴도 잔잔히 흘러나오고 있었다.

"왜 온 거야?"

물에 젖은 머리를 툭툭 털며 휘소가 술을 챙겨 소파에 앉았다.

"나 바람맞았어. 지금 만나고 있는 남자랑 이번 크리스마스 때 뉴욕에 오기로 했었거든? 근데 공항에 안 나타난 거지."

라희가 피식, 웃으며 휘소가 가져다 놓은 빈 잔에 술을 따랐다. 그리곤 건배를 하기 위해 옆에 앉은 휘소를 향해 몸을 틀었지만, 소파 깊숙이 등을 파묻은 휘소는 고개를 젖히고 있었다. 낮은 곳에서 올려다보는 휘소의 옆모습이 피곤하면서도 나른해 보였다. 그리고 라희의 위치에선 더욱 두드러져 보이는 각진 턱선은 무척이나 색정적으로 느껴졌다.

"……원래 네가 이렇게 섹시했었나?"

은근한 농담에 휘소는 픽 웃었다. 그리고 라희에겐 그렇게 슬쩍 말려 올라간 입꼬리조차 관능적으로 느껴졌다.

"김휘소, 웃지 마. 키스하고 싶어지잖아."

'……네 키스가 좋았던 것뿐이겠지.'

정원의 말이 다시금 떠오르며 휘소의 입가에 비릿한 웃음이 조금 더 깊어졌다. 그리고 라희의 입술이 내려앉았다. 휘소는 굳이 피하려고 하지 않았다. 꽤 오랫동안 자극적인 입맞춤이 이어졌던 것도 같았다. 그러나 거기까지였다. 그다음으로 넘어갈 수가 없었다. 그러고 싶지 않았으니까. 낮에 보고 온 정원의 얼굴이 머릿속에서, 눈앞에서 떠나가질 않았다. 휘소는 가슴을 쓸어내리던 라희의 손을 쳐내며 옆으로 밀쳤다.

"뭐야? 뭐 있었지?"

창턱에 걸치고 있던 쪽 손의 손가락으로 입술을 쓰는 휘소의 행동에 정원은 집요해지기로 했다. 손가락으로 입술을 쓰는 것은 뭔가 깊게 생각할 때 나오는 휘소의 버릇이었다.

"없다고."

앙칼짐이 묻어 나오는 정원의 목소리에 휘소는 입술을 쓸던 손을 핸들로 가져가며 말했다. 태양의 말이 떠올랐다, 바람피우다 걸리면 무조건 잡아떼야 한다고. 물론 여자와 헤어지기 아쉬운 시점이라는 전제가 붙었고, 바람도 아니었지만 휘소는 남자의 직감으로 알았다. 그 사실을 정원이가 알게 되면 꽤나 골치 아플 거라는걸.

"물어볼 때 이실직고하면 이해는 해주지만, 나중에 발각되면…… 알지?"

이젠 정원은 아예 휘소 쪽으로 몸을 완전히 틀었다.

"뭐가 있어야 말하지. 그리고 네가 날 몰아세울 입장은 아니지 않냐?"

"흥. 누가 그렇게 나오면 쫄 줄 알어? 영우 선밴 너도 다 아는 얘기니까 이 상황엔 해당 안 돼."

"영우 선배? 왜? 오빠라고 하지?"

"이봐, 이봐, 수상해. 왜 버럭 해? 그리고 나이 때문에 오빠 동생, 맞거든?"

"하……."

기가 막힌다는 듯 정원을 쳐다본 휘소가 운전 때문에 앞을 응시하며 말한다.

"지영우 안 되겠네."

"뭐?"

정원이 미간을 팍 좁힌다.

"뭐?"

"안 되긴 뭐가 안 되는데?"

모르는 척 똑같이 되묻는 휘소를 쳐다보며 정원이 어이없다는 투로 물었다.

"어? 왜 흥분해?"

앞을 응시하고 있던 휘소야말로 진짜 어이없는 사람은 나라는 듯 정원을 마주 보며 물었다.

"왜 자꾸 되물어, 대답은 안 하고?"

"……한정원."

"어."

뜸을 들이다 목소리를 착 까는 휘소에게선 이젠 일말의 장난 같은 가벼움도 보이지 않았다. 정원은 휘소를 향해 틀고 있던 몸을 슬그머니 돌려 앞을 보고 앉았다.

"난 네가 그 자식이랑 같이 있는 거 생각만 해도 싫어. 마음 같아선 네가 호텔 일 하는 거 그만두게 하고 싶을 정도야. 그런데 너 배려했지? 그러니까 가까워지지 마. 말이라도 나 자극해서 너한테 좋을 거 없다."

협박이다. 계속 일하고 싶으면 조심하라는 협박. 그런데 휘소의 불안한 감정이 그 중심에 박혀 있다는 것이 느껴졌다. 미안했다.

"알았어. 네가 그러라고 해도 안 그래. 그러니까 목소리 좀 그만 깔아. 무서워."

"여우."

"뭐? 또 왜?"

한결 부드러워진 분위기에 정원이 웃음기 밴 목소리로 물었다.

"네가 날 무서워해? 잘도 그러겠다."

"아냐. 진짜 너 한 번씩 그렇게 무게 잡을 때마다 무서워. 그

전에는 기 안 눌리려고 안 그런 척했던 거고."

휘소가 피식, 웃는다. 정원은 안심하고 라희의 얘길 다시 꺼
낸다.

"근데 서연이 결혼식 날."

정원이 뜸을 들이자 휘소가 계속하라는 뜻으로 쳐다봤다.

"너 라희랑 뭐 했어?"

"어?"

전혀 무슨 소린지 모르겠다는 표정이다. 정원은 조금의 표정
변화도 놓치지 않기 위해 휘소에게 더욱 집중했다.

"왜. 너 라희랑 같이 나타났을 때 기억 안 나? 걔 머리는 약간
헝클어져 다시 묶은 티가 팍팍 났지. 그리고 니 넥타이는 구겨
져서 주머니 속에 들어가 있었거든? 꼭…… 급하게 뭘 한 것처
럼."

"아아."

"아아?"

"키스하는 것도 봐놓고 뭘 그런 거 가지고."

그래, 맞다. 그러고 보니 테니스장에서 둘이 키스까지 했었다!

"그치? 너네 사귄 거 맞지?"

"하, 아냐. 서연이 결혼식 날은 라희 머리카락이 내 넥타이핀
에 걸리는 바람에 그렇게 된 거고, 테니스장에서는 뭐, 너한테
보여주려고 그런 것도 있었지. 봐라. 난 너 다 잊었다. 뭐 이런
치기? 아, 진짜. 이렇게 바닥까지 드러내 보이게 할래, 진짜?"

"어."

정원이 씩 웃는다. 그리고 그 모습을 보니 휘소는 또 놀려주고 싶다.

"근데 굳이 라희랑 왜. 나 좋다는 여자들 얼마나 많은데."

"아, 네."

기막히다는 듯 쳐다보더니 넙죽 대답는 정원이 휘소는 마냥 귀엽다.

"내려."

휘소가 한마디 하더니 바로 차에서 내렸다. 시간이 얼마 없었다. 그러나 구청 앞에 와 있는 그 상황이 아리송하기만 한 정원은 창밖으로 반듯하게 세워진 건물을 쳐다만 보고 있었다. 답답한 휘소가 밖에서 대신 문을 열었다.

"안 내리고 뭐 해?"

차 안으로 불쑥 들어온 휘소의 강인한 손이 정원을 잡아끌었다.

"잠깐! 설명이라도 해야 할 것 아냐? 뭐 때문에 이래?"

"……."

다 듣고 있으면서도 건물 안으로 들어가 서류를 코앞으로 내밀 때까지 휘소는 아무 말이 없었다.

"혼인신고서? 야, 김휘소!"

"시간 없어. 빨리 써."

시계를 힐끗 보더니 슈트 안에서 꺼낸 팬을 쥐어준다.

"너무 갑작……."

"어. 나도 갑작스러워. 근데 나랑 결혼 안 할 거야? 그런 거 아님 빨리 쓰지?"

"……."

휘소가 보챘지만 정원은 계속 멍했다.

"'남의 남자 뺏었다더라' 하는 항목에, '그것도 배불러서' 까지 추가되고 싶어?"

귓가에 나지막이 속삭이는 휘소로 인해 정원은 정신이 바짝 들었다. 이렇게 된 이상 에라, 모르겠다 싶었다. 곧 힘주어 볼펜을 잡고 서류의 공란을 채워가기 시작했다. 물론 김휘소가 콘돔에 구멍을 뚫거나 하지 않는다면 임신의 가능성은 없겠지만 워낙 주도면밀한 남자였으니 안심할 순 없었다. 그리고 무엇보다 가끔 상상해 오던 휘소와의 결혼생활, 싫지 않았다.

남편 김휘소 옆에 나란히 아내 한정원의 이름이 써진 걸 보니 기분이 묘했다. 그렇게 다 채워진 혼인신고서를 가만히 바라보고 있으려니 휘소가 탁 채가 바로 접수시켜 버린다. 시계의 시침과 분침이 정확하게 퇴근 시간을 가리키고 있었다.

21. 조연을 위하여

GK호텔 오픈식이 끝나고 난 뒤, GK호텔 일식당.

적막함이 감도는 룸 안에선 테이블을 사이에 두고 한 회장과 영우가 마주 보고 앉아 있었다.

"자, 한잔 받게나."

영우가 술을 받아 내려놓고, 한 회장에 잔에 술을 따랐다.

"오늘 고맙고 미안하게 됐네."

"아닙니다."

속이 뜨뜻해지며 술기운이 오르는 것을 느꼈지만 그 어느 때 보다 영우의 정신은 말짱하고 또렷했다.

"후…… 제일과 한신이 사돈 맺는다고 했을 땐 자네가 정원의 짝으로 나쁘지 않다 생각했지. 물론 내심 기대했던 일이 틀어져

오기가 생긴 것도 이유라면 이유라 할 수 있었고."

"……."

"자넨 다 좋은데 너무 욕심이 없어. 한국으로 다시 불러들이고 내가 그런 말을 했지. 어디까지나 김휘소를 사위 삼기 위해서 널 이용할 거다."

한 회장이 술잔을 비웠고, 영우가 다시 잔을 채웠다.

"그때 얌전히 '네' 하더군. ……남자는 말이야. 원하는 걸 손에 넣기 위해선 자기에게 불리한 패는 버릴 줄도 알아야 해. 배짱도 있어야 하고. 자넨 이미 정원을 잃었으니 더 이상 죄책감 같은 건 가지고 있을 필요가 없다는 말이지. 그리고 아직까지 내 딸이 욕심났다면 날 이용할 수도 있는 노릇이었어."

"……."

"내가 자넬 미국으로 보낸 이유가 뭐라고 생각하나? 아들이 꾸민 짓에 대한 미안함?"

영우는 한 회장의 눈빛을 읽어보려 했지만 아무런 감정도 생각도 묻어 나지 않았다. 그러나 왠지 자신에게 적대적이지 않다는 것은 느낄 수 있었다. 그리고 정원과 함께할 수도 있었겠구나 하는 생각이 들었지만 이미 늦었다는 것을 알기에 미련만 커졌다. 고개를 돌려 술을 털어 넣었다. 지독히도 썼다.

"이젠 다 잊고 올라갈 수 있는 데까지 올라가 봐."

"……!"

영우를 보면 옛날의 한태호가 떠올랐다. 가난하진 않았지만 여유롭지도 않던 집안과 병든 어머니. 죽어라 공부했었다. 그리고 신기술을 개발했고 물려줄 자식이 없던 사장으로부터 회사를 물려받았다. 사랑했던 여자로부터는 딸을 하나 얻었지만 사랑을 얻지는 못했다. 그래서 사랑을 주던 여자를 사랑했다. 이기적인 면이 있다는 걸 알았지만 날 사랑해 주는 것에 대한 고마움이 있었다. 그러던 중 아들이 생겼고 연희가 경영권에 대한 욕심을 가지게 되면서 정원이 불리해질 수도 있다는 걸 깨달았다. 그래서였다, 개발한 기술을 어떤 금액에도 팔지 않겠단 원칙을 깨버린 것은. 그땐 많은 대기업에서 기술력을 공유하길 원하던 시기였는데 제일의 후계자와 딸의 약혼은 아주 좋은 대안이었다. 물론 정원은 기대 이상으로 똑똑했지만, 든든하게 지켜줄 버팀목이 필요했다.

"……그 말씀은……."

더없이 진지하고 긴장감이 느껴지는 영우의 얼굴을 바라보며 한 회장은 지그시 웃었다.

"뭐, 할 수만 있다면 해보게. 자네 평생을 다 걸어도 가능할진 모르겠지만. 정원에 대한 죄책감으로 총지배인 자리에 만족한다면 할 수 없고."

한 회장은 영우의 빈 잔에 술을 채우며 그의 표정을 살폈다. 자신의 제안이 효과적으로 작용하고 있다는 걸 한 회장은 직감적으로 알았다. 처음부터 악한 사람은 없었다. 환경이 그렇게 만들 뿐이었다. 게다가 정원에 대한 상실감을 채워줄 수 있는 부분이 지금 영우에겐 무엇보다 필요했다. 만약 그렇지 않으면 만에 하나 어렵게 얻은 딸아이의 행복이 깨질 수도 있었다. 못난 아비로서 그것만은 지켜주고 싶었다. 그리고 지영우란 저놈은 본디 악하지도, 능력이 없지도 않았으니 스스로 세워놓은 한계의 벽을 허물어뜨려 주고 싶었다.

✳

잠시 허망한 표정을 내비치던 이 회장은 이마를 잔뜩 찌푸리며 라희에게 손을 획 저어 보였다. 나가란 뜻이었다. 휘소와의 관계는 처음부터 아무것도 아니었다 이실직고한 후였다.

"죄송해요. 근데 선 자리에 밀어 넣지만 않으셨어도 이런 일 없었어요."

"너……!"

이 회장의 표정이 험악해지려 하자 라희는 얼른 밖으로 나갔다.

'뭐? 선 자리에 밀어 넣지만 않았으면 이런 일 없었다고?'

닿는 대로 발길을 둔 라희는 자기가 한 말을 떠올리며 픽 웃었다. 거짓이었다. 오히려 휘소와 그런 척 연기라도 할 수 있게 원인 제공해 준 아버지가 고마웠다. 물론 생각했던 것과는 다르게 일이 틀어져 버렸지만.

'하…… 술이나 한잔했으면 좋겠네.'

호텔엔 멋진 뷰를 자랑하는 스카이라운지도 있었고 지하에 고급스럽게 꾸며진 바도 있었다. 하지만 오픈 첫날, 그것도 해도 넘어가지 않은 상태에서 혼자 들어가려니 영 내키지 않는다. 어디 호텔 밖으로 나가야 하나 생각하는 순간이었다. 검은 슈트를 말쑥이 차려입은 남자가 마주 걸어오고 있는 것이 눈에 들어왔다. 처음 봤을 때 궁금해하던—어떤 남자기에 한정원은 김휘소를 놔두고 다른 남자를 선택했을까에 대한 관점으로—지영우가 저 남자구나 하는 생각보다는 저렇게 단정한 남자도 있구나 하는 생각이 먼저 떠오르게 하던 사람이었다.

"술 한잔할래요?"

같이 술을 마시게 될 거란 큰 기대는 없이 라희는 지나가는 투로 물었다. 인사차 고개만 한 번 숙이고 지나가려던 영우가 멈춰 섰다. 뜬금없는 제안의 이유를 찾아 영우가 가만히 바라보고만 있자, 라희가 씩 웃으며 입을 열었다.

"그냥 버림받은 존재들끼리 한잔하면 좋을 것 같아서……. 위로도 되고."

"……."

숨겨진 의도가 있는 것 같아 영우는 라희를 가만히 쳐다봤다. 그렇지 않다면 이 여자가 왜 자신에게 술을 마시자 청하고 있는지 납득할 이유는 없었으니까.

"싫어요? 싫음 말고."

아쉬울 것 없다는 듯 라희는 영우를 스쳐 지나갔다.

"소주 마실 줄 알아요?"

라희가 천천히 뒤돌아섰다. 영우의 단정하고 부드러운 목소리는 소주를 고급 와인처럼 느껴지게 하는 매력이 있었다.

"몇 번 마셔본 적은 있지만, 그닥 좋아하진 않아요."

오늘처럼 꿀꿀하고 울적한 날에 소주를 마시며 같이 질 떨어지고 싶지 않았다. 그저 무조건 비싼 술과 안주로 '그래, 나 아직 죽지 않았어' 하고 기분을 업시켜 줄 것이 라희에겐 필요했다.

라희는 영우가 이제 어떤 술을 마시고 싶은지 물어올 거라 생각했다. 하지만 남자는 단정한 만큼 재미가 없었다.

"네."

하더니 돌아서 버렸다. 아니, 뭐 저런! 어이가 없었다.

"이라희! 거기서 뭐 해?"

멍하니 남자의 뒷모습을 바라보고 있으려니 뒤에서 큰 소리가 들려왔다. 뒤를 돌아보니 역시 정태양. 남의 이목 신경 쓰지 않고 필요치 않아도 아무 데서나 목청을 높인다.

"목소리 죽여. 우리 호텔 급 떨어뜨리지 말고. 넌 오픈도 하기 전에 블랙리스트에 올랐다는 걸 잊지 말라고."

"내가 여기 있는 것만 해도 이미 너네 호텔, 최고급 호텔. 근데 뭘 그렇게 멍 때리고 쳐다보고 있냐?"

뚜벅뚜벅 다가온 태양이 남자가 걸어가고 있는 쪽으로 고개를 내밀었다.

"하, 뭐야. 지영우? 너 남자가 그렇게 궁하냐?"

"쯧쯧. 됐고. 가자, 술이나 한잔하게."

시시껄렁하게 웃고 있는 태양에게서 고개를 돌린 라희는 알아서 오겠거니 하며 앞서 걸어갔다.

✳

높게 솟은 아파트 단지를 올려다보고 있는 영우는 길게 담배 연기를 내뿜었다. 이미 그가 기대서 있는 자동차의 앞바퀴 옆으론 끝까지 타들어간 담배꽁초들이 여러 개 널려 있었다.

"형?"

반가움이 묻어난 익숙한 목소리가 영우의 시선을 등 뒤로 이끌었다.

"왜 이렇게 늦게 다녀?"

"도서관에 있었지, 뭐. 그러는 형이야말로 이 시간에 웬일이야? 전화도 없이."

막냇동생 영훈이 희색이 만면한 채로 영우에게 가까이 다가와 선다. 넉넉히 생활비를 주고 있지만 그 몰래 아르바이트를 하고 있다는 사실을 알고 있는 영우는 전에 비해 핼쑥해진 동생의 얼굴을 마주하자 마음이 편치 않았다.

"형, 술 마셨구나? 냄새가 진동을 한다, 아주."

코를 꽉 말아 쥐고는 반대쪽 손으로 휘이 휘젓는 동생의 과장

된 모습에 영우가 피식, 웃는다.

"공부는 잘돼가? 어차피 좀 있음 군대 갈 텐데 너무 무리하지 말고 좀 놀아, 임마."

영우가 동생의 머리를 헤쳐 놓으며 말하자 자기도 다 컸다고 쓱 머리를 뒤로 빼내며 씩 웃는다.

"싫어. 장학금 타서 형이 준 돈은 모아났다가 나중에 가게 차릴 거야."

"형이 차려줄게. 그러니까 맘 놓고 좀 놀기도 하고 그래. 여자들 너무 공부만 하는 남자 별로 안 좋아한다?"

자신은 공부밖엔 돌파구가 없던 거고, 이젠 옛날처럼 형편이 어려운 것도 아니었으니 동생들은 좀 여유로운 생활을 누렸으면 하는 바람이 영우에겐 있었다.

"그건 못생겼는데 공부만 하는 남자애들 얘기고. 난 해당 사항 없지."

"어쭈."

웃음이 새 나온 영우가 동생의 뒤통수를 쓱 치려고 하자 영훈이 여유롭게 피하며 하하 웃는다. 그리고 그 웃음이 사그라질 때쯤 영우가 다소 진지해진 표정으로 입을 연다.

"형도 아파트 들어올까?"

"호텔이랑 멀다며?"

괜히 무리하는 거 아냐? 하는 표정으로 묻는 영훈을 보며 영우는 최대한 쓸쓸함과 미안한 마음을 감추며 웃었다. 사실 호텔이랑 멀긴 했지만 얼마든지 감수할 수 있는 거리였다. 다만 어렸을 때부터 가족들을 부양해야 한다는 장남으로서의 책임감과 의무가 그의 어깨를 짓눌러 왔고, 또 정원과 헤어지고 나서는 아무 죄 없는 동생들 보는 것이 괴로웠었다. '너네만 아니었어도' 하는 억지가 동생들에게 향할까 겁이 났던 거였다.

"그렇긴 한데, 호텔에서 지내는 날이 더 많으니까. 가끔씩 너희들 얼굴 보면 좋지, 뭐. 왜, 싫어? 집에 여자 숨겨놓은 거 아냐?"

"아, 형!"

영훈이 펄쩍 뛰면서도 얼굴엔 웃음이 감돈다.

22. 뻔한 질투란 감정은 사랑이다

청량한 바람이 길게 늘어진 커튼을 살랑살랑 흔들며 살그머니 내비치는 잔잔한 햇살과 함께 침실 안으로 들어왔다. 호텔 공사로 바쁜 나날을 보내던 정원은 휘소의 침대 위에서 모처럼만에 뒹굴거리며 휴식을 취하고 있었다.

"음…… 몇 시야?"

"몰라."

정원의 옆에 같이 늘어져 있던 휘소가 침대 옆 협탁에 놓인 시계를 흘낏 보더니 손으로 툭 밀어 돌려놓고는 모른 척이다. 민영과 약속이 있는 정원이 못마땅하다.

"……응차."

면팬티와 짧은 티셔츠 차림의 정원이 휘소를 깔아뭉개며 협탁 위의 시계로 손을 뻗었다.

"야, 야……."

가슴을 짓누르는 정원이 결코 무겁진 않았다. 오히려 지그시 가해지는 무게감은 간지러울 정도로 기분이 좋았다. 하지만 휘소는 쿡쿡 웃음을 터뜨리면서 정원의 허리와 협탁 쪽으로 쭉 뻗어나간 팔을 잡아채며 무겁다 항의했다.

"그러게 누가 못되게 굴래?"

시계를 보기 위해 휘소 위에서 끙끙대고는 있지만 큭큭 새어나오는 웃음은 정원도 어쩌지 못한다.

"못되게 군 건 너지, 너. 허락도 없이 약속이나 잡고."

"악!"

휘소가 침대 위로 정원을 내리누르며 간단히 제압해 버리자 정원의 입에서 단말마의 비명이 터졌다. 그래도 둘의 희희낙락, 연신 깔깔거리는 웃음소리가 침실을 가득 채웠다.

"제임스랑 같이 미국으로 간다잖아."

정원이 어쩔 수 없다는 듯 휘소를 바라본다.

"그럼 제임스랑 같이 보면 되지. 여자 둘이 만나 뭐 하려고? 어?"

정원의 목과 어깨 사이로 입술을 내리며 휘소가 장난스럽게 바람을 푸르르 분다.

"간지러! 그리고 민영이가 너 싫어하게 만들어놓고는."

꺄르르 웃음을 터뜨리며 정원이 야단이다.

"진짜 말해봐. 만나서 뭐 하기로 했어?"

휘소의 눈빛이 진지함을 조금 머금었다.

"몰라. 그런 얘기 없었어."

정원이 믿어달라 눈을 동그랗게 뜨고는 고개를 도리도리 흔들어보지만 그래도 휘소가 믿지 않는 표정이자 조금 큰 소리로 말한다.

"진짜!"

"진짜?"

크게 반응을 보이는 정원이 귀여워 휘소가 웃음을 감추고 장난스레 물었다.

"어, 진짜!"

이번엔 고개를 크게 끄덕이며 눈을 더 크게 뜨는 정원 때문에 휘소가 피식, 웃고 말았다.

"최민영을 믿을 수가 있어야 말이지. 이상한 데 가지 마."

정원의 두 팔을 자신의 목 뒤로 가져다 놓고는 휘소가 옆으로 누워 정원을 끌어안았다.

"어."

정원이 흔쾌히 대답하며 발가락을 꼼지락거리자 맞닿아 있는 다리에 간지럼이 느껴진 휘소가 입술을 늘이며 웃었다.

"그렇게 대답해 놓고 엄한 데 따라가서 '여기 이상한 데 아닌데' 하기만 해봐. 죽는다."

"그럼 니가 생각하는 이상한 곳의 기준이 뭔데?"

"남자 있으면."

"나가지 말란 얘기지?"

"어."

"못됐어."

정원이 휘소의 얼굴을 쭉 잡아당기자 휘소가 얼굴을 틀어 그 손가락을 앙 문다.

"아! 아파."

화들짝 놀라면서도 웃음기 밴 표정의 정원이 손을 잡아 뺀다. 휘소가 쿡, 웃으며 가볍게 입을 맞췄다.

"음…… 그만."

진짜 못 나가게 할 생각인지 휘소의 입맞춤이 깊어지고 있었다. 정원은 고개를 살며시 비틀며 휘소의 맨가슴을 손바닥으로 밀었다.

"조금만 더."

끈덕지게 따라붙던 휘소의 입술이 아쉬운 대로 귓불과 목을 타고 쇄골 근처를 배회했다. 축 가라앉은 휘소의 음색이 조금만 더 라고는 하지만 이미 그 한계를 벗어날 것이라는 걸 예고하고 있었다.

"늦지 않으려면 이제 준비해야 돼."

휘소의 기분이 상하지 않게 웃어 보인 정원이 휘소의 입에 쪽, 입을 맞추곤 힘겹게 상체를 일으켜 세웠다.

"데려다 줄게."

휘소가 정원의 팔을 확 잡아당긴다.

"안 돼!"

다시 침대로 푹 쓰러진 정원이 버둥거리며 소리쳤다. 휘소의 농간에 놀아날 수 없다는 의미도 있었고 휘소가 데려다 주면 안 된다는 의미도 담겨 있었다.

"뭐가 안 돼? 돼."

휘소가 피식거리며 정원의 티셔츠를 밀어 올린다.

"좋아. 그럼 딱 삼십 분만 하고. 나 혼자 가게 내버려 두기."

정원이 밀려 올라간 티셔츠 자락을 다시 내리며 합의하기 전엔 어림도 없다는 뜻을 내비친다.

"훗. 야, 한정원. 너 왜 이렇게 웃기냐?"

갑자기 딱 멈춰 선 휘소가 비실비실 웃는다. 그 모양새가 상대를 깔보는 느낌이라 정원은 약이 오르면서도 뭔가 창피해진다.

"왜, 뭐가?"

"삼십 분이라. 어림잡아 할 건 다 하겠다는 얘긴데⋯⋯."

"싫음 말아라."

허벅지로 가 있는 휘소의 손을 잡아떼며 정원이 털털하게 말했다.

"하! 이 여우, 진짜."

침대 밖으로 벗어나려는 정원을 휘소가 다시 붙잡았다.

"근데 왜 혼자 간다는 거야?"

"아…… 민영이가 너 떼놓고 나오래. 같이 나오면 너 계속 눌러앉을 거라고."

싱글거리며 하는 정원의 말에 휘소의 한쪽 눈썹이 휙 치켜 올라갔다.

"이것 봐. 최민영 뭐 있다니까."

말을 하면서도 탐탁지 않은 표정으로 정원의 얼굴을 살피는 품이 어떤 대답을 찾는 눈치다.

"매력이 있지, 민영이가."

어이없다는 눈빛으로 바뀐 휘소가 픽 웃으며 한마디 한다.

"친구라고 감싸기는. 암튼 열시 전엔 들어와."

"열시?"

민영의 성격을 잘 아는 정원이 고개를 갸웃거리자 휘소의 눈초리가 매서워진다.

"그럼, 몇 시?"

"열…… 두시?"

"하, 요것 봐라. 너 외박할라 그랬어?"

"그게 무슨 외박이야……."

"한정원, 너 이제 유부녀야. 싱글 아니야."

휘소가 반지가 끼워진 왼손을 들어 정원의 눈앞으로 가져갔다.

"왜 이래? 아직 식도 안 올렸는데. 혼인신고야 서류 떼다가 보여줄 일 없으니 그만이지."

기막혀 하는 휘소의 표정이 재밌어 정원이 계속 약을 올린다.

"그렇단 말이지? 너 후회하지 마."

조금 전까지만 해도 몸이 달아 안달하더니 어느새 으름장을 놓고는 침대를 벗어나 욕실로 쏙 들어가 버린다. 신경이 쓰인다.

거실 소파에 앉아 정원을 쳐다보고 있는 휘소는 자신이 미친 건 아닐까 하는 생각이 들었다. 딱 붙는 블랙진과 흰색 티셔츠. 굳이 트집 잡을 옷차림은 아니었지만 근질거리는 입을 꼭 다물고 있느라 정신을 집중해야 했다.

"진짜 데려다만 줄 거지?"

귀고리를 걸며 가까이 걸어오고 있는 정원의 모습이 확실해지자 휘소는 짜증이 뒤따랐다.

"야, 옷이 좀 그렇다?"

때마침 테이블 위에 올려두었던 휴대폰을 집어 들기 위해 몸을 숙이자 브이넥으로 깊게 파진 티셔츠 사이로 정원의 가슴골이 선명하게 드러났다. 휘소의 미간이 확 좁아진다.

"옷이 왜? 너무 막 입었나? 빈티나?"

차림새를 쓱 내려다본 정원이 순진하게도 묻는다. 여전히 못마땅함을 드러내고 있는 휘소의 시선이 정원의 몸을 빠르게 훑어 내렸다. 정원이 말하는 빈티는 분명 아니었다. 하지만 얇은 천 아래로 드러난 속옷의 색깔을 보니 그렇다고 말해주고 싶었다.

"넌 네 속옷 색깔을 그렇게 알리고 싶냐?"

"아, 이거? 요즘 다 이렇게 입어."

정원이 아무렇지 않게 답했다. 그게 더 휘소를 짜증 나게 하는지 모르는 눈치다.

"누가 그걸 몰라? 근데 넌 그럼 안 되지."

"왜?"

일말의 망설임도 없는 물음에 휘소는 어이없다는 듯 짧은 한숨을 뱉어냈다.

"그럼, 넌 내가 아무 여자들 앞에서 속옷 내보여도 괜찮겠네?"

"안 돼!"

버럭 하는 정원의 모습에 휘소는 비릿하게 웃는다.

"왜? 넌 되고 난 안 돼?"

"당연하지! 난 위에 하나가 더 있는 거고. 넌 달랑 아래 하나 잖아! 그거 보여주면 다 보여주는 거지!"

"아, 그런 거야? 알았어. 난 그럼 위에 너랑 똑같은 종류의 티셔츠 하나 입지 뭐. 그거 어디서 샀어?"

"여성 전문 의류 매장."

"그래? 그럼 남성 전문 의류 매장 가면 있겠네. 어쩌면 드레스룸에 있을지도 모르겠다."

"흥. 난 위에 속옷 입고 입은 거니까 너도 안에 뭐 하나 입어."

"내가 왜? 변태로 오해받고 싶지 않거든?"

"그래? 알았어. 싫음 마. 그럼 나도 다 벗고 티 하나……."

"오, 그래? 벗어보던가, 그럼."

정원이 절대 그럴 수 없다는 걸 자신하는 말투였다.

"데려다 준다며? 안 갈 거야?"

휘소를 한 번 쏘아보지만, 어찌할 도리가 없는 것을 인정한 정원은 가방을 챙겨 들었다.

'그러고 간다 이거지?'

"가."

휘소가 짜증을 억누르며 차 키를 집어 들었다.

한국의 Melting Pot(각 다양한 문화가 한데 섞여 조화를 이루는 다문화주의를 지칭하는 말)이라 불리는 이태원답게, 레스토랑엔 브론즈의 머리와 파란 눈의 외국인들이 쉽게 눈에 들어왔다. 그리고 그 속에서 검은 머리를 더 검게 물들인 민영을 발견하기란 너무나 쉬웠다.

'왔어?'

통화 중인 민영은 입 모양으로 인사를 전하더니 서둘러 뭐라 뭐라 말하곤 전화를 끊었다.

"뭐 시켰어?"

휘소와 실랑이로 약간 늦어지게 된 정원은 도착하기 전 문자로 뭐든 주문을 해놓으라고 했었다.

"어. 간단히 먹고, 술 마시러 가자."

대충 그런 계획이겠다 생각한 정원이 가볍게 고개를 끄덕였다.

"김휘소, 너 데려다 주고 순순히 그냥 가디?"

"응. 살짝 삐쳤는지 자기도 친구 만난다고 바로 가버리던데?"

휘소가 한사코 옆에 눌러앉아 버리면 어떡하나 했는데 막상 뒤도 안 돌아보고 가버리니 뭔가 허전한 마음이 드는 정원이었다. 그러나 민영 앞에선 내색하지 않았다.

"김휘소가 삐치기도 하고 그래? 훗. 바늘로 찌를 엄두도 못 내게 생겨가지고선."

"은근 잘 삐쳐."

정원이 짐짓 진지한 표정으로 말하자 민영이 쿡쿡 웃음을 터뜨린다.

"근데 GK호텔 오픈식 날은 언제 간 거야? 얼굴도 못 봤잖아?"

"그게…… 그날 나 혼인신고했어."

"아아."

"안 놀래? 김휘소랑 결혼했다고, 나."

뜨뜻미지근한 반응에 오히려 놀란 정원이 민영에게 반지를 보이며 말했다.

"역시 알이 크긴 크다."

마침 주문한 음식이 나와 정원은 반지를 살피곤 손을 놓아주는 민영을 쳐다보고만 있었다.

"너 알고 있었어?"

"못 봤어? 증인란에 내 도장 찍힌 거."

"아…… 김휘소가 시간 없다고 보채서 못 봤다."

"용의주도한 놈이라니까, 네 남편. 으…… 무서워."

"결혼이 무서운 거겠지. 근데 진짜 제임스랑 같이 미국까지 가면서 아직도 결혼 생각은 없어?"

"나…… 가지 말까?"

민영이 음식을 집다 말고 정원을 똑바로 응시하며 물었다. 정원은 이상기류를 느꼈다.

"뭐야……. 출국이 코앞인데 아직도 마음 못 정한 거야? 짐은 쌌어?"

"아니, 아직."

민영이 음식을 입에 가져가며 대수롭지 않게 대답했지만 씁쓸함이 엿보였다.

"왜?"

정원은 부담을 주지 않기 위해 부러 평이하게 물었다.

"그게. ……제임스가 청혼을 안 해."

왜 민영이 자신의 반지를 부러움과 씁쓸함이 묻어 나오는 눈길로 쳐다봤는지 확실해지는 순간이었다. 단순히 큰 알 때문이 아니었다. 결혼은 마녀의 저주라고 생각하던 최민영이 드디어 절절한 사랑에 풍덩 빠져 허우적대고 있는 것이었다. 풋, 웃음이 터졌다. 그러나 그 어느 때보다 풀 죽고 기운 없어 보이는 민영의 모습에 정원은 이대로 두면 안 되겠다 싶었다. 그렇게 남자를 손바닥 위에 올려놓고 주물러 대던 그녀였으니 자존심 때문에 뭐라 내색도 못하고 분명 속을 끓이고 있는 것이다.

"니가 하면 되잖아."

뭘 그런 걸로 고민하냐는 듯한 정원의 말투에, 겉으론 웬만한 사내처럼 대범해 보이긴 해도 은근히 소심한 구석이 있는 민영은 뭐라 대답도 못하고 눈만 동그라니 뜬다.

"니가 해, 청혼."

"……내가?"

민영이 검지로 자신을 콕 찍는다.

"어."

"안 돼. 못해. 싫어."

"왜?"

"제임스 독신주의자야. 처음 만났을 때 너무 잘 통한다고 내가 얼마나 많이 좋아했었는데."

헐. 정원이 왜 그랬냐는 듯 쳐다보자 민영이 그 눈빛에 부응하듯 최대한 불쌍한 표정을 지으며 말한다.

"아…… 나도 알 꽉꽉 찬 다이아 받고 싶다……."

"야, 지금 다이아가 문제야? 그래서, 미국 갈 거야 말 거야?"

"가야지. 가서…… 나한테 울고불고 결혼해 달라고 매달리게 만들고 말 거야."

민영이 음식물을 잘근잘근 씹으며 말하는 순간 전화벨이 울렸다.

"……어. 그럼 이따 봐."

민영은 한참을 깔깔거리며 통화를 하고 나서야 전화를 끊었다.

"누구?"

"유학 갔을 때 잠깐 만나던 애. 나한테 청혼하기에 기겁하면서 헤어졌잖아. 사진 전공했는데 성격도 뭐, 시원시원하고 좋아."

"유학 갔을 때면 에……? 그게 몇 년 전이냐? 아직까지 연락하면서 지냈다고?"

"이거 왜 이러실까. 6년 전 파혼한 약혼자랑 결혼까지 한 사람이 누구더라?"

"야. 그래도 난 헤어졌다 다시 만난 거고. 넌 청혼까지 거절해 놓고 그 남자랑 연락하면서 지낸 거야?"

"어. 제임스랑도 그랬으면 좋겠다. 천하의 최민영이 무슨 꼴이냐고, 이게. 아주 창피해 죽겠어, 젠장."

민영이 주먹 쥔 손으로 테이블을 탁 내려치자 정원이 고개를 절레절레 흔든다.

"에잇, 안 되겠다. 한정원! 너 오늘 나랑 좀 놀자."

"……?"

놀고 있잖아 하고 정원이 눈만 동그랗게 뜨고 쳐다보니 민영이 음흉스레 씩 웃는다.

"내 말 좀 들어봐. 우린 서른을 코앞에 두고 있는 스물아홉이라고. 이건 뭐 보톡스를 아무리 많이 맞고, 마사지와 경락으로 얼굴을 스물 초반 동안미녀로 만든다고 해서 이 끔찍한 기분에선 벗어날 수가 없다는 거지. 그러니까 식 올리기 전에 우리가 서른 줄을 끊고 그 안으로 들어가기 전에. 이 피 끓는 젊음을 불살라야 하지 않겠냐는 거지, 내 말은. 서른이랑 스물아홉은 엄연히 다르다, 너."

"……많이 힘들구나?"

"야!"

"흐흐. 알았어, 알았어. 놀게, 놀게."

정원이 손짓을 까딱까딱, 민영의 흥분을 잠재운다. 그리고 가만히 생각해 보니 민영을 놀리긴 했지만 그녀의 말도 일리는 있었다. 이십대의 좋은 시절을 일만 하며 보내 버린다 생각하니 마음이 살랑살랑 이상한 것도 같았다. 정원은 휘소가 걸리긴 했지만 민영을 따라나서기로 했다.

어떻게 놀아야 민영이 말한 좀 노는 것이 되는 걸까 생각하며 정원은 클럽—민영의 말을 빌리자면 이태원에서 제일 잘나간다던—안으로 들어섰다. 그리고 경악했다.

어디서 구했는지 정확히 자신이 입고 있는 흰색 티셔츠와 비슷한 재질, 색상, 디자인의 옷을 입고 있는 휘소와 수많은 외국 남자들 사이에서도 단연 돋보이는 제임스, 그리고 태양이 버젓이 그 클럽 안에 있었다.

정원과 민영은 기함한 표정으로 동시에 서로를 쳐다봤다. 말은 없었지만 어떤 생각을 하고 있는지 눈빛만 봐도 알 수 있었다. 그리고 그러길 몇 초. 민영이 정원의 손목을 잡아끌며 사람이 적은 곳으로 향했다.

"오면서 휘소한테 전화했어?"

"아니."

"……."

"……."

"정태양!"

"정태양!"

정원과 민영이 동시에 외쳤다. 섹시한 쇄골 라인을 드러낸 티셔츠를 입은 김휘소가 여자들의 뜨거운 눈빛을 받으며 여기 있는 것도, 여자들이 말을 걸면 웬만큼 받아주는 것이 매너라고 배우고 자란 제임스가 여자들과 웃으며 얘기를 나누고 있는 것도, 모두 그 옆에서 씩 웃으며 여자들을 훑어보고 있던 정태양 때문이었다.

"그렇지. 강남, 강북은 물론이요, 부산, 제주 할 것 없이 그저 물 좋은 곳이라면 헬기라도 타고 순방하는 놈이니. 우리가 이태원에서 만난다는 거 알고 분명 여기부터 찍고 왔을 거다."

"너 어떡하냐? 제임스 질투는커녕 너부터 폭발할 것 같아. 지금 네 표정 장난 아냐, 민영아."

"진짜? 근데 정원아…… 너도."

벌게진 얼굴로 정원과 민영이 마주 보곤 풉 웃음을 터뜨린다.

"민영아!"

얼굴에 웃음을 다 지우지 못한 상태의 정원과 민영이 소리 나는 곳으로 동시에 고개가 돌아간다.

"짜슥…… 오랜만. 잘 지냈어?"

남녀 가리지 않는 민영의 털털한 말투에 단발머리를 한 남자가 씩 웃으며 다가왔다. 귀에 여러 개 박힌 피어싱과 팔목에 주렁주렁 매달린 액세서리가 눈에 띈다. 사진을 전공한다더니 예술가 특유의 적당한 지저분함과 자유분방함이 풍겨져 나왔다.

"너 보고 싶을 때마다 술 취해 있는 시간 빼곤 나쁘지 않았어. 근데 누구? 내 스타일이다."

남자가 민영을 한 번 끌어안고 풀어주며 정원을 보고 말했다. 남자는 시련에 당당한 만큼, 이성에 대한 호기심 또한 직설적이고 당당한 모양이다. 그런데 나쁜 의도가 엿보이지는 않는달까. 정원은 남자의 말을 그냥 피식, 웃어넘겼다.

"그렇지. 섹시, 청순, 지적, 글래머, 단정, 순수. 뭐, 이런 너의 스타일 중 어디 하나엔 속하겠지."

"민영이 빼면 혼자 온 거예요?"

"민영이 때문에 온 건데. 와보니 제 남편도 여기 있네요."

분위기상 남자가 정원에게 관심을 보이는 매너를 발휘했다. 물론 그 뜻을 모르지 않는 정원이었지만 혹시나 하는 마음에 남자의 관심은 사양한다는 뜻의 답을 했다.

"결혼 일찍 하셨네요? 부럽다."

"왜 정원이가 결혼한 건 아까운데, 또 결혼 자체만 가지고 보면 부럽냐?"

"어."

대답하며 싱긋 웃는 남자는 군더더기 없이 깔끔한 성격이었다. 정원은 친구의 마음으로 돌아가 제임스 대신 이 친구는 어떨까 하는 생각을 해본다.

"오랜만에 만난 것 같으니까 얘기 나눠, 안에 가 있을게. 만나서 반가웠어요."

내심 여자들 많은 곳에서 휘소가 어떻게 하고 있는지 궁금했다.

"하하. 남편 보고 싶어서 그러는구나? 부러워요. 결혼해서도 같이 이런 데 놀러 오고."

저 정도면 여자를 잘 알겠지? 하고 생각할 만큼의 외모와 성격이 괜찮은 남자가 선하게 웃는다. 왠지 정이 간다.

"제가 좋은 정보 하나 알려 드려요?"

남자가 궁금한 눈초리로 고개를 끄덕였다.

"얘 이젠 다이아 반지가 끼고 싶대요, 알 큰 걸로. 그럼."

남자가 진짜야? 하는 시선으로 민영을 쳐다봤고, 정원은 '니가 주는 거 말고' 하는 민영의 말소리를 들으며 휘소를 찾아 나섰다.

"야, 한정원, 한정원."

정원을 발견한 태양이 바 테이블에 올리고 있던 팔꿈치를 이용해 휘소의 팔을 툭툭 친다. 휘소가 슬며시 몸을 옆으로 틀며 이제껏 재잘거리려도 대꾸 한 번 하지 않던 여자에게 시선을 준다.

"몇 살이라 그랬지?"

"스물넷이요, 오빠."

언제 봤다고 오빠? 게다가 스물넷? 한정원이 더 어려 보인다.

"……마셔."

잔으로 여자의 앞에 놓인 잔을 가리킨 휘소는 성의 없이 말하곤 술잔을 입으로 가져간다.

"어이, 한정원."

태양이 씩 웃으며 다가오는 정원을 먼저 아는 체했지만 휘소는 힐끗 쳐다보기만 하자 정원도 오기가 생긴다.

"안녕."

휘소와 여자에게서 흥, 고개를 돌려 버린 정원은 태양에게 아는 척을 해 보이곤 은현의 옆으로 가 앉았다. 휘소와는 제일 멀리 떨어진 자리었지만 원형으로 이루어진 바 덕분에 여자와 붙어 있는 휘소의 모습은 눈에 더 잘 들어왔다.

　[제임스, 아무래도 민영이한테 가보는 게 좋을 것 같은데요? 지금 남자랑 둘이 있거든요.]

　정원의 말에 제임스는 입으로 가져가던 술잔을 내려놓고는 황급히 그곳을 벗어났다.

　"선본 건 어떻게 됐어?"

　술을 주문한 정원이 은현 쪽으로 몸을 살짝 틀며 물었다.

　"그냥 뭐……."

　"왜? 잘 안 됐어?"

　"자기랑 결혼하려면 외양간이 꼭 있어야 한대. 이 서울에서 말이 돼?"

　멍하니 은현을 쳐다보던 정원이 웃음을 터뜨린다.

　"외양간은 왜?"

　"시골에서 키우고 있는 소를 꼭 데려와야 한대."

　"귀엽다. 4차원이야?"

　"안드로메다로 보내 버리고 싶을 만큼."

　은현이 미간을 찌푸리며 술잔을 입으로 가져갔다. 정원은 피식, 웃으며 휘소 쪽으로 시선을 돌렸다.

　"어머, 난 남자볼 때 쇄골 라인 먼저 보는데. 오빠 진짜 섹시하당. 만져 봐도 돼용?"

　시끄러운 와중에 어떻게 여자의 그 말이 똑똑히 들렸는지 모르겠지만 정원은 바 테이블을 두 손으로 짚고는 얼른 의자에서 내려섰다. 여자의 몸이 점점 휘소 쪽으로 더욱 가깝게 기울어지고 있었다.

'이런!'

이를 앙다물고 휘소에게 다가섬과 동시에 정원은 등 뒤에서 티셔츠를 잡아 아래로 확 내렸다. 휘소가 켁 하고 뒤를 돌아보자 정원은 얄미울 정도로 싱긋 웃었다.

"안녕, 여보. 여기서 뭐 해?"

"그러는 넌?"

휘소가 의자를 빙 돌려 한쪽 팔을 굽혀 테이블 위로 걸치며 물었다. 여유롭게 웃고 있는 모습에 정원은 약이 바짝 오른다.

"이제 집으로 가려고."

정원이 휘소의 티셔츠를 바로잡아 주며 싱긋 웃었다. 그리곤 휘소가 손을 내밀어 집으로 가자고 말해주길 기다렸다.

"벌써? 먼저 가, 그럼. 난 좀 더 있다가."

울상이던 여자의 표정이 밝아지며 휘소를 끈적한 눈빛으로 쳐다보는 것이 정원의 눈에 들어왔다.

"그래?"

한순간에 웃음을 지워 버린 정원은 휘소의 눈앞에서 반지를 빼며 말을 이었다.

"그래, 그럼."

휘소의 얼굴에서도 서서히 미소가 사라지는 것을 통쾌하게 바라보던 정원은 한 번 씩 웃어 보이곤 획 돌아서서 나갔다.

"뭐 해? 빨리 가봐."

"어떡하냐, 한정원 진짜 화난 것 같은데? 쟤 한번 삐치면 대박 오래가지 않냐?"

안 그래도 알고 있거든? 하는 눈빛으로 태양을 한 번 쏘아본 휘소가 술을 마저 들이켜고는 자리에서 일어났다.

"한정원."

무슨 붙잡는 사람이 저렇게 여유로워? 더욱더 뒤돌아서고 싶지 않았다. 정원은 걸음을 빨리하며 계속 걸었다.

"삐쳤어?"

윽. 어디서 치졸한 사람 취급이야? 게다가 사람 놀리는 것도 아니고. 웃음기 밴 목소리에 정원은 획 뒤로 돌아섰다. 목소리만큼이나 능글능글 웃으며 걸어오고 있는 모습이 화를 돋운다.

"안 삐쳤어."

"삐쳤는데 뭘. 이리 와. 집에 가자."

휘소가 정원의 팔목을 붙잡으며 피식, 웃자 정원이 크게 팔을 휘둘러 손아귀에서 벗어났다.

"안 삐쳤다고."

"알았어. 그래, 너 안 삐쳤어. 그러니까 집에 가자?"

등 뒤에서 정원을 끌어안으며 포박한 휘소가 걸음을 옮겼다. 자동적으로 정원은 어쩔 수 없이 걷게 되는 형국이었다.

"알았으니까, 놔. 다 쳐다보잖아."

클럽 안을 벗어난 것이 아니라 지나가던 여자들이 힐끔힐끔 쳐다보기 시작했다. 정원이 벗어나려 힘을 줘보지만 어림도 없다.

"좋으면서. 너 부러워서 저러잖아."

"알어. 짜증 나, 너."

"어, 미안해. 너무 잘나서."

정원이 고개를 돌려 어이없다는 듯 쳐다보자 휘소가 정원의 볼에 쪽, 입을 맞추곤 묻는다.

"반지 어쨌어?"

"몰라. 넌 끼기나 했어?"

정원의 눈앞으로 반지 낀 손을 내밀어 보여주더니 정원의 주머니를 뒤져 반지를 찾아냈다.

"끼고 있었어?"

"어."

정원의 왼손 약지에 반지를 도로 끼워 넣느라 휘소는 대충 대꾸했다.

"반지를 끼고 있는데도 여자들이 막 말 걸고 그래?"

"말만 걸어, 어디?"

똥 씹은 표정을 한 정원이 휘소의 품에서 벗어나 클럽 밖으로 나갔다.

"웃자고 한 얘기야. 돈 주고 시켰어, 내가. 너 있을 때 나한테 좀 집적거려 달라고."

바로 정원을 따라잡은 휘소가 어이없는 웃음이라도 유도해
내기 위해 말했지만 정원의 표정은 진지하기만 했다.

　　"한정원, 그만 풀자? 아까 걔랑 아무것도 안 했거든, 나?"

　　"예쁘다 그랬지?"

　　"아, 진짜……. 아니. 나이만 물었어."

　　정원이 한심하게 쳐다보더니 '아니, 나. 니가 나 예쁘다 그랬
잖아' 한다.

　　뜬금없는 질문에 휘소가 정원을 가만히 내려다보다 뒤늦게
'어' 하고 대답한다.

　　"근데 왜 난 반지 끼고 있으면 남자들이 안 직접거리지?"

　　이번에도 휘소는 뒤늦게 풋, 하고 웃음을 터뜨리더니 '귀엽
다, 귀여워' 하는 눈길로 정원을 쳐다본다.

　　"두 가지 이유가 있지."

　　정원이 비딱한 눈길로 '뭐?' 하고 묻는다.

　　"첫째는, 너처럼 예쁜 여자는 많은데 잘생긴 남자는 드물다는
거지. 그리고 둘째, 나처럼 돈까지 많은 남잔 더 드물고."

　　"가자. 집에."

　　한숨을 내쉬며 정원이 돌아서자, 휘소가 얼른 정원의 등 뒤로
바짝 붙는다.

　　"안지 마."

　　"하, 진짜. 안 해, 안 해."

　　정원에게 뻗으려는 손을 냉큼 주머니에 찔러 넣으며 휘소가

까칠하니 대꾸했다.

"근데 이따 밤에는? 하지 마?"

몇 발자국 걷다가 휘소가 귓가에 속삭이자 휙 돌아선 정원이 휘소의 가슴팍을 퍽퍽 때린다.

"아! 알았어, 알았어. 그럼 지금 빨리 가서 하자. 해 지기 전에만 끝내면 되는 거지?"

정원의 주먹 쥔 쪽의 손목을 그러쥔 휘소가 달리기 시작했다.

23. 내키는 김에 아기까지

그렇게 혼인신고를 해버렸더라. 아니, 해치웠더라 하는 말들이 양가 어른들에게 전해지고 난 후, 휘소와 정원은 양쪽 집안으로 한 번씩 불려 갔고 구체적인 결혼식 얘기가 불거져 나오고 있었다. 가지고 있는 막강한 권력을 이용해서라도 끝까지 결혼을 반대할 줄 알았던 제일그룹의 총수이자, 장차 아버님이라고 불러야 될 휘소의 아버지인 김 회장은 정원에게 친절하진 않았다. 하지만 그렇다고 심하게 너 마음에 안 든다 하는 내색도 없었다. 정원은 휘소가 어떤 재주를 부렸는지 그 내막이 자못 궁금했다.

"근데 김 회장…… 아니, 아버님 어떻게 설득한 거야?"

민영이 보낸 웨딩드레스와 턱시도의 카탈로그를 들여다보며 정원이 물었다.

"애부터 갖는다고 했지, 뭘."

손이 귀한 집안이었으니 어느 정도 먹히는 딜이었다.

"뭐!"

"왜 그렇게 놀라? 지금 노력 중이잖아, 우리."

정원이 놀라 덮어버린 카탈로그를 휘소가 다시 펼치며 대수롭지 않게 말했다.

"하하. 야매로 성교육받은 거 티내세요, 지금?"

"암튼, 웃기다니까. 야매론 성교육 어떻게 받는 건데?"

휘소가 한쪽 입꼬리를 올리며 웃는다.

"모르는 척은. 야 자 들어가는 거 있잖아, 왜. 야. 동. 아님 넌 바로 실전인가?"

"솔직히 말해봐. 너 본 적 있지? 최민영이랑 다녔으니 왜 아니겠어. 그럼 나랑 한 건 실전에 해당되나?"

비실비실 웃으며 말하는 휘소를 정원이 옆에 있던 쿠션을 들어 툭 내려친다.

"근데 야매 성교육 얘긴 왜 나온 거야?"

두 번째 방망이질을 가볍게 피한 휘소가 나중엔 쿠션을 빼앗아 저쪽으로 던지며 물었다.

"왜긴 뭘 왜야? 직접 피임하는 사람이 그런 소리 하니까 그렇지."

"아아……."

감탄사를 가볍게 내뱉더니, 휘소가 정원을 한 번 쓱 보곤 풋, 바람 빠진 모양새로 웃는다.

"뭐야? 너 뭐 숨기는 거 있지?"

"없어."

그러면서도 침대 시트에 얼굴을 묻고는 크큭거린다.

"뭐야? 빨랑 불어."

정원이 벌떡 일어나 앉았다.

"너 흥분한 거 보니 말 안 하련다. 그 상태론 나 죽일 수도 있을 것 같아."

한쪽 팔을 굽혀 얼굴을 괴고 모로 누운 휘소가 정원을 올려다 보며 말했다.

"안 죽일게. 말해, 진짜 죽이기 전에."

정원은 싱긋 웃으며 부러 상냥한 말투로 협박 아닌 협박을 가한다.

"그게. 그렇게 심각할 것까진 없고……. 그 콘돔들 구멍 뚫린 거였다고."

"……!"

휘소가 진짜 그 일을 했을 줄이야……. 우려했던 그 일이, 혹시나 했던 그 일이, 그럴 리 없다고 믿었던 그 일이. 현실로 일어났다.

"괜찮아?"

"……아닐 거야. 아니야……. 임신은 그렇게 쉽게 되는 게 아니잖아?"

"그래. 그러니까 정신 차리고 냉장고에 있는 오렌지나 먹어. 너 며칠 전부터 먹고 싶다고 해서 내가 사온 거잖아."

휘소가 또다시 피식, 웃는다.

'가만, 그러고 보니…….'

뭔가 이상하다. 하기 싫어도 한 달에 한 번은 꼭 해야 할 그것을 건너뛰어 버렸다! 설마!

"김휘소! 니가 인간이야?"

한 번쯤 그럴 수도 있지 않을까 생각하면서도 사그라지지 않는 원망은 고스란히 휘소에게로 향했다.

"건 모르겠고. 이젠 한 여자의 남편이자……."

휘소가 힐끗 정원의 배 쪽을 바라보더니 말을 잇는다.

"아무래도 한 아이의 아버지가 된 것 같기도 하다."

"너, 너무해!"

"너, 사랑해!"

"흑…… 이씨……."

갑자기 복받치는 감정에 울먹이려던 정원은 사랑 고백에 웃음이 튀어나오자 휘소를 한 번 째려본다. 그러나 이내 다시 울상이다.

"하하, 미안."

휘소가 정원의 머리를 가슴팍으로 확 끌어당기며 웃는다.

"나 이제 어떡하라고! 애는 이렇게 아무 계획도 없이 갖고 그러는 게 아니란 말야! 너 정말 못됐다. 이기적이야.”

“어, 나도 알아. 미안해.”

그렇게 휘소의 품에서 한참을 훌쩍거리던 정원이 '다 울었어? 그럼 코 흥, 해' 하며 휘소가 가져다 댄 티슈에 코를 팽 풀더니 한마디 한다.

“……오렌지나 까.”

“어!”

정원의 이마에 쪽, 뽀뽀를 날리곤 휘소가 벌떡 일어나 주방으로 뛰어간다.

“맛있어?”

오렌지 껍질을 벗기자마자 휘소가 정원의 입에 한 조각을 넣어주며 물었다. 오물오물, 참 달게도 씹으며 정원이 고개를 끄덕였다. 그 모습이 사랑스러워 휘소는 또 씩 웃는다. 하나를 더 정원의 입 앞으로 가져가자 '너도 먹어' 하면서도 덥석 받아먹는다.

“근데, 아닐 수도 있어. 스트레스받거나 그러면 여자들은 한 번씩 빼먹기도 하고 그런대.”

정원이 진지하게 말했지만 휘소는 그저 히죽 웃었다.

“오렌지를 다섯 개나 먹고 있는 네가 그런 얘기 하니까 참 신빙성 있다. 그치?”

말을 하며 세 조각 남은 오렌지 중 하나를 다시 입에 넣어주려고 하자 심통이 났는지 '나 안 먹어' 한다, 다 먹어놓고.

"어, 진짜 그만 먹어도 되겠다. 저거 봐."

휘소가 쟁반 위에 산더미처럼 쌓인 오렌지 껍질을 가리키자 정원이 찌릿, 흘겨본다.

"에이, 이제 그만 노려봐라. 그러다 우리 애기 눈 쭉 찢어져서 나오겠다."

어라? 정원이 다시 발끈할 줄 알았는데, 의외로 눈꼬리를 축 내리며 얌전해진다. 휘소는 또 웃음이 터져 나온다.

"바보."

가만히 보고 있더니 정원이 나지막이 말했다.

"왜, 또?"

휘소가 정원의 머리를 쓱쓱 쓰다듬었다.

"아까부터 너 계속 실실대고 있어. 몰랐지?"

"그랬나?"

대꾸하면서 휘소는 또 히죽 웃었다. 누가 김휘소를 보고 차갑다, 시니컬하다 했을까. 저렇게 바보 같은데. 웃음 많은 바보. 보고 있으려니 정원도 웃음이 난다.

"근데 진짜 최민영한테 맡겨도 되냐?"

"왜, 불안해?"

"지금 미국에 있는 애가 어떻게 네 드레스를 만들어. 서로 번거롭지."

"내 사이즈는 알고 있고⋯⋯ 네 사이즈도 내가 이미 알려줬고. 여기서 대충 어떤 스타일이 좋은지 골라서 보내기만 하면 돼. 그럼 옷 만들 땐 그 어느 때보다 센스를 발휘하는 최 선생님이 알아서 만들어주겠지.”

정원이 옆으로 밀어났던 카탈로그를 다시 끌어와 뒤적인다.

“걔 아무래도, 내 건 제대로 이상하게 만들 것 같단 말이지.”

엎드린 채 카탈로그를 보고 있는 정원의 옆으로 딱 붙으며 휘소도 삐죽 들여다본다.

“큭. 그럴지도.”

“웃어? 니 신랑 이상한 옷 입고 옆에 서 있어도 좋아?”

휘소가 고개를 옆으로 돌려 정원과 눈을 맞추며 묻는다.

“왜에. 넌 거적때기를 입혀놔도 멋있을 거야. 자신감을 가져, 자기.”

정원이 휘소의 어깨에 팔을 두르며 애교스럽게 말을 했지만 비실 삐져나오는 웃음은 어쩔 수 없다.

“야, 한정원. 옛날부터 궁금했던 건데……. 넌 나 잘생겨서 좋아하는 거지?”

한없이 진지한 얼굴로 저런 멘트라니. 확실히 요즘 김휘소는 이상했다.

“빙고. 난 잘생긴 남자가 세상에서 제일 좋아.”

“훗. 그럼, 내가 세상에서 제일 잘생긴 거네? 역시.”

“……우리 애가 너 닮으면 어떡하니, 진짜?”

정원이 걱정스러우면서도 안쓰럽단 표정으로 휘소를 쳐다본다.

"무슨 소리. 나 닮기만 하면 일단 외모는 먹고 들어가는 거지."

휘소가 무심히 카탈로그를 휙 넘긴다.

"우엑."

"입덧해?"

"어, 애기가 너 때문에 토하고 싶대."

정원이 멀쩡한 표정으로 대꾸했다.

"혼날래?"

어이없어하던 휘소가 정원의 이마를 가볍게 튕기곤 다시 카탈로그로 시선을 돌린다.

"이제 여기에 집중 좀 하지? 넌 무슨 여자애가 네가 입을 드레스 고르는 데 그렇게 관심이 없냐?"

"누가 갑자기 애엄마로 만들어놔서 그래."

"이거 괜찮다."

임신 얘기만 나오면 불리하다는 걸 알았는지 휘소가 드레스를 손가락으로 톡톡 두드리며 말했다. 그리고 그런 휘소를 정원이 눈을 게슴츠레하게 뜨고 흘겨보는 와중에 전화벨이 울린다.

"어? 민영이다."

정원이 서둘러 전화를 받았다. 멀리 떨어져 있으니 가끔씩 걸려오는 전화가 그렇게 반가울 수가 없었다.

"헤이. 와썹."

〈너네 사진 몇 개 골라 알려달라니까 왜 소식이 없어? 웨딩드

레스 입고 결혼하기 싫어?〉

"그렇지 않아도 지금 고르고 있었어. 별일 없지?"

〈나, 제임스랑 헤어질까 봐.〉

기다렸다는 듯 민영이 시무룩한 목소리로 대답했다.

"왜 또. 무슨 일인데?"

한국에 있을 땐 딱 붙어 떨어지질 않더니 미국으로 간 뒤론 싸우는 횟수가 잦아지고 있었다.

〈그게, 앞으로 제임스랑 어떻게 해야 하나 생각 좀 하느라 거리를 뒀더니 은근 마음에 담고 있었나 봐. 그러다 옛날에, 아! 너 알겠다. 나한테 청혼했다가 헤어진, 사진 전공한다던 걔 있지?〉

"어, 기억나."

〈걜 우연찮게 만났거든? 그래서 가끔 통화하다가 어제는 집에 좀 늦게 들어갔더니 제임스가 다크써클을 턱까지 내린 모습으로 막 화를 내는 거야. 그렇게 무섭게 화내는 거 처음 봤어. 순간 이 남자 누구지? 하는 생각이 드는 거 있지. 제임스가 아닌 것 같았다니까.〉

"이 기회에 진지하게 결혼 얘기 꺼내봐. 그러고 나서 헤어지더라도 늦지 않아."

〈안 돼. 제임스가 무릎 꿇고 반짝이는 반지를 내미는 모습을 내가 얼마나 바랐었는데. 나 그냥 먼저 한국 들어갈래. 드레스도 거기서 만드는 편이 더 편할 거고.〉

"그럼 제임스는?"

〈알아서 가겠지. 휘소 결혼식인데 빠지기야 하겠어?〉

그래. 그렇게 붙어 있을 때 싸움의 연속이면 떨어져 지내보는 것도 나쁘지 않겠다 싶었다. 정원은 당장 티켓 끊어 오겠다는 민영을 말리지 않고 전화를 끊었다.

"최민영 온대?"

"어."

민영의 목소리는 여느 때와 같았지만 감추고 있는 우울함이 느껴졌었다. 덩달아 침울해진 정원이 휘소의 품으로 파고들며 대답했다. 정원의 기분을 알아챈 휘소가 피식, 웃으며 정원의 머리를 쓰다듬었다.

"……졸리다."

"한잠 자."

휘소가 정원의 엉덩이를 토닥토닥 두드리자 정원은 쿡, 웃으며 그대로 눈을 감았다.

24. 우린, 나랑이야

 따뜻한 봄날, 파란 하늘과 푸른 잔디 사이에 서 결혼식 입장
을 할 줄 알았던 정원은 민영이 초고속으로 만든 드레스를 입고
휘소의 옆에 서 있었다. 이유는 뱃속의 아기 때문이었다. 여러
조건들이 계절의 제약을 받아 상상했던 결혼식의 모습과 빗겨
갈 때마다 정원의 새초름한 눈초리를 받은 휘소는 변명의 말들
을 하나씩 늘어놓았다.
 '이십대에 낳는 거랑 삼십대에 낳는 거랑은 차원이 다르다더
라.', '우리 아버지 너한테 하는 거 봐. 예전이랑 진짜 다르지 않
아? 다 널 위해서 그랬던 거야.'
 물론 전자의 말엔 휘소의 가슴팍을 주먹으로 한 대 치긴 했지
만 확실히 김 회장이 변한 모습을 생각하면 정원도 고개가 끄덕

여지긴 했다. 그리고 오늘도 아버지만큼이나 환히 웃으시던 시
아버지 덕분에 결혼 서약을 하고, 반지를 나누어 끼고, 가벼운
입맞춤을 하라던 사회자의 말을 무시하고는 '좋댄다' 하는 태양
의 목소리를 들을 때까지 휘소와 뜨겁게 키스할 수 있었다.

*

　신혼여행을 다녀온 후, 토요일 늦은 아침. 부쩍 잠이 많아진
정원은 아직도 세상모르고 쿨쿨 자고 있는 중이었고, 이른 시간
에 아침 운동까지 마친 휘소가 느긋하게 주방에서 움직이고 있
었다. 팬케익을 굽고 호시탐탐 커피를 탐내는 정원 때문에 직접
오렌지 즙을 낸다. 그리고 투명한 볼에 깨끗이 손질되어 있는
샐러드를 꺼내 드레싱을 뿌려놓으니 식탁 위는 꽤 그럴싸했다.
흡족한 표정의 휘소가 정원을 깨우기 위해 침실로 향했다.
　침대 한가운데에서 하얀 솜이불에 폭 싸인 정원은 아기처럼
잠들어 있었다.
　"정원아……."
　정원의 얼굴을 내려다보며 팔을 괴고 옆으로 누운 휘소가 이
름을 나직이 불렀다.
　"음……?"
　정원이 반응했지만 눈꺼풀이 올라가진 않는다.
　"눈도 못 뜨네? 그렇게 졸려?"

정원이 고개를 아주 살짝 끄덕였다. 휘소가 입에 걸고 있던 웃음을 조금 더 진하게 하며 얼굴 아래 놓인 정원의 한쪽 손을 잡아 입술로 가져갔다.

"그래도 일어나서 뭐 좀 먹지? 어제저녁부터 안 먹었잖아."

"응······."

그래도 배는 고픈지 잠결에도 대답을 한다. 그리곤 휘소에게 잡혀 있지 않은 다른 쪽 손으로 무거운 눈꺼풀을 비빈다. 동시에 하암 하품을 했다. 뱃속에 있는 애만 애기가 아니다. 휘소의 눈엔 정원도 애처럼 사랑스럽다. 눈을 뜨긴 했지만 아직도 비몽사몽인 정원을 보고 쿡, 웃음을 지은 휘소는 침대에서 먼저 일어나 정원을 안아 올리곤 방을 나섰다.

"애기야, 애기."

그 말에 부응하기라도 하듯 정원이 히죽 웃으며 휘소의 목에 팔을 두르곤 어깨에 얼굴을 묻는다.

"벌써 애기 안는 연습이야?"

조용할 거라 생각했던 주방에서 음식물을 입안에 잔뜩 넣어 웅얼거리는 소리가 들리자 휘소의 미간이 팍 좁혀진다.

"어?"

정원이 슥 고개를 돌려 민영의 몰골을 확인한다.

"최민영, 너 어제 몇 시에 들어왔어?"

머리는 잔뜩 뒤엉켜 까치집을 연상케 했고, 마스카라와 아이라인이 넓게 번진 눈가는 판다마냥 시커멓다.

"어제가 아니라 오늘이지. 한 다섯시?"

또 한 번 먹을 걸 입에 잔뜩 넣으며 민영이 아무렇지 않게 대꾸하자 휘소가 한쪽 눈썹을 위로 올리며 말한다.

"야, 그거 너 먹으라고 만든 거 아니다."

"알려줘서 고마워. 그럼 내 건 지금 만들 거야?"

민영의 앞자리에 정원을 내려놓은 휘소가 고개를 절레절레 흔들었지만 조리대 앞으로 가 프라이팬을 집어 들었다.

"어제도 술 많이 마셨어?"

민영이 히죽 웃으며 고개를 한 번 끄덕이고는 이번엔 샐러드를 잔뜩 집어 입으로 가져갔다.

"그렇게 힘들면 먼저 프러포즈하라니까."

며칠 동안 민영은 밤만 되면 술을 다음날 아침까지 퍼마셨고, 먹을 게 있다 하면 마구잡이로 입안에 처넣고 있었다.

"늦었어."

"어?"

정원이 아리송한 표정을 지었고, 휘소가 잠깐 민영을 쳐다보다 곧 시선을 다시 거둬들인다.

"끝났어."

"왜?"

잠 때문에 눈꺼풀이 반쯤 내려앉아 있던 정원의 눈이 순식간에 커졌다.

"내가 결혼하자고 했거든, 너 결혼식 날."

"프러포즈했구나? 근데 안 하겠대?"

"뭐, 그런 식이지."

"제임스가 뭐라고 대답했는대?"

"……막 혼란스럽다는 표정을 짓더니 생각해 보겠대."

"……야! 아휴, 진짜. 너 정식으로 헤어진 것도 아니지? 그냥 니가 일방적으로 헤어져! 그래 놓고 막 비운의 여주인공마냥 뛰쳐나갔지?"

"뭐, 비슷해. 그때 니가 있었던가? 봤어?"

"안 봐도 비디오다. 좀 차분히 기다려 봐. 제임스한테서 연락 오겠지."

정원이 그제야 주스를 입으로 가져간다. 목이 탔다는 것도 모르고 있었다.

"싫어. 안 기다려. 이 내가 나랑 같이 살 영광을 주겠다는데, 감히 생각해 보고 자시고 할 게 어딨어? 괘씸해. 날 사랑하지 않는 거야. 자기 혼자 바로 미국 가버린 것 봐."

민영이 포크와 나이프를 양손에 쥐고 힘을 주더니, 급기야 무서운 기세로 팬케익을 잘라 버린다.

"갑자기 본사에 급한 일 생겨서 간 거라며?"

"가서 전화 한 통 없더라. 이제 끝이야."

민영이 입으로 가져간 팬케이크를 질긴 스테이크 씹듯 한다.

"그럼 이제 좀 가지?"

손바닥만 한 팬케이크 두 판이 담긴 접시를 정원의 앞에 내려

놓으며 휘소가 말했다. 그리곤,

"넌 그거 먹어."

그 옆에 있던 조금은 식은 팬케이크 접시를 민영의 앞으로 툭 밀어 놓는다.

"인정머리 없기는. 근데 파는 것보다 맛있다. 내일도 부탁해."

"너 진짜 안 가냐? 좀 가."

"김휘소."

정원이 휘소의 이름을 힘주어 불렀다.

"괜찮아. 쟤 이러는 거 하루 이틀도 아니고. 그리고 왠지 정감 있어 보이지 않아? 더 가까운 사이 같고. 쟤가 저래줘야 내가 더 마음 편하게 있지. 김휘소가 나한테 잘해봐. 나 여기서 한 시간도 못 버틸걸?"

"설사 그렇다 해도 너한테 잘해줄 생각 없거든? 그러니까 빨랑 집 구해서 나가, 다시 한국에 눌러앉을 거면."

"싫어. 나 당분간 한정원이 필요해."

"웃기고 있네. 얘 내 거야."

휘소가 코웃음을 치며 정원에게 먹이기 위해 팬케이크를 자르며 말했다.

"둘 다 그만, 좀. 먹다 체하겠다."

정원이 힘 빼고 내뱉은 한마디에 휘소와 민영은 별 대화 없이 그러하기로 합의를 본다. 한정원이라면 절절매는 김휘소이기 때문에 정말 정원이가 체하기라도 하면 이 집에서 쫓겨나겠다 싶은 불안이 민영에겐 있었고, 휘소는 민영의 추측대로 정원이 체하는 걸 절대로 원하지 않기 때문이었다.

그 후로 식사 시간은 무난히 흘러갔다. 그리고 깨끗이 씻고 나온 셋은 자연스럽게 거실로 모여들었다. 물론 휘소의 입장에 선 정원과 오붓하게 있는데 민영이 초를 치고 끼어든 것이 되었지만 그 후로 태양이 연락도 없이 쳐들어왔고, 또 은현이 들이닥쳤으므로 아예 정원과 둘만 있는 시간을 포기해야지 하면서도 휘소는 내심 심기가 꼬여 있는 상태였다.

반면 정원은 시시한 농담 한마디에도 깔깔거리며 웃음을 터뜨리고 있었는데 날 선 휘소의 눈초리가 태양에서부터 은현, 민영을 훑고 마지막으로 정원에서 멈춰 섰을 때에는 못마땅함을 잔뜩 내뿜고 있었다.

"……왜?"

여러 번 휘소가 불만스럽다는 눈빛을 계속 보내오고 있는 터라 이번엔 차마 무시하지 못한 정원이 지그시 웃으며 휘소를 올려다봤다.

"왜겠어? 난 쟤들 빨리 내쫓고 싶은데 니가 그렇게 좋아하면 어쩌라고, 어?"

"아, 김휘소 진짜. 지치지도 않냐?"

정원이 뭐라 하기도 전에 태양이 나선다. 그러거나 말거나 눈치도 없고 예의도 없는 주제에 감히 싫은 소리를 내뱉는 태양이 휘소는 같잖을 뿐이었다.

"뭐가?"

"뭐긴, 뭐야. 제발 우리 앞에서라도 그 과한 애정 표현 좀 자제할 수 없냐? 니가 우리 내보내려고 하는 이유. 그게 그렇게 좋냐? 신혼여행에서 질리도록 하지 않았어? 아니지. 결혼하기 전에도 장난 아니었지, 너네?"

태양이 다 안다는 투로 말하자 민영과 은현도 피식, 웃었고 정원은 다 알면서 저렇게 꼭 까발리고 있는 태양을 얄밉다는 듯 쳐다본다. 그러나 틀린 말은 아니었기에 뭐라 하지도 못하고 쟤는 진짜 지가 아는 건 다 말해야 직성이 풀리는 속없는 놈이구나 하고 다시 한 번 되새길 뿐이다.

"너도 사랑해 봐."

'그 나이 먹도록 뭐 했냐, 넌' 하고 무시하는 투로 휘소가 말하니 태양이 '에이, 씨!' 인상을 쓴다.

이번엔 태양을 제외한 모두가 웃음을 터뜨렸다.

"어쭈. 주은현. 이 시키 넌 왜 웃어?"

"그럼 우냐?"

"사람 좋은 척하는 저 자식이 진짜 속 시커먼 늑대라는 걸 여자들은 왜 모를까?"

"너처럼 머리 나쁘지 않으니까."

이번에도 태양만 빼고 웃는다. 그러나 은현의 말대로 태양이 머리가 나빠서는 아니었다. 지금처럼 '쳇' 하며 짓는 뚱한 표정

만큼이나 순진한 구석이 있는 녀석이라는 걸 다 알기 때문이었다.

"쿡. 정태양, 허당."

정원이 이젠 전혀 밉지 않은 태양을 보고 웃으며 말하자 태양이 한 번 흘겨보더니 주방으로가 맥주를 잔뜩 꺼내온다.

"야! 저리 안 치워? 아침까지 마신 거 아직 정화 안 됐단 말야!"

민영이 소리를 빽 질렀지만 태양이 한 캔을 뚝 따서 꿀꺽꿀꺽 마시더니 한마디 한다.

"너 요즘 클럽에서 산다며?"

"이따 같이 갈래?"

방금 전까지만 해도 태양을 죽일 듯 노려보던 민영이 반가움을 드러내며 물었다.

"쯧쯧. 그러다 시집 어떻게 가려 그러냐?"

"누가 간대?"

"그치. 오라는 데가 없으니 당근 못 가지."

퍽. 민영이 던진 쿠션이 정확히 태양의 얼굴을 강타했다.

"아, 진짜! 이놈의 계집애……! 가…….."

덕분에 입에 있던 맥주가 목에 걸린 태양이 캑캑거리며 성을 내보지만 왠지 심각해 보이는 민영의 표정에 꼬랑지를 내리며 정원을 바라보고는 입 모양으로 '왜 저래?' 하고 묻는다. 은현의 궁금한 눈초리 또한 정원에게로 향한다.

"정원이 볼 거 없어. 그냥 이렇게 노는 것의 즐거움을 다시 깨달았다고나 할까."

전혀 즐겁지 않은 표정으로 민영이 말했다.

"제임스, 오늘 도착한대."

민영을 놀래키기 위해 비밀에 부칠까 하던 정원이 민영의 어두침침한 표정에 마음이 약해졌다.

"……그래? 상관없는데. 나 먼저 들어갈게. 술 냄새 맡으니까 토가 쏠려서."

소파에서 냉큼 일어선 민영이 바닥에 앉아 길목을 가로막고 있던 태양의 엉덩이를 발로 뻥 차며 '비켜' 하더니 방으로 향한다.

"아오, 진짜! 제임스는 너한테 연락 안 한다! 퉤, 퉤!"

태양이 발로 까인 엉덩이를 쳐들며 소리를 버럭 질렀지만 웬일인지 민영은 씩 웃더니 조용히 방으로 쏙 들어갈 뿐이었다. 아마도 제임스가 먼저 연락을 취해올 거라 확신하는 모양이었다.

"하! 쟤 웃는 거 봤냐?"

태양이 민영이 사라진 방향을 엄지로 가리키며 말하자 모두들 피식, 웃고 만다.

"나 좀 들어갔다 올게."

정원이 민영의 방을 가리키며 말하자 휘소가 고개를 끄덕이며 어깨에 두르고 있던 팔을 풀어준다.

"암튼, 최민영 진짜 단순해."

"너만 하겠냐?"

은현이 픽 웃으며 테이블 위에 올려두었던 담뱃갑을 집어 든다.

"나가자."

거실에 담배 연기가 밸까 걱정된 휘소가 먼저 테라스로 나갔다. 혼자라면 상관없었겠지만 임신 중인 정원을 위한 배려였다. 그 뜻을 모르지 않는 은현과 태양이 잔소리 없이 그 뒤를 따른다.

"라희 다시 나간다며?"

태양의 말에 휘소는 가만히 고개를 한 번 끄덕이고는 길어진 재를 톡 털어냈다.

"헤르네스 때문인가? 너무 힘주는 바람에 다른 브랜드 두 개가 동시에 빠져나갔다며?"

은현이 연기를 뱉어내며 태양을 쳐다본다.

"설마 아무리 그렇기로서니 회장 딸내미를 그렇게 내치겠냐? 물론 그런 케이스도 저기 있긴 하지만. 암튼 라희 일은 전적으로 저 자식 때문이지."

태양이 고갯짓으로 가리키며 저기 있다는 건 정원을 뜻했고 마지막으론 휘소에게 힐끗 시선을 주며 재밌다는 듯 웃는다. 그러더니,

"너넨 한정원이 그렇게 좋냐?"

하고 휘소와 은현을 번갈아 쳐다보며 이해할 수 없다는 표정을 짓는다.

"너네라니? 한 대 맞을래?"

은현이 곤란하단 투로 으름장을 놓았지만 정말 정원을 다 놓은 것마냥 얼굴엔 웃음이 번진다.

"뭐, 임마. 찔리냐? 너 솔직히 말해봐. 처음 한정원한테 호의적인 사람 너밖에 없었어. 안 그러냐, 김휘소? 너 그때 한정원 좋아했지?"

그 마음이 좀 더 오래 이어졌다는 걸 모르는 태양이 은현은 다행이라 생각했다. 그리고 그 가운데서 은현과 눈이 마주친 휘소도 같은 생각을 했는지 피식, 웃으며 말한다.

"그러게. 지금은 내 마누라지만 어찌나 싸가지가 없어주시던지, 그때."

"맞다. 여자 김휘소였지, 별명이?"

태양이 크게 웃는다.

"거야, 너네 둘한테만 그런 거고. 왜 그랬을까?"

의미심장하게 웃으며 말하는 은현을 보니 휘소는 정원의 옛 모습이 떠올라 입가에 웃음이 감돈다. 만날 때마다 한정원은 대놓고 입술을 삐쭉 내밀어 싫은 티를 팍팍 냈었다. 저한텐 관심조차 없던 여자에게 어쩌다 이렇게 푹 빠져 버렸는지 어이없으면서도 기분은 좋아 웃음이 실실 터져 나온다.

은현이 솜씨를 발휘한 파스타로 저녁까지 해치우고 또다시 거실에 모여 앉아 카드를 몇 판 돌린 후에야 모두들 돌아갈 마음이 생겼다. 그리고 은현과 태양을 따라 또다시 클럽 행을 한 민영으로 인해 집 안은 다시 조용해졌다.

요즘 부쩍 잠이 는 정원은 일찌감치 휘소와 함께 잠자리에 들었다.

"이리 와."

아무래도 휘소보다 얼굴에 찍어 바르는 게 많다 보니 침대에 늦게 오른 정원을 위해, 겹겹이 쌓인 베개에 기대있던 휘소가 읽던 책을 내려놓고 팔을 들어 정원이 들어올 수 있는 자리를 만든다.

"아…… 좋다."

정원이 얼른 휘소의 맨가슴에 얼굴을 묻는다.

"뭐가?"

한쪽 팔을 내준 휘소가 정원의 뺨을 어루만지며 물었지만 그 다정스런 행동에 반해 목소리는 어딘가 퉁명스럽다.

"어?"

정원이 고개를 들어 휘소의 표정을 살핀다.

"뭐가 좋으냐고."

"아…… 뭐 이 느긋함, 안락함, 그리고 올록볼록 단단한 니 가슴판 정도?"

정원이 휘소의 맨가슴을 가벼운 손길로 몇 번 쓸어내리곤 토닥토닥 하더니 대답했다.

"난 아주 죽을 맛이구만."

휘소가 한숨을 쉬더니 나직이 말했다.

"왜에?"

정원이 다시 고개를 들어 휘소를 바라봤다. 조금 어두워진 휘소의 눈동자가 가만히 내려다보고 있다.

"뭘 왜야? 못하니까 그렇지."

"훗. 그러게 누가 콘돔에 구멍 뚫으래?"

정원이 다시 휘소의 품에 고개를 파묻으며 쿡쿡 웃으니 휘소도 미소를 지으며 정원의 등을 가만히 어루만진다.

"아, 라희 나간다며?"

정원이 슬슬 잠이 오는지 꼼지락거리며 물었다.

"어. 알고 있었어?"

휘소가 조금 더 몸을 내려 정원이 편한 자세를 취하게 해준다.

"응. 그럼 넌 만나서 밥이라도 먹어야겠네?"

"애들이랑 같이 만나지, 뭐."

"지금 내 눈치 보는 거야?"

두루두루 친하긴 했지만 그래도 라희는 휘소와 좀 더 가깝게 지내왔던 느낌이라 정원도 둘을 따로 만나게 해야 하나 잠깐 고민하고 있었다. 근데 휘소가 저렇게 답해주니 기분은 좋다.

"어, 만날 네 눈치 보잖아, 나."

"하하. 그 말을 지금 나보고 믿으라고?"

"왜? 아닌 것 같아?"

"아니, 그런 것 같아."

물론 그렇다고 할 수 있는 정도는 아니었지만 그런 말 한마디가 좋아 정원이 히히 웃는다. 그러더니 뭔가 생각난 듯 짓궂게 웃으며,

"근데 너 다시 만났을 땐. 아후……."

하고 말하더니 고개를 절레절레 흔든다.

"뭐? 경혁이 결혼식 날?"

"어, 그리고 그다음에 테니스 코트에서 너 이라희랑!"

"하하. 알았어, 알았어. 잘못했다고 했잖아. 또 그 얘기냐?"

몇 번이고 오해를 풀어주었지만 그날 있었던 일이 또 떠오르는지 정원이 몸을 떨어뜨리곤 제법 앙칼지게 쏘아본다. 휘소는 웃음을 흘리며 정원을 품으로 쏙 끌어당긴다.

"처음 너 봤을 땐 너랑 이러고 있게 되리라곤 생각도 안 했는데."

정원의 이마에 입을 맞추며 휘소가 말했다.

"나도. 그치만 넌 왜? 내가 어땠기에?"

"너? ……그땐, 이렇게까지 사랑스럽진 않았지. 통통하니 새끼 돼지 같은 것이 어찌나 사납던지."

휘소가 쿡, 웃음을 터뜨리자 정원이 흥, 콧방귀를 낀다. 하지만 자신이 생각하기에도 그때는 통통했고 김휘소를 처음 보

고 얼굴을 붉히며 가슴이 두근거렸던 것을 생각하니 은근 자존심이 상한다. 물론 그 뒤, 혹할 만한 첫인상과 달리 오만한 행동과 말투에 퍽 실망하긴 했지만. 정원은 휘소의 팔을 베고 누워 가만히 그때의 시절을 떠올렸다.

문득, 휘소가 자기를 언제부터 마음에 두고 있었는지 궁금해졌다.

"너 그때 기억나?"

정원이 휘소의 가슴에 턱을 받치며 물었다.

"언제?"

휘소가 정원을 내려다보며 얼굴로 몇 가닥 흘러내린 머리카락을 귀 뒤로 넘겨준다.

"왜, 그때…… 나한테 약혼하자고 하면서 '한신의 장녀인 니가 마음에 들어'라고 말했었잖아."

"훗. 그건 왜?"

"그냥 사실은 네가 나의 외모에 처음부터 반했었다던가 하는, 해피엔딩에 꼭 있을 법한 반전이 있나 해서."

스스로 생각해도 그럴 가능성도 없는 얘길 하고 있는 자신이 웃긴 터라 정원이 피식거리며 말했다.

"쿡. 미안하지만 네가 생각해도 그건 아닌 것 같지?"

"어. 크크큭."

큰 기대도 없었기에, 정원은 소리 내어 웃었다.

"훗. 바보."

놀리는 듯한 말투였다. 하지만 정원은 그 안에 뭔가 다른 진실이 숨어 있기라도 한 것처럼 의미심장하게 들려 눈을 좀 더 크게 뜨고는 휘소를 올려다본다.

"수능 끝나고 너 다시 봤는데, 좀 이쁘더라."

정원이 눈을 반짝 빛내며 계속 해보라고 재촉한다.

"살이 너무 많이 빠진 거지. 네가 보기에도, 그때 너, 진짜 이뻐진 것 같지 않았냐?"

"흥."

휘소가 풋, 웃음을 터뜨리자 정원이 팩 고개를 돌려 버린다. 휘소가 피식, 웃으며 정원의 등을 쓸어내렸다.

"결론은. 처음부터 반하지 않았다는 것."

"네, 압니다요."

정원이 짐짓 뾰로통하게 대답했다.

"그리고 몰라보게 예뻐져서 반하지도 않았다는 것."

"안다니까."

정원이 턱으로 쿡, 휘소의 가슴을 찍었다. 휘소가 짐짓 아픈 척하며 웃더니 말을 이었다.

"그런데 보면 볼수록 예쁘더라, 너. 그리곤…… 점점 좋아졌던 것 같아. 나도 모르는 사이에."

다시 슬며시 고개를 돌린 정원이 휘소를 지그시 쳐다봤다.

"……진짜야?"

"어. 사랑해, 한정원."

휘소가 길게 입꼬리를 늘려 웃었다.

"고마워, 나 다시 받아줘서. 나도 사랑해."

휘소 목을 꽉 끌어안은 정원은 목 언저리에 고개를 파묻고는 행복하게 웃었다.

Epilogue 1. 은현

한신호텔.

"정원아."

영우와 함께 도면을 펼쳐 보며 공사현장을 바쁘게 휘젓던 정원이 뒤를 돌아보더니 눈이 동그래진다.

"어? 어쩐 일이야?"

영우에게 양해를 구한 정원이 은현에게 다가갔다. 정장치마에 운동화를 신고 파이프라던가 깨진 벽돌들을 요리조리 피해 오는 모습이 사랑스럽다.

"어?"

정원이 거의 다 와서 뭐에 걸려 넘어질 뻔하자 한순간에 미소가 걷힌 은현이 얼른 정원의 팔을 잡아 세웠다.

"괜찮아?"

위기를 넘긴 정원이 히죽 웃는다. 사람 놀래키고 천진하게 웃는 모습이라니. 은현이 '후' 하고 맥 빠진 듯 웃다가 고개를 돌리니 멀리서 걱정스런 눈으로 쳐다보고 있는 영우가 눈에 들어왔다.

"저 남자랑 이렇게 붙어 있는 거 휘소도 아냐?"

은현이 눈짓으로 영우를 가리키며 능글능글 약을 올린다.

"아니. 내가 총지배인이랑 만날 일 없다고 말해도 얼마나 경계하는데. 알면 골치 아프다."

정원이 조용한 곳으로 발길을 옮기며 씩 웃는다.

"훗. 어떨지 눈에 선하다. 그래도 꽁꽁 싸매고 잘해주니 좋지?"

"에휴. 그렇지도 않아. 잡은 물고기라고 미끼 안 물린대, 이제. 다 지 맘대로야."

정원이 한숨을 푹 쉰다.

"확실히 잡은 물고기긴 해. 결혼기사까지 나갔으니. 한 회장님은 뭐라셔?"

"그냥 조용해. 아무래도 눈치채고 계셨던 것 같아."

"매스컴도 그렇게 조용하면 좋을 텐데, 그치?"

결혼기사가 나간 건 일주일 전이었지만, 아직까지 온 나라가 떠들썩했다.

"아니. 김휘소가 내 남자라는 거 온 대한민국 여자들이 알아서 너무 좋아."

"이럴 때 태양이 있었다면 아마 이렇게 말했을걸?"

"야, 웃기지 마. 아무리 그래도 김휘소는 늙어죽을 때까지 여자들이 달라붙을 거다."

대신 대답하는 정원을 보며 은현이 크게 웃었다.

"근데 진짜 여긴 무슨 일? 약속 있어?"

"선보러 왔어, 나."

"에?"

밖으로 나오게 된 정원이 멈춰 서서는 은현을 올려다본다.

"우리 호텔에서? 공사 중이라 어수선하다고 소문나, 손님 뜸한 우리 호텔에서?"

"어. 너희 호텔에서. 손님 뜸하다니까 더 좋네."

가까운 거리에서 정원을 내려다보고 선 은현이 싱긋 웃었고 정원도 못 말리겠다는 듯 고개를 옆으로 가볍게 틀며 피식, 웃는다. 고운 햇빛을 받아 반짝이는 둘의 모습은 통유리창 안에 앉아 있던 여자에게 한 폭의 그림으로 느껴지고 있었다.

"몇 시에 만나기로 했는데? 라운지?"

"어. 아직 한 십 분 남았네."

은현의 손목시계를 들여다보며 말했다.

"그런데 이렇게 여유 부리고 있었던 거야? 얼른 가봐."

오히려 정원이 보챘다.

"……어."

겨우 대답하고도 움직일 생각이 없는 은현을 보며 두 눈을 약간 치켜뜬 정원이 입구를 가리킨다.

"간다."

전장에라도 가는지, 굳은 의지가 가득 담긴 은현의 말투에 정원은 웃음이 번진다.

"어. 좋은 여자였으면 좋겠다."

"나도. ……진짜 간다."

여운을 남기며 말하더니 돌아서는 행동은 잽쌌다. 정갈함이 묻어 나오는 은현의 뒷모습을 미소 띤 얼굴로 잠시 쳐다보던 정원도 곧 돌아섰다.

정원의 말대로 라운지 안의 테이블들은 거의 비어 있었다. 은현은 보다 편한 마음으로 여자를 찾을 수 있었다. 이 만남의 결과가 좋지 않더라도 사람들 입에 오르내리지 않을 거라는 기대가 작용했기 때문인데, 그런 자신을 향해 비릿한 웃음을 내보인 은현은 약간의 놀람과 의아함을 가져다주는 대상을 발견하자 자신도 모르게 멈추어 섰다. 그리고 다소 여유롭게 주위를 빙 둘러 보았다. 저기 저쪽에 여자는 중년 여성이었음으로 패스. 그리고 남은 몇몇의 테이블엔 남자들만이 자리하고 있었음으로 생각지도 못한 숏커트머리의 저 여자—발길을 멈추게 한—가 자신이 만나려던 여자라는 것을 깨달았다.

몇 걸음 남아 있는 거리를 좁히며 은현은 창밖으로 시선을 고정시키고 있는 여자를 쭉 훑어 내렸다. 헤어스타일과 어울리지 않는 듯한 흰색의 원피스와 조그마한 크로스백이 묘하게 눈길을 잡아끌었다. 마른 듯한 몸매였지만 익히 들었던 '몸이 약하다'의 범주엔 미치지 않아 보였다.

"남우연 씨?"

선선히 고개를 돌린 여자가 뚱하게 바라보더니 그렇게 퉁명스럽지도 친절하지도 않은 말투로 말한다.

"앉으세요."

쌍꺼풀 없는 동그란 눈에 작지만 오똑한 코, 앙증맞은 입. 귀염성 있는 얼굴이었지만 여자는 무표정했다. 은현은 오래 앉아 있진 않겠구나 생각하며 자리에 앉았다.

"주은현입니다."

'안녕하세요. 반갑습니다'란 말은 차마 입에서 나오질 않았다. 전혀 반갑지 않았기 때문이었다. 물론 여자 때문은 아니었다. 싫으면서도 군말 없이 이 자리에 나온 자신의 처지와 상황부터가 마음에 들지 않았다.

"어? 좀 전에는…… 잘 웃었는데? 어느 쪽을 진짜라고 받아들이면 되나요?"

'뭐야, 저 어눌한 억양은?'

강원도 사투리? 구수하게 느껴지는 억양에 바로 정직하게 이어지는 표준말이라. 은현은 여자가 무슨 말을 하는지에 관심이 가지 않을 정도로 조금 황당했다.

"아…… 친해지는 거이 쪼끔 시간이 걸리는 내성적이고 소심한 성격? 아니믄…… 그 여자 사랑해요?"

대답 없는 은현을 대신해 답을 구하려던 여자가 말을 끝내더니 양쪽 입꼬리를 쭈우욱 늘이며 웃는다. 사악해 보였다. 이건 사탄의 인형 처키도 아니고. 아니, 처키 같았다. 칼만 안 든 처키.

"시골엔 꽤 어렸을 적부터 있었다던데……."

은현은 아무렇지 않은 척하며 말을 돌렸다. 빨리 물어볼 거 물어보고 식사하고 이 처키 같은 여잘 떠나고 싶었다. 잘못했다가 발목이라도 잡히면 영영 벗어나지 못할 것 같은 불길한 예감이 든다.

"열세 살 때부터요. 나 그 여자 아는데, 아니, 봤는디 신문에서. 아우라가 장난 아닌 남자랑 손 꼭 잡고 있던데요? 유감입니다."

여자가 안됐다는 눈초리로 쳐다보자 은현은 살짝 짜증이 일었다. 멋대로 묻고 멋대로 판단하고. 물론 정원에게 감정이 없었던 건 아니다. 하지만 처음 본 사람에게 마음을 들켜 버렸다 생각하니 유쾌하진 않았다.

"네, 정말 유감이네요. 사람이 말을 돌리면 눈치껏 따라와 주는 게 예의인데."

"어머, 그런 거였어요? 몰랐어요!"

여자가 손으로 입을 가리며 놀란 척이다. 영 어색하다.

"티 나요."

"아, 네."

여자가 바로 손을 내렸다. 민망한 기색 하나도 없이. 그러더니 팩 날카로운 눈길을 던지며,

"주은현 씨 맴에 들어 내숭 좀 떤 긴데 여자가 이라면 남자가 눈치껏 따라와 주는 것도 예의 아닌가요?"

"근데 아까부터 이상해서 그러는데. 사투리든, 표준어든 편한 데로 하나만 쓰면 안 됩니까?"

"가끔 당황하면 사투리가 튀어나오긴 하지만서도, 서울말도 편해요. 근데 여기서 문제는! 제가 당신을 맴에 들어 한다고 말했는데도 다른 부분이 귀에 들어가요?"

"…네, 뭐. 그러네요."

'사투리가 편해 보이는데?'

은현이 가슴 앞으로 팔짱을 끼며 쓰게 웃었다. 관심 보이는 여자가 한둘도 아니었고 처음 보고 사랑한다 말하던 여자도 있었으니 눈앞에 앉아 있는 여자가 눈길을 조금 잡아끈다고 해서 새삼스러울 게 없었다. 그리고 무엇보다도 한정원. 아직 정원에게 간 마음이 완전히, 그러니까 굳이 따지자면 약 2프로 정도(?) 되돌아오지 않았다. 어서 빨리 밥 먹고 차 마시고 여길 떠야겠다.

"뭐 먹을래요? 여기 송아지 요리 괜찮은데."

"아…… 저는 소 안 먹어요."

"왜요?"

곤란해하는 여자의 표정을 바라보며 은현은 채식주의자니 뭐니 하는 그런 얘긴 하지 말아주길 바랐다.

"제가 소를 키우거든요."

은현이 마시던 물을 내뿜었다.

Epilogue 2. 라희, 영우

그렇게 오지 않기를 바랐던 정원과 휘소의 결혼식 날이었다.

"저렇게도 좋을까?"

"좋지. 김휘손데……."

옆 테이블에서 흘러나오는 얘기를 듣게 된 라희가 씁쓸하게 웃으며 샴페인 잔을 들어 올렸다. 아버지인 이 회장의 못마땅한 눈초리와 마주쳤지만 라희는 어깨를 으쓱해 보이곤 술을 삼켰다. 술 냄새를 풍기고 식장에 들어섰을 때부터 저런 눈빛이라 새삼스러울 것도 없었다.

평소에 꾸미지 않은 모습도 수수하고 예뻤던 한정원은 오늘은 당연히 예쁘겠지 하는 예상을 훨씬 뛰어넘어 사랑스럽고 아름다웠다. 그리고 무엇보다도 휘소와 너무나 잘 어울린다는 사실이 라희의 가슴을 삭막하게 만들었다. 어딜 바라봐도 결국은 휘소에게 고정되는 시선을 알고 있는 라희는 그 사실이 마음에 들지 않아 부러 하객들 한 명 한 명을 훑어보기 시작했다.

'주은현. 쟤 마음은 어떨까? 쟤도 꽤 한정원한테 마음이 있었던 것 같던데. 어? 근데 옆에 여잔 뭐야? 선봤다더니. 뭐, 귀엽네.'

라희의 시선이 은현에게서 경혁과 서연을 지나 다시 옆으로 옮겨갔다.

'지영우?'

옆모습밖에 볼 수 없었지만 입술을 꼭 다물고 있는 단정한 모습은 지영우가 맞는 것 같았다. 그리고 결정적으로 블랙슈트. 지난번 봤을 때와 다른 디자인이었지만 그때와 느낌은 똑같았다. 호기심이 생긴다. 매번 검정색만 입나? 유심히 보고 있으려니 갑자기 함성 소리와 박수 소리가 터져 나왔다. 드디어 끝났다 보다. 라희의 시선이 다시 휘소에게 향했다. 그러나 휘소의 시선은 정원에게 고정되어 있었다. 세상 행복을 자기만 다 얻은 듯 웃고 있는 모습이 보기 싫었다.

"저 먼저 일어날게요."

부모님의 허락이 떨어지기도 전에 라희가 망설임 없이 자리에서 일어섰다.

활짝 오픈되어 있는 식장의 문을 막 넘어선 라희는 잠깐 멈추어 서서 뒤를 돌아봤다. 은은한 조명 아래 잘 다듬어지고 멋스럽게 장식된 꽃의 테두리 안에, 정원과 휘소를 둘러싸고 계속 웃음을 흘리고 있는 사람들이 있는 곳은 낯선 세계였다.

미련 따위 없는 사람처럼, 라희는 다시 발걸음을 돌렸다.

건물을 완전히 벗어나니 시원한 공기가 폐 속 깊이 밀려들었다. 한겨울의 드센 차가움이 아니라 개운함이 느껴졌다. 날씨마저 휘소와 정원을 축복하고 있는 걸까? 슬쩍 마음 상하는 자신이 초라했다.

훗. 비죽 새어 나오는 웃음과 함께 하얀 입김이 피어올랐다. 라희는 잠시 멈췄던 발걸음을 다시 떼어냈다. 그리고 건물의 모퉁이를 돌았을 때였다. 블랙슈트 차림의 남자로부터 흘러나온 하얀 담배 연기가 바람 속으로 사라지는 것을 목격했다.

'또 저 남자네? 지영우.'

꽤나 심란한 모양이었다. 얼굴선이 선명하게 보일 정도로 가까운 거리는 아니었지만 라희는 그가 꽤나 공허해 보이는 눈을 하고 있다는 걸 직감적으로 알았다. 피식, 웃음이 나왔다. 왠지 위로가 됐다. 가서 저번에 못 한 소주나 한잔하자 그럴까? 슬쩍 밀려올라간 한쪽 입꼬리를 정리하며 라희가 몸을 움직이려던 찰나였다. 남자가 고개를 돌렸고, 라희는 앞으로 옮겨가던 한쪽 발을 다시 제자리에 갖다 놓았다. 남자는…… 울고 있었다.

Epilogue 3. 첫 만남

봄바람이 살랑살랑 불어와 어디론가 훌쩍 떠나고 싶게 만드는 토요일이었다. 평일에 비해 수업이 아주 빨리 끝나는 날이었지만 그래도 딱 배고플 시간대라 그런지, 정원은 외국에서 학교를 다니다 사고를 치고 갑자기 한국으로 다시 끌려왔다는 소문 아래, 이제 막 친해지기 시작한 민영과 친구들 몇몇과 함께 학교 앞 떡볶이 트럭으로 돌진했다.

다다다닥. 이미 자리를 차지하고 있는 여학생들 사이를 비집고 들어간 정원 일행은 트럭에 껌 딱지마냥 달라붙어 모두 오뎅을 하나씩 입에 물고 이거 달라 저거 달라 그렇지 않아도 바쁜 아주머니 손길을 더욱 바쁘게 만들었다.

"아이고, 참새마냥 짹짹짹. 아주 너네들만 오면 이 아줌마 혼이 쏙 빠진다. 자, 여기! 많이들 먹어."

"네!"

몇 개의 접시가 척, 척, 척 눈앞에 놓이자마자 미리 들고 있던 나무젓가락들이 사정없이 접시 위로 달려든다.

"어? 야, 야. 저기 전지현, 전지현."

한 녀석이 입에 잔뜩 들어간 떡볶이를 씹으며 눈짓으로 어딘가를 가리키자, 마찬가지로 열심히 입안으로 순대며 떡볶이며 집어넣고 있던 무리들의 눈동자가 일제히 한 곳으로 향한다. 이름은 전지현이 아닌 정지현이였지만 얼굴은 전지현보다 예뻤고, 몸매는 전지현보다 좋았기에 전지현으로 불리고 있는 같은 학년의 아이가 횡단보도를 건너기 위해 친구들과 서 있었다. 멀리서 보기에도 이 근방에선 전지현보다 더 유명한 정지현은 여자가 보기에도 눈을 뗄 수 없을 만큼 예뻤다. 자동적으로 자신의 통통한 얼굴과 몸매를 떠올린 정원은 에잇, 뭔 상관이야 하고는 다시 젓가락질을 시작했다.

"쟨 공부를 왜 그렇게 열심히 하냐? 나 같은 애들을 위해서 저런 애들은 좀 놀아줘야 하는 거 아냐?"

"욕심쟁이, 후후후!"

친구들의 말에 정원이 고개를 끄덕인다. 어울리는 친구들을 보면 공부와 관계 맺기를 아주 싫어하는 아이들이었는데, 전지현은 고액과외라도 받는지 성적은 늘 중학교 때부터 전교 10등 안에 들었다고 한다. 그리고 고등학교 올라와 처음 본 중간고사에서도 역시 그랬다.

"아, 짱나. 졸라 이뻐."

"야. 말해 뭣해. 김휘소랑 사귄대."

친구의 말에 떡볶이를 맛있게 먹던 정원의 눈길이 슬쩍 전지현에게 향한다.

"김휘소?"

잠잠히 먹기만 하던 민영이 먹던 순대를 다 씹지도 않고 꿀꺽 삼키더니 말했다.

"아, 넌 우리 학교 온 지 얼마 안 되서 잘 모르나?"

"김휘소라고, 옆 학교 다니고 우리랑 동갑인데 완전 장난 아냐!"

"뭐가 장난이 아냐? 성격 드럽다고?"

민영이 피식, 웃으며 말하자 옆에 친구가 답답하다는 듯 가슴을 콩콩 때린다.

"아니. 진짜 멋있다고!"

"알지? 옆 학교, 대한민국에서 좀 산다 하는 자식들만 다니는 사립인 거. 김휘소, 모 재벌 3세란 소문도 있더라? 뭐, 귀티 좔 좔 흐르는 포스 보면 맞는 거 같기도 해."

애들이 먹을 것엔 신경도 안 쓰며 이야기를 늘어놓자 민영은 또 한 번 피식, 웃고 만다.

"한정원. 넌 관심 없어? 그냥 좋다고 먹기만 하네."

"아, 뭐…… 잘생기긴 했더라. 근데 나랑 상관도 없고……."

민영의 물음에 정원은 다시 젓가락을 가져가며 우물쭈물 대답했다. 우연찮게, 그것도 멀리서 딱 한 번 본 적 있는 남자의 얼굴을 떠올리고 있는 자신이 좀 창피했다. 그러나 그 모습을 '별로 관심 없어' 하는 말로 받아들인 민영은 평소 싸가지하면 김휘소, 김휘소하면 싸가지를 연관 지어 떠올리던 터라 다른 여자애들과 다른 정원의 대답에 썩 만족이나 한 듯 씩 웃었다. 그리고 그다음부터였을 것이다, 민영이 정원에게 친근감을 마구 표현하기 시작한 것이.

　　1학기 기말고사가 끝나는 날, 가채점을 하고 있던 정원은 성적이 좀 오른 것 같아 내심 뿌듯해하고 있을 때였다.

　　"야, 한정원. 너 소개팅해라."

　　"……소개팅?"

　　한참 이성에 대한 관심이 무르익을 나이었고, 내심 주위에서 남자친구가 있는 친구들이 부럽게 느껴지기도 해서 그런지 정원은 민영의 말에 기대 심리가 작용했다. 그러나 남들은 종종 귀엽단 소리를 하지만 스스로 통통한 편인 외모에 대해 자신이 없던 터라 민영의 말을 똑똑히 들어놓고도 바보처럼 되물었다.

　　"어. 아주 실해."

　　"풋."

　　무슨 과일도 아니고. 민영의 표현에 웃음이 삐져나온다.

　　"진짜. 일단 만나 봐. 이번 주 토요일, 약속 잡는다!"

　　정원의 대답은 애당초 들을 생각이 없었다는 듯 민영은 어디론가 전화를 하며 교실 밖으로 나갔다.

그리하여 토요일 저녁. 아니, 밤이라고 하는 것이 더 맞았다. 민영이 낮이 아닌 저녁 늦은 시간대에 불러낸 것이 좀 이상하다 싶었는데, 아니나 다를까, 시끄러운 음악 소리가 흘러나오는 문을 앞에 두고 서 있으려니 정원은 순간 멍했다. 처음엔 '돌아가야 하나?' 하는 생각이 지배적이었지만 이런 일탈을 몇 번씩 상상해 보곤 했었기에 솔직히 반가운 마음도 있었다. 정원은 눈 딱 감고, 기왕 여기까지 온 거 한번 부딪혀 보기로 했다.

"뭐 해? 빨리 들어와."

마침 먼저 들어간 민영이 채근하는 소리가 들리자 정원은 고개를 한 번 끄덕이며 안으로 들어갔다. 별세계였다. 귀청 터지게 울려대는 음악 소리가 정원의 심장과 함께 쿵쿵 울렸고, 음악에 몸을 내맡긴 사람들은 즐겁고 자유로워 보였다. 간혹 몸을 비비며 달라붙어 있는 남녀를 볼 때면 민망하기도 했지만 야릇한 기분에 힐끔힐끔 쳐다보기도 했다.

"마시고 있어. 은현이 불러올게."

사람들이 잔뜩 들어차 춤을 추고 있는 스테이지를 지나자 투명 유리벽이 간간이 막아선 뒤 쪽으로 푹신해 보이는 소파와 테이블이 여러 개 마련돼 있었고, 민영은 그 옆쪽의 바 테이블에서 맥주 두 병을 가지고 와 테이블 위로 내려놓으며 말하더니 어디론가 가버렸다. 소개팅을 해준다더니 그 상대 이름이 은현인가 보다.

스테이지와 멀리 떨어져 있어서 그런지 음악 소리는 한결 작게 들려왔다. 흥분되고 떨리던 마음이 조금은 안정을 찾은 것 같았지만 민영이 지목한 자리엔 이미 몇 개의 가방이 놓여 있었던 터라 그 자리에 진짜 앉으라고 한 것이 맞는지 의심스러웠다. 그러나 다른 테이블에 앉아 있던 사람들의 눈빛이 멀뚱히 서 있는 자신에게 몇 번 와 닿자 정원은 최대한 가방과 멀리 떨어진 자리에 냉큼 앉았다.

'얜 언제 오는 거냐고!'

혼자 앉아 있으려니 머쓱했다. 얌전히 앉아 손톱만 쥐어뜯고 있는 꼴이 사람들에겐 영락없이 어수룩하게 비춰질까 신경이 쓰였다. 그래서 정원은 테이블 위에 맥주병을 얼마간 쳐다보다 쓱 들어 올려 입으로 가져갔다. 마셨다기보다는 몇 번 맛만 보았다에 가까운 맥주와 맛이 비슷했다. 그러나 어째 그때보다 잘 넘어갔다. 이런 걸 술술 넘어간다고 하는 건가? 정원이 피식, 웃으며 또다시 한 모금 입에 가져다 대던 순간이었다. 털썩.

'털썩?'

맥주를 원활하게 마시느라 고개가 젖혀진 상태로 정원의 눈동자가 자동적으로 털썩 소리의 근원지를 찾았다.

"……!"

정원의 두 눈이 동그랗게, 활짝 커졌다.

'김휘소? 쟤가 여기 왜 있어?'

맞은편 소파에 편히 기대앉은 녀석이 다리를 테이블 위로 겹

쳐 놓았다. 검정색 바지에 감싸인 다리가 무척 길다고 느낀 순
간 녀석과 눈이 제대로 마주쳤다. '이러면 안 되는데, 쪽팔리는
데' 하면서 얼굴에 열이 올랐다. 친구들의 말대로 귀티 나는 외
모에 티셔츠 한 장 걸쳤을 뿐인데 일반인 같지 않은 포스를 풍
기고 앉아 있는 녀석의 잘난 모습에 신체적 반응이 이성을 지배
하기 시작했다.

"……너 뭐냐?"

'나, 뭐지?'

빤히 쳐다보며 거만하게 묻는 말에 정원은 기분이 나쁘긴 했
지만 정신이 아득해지기 시작했다. 그래서 자신도 모르는 사이
기분이 나쁘다는 사실은 저쪽 구석에 던져 버리고 '내가 왜 여
기 있는지 묻는 건가? 아님 내가 누군지 묻는 건가?' 하는 질문
의 의도를 파악하는데 집중했다. 그러다 '내가 이렇게 머리가
나빴나? 아닌데, 그래도 공부 좀 하는데' 하는 생각이 들면서
'민영이랑 같이 왔는데' 하고 대답하려는 순간이었다.

"주은현, 니 거야?"

필시 고개를 까딱하며 가리키는 것이 자신이라는 걸 안 순간
정원은 이맛살을 찌푸렸다. 민영이 말한 '은현'에 해당하는 사
람, 즉 소개팅 할 남자가 왔다는 확신도 머릿속에 들어차지 않
았다. 오로지 그동안 멋있다고 생각해 왔던 김휘소가 사람을 사
람 취급 안 할 정도로 오만방자하고 싸가지 없을 수 있다는 사
실에, 그리고 내가 그런 취급을 받고 있구나 하는 생각에 기분

은 무척이나 나빴다.

"아직은 아닌데, 뭐 그렇게 될 수도 있겠지. ……민영이 친구 맞지?"

'하, 이놈도 똑같네. 최민영 이놈의 기집애를 그냥!'

씩 웃으며, 녀석의 말에 장난같이 대꾸한 은현이 옆에 앉자 건너편에서 피식, 웃고는 맥주병을 집어 드는 휘소의 모습이 정원의 눈에 들어왔다. 마치 자신을 가지고 둘이 재미난 농담을 주고받으며 무시하고 있다는 느낌이 들었다.

"이런 내가 자리를 잘못 찾았나 보네. 난 민영이 친구가 아니라서…… 그럼, 이만."

말은 우물쭈물이었지만 얼른 그 자리를 벗어나고 싶은 정원이 자리에서 획 일어섰다.

"어? 한정원, 어디 가? 화장실?"

그렇게 기다릴 땐 오지 않던 민영이 타이밍 한번 기막히게 나타났다. 정원이 이제 어떻게 하지? 생각하고 있으려니 풋, 하는 웃음소리가 들렸다. 고개를 돌아보니 은현이 미소를 지으며 말한다.

"만나서 반가워. 민영이 친구, 한정원."

이 상황에서 그 인사를 받기도 뭐하고 그냥 가자니 뭐가 또 굉장히 어색한 분위기라 정원이 아무 말도 못하고 가만히 있으니 은현이 또 한마디 한다.

"화장실 급한 거 아니면 일단 좀 앉아."

"그래 앉아, 앉아. 은현이 잘생겼지? 성격도 나쁘진 않아. 근데 옆엔 누구? 자리 좀 비켜줄래?"

정원을 자리에 다시 끌어 앉히곤 민영이 시침을 뚝 떼며 말하자 휘소가 같잖다는 듯 비릿하게 웃는다.

"민영이랑 같은 학교?"

민영이 휘소를 째려보든 말든 정원에게 시선을 고정시킨 은현은 쟤네들은 상관 말라는 표정을 지어 보인다.

"어. 근……."

"뭐야 너 유치하게 지금 소개팅 뭐 그런 거 하는 거냐?"

아무래도 자리가 너무 불편하고 민영이 소개해 준 주은현이랑도 별로 친해지고 싶은 마음이 없었기에 정원은 그만 가야겠다고 말할 참이었다. 그런데 김휘소가 끼어들어 실실 웃으며 은현에게 물었다. 분명 먼저 말을 시작하는 것을 알았을 텐데도 개의치 않는 듯한 태도였다.

'내 존재를 의식하지 못하는 거야?'

"소개팅이 유치하면 넌 그 나이에 맞선이라도 보나 봐?"

몇 번 참아온 정원이 결국 한소리 하고 말았다. 조금은 통쾌했다. 그러나 아니나 다를까, '너 거기 있었냐?' 하는 무심한 눈길로 휘소가 쓱 쳐다보니 그냥 가만있을 걸 그랬나 하는 후회도 생겼다. 나란 존재에 대해 신경도 안 쓰고 있는 애한테 괜히 나 좀 봐줘 하는 의사표현을 한 것으로 생각하면 어쩌지 하는 걱정도 들었다. 그래서 정원은 괜스레 '뭐 어쩌라고?' 하는 눈빛을 아무렇지 않은 척 보냈다.

"뭐, 비슷해. 그리고 맞선 상대가 맘에 들면 약혼도 해, 이 나이에."

차분하고 단조로운 어조였다, 하지만 힘이 느껴졌다. '그러니까 너 같은 건 나대지 마' 하는.

"아오, 진짜! 야 넌 좀 그만 가줄래? 두 사람 방해하지 말고?"

정원은 민영이 나서줘서 다행이라고 생각했다. 왜냐하면 대꾸할 말이 생각나지 않았으니까. 없었으니까.

"쟤 좀 닥치라고 해. 시끄러 죽겠네. 간다."

그렇게 민영에게 직접 해도 될 말은 은현에게 내뱉더니 테이블 위에 걸쳐 놓았던 다리를 민첩하고 여유롭게 땅에 내려놓고는 쓱 일어섰다. 동시에 은현이 몸을 약간 수그려 유리막 사이를 힐끗 내다보자 정원도 엉겁결에 같은 곳으로 시선을 따라 움직였다.

'전지현?'

진짜 그 소문이 사실이었나 보다. 전지현이 몸을 이쪽으로 약간 틀어 비스듬히 앉아 있었다. 필시 김휘소는 전지현한테 가려는 것 같았다.

"좀 오래간다?"

은현의 말에 휘소는 그저 피식, 웃었다. 그리곤, 바 테이블로 향하다 몸을 반쯤 돌려 정원을 쳐다보더니,

"주은현이랑 어울리려면 살은 좀 빼야겠다."

말하고는 기막혀 하는 정원의 표정에 또 한 번 피식, 웃으며 다시 걸어갔다. 늠름한 어깨와 잘빠진 뒤태가 정원의 눈에 박혔다.

"하, 저 싸가지……."

자기도 모르게 말을 내뱉으며 휘소를 끝까지 노려보고 있으려니 전지현이 휘소를 발견하고 예쁘게 웃는 것이 눈에 들어온다.

"그치? 쟤 진짜 싸가지 없지? 역시 넌 내 과라니까."

호쾌한 민영의 말소리에 고개를 돌리니 민영이 꽤나 즐겁다는 듯 웃고 있었고 은현도 못 말리겠단 눈빛을 하며 웃음을 머금고 있었다. 그 뒤로 정원은 확실히 편안해진 상태에서 은현, 민영과 시간을 보냈는데 오래는 아니었다. 독서실에서 집으로 돌아가던 시간에 맞춰 자리에서 일어섰는데 바래다주겠다던 은현과 함께 입구로 향할 땐 전지현과 밀착되어 있는 휘소가 보였다.

'저 싸가지. 노는 것 봐라.'

그렇게 정원은 휘소에 대한 은근한 호감을 싹 치워버렸고, 친구들이 휘소의 이야기를 할 때마다 민영과 함께 피식, 웃어넘기곤 했다. 그리고 수능이 코앞으로 다가오는 시점에서는 어느새 김휘소에 대한 안 좋은 감정과 기억이 무뎌진 상태였다. 물론 다시 만나는 일도 없을 거라 생각했다. 하지만 예기치 못한 인연은 정원도 모르는 사이 깊숙이 침투해 있었다. 그리고 그날은 아버지가 한신의 오너가 된 후로는 처음으로 한 회장의 장녀로 참석한 자리였다. 아버지가 연구원으로 일할 때 그 회사의 오너로부터 총애를 받았던 터라 그 비슷한 자리에 딱 한 번 초대된 적이 있었지만, 자신감을 넘어 자만심이 가득 차 보이는 사람들과 대면하는 그 자리는 무척 불편하고 힘들었다. 그래서 그다음부터는 늘 핑곗거리를 만들어 빠져나가곤 했는데, 그날 아버지는 다른 때와 달리 무척 완강했었다. 아무튼, 그렇게 파티에 참석하고 얼마 후 제일그룹의 총수 이 회장에게 소개가 되고 휘소와 마주 보고 있는 순간, 정원은 그 이유를 알게 되었다. 그리고 대학을 합격하고 입학을 하기 전까지 타의적으로 휘소를 세 번 더 만났는데, 그 세 번째 만남에서 휘소는 이런 말을 했었다.

"내가 말한 적 있지? 맞선 상대가 맘에 들면 이 나이에 약혼까지 하기도 한다고. 난 했으면 하는데. 넌 어때?"

"내가 그렇게 마음에 들어?"

마음에 든다는 말. 믿기지도 않을 뿐더러 믿고 싶지도 않았다. 그래서 정원은 짐짓 아무렇지 않은 표정으로 물었다. 분명 내가 맘에 들지 않을 텐데 왜 약혼을 하려고 하는지 알고 싶었다.

"어, 맘에 들어. 한신의 장녀인 니가."

정원은 거만한 표정으로 팔짱을 끼고 앉아 있는 휘소 쪽으로 쭉, 상체를 기울였다.

"어쩌지? 난 네가 너…… 무 맘에 안 드는데. 짜증 나게 나랑 결혼 같은 거 하겠다고 조르지 말기. 그럼, 이만."

순식간에 멍한 표정으로 바뀌는 휘소를 바라보며 고소하다 웃어준 정원은 미련 없이 그곳을 박차고 나갔다.

그렇게 정원은 남자를 처음 차봤고, 휘소는 여자에게 처음 차여봤다.

Epilogue 4. 다시 6년 후

　사옥 밖으로 나왔을 땐, 오늘도 어김없이 온 세상에 어둠이 내려앉은 후였다. 휘소가 소매 깃을 살짝 들추고 시간을 확인함과 동시에 그를 기다리고 있던 자동차의 문이 열렸다. 거침없이 내걷는 걸음걸이와 겨울 자락의 끝에 놓인 바람에 외투 자락이 흩날렸지만, 주변 사람들처럼 옷깃을 단단히 동여맬 생각은 없어 보였다.

　"사장님."

　막 차에 오르려던 휘소에게 남자가 신문을 내밀었다.

　"막았어?"

　"네."

　"수고했어."

신문을 받아 든 휘소가 차에 올랐다. 출발과 동시에 신문을 펼친 휘소는 날짜부터 확인했다. 뿌려질 일 없을, 정확히 말하자면 한 지면만 다른 기사로 바뀌어 나갈 내일 자 신문이 맞았다.

헤드라인을 훑은 휘소의 시선이 좀 더 아래로 내려갔다. 기사는 읽을 생각도 없이 제 얼굴이 자그마하게 찍힌 사진을 바라보는 휘소의 미간이 잔뜩 찌푸려졌다. 신문이 탁 소리를 내며 덮였다.

슈트 안주머니에서 휴대폰을 꺼내 든 휘소는 집으로 전화를 걸며 신문을 옆자리로 툭 던졌다. 서류가방에 집어넣을까도 했지만 괜히 집으로 가져갔다가 정원이 보기라도 하면⋯⋯. 으⋯⋯ 끔찍하다. 내일이면 누군가에 의해 깨끗이 치워질 것이니 차에 내버려 두는 것이 나았다.

〈아빠?〉

"왜 네가 받어? 엄마는?"

시트 깊숙이 몸을 파묻으며 휘소가 물었다.

〈대박. 아빠 내가 좋아? 엄마가 좋아?〉

"엄마."

휘소가 입매를 올려 웃으며 대답했다. 영악한 자식이 또 자기 안부를 먼저 안 물었다 시위하는 거다.

〈그게 사실이라도 어린아이한테 그렇게 말하면 곤란하거든요. 상처받아요.〉

"누가 그래?"

〈책에서 봤어, '미운 6살, 예쁜 6살로 키우는 방법'.〉

'넌 죽이고 싶은 6살에 해당되니까 패스'라고 말하고 싶었지만 피식, 웃음을 터뜨린 휘소는 다정히 말한다. 물론 말투만 다정하게였지만.

"그 책은 아빠, 엄마만 보는 거라고 했지? 우리 규록인 동화책 읽어, 동화책. 좋은 것 집에 많잖아?"

⟨동화책 시시해. 그리고 '미운 6살, 예쁜 6살로 키우는 방법'은 엄마, 아빠가 안 읽으니까 내가 대신 읽는 거잖아. 나랑 은록이 이렇게 키우라고. 나 쫌 착하지?⟩

하이고, 퍽이나. 첫째 규록을 낳고 남의 시선 신경 쓰지 말고 창의적이고 주체적인 인간이 되라는 뜻을 담아 싸가지 없이 무럭무럭 자라라고 했더니, 싸가지 없게만 자라고 있었다.

"근데 오늘은 왜 이렇게 조용해? 은록이 뭐 해?"

⟨어, 울어.⟩

"뭐?"

전화할 때마다 난리법석인 녀석들이었는데, 어째 오늘은 조용하다 했다.

⟨자기 방에서 울어, 계속.⟩

"언제부터? 왜 우는데? 엄만 아직 안 왔어?"

⟨아까 은현이 삼촌 집에 있는 외양간 갔을 때부터. 은록이가 새끼 소 보면서 나 소고기 좋아하는데 하고 말했더니 주건영이 은록이 한 대 때렸거든. 엄만 아직 안 왔어. 걱정하지 마세요. 원래 애들은 울면서 크는 거야. 걔도 울다가 지치면 안 울겠지.

근데 아빠, 나 질문 한꺼번에 해도 대답 좀 잘하지?〉

그래. 여섯 살이 아니라 열여섯은 된 것 같다, 아들아. 그래서 걱정이지만.

"넌 동생이 우는데 달래주지도 않았어? 건영이가 은록이 때려도 괜찮아, 김규록?"

〈그래서 내가 건영이 코피 터뜨렸어. 다신 은록이 못 때릴 거야.〉

"잘했……. 아빠 지금 가고 있으니까, 은록이 좀 다독거려 주고 있어."

아, 폭력은 나쁜 것이라 얘기했고 또 계속 그래야 하는데, 왜 이렇게 웃음이 나는 걸까? 결국 전화를 끊은 휘소는 큭큭거리며 소리 내어 웃었다.

집에 도착하자마자, 휘소는 계단을 날쌔게 올라갔다.

"아빠!"

제일 먼저 휘소를 발견한 규록이 가지고 놀던 건담로봇을 옆으로 틱 던지며 휘소에게 달려들었다.

"은록인?"

보모의 인사를 눈으로 받으며 규록을 안아 든 휘소가 주위를 둘러보며 물었다.

"똥 싸."

"그래? 가보자."

"아, 싫어! 냄새나!"

규록이 제 손으로 코를 콱 막는다.

"왜? 아빤 은록이가 똥 쌀 때 되게 귀엽던데. 힘주느라 얼굴까지 빨개지고 얼마나 귀엽냐?"

"하나도 안 귀엽거든?"

휘소가 내려주자 품에서 쏙 빠져나온 규록이 로봇을 다시 집어 들며 시니컬하게 대꾸했다.

"그래? 그럼 넌 여기 있어. 그만 내려가서 쉬세요."

휘소가 외투와 슈트 상의를 벗으며 보모에게 말했다.

"네. 규록아, 안녕. 잘 자고 내일 봐."

"네."

규록이 손을 흔들자, 보모가 은록을 맡고 있던 동료를 불러 함께 계단 아래로 내려갔고, 셔츠 소매를 대충 걷어올리며 휘소는 화장실 쪽으로 걸어갔다.

"김은록."

"아빠!"

엉덩이를 까고 좌변기에 앉아 있던 은록이 팔을 쭉 뻗으며 일어서려 했다.

"워, 워. 응아 마저 해."

휘소가 얼른 무릎을 굽혀 은록의 머리를 쓰다듬자 아이가 다시 힘을 주기 시작한다.

"으……."

작고 귀여운 얼굴이 금세 벌게져 일그러지자, 휘소는 후후 웃는다.

"엄마!"

정원이 온 모양이다. 규록의 큰 목소리가 화장실까지 들리자, 은록이가 엉덩이를 들썩거렸다.

"아니지, 아니지. 넌 이것부터 해결하라고, 이 녀석아."

휘소가 은록의 어깨를 살짝 누르자 은록이 마지막으로 힘을 주고는 눈을 동그랗게 뜨고는 휘소를 올려다본다. 다 싼 모양이다.

"아빠! 아빤, 이제 클났다. 엄마 대따 화났어."

은록의 엉덩이를 닦아주는데 갑자기 나타난 규록이 건들거리며 말했다, 입가에 비웃음을 걸고서. 자신을 쏙 빼닮은 모습이었지만 심히 재수 없다.

"왜? 엄마 왜 화난 거 같아?"

하지만 아쉬운 대로 일단 정보를 입수해야 했으니 휘소는 은록의 내복바지를 올려주곤, 너밖에 없어 하는 눈으로 규록과 눈높이를 맞췄다.

"엄마아……."

그사이 은록은 두 팔을 앞으로 벌린 채 밖으로 뛰어갔다.

"엄마가 알았어."

"뭘?"

"아빠가 예쁜 누나랑 만난 거. 엄마가 가져온 그 신문에 있던데?"

"damn it(제기랄)!"

휘소가 벌떡 일어나 이를 앙다물며 소리치자 규록이 고개를 절레절레 흔든다.

"나 그 영어 알거든? 애 앞에서 자알 한다."

한 대 콩 쥐어박고 싶었지만, 그보단 급한 일이 있기에 휘소는 후다닥 화장실을 빠져나갔다.

"왔어?"

"……."

드레스룸으로 들어가 옷을 갈아입을 뿐, 정원은 대답하지 않았다.

"이번에 광고 찍었잖아."

뒤따라 들어온 휘소가 셔츠의 단추를 끄르며 조심스레 말을 꺼냈다.

"그래서 밥 한 끼 먹었어. 몇 년 만에 만난 친구랑 그럴 수 있잖아?"

"친구!"

블라우스를 벗음과 동시에 화를 분출해 내기 위해 돌아선 순간 언제 따라 들어왔는지 은록이가 의자에 앉아 눈을 말똥말똥 뜬 채 쳐다보고 있자, 정원은 더 이상 소리를 지를 수가 없었다.

"정지현이랑 고등학교 때 만났었잖아. 내가 모를 줄 알아?"

남학생들을 학교 앞에 줄 세웠던, 전지현보다 예뻤던 정지현. 현재는 이름을 날리는 모델이었다.

"야. 그때 철없었을 때잖아. 너 만나기 전이었고."

"엄마랑 아빠랑 싸워?"

은록이가 양발을 왔다 갔다 흔들며 천진하게 물었다.

"하하하. 아니야, 은록아. 엄마랑 아빠 얘기하는 거야, 얘기."

"얘기는 무슨. 취조겠지."

은록이 대충 고개를 끄덕였고, 휘소의 중얼거림을 똑똑히 들은 정원은 찌릿 눈빛 한 방으로 휘소를 제압했다.

"그래, 철없을 적 얘긴 접어둔다 쳐. 근데 지금은 왜 몰래 만난 건데? 사진 찍히는 줄도 모르고 아주 즐거웠나 봐? 하긴 아주 입이 헤벌어져 있더라. 침은 안 흘렸니, 침은?"

"……."

안 흘렸다고. 그런 더러운 짓은 안 한다고 말하고 싶었지만 휘소는 꾹 참았다. 은록이 때문에 얼굴에 웃음을 걸고 말하는 정원의 그 모습이 휘소에겐 더 아찔했다.

"누구는 호텔 사장 자리 내주고 백화점으로 다시 옮겨가서 자리 잡기 바쁜데……."

"……."

3년 전이었다. 영우에게 호텔 사장 자리를 내주고—물론 정원은 스스로 내준 거라 아직까지 우기고 있다—백화점으로 옮긴 지가. 고로, '자리는 진즉에 다 잡았잖아!' 말하고 싶었지만 휘소는 또 참았다.

"……누구는 옛날 여친 만나 희희낙락거리고 있네?"

"그게 너무 갑작스럽게 잡힌 약속이라 깜빡 말할 타이밍을 놓친 거지. 암튼 미안해. 내가 잘못했어."

"뭘? 뭘 잘못했는데?"

아, 진짜. 또 다. 꼭 싸우면 이런 식으로 전개가 된다.

"당신 몰래 걔랑 밥 먹은 거. 뒤늦게라도 말 안 한 거."

이젠 이력이 난지라 이름 대신 '걔'라는 명사를 사용하고, 뜸 들이지 않고 술술 말을 내뱉는 자신이 자랑스러워 휘소는 씩 웃었다.

"웃어? 지금 웃음이 나와?"

아차 싶었다. 하지만 이미 늦었다. 옷을 먼저 갈아입은 정원이 비죽거리더니 은록이를 안고 거실로 나갔다.

"아, 맞다."

아깝다는 듯 인상을 구긴 휘소가 후다닥 옷을 갈아입고 밖으로 나갔다.

"근데 당신 그거 모르지? 오늘 규록이랑 은록이랑 은현이네 집에 놀러갔다가 은록이가 건영이한테 한 대 맞고, 규록이가 건영이 한 대 때려서 코피 터뜨린 거."

"뭐?"

이럴 땐 화제를 돌리는 게 최고다. 근데 김규록 저 자식은 건담로봇에 집중하는 척, 슬금슬금 엉덩이를 이용해 엄마로부터 멀어지고 있었다. 하, 진짜. 웃음밖에 안 나온다.

"은록아, 건영이 형아가 은록이 때렸어?"

소파에 앉아서 품에 안고 있던 은록일 내려다보며 정원이 묻자, 은록이가 고개를 끄덕끄덕했다.

'아싸.'

휘소는 속으로 쾌재를 부르며, 정원의 옆으로 가 슬그머니 앉았다.

"왜? 은록이가 건영이 형아 화나게 한 거야?"

"아니. 난 그냥 소고기 좋아한다고만 했어."

"어어?"

정원이 무슨 뜻이냐는 듯 휘소를 쳐다봤지만, 정작 휘소는 웃음보가 터져 웃느라 정신이 없다.

"그만 웃고, 말 좀 하지?"

"하하하. 아니, 그게. 하필 그 말을……. 왜 새끼 소 낳았다고 해서 보러 간 거잖아?"

"어."

"근데 그 말을 그 송아지 보면서 한 거야, 저 녀석이. 소고기 좋아한다고."

"뭐?"

잠시 놀란 표정으로 있던 정원도 결국 웃기 시작했다. 그러다 휘소가 눈짓으로 규록을 가리키자 더 크게 웃음이 터져 나온다. 엉덩이를 씰룩대며 도망가는 꼴이라니. 너무 웃겼다.

"김규록."

어쩔 수 없이 웃음을 그치고 정원이 엄한 목소리를 내자 규록이 찔끔 놀라더니, 아무렇지 않게 고개를 돌려 돌아본다.

"왜요, 엄마?"

잘 쓰지도 않는 존댓말을 쓰면서.

"뭐래? 괜찮대?"

먼저 침대에 누운 정원이 막 통화를 끝내며 이불 속으로 들어오는 휘소에게 물었다.

"아니. 복싱 가르치겠대. 각오 단단히 하라던데?"

시무룩해지는 정원과 달리 그래도 휘소는 꽤 재밌는 모양이다.

"그래. 쌍코피는 좀 심했지……."

"아…… 저 꼴통 진짜."

지 방에서 잠든 규록을 생각하면서 휘소는 또 피식, 웃는다.

"규록인 애가 너무 애 같지 않고 은록인 너무 얌전하고……."

"왜. 잘 크고 있는데."

시무룩해진 얼굴을 하고 있는 정원을 위로하듯 휘소가 팔을 뻗어 정원의 목 밑으로 밀어 넣었다.

"오늘 힘들었구나? 왜? 회사에서 안 좋을 일 있었어?"

쓱 째려보는 정원의 눈빛에 휘소는 또 아차, 싶다.

"내가 그 신문 안 봤으면 나한테 말 안 하려고 그랬지?"

"아니야. 하려고 했어. 근데 너도 지영우랑 따로 밥 먹었더라?"

"아직도 지영우가 뭐니, 지영우가."

속으론 뜨끔했지만, 정원은 은근슬쩍 말의 요지를 바꿨다.

"규록이가 아까 귓속말해 주더라, 아빠가 얼마나 불쌍해 보였으면."

"암튼 문제야 문제……. 내가 좀 쉴까……."

"왜? 일하는 거 좋아하잖아. 지금도 애들한테 못하는 거 아니야. 자기 인생도 생각해."

물론 휘소도 육아에 있어선 아빠든, 엄마든 아이들과 밀착되어 있는 것이 좋다는 것을 알았지만 자신이 그러지 못하는 걸 정원에게 강요할 수는 없었다.

"이젠 좀 지치는 것 같기도 하고, 좀 쉬고 싶다는 생각도 들고……."

"정훈이 때문에?"

"뭐, 여러 가지로. 근데 정훈이…… 생각해 봤는데. 결과적으론 걔 때문에 우리가 이렇게 잘살고 있지 않나 싶다?"

"그건 모르는 일이지……."

동생이라 그런가. 이제 정원은 정훈이 좀 안돼 보이기도 하는데, 휘소는 아닌가 보다.

"주식……."

"자자, 그만."

"정훈이 많이 변했잖아?"

"모르는 거야. 가지고 있어, 그냥."

휘소가 더 이상 이런 대화를 이어가고 싶지 않다는 내색을 했지만, 정원은 아무래도 입지가 좁아져서 그런지 살아남으려 애

쓰는 정훈이 가엾단 생각이 들었다. 팔베개 해주던 팔을 걷어버린 휘소를 얄밉다는 듯 한 번 쳐다본 정원은 이불을 걷어냈다.

"왜?"

신경이 쓰인 건지, 혼자 자는 게 싫어서 그런 건지 침대를 벗어나려는 순간 손목을 붙든다.

"얘들 잠자리 좀 봐주려고."

"아, 슬퍼. 이제 나는 완전 뒷전이야. 맨날 록록(규록, 은록을 줄여서)이만 챙기고."

몸을 뒤집어 엎드린 휘소가 베개에 얼굴을 반쯤 파묻으며 정원을 애처롭게 쳐다본다.

"아휴…… 진짜. 우리 집 징징이. 어떻게 은록이보다 더 징징대니, 이 남편아?"

할 수 없다는 듯이 큭큭 웃으며 정원이 다시 침대 속으로 들어가니 휘소가 두 팔을 벌렸다.

"……딸 낳아줄까?"

휘소가 꽉 끌어안는 바람에 그의 맨가슴에 입술을 붙이고 있던 정원이 고개를 들자 휘소가 고개를 숙여 눈을 맞춰왔다. 정원과 달리 눈빛에 장난기가 쏙 빠진 모습이었다.

"진짜야?"

"당장은 아니야. 회사 그만두고, 록록이가 좀 안정을 찾고 나면."

"우리 록록이들 무슨 문제 있는 거야?"

언제나 '이 정도면 괜찮은 거다'와 '많이 부족하다'로 의견 차이를 보이고 있는 휘소와 정원이다.

"엄마, 아빠랑 떨어져 있는 시간이 많아서 정서적으로 불안한 상태라고."

"자기 할 말 다하는 규록이가? 아님, 히죽히죽 잘 웃는 은록이가?"

휘소가 전혀 그럴 리 없다는 듯 웃었다.

"암튼 아빠는 록록이들 질투만 하고 이렇게 무디다니까."

정원이 휘소의 가슴팍을 가볍게 때렸다.

"암튼 예쁜 여동생 하나 낳아주면 다 끝나. 그러니까 빨리 연습하자."

"뭘 연습해?"

"딸 만드는 연습."

"아, 진짜……."

벌써 볼에 입술을 비벼대고 있는 휘소를 정원이 밀쳐 냈지만, 곧 둘은 이불까지 뒤집어쓰고 낄낄거렸다.

THE END

　후기를 써달란 요청을 받았습니다. 책 한 권을 내기는 했지만, 후기
는 없었습니다. 고로 이번이 첫 번째 후기인 거죠. 아무튼, 생각지도
못한 요청을 받고 나서 작가라는 꼬리표를 달고 있음에, 글재주 없는
것이 뽀록나면 어쩌나 걱정도 되고 어떤 말로 종이를 채워 나가야 할
지 몰라, 후기를 꼭 써야 하느냐 편집자님께 물었습니다. 편집자님께
서 강요는 안 하셨습니다, 종용은 하셨지만. 그래서 한번 써보자 하고
펜을 들었습니다. 저 스스로도 전 아직 완벽한 작가는 아니라는 것을
잘 알고 있기에, 그냥 하고 싶은 말을, 두서없더라도, 생각나는 대로
적어볼까 합니다.

　음……. 먼저, '우린, 사랑일까?' 는 제 세 번째 습작이자 두 번째로
완결을 맺은 글입니다. 프롤로그의 한 장면에 꽂혀 시놉도 없이 시작
한 글이었습니다. 초보작가답죠?

　그리고…… 작년 2011년 여름에 집필을 했고, 또 연재를 했습니다.
생각지도 못하게 독자님들의 관심과 사랑을 받고 더운 여름을 마냥 즐
겁고 행복하게 보냈던 기억이 납니다.

　그 당시 다른 작품을 집필하고 있었는데, 휘소와 정원이 머릿속을
가득 메우는 바람에 접어야 했었죠. 그만큼 제가 푹 빠져서 썼던 글입
니다. 쓰는 내내 즐겁고 행복했습니다. 글의 막바지에 이르렀을 때는

휘소, 정원과의 헤어짐이 아쉬워 에필로그 같은 에피소드를 계속 쓰고 있더군요.

휘소, 정원, 민영, 은현, 라희, 태양, 그리고 영우.

캐릭터 모두에게 애착이 가는 작품을 또 쓸 수 있을지 의문입니다. 특히나 영우는……. 수정 작업을 하는 동안에 제 가슴에 와서 콕 박히더라고요. 이 녀석들이 제가 받은 느낌과 즐거움을 독자님들께도 드렸기를 바랍니다.

끝으로 연재 때 많은 사랑 주신 로망띠끄 독자님들, 우여곡절 끝에 제 글을 빛 보게 해주신 청어람 출판사 관계자님들, 옆에서 조언과 용기를 아끼지 않는 미순 언니, 그리고 부족한 제 글을 흔쾌히 돈 주고 사주신 독자님들. 정말, 정말 감사합니다.

어느 멋진 가을날에, 이지은 배상.

P.S 그런데 이 글, 재밌지 않나요?

하하, 글재주가 부족하니 이런 자신감이라도 있어야죠.

자신감이 반할, 그리고 그 반은 노력으로 좋은 글 꾸준히 쓰는 진짜 '작가'가 되도록 노력하겠습니다. 행복하세요.